HEYNE
BÜCHER

W0087371

JULIAN BARNES

DARÜBER REDEN

jetzt verfilmt als

Roman

Aus dem Englischen
von Gertraude Krueger

WILHELM HEYNE VERLAG
MÜNCHEN

HEYNE ALLGEMEINE REIHE
Nr. 01 / 11518

Titel der Originalausgabe
TALKING IT OVER
erschien 1991 bei Jonathan Cape Ltd., London

»Walking After Midnight« (Hecht / Block) und
»Two Cigarettes in an Ashtray« (Miller / Stevenson)
beide © Acuff-Rose Opryland Music Ltd.
Alle Rechte vorbehalten.
Abdruck mit freundlicher Genehmigung
von Warner Chappell Music Ltd.

2. Auflage
1. Auflage dieser Ausgabe

Inhalt

Die Handlung des Romans »Darüber reden« von Julian Barnes (Heyne Nr. 01/9395) wurde für die Verfilmung »love etc.« von London nach Paris verlegt. Auch die Hauptfiguren tragen neue Namen: aus Stuart wurde Benoit, aus Oliver Pierre, und Gillian, die Frau zwischen den beiden Freunden, heißt im Film Marie.

Aus dramaturgischen Gründen war es nötig, die Handlung des Buchs an einigen Stellen zu verändern – der Wilhelm Heyne Verlag wünscht Ihnen nun viel Vergnügen mit Julian Barnes' Original!

Für Pat

»Er lügt wie ein Augenzeuge.«

RUSSISCHE REDENSART

1: Der, der oder die, die pl.

Stuart   Mein Name ist Stuart, und ich weiß noch alles. Stuart ist mein Vorname. Mein vollständiger Name ist Stuart Hughes. Mein *vollständiger* Name: mehr ist da nicht. Kein zweiter Vorname. Hughes war der Name meiner Eltern, die fünfundzwanzig Jahre lang verheiratet waren. Sie haben mich Stuart genannt. Zuerst hat mir der Name nicht sonderlich gefallen – in der Schule wurde ich Stutzi und Stutzer und dergleichen genannt –, aber ich hab mich dran gewöhnt. Ich habe mich damit abgefunden. Abfindungen gehören nun mal zu meinem Beruf.

Tut mir leid, im Witzemachen bin ich nicht besonders gut. Das hab ich schon öfter gehört. Jedenfalls, Stuart Hughes – ich glaube, das reicht für mich aus. Ich will gar nicht St. John St. John de Vere Knatschbull heißen. Meine Eltern hießen Hughes. Sie sind gestorben, und jetzt trage ich ihren Namen. Und wenn ich sterbe, heiße ich immer noch Stuart Hughes. Es gibt nicht allzu viele Gewißheiten auf unserer großen weiten Welt, aber das ist eine.

Verstehen Sie, was ich damit sagen will? 'tschuldigung, wie sollten Sie auch. Ich hab ja grade erst angefangen. Sie kennen mich fast gar nicht. Fangen wir noch mal an. Hallo, ich bin Stuart Hughes, freut mich, Sie kennenzulernen. Sollen wir uns die Hand geben? Gut, okay. Nein, was ich sagen will, ist: *Es gibt sonst niemand hier, die ihren Namen nicht geändert haben*. Das ist doch ein Ding. Es ist sogar schon etwas unheimlich.

Na, haben Sie gemerkt, daß ich *niemand* mit *die* plural zusammen gebraucht habe? *»Es gibt niemand, die ihren Namen nicht geändert haben.«* Ich hab das mit Absicht gemacht, womöglich bloß, um Oliver zu ärgern. Wir hatten da diesen fürchterlichen Krach mit Oliver. Na, jedenfalls eine Auseinandersetzung. Oder zumindest eine Meinungsverschiedenheit. Er ist ein großer Pedant, unser Oliver. Er ist mein ältester Freund, daher darf ich ihn einen großen Pedanten nennen. Als Gill – das ist meine Frau, Gillian – ihn kennenlernte, hat sie kurz darauf zu mir gesagt: »Dein Freund redet ja wie ein Wörterbuch.«

Wir waren damals an einem Strand nördlich von Frinton, und als Oliver hörte, was Gill sagte, hat er wieder so eine Nummer abgezogen. Er sagt *break* dazu, wie im Jazz, aber solche Wörter liegen mir nicht. Ich kann nicht wiedergeben, wie er redet – da müssen Sie ihn schon selber mal hören –, aber er hebt einfach irgendwie ab. Damals auch. »Was für ein Wörterbuch bin ich denn? Hab ich ein Daumenregister? Bin ich zweisprachig?« Und so weiter. Das ging eine ganze Weile so, und schließlich fragte er, wer ihn wohl kaufen würde. »Wenn mich nun keiner haben will? Ich bleibe unbeachtet. Mein Kopfschnitt verstaubt. Oh, nein, ich werde verramscht, das seh ich schon, ich werde verramscht.« Und er fing an, auf den Sand zu schlagen und die Möwen anzuheulen – als wären wir in so einem Kleinen Fernsehspiel –, und ein älteres Ehepaar, das hinter einem Windschutz Radio hörte, sah ziemlich verschreckt drein. Gillian hat bloß gelacht.

Jedenfalls, Oliver ist ein Pedant. Ich weiß ja nicht, was Sie davon halten, wenn man *niemand* mit *die* plural gebraucht. Womöglich nicht sehr viel, warum sollten Sie auch. Und ich weiß nicht mehr, wie wir eigentlich darauf gekommen sind, aber wir hatten da diese Auseinandersetzung. Oliver und Gillian und ich. Wir hatten jeder eine andere Meinung. Ich will mal versuchen, die gegensätzlichen Standpunkte darzulegen. Vielleicht mach ich ein Sitzungsprotokoll, wie in der Bank.

OLIVER sagte, daß Wörter wie *jemand* und *jeder* und *niemand* Pronomen im Singular seien und daher das Relativpronomen Singular nach sich zögen, nämlich *der*.

GILLIAN sagte, man könne nicht eine allgemeine Behauptung aufstellen und dann die Hälfte der Menschheit ausschließen, da dieser *jemand* sich in fünfzig Prozent aller Fälle als weiblich erweisen würde. Daher sollte man aus Gründen der Logik und der Fairneß *der oder die* sagen.

OLIVER sagte, wir redeten über Grammatik und nicht über Sexualität und Herrschaft.

GILLIAN sagte, wie wir das wohl auseinanderhalten wollten,

denn wo käme die Grammatik denn her, wenn nicht von Grammatikern, und fast alle Grammatiker – ja alle ohne Ausnahme, soweit sie wisse – seien Männer, was wir da denn erwarteten; aber vor allem vertrete sie den gesunden Menschenverstand.

OLIVER verdrehte die Augen, zündete sich eine Zigarette an und sagte, daß allein schon der Ausdruck *gesunder Menschenverstand* ein Widerspruch in sich sei, und wenn der Mensch – und an der Stelle tat er so, als sei ihm das äußerst peinlich, und verbesserte sich zu der-oder-die Mensch – wenn der-oder-die Mensch sich in den vergangenen Jahrtausenden auf den gesunden Menschenverstand verlassen hätte, würden wir alle noch in Lehmhütten hausen und grauenvolle Nahrung zu uns nehmen und Del-Shannon-Platten hören.

STUART konnte dann eine Lösung anbieten. Da *der* entweder unzutreffend oder beleidigend oder womöglich gleich beides sei und *der oder die* diplomatisch, aber furchtbar umständlich, liege es auf der Hand, *die* plural zu sagen. Stuart trug diesen Kompromißvorschlag voller Überzeugung vor und war über dessen Ablehnung seitens der übrigen stimmberechtigten Mitglieder verwundert.

OLIVER sagte, daß sich beispielsweise der Satz *Da war jemand, die haben den Kopf zur Tür reingesteckt* so anhöre, als wären da zwei Körper und ein Kopf, wie bei einem dieser gräßlichen wissenschaftlichen Experimente in Rußland. Er verwies auf die Monstrositätenkabinette, die es früher auf Jahrmärkten gab, wobei er Bärtige Damen, mißgebildete Schafsföten und dergleichen Dinge mehr anführte, bis er vom Präsidium (= mir) zur Ordnung gerufen wurde.

GILLIAN sagte, ihrer Meinung nach sei *die* plural genauso umständlich und genauso durchsichtig diplomatisch wie *der oder die,* aber warum sich die Versammelten denn überhaupt so anstellen würden, wo es darum ginge, einfach mal Stellung zu beziehen? Frauen seien jahrhundertelang angewiesen worden, männliche Pronomen zu gebrauchen, wenn sie von der gesamten Menschheit sprachen, warum sollte dies daher nicht, wenn auch mit Verspätung, ausgeglichen werden, selbst wenn manche (Männer) daran etwas zu knabbern hätten?

Stuart behauptete weiterhin, daß *die* plural die beste Lösung sei, da sie den goldenen Mittelweg darstelle.

Die SITZUNG wurde auf unbestimmte Zeit vertagt.

Ich hab hinterher noch ziemlich lange über dieses Gespräch nachgedacht. Da waren wir nun, drei einigermaßen intelligente Leute, und diskutierten über die Vorzüge von *der* und *der oder die* und *die* plural. Winzig kleine Wörter, und doch konnten wir uns nicht einigen. Dabei waren wir Freunde. Und doch konnten wir uns nicht einigen. Irgendwie hat mir das zu schaffen gemacht.

Wie bin ich jetzt da drauf gekommen? Ach ja, es gibt sonst niemand hier, die ihren Namen nicht geändert haben. Es stimmt, und das ist doch ein Ding, nicht? Gillian zum Beispiel, die hat ihren Namen geändert, als sie mich heiratete. Ihr Mädchenname war Wyatt, aber jetzt heißt sie Hughes. Ich will mir nicht schmeicheln, daß sie darauf brannte, meinen Namen anzunehmen. Ich glaube, es war eher so, daß sie Wyatt loswerden wollte. Weil, das war nämlich der Name ihres Vaters, und mit ihrem Vater hat sie sich nicht verstanden. Er hat ihre Mutter sitzenlassen, und die mußte dann jahrelang mit dem Namen von einem Menschen rumlaufen, der sie verlassen hatte. Nicht sehr schön für Mrs Wyatt, oder Mme Wyatt, wie manche sie nennen, weil sie ursprünglich aus Frankreich kommt. Ich hatte den Verdacht, daß Gillian Wyatt loswerden wollte, um auf diese Weise mit ihrem Vater zu brechen (der im übrigen noch nicht einmal zur Hochzeit kam) und ihrer Mami zu zeigen, was *die* schon vor Jahren hätte tun sollen. Nicht daß Mme Wyatt den Wink verstanden hätte, falls es einer war.

Es war typisch Oliver, daß er sagte, nach der Hochzeit müßte sich Gillian eigentlich Mrs Gillian Wyatt-oder-Hughes nennen, das heißt, wenn sie logisch und grammatisch und gesunden-menschenverständlich und diplomatisch und um-ständlich sein wollte. So ist er nun mal, unser Oliver.

Oliver. Das war nicht sein Name, als ich ihn kennenlernte. Wir sind zusammen zur Schule gegangen. In der Schule hieß er Nigel, manchmal auch »N.O.«, gelegentlich auch »Russ«, aber »Oliver« wurde Nigel Oliver Russell nie genannt. Ich glaube nicht einmal, daß wir wußten, wofür das O stand;

vielleicht hat er da gelogen. Jedenfalls, die Sache ist die. Ich bin nicht auf die Uni gegangen, Nigel schon. Nigel rückte zu seinem ersten Semester ein, und als er wiederkam, war er Oliver. Oliver Russell. Das N hatte er fallenlassen, selbst bei dem Namen, der auf seinen Schecks gedruckt stand.

Sie sehen, ich weiß alles noch. Er ist zu seiner Bank gegangen und hat die Leute dazu gebracht, daß sie ihm neue Schecks drucken, und statt mit »N.O. Russell« hat er jetzt mit »Oliver Russell« unterschrieben. Ich hab gestaunt, daß die das durchgehen ließen. Ich hätte gedacht, er müßte seinen Namen durch notariell beglaubigte Willenserklärung oder so ändern. Ich hab ihn gefragt, wie er das gemacht hat, aber er wollte es mir nicht erzählen. Er hat nur gesagt: »Ich hab denen gedroht, ich würde mein Konto woanders überziehen.«

Ich bin nicht so clever wie Oliver. In der Schule bekam ich manchmal bessere Noten als er, aber das war dann, wenn er keine Lust hatte, sich anzustrengen. Ich war besser in Mathematik und Naturwissenschaften und in praktischen Dingen – ihm brauchte man im Metallwerkraum nur eine Drehbank zu zeigen, dann legte er schon einen Ohnmachtsanfall hin –, aber wenn er mich übertrumpfen wollte, dann tat er das auch. Na ja, nicht bloß mich, alle. Und er kannte sich aus. Als wir in der Cadet Force Soldaten spielen mußten, war Oliver immer als Nicht Marschfähig freigestellt. Er kann wirklich clever sein, wenn er will. Und er ist mein ältester Freund.

Er war Brautführer bei mir. Nicht im eigentlichen Sinn, weil es eine standesamtliche Trauung war, und da hat man keine Brautführer. Tatsächlich hatten wir darüber auch so einen albernen Streit. Wirklich albern; das erzähle ich Ihnen ein andermal.

Es war ein herrlicher Tag. Ein Tag, wie ihn alle zum Heiraten haben sollten. Ein sanfter Junimorgen mit blauem Himmel und einer lauen Brise. Wir waren zu sechst: ich, Gill, Oliver, Mme Wyatt, meine Schwester (verheiratet, getrennt, hat ihren Namen geändert – was hab ich gesagt?) und irgendeine ältliche Tante, die Mme Wyatt in letzter Minute ausgegraben hatte. Ich habe ihren Namen nicht verstanden, aber ich möchte wetten, es war nicht der ursprüngliche.

Der Standesbeamte war ein würdiger Mann, der sich mit dem korrekten Maß an Förmlichkeit benahm. Der Ring, den ich gekauft hatte, ruhte auf einem pflaumenfarbenen Kissen aus Samt und zwinkerte uns zu, bis es Zeit war, ihn Gill an den Finger zu stecken. Ich hab mein Gelübde ein bißchen zu laut gesagt, und es schien von den hellen Eichenpaneelen des Raumes widerzuhallen; Gill hat offenbar überkompensiert und so geflüstert, daß der Standesbeamte und ich es gerade eben hören konnten. Wir waren sehr glücklich. Die Zeugen haben im Personenstandsregister unterschrieben. Der Standesbeamte hat Gill ihren Trauschein gegeben und gesagt: »Das gehört *Ihnen,* Mrs Hughes, diesen jungen Mann hier geht das gar nichts an.« Draußen vor dem Rathaus war eine große Normaluhr, und darunter haben wir ein paar Fotos gemacht. Auf dem ersten Bild von dem Film stand 12.13, und da waren wir drei Minuten verheiratet. Auf dem letzten Bild von dem Film stand 12.18, und da waren wir acht Minuten verheiratet. Ein paar Bilder haben eine verrückte Perspektive, weil Oliver herumgeblödelt hat. Dann sind wir alle in ein Restaurant gegangen und haben gegrillten Lachs gegessen. Es gab Champagner. Dann noch mehr Champagner. Oliver hat eine Rede gehalten. Er sagte, er hätte auf eine Brautjungfer anstoßen wollen, aber nun sei keine da, also wäre er so frei und würde statt dessen auf Gill anstoßen. Alle haben gelacht und geklatscht, und dann hat Oliver einen ganzen Haufen langer Wörter gebraucht, und jedesmal, wenn er eins gebraucht hat, haben wir alle gebrüllt. Wir waren in einer Art Hinterzimmer, und an einer Stelle haben wir bei einem ganz besonders langen Wort ganz besonders laut gebrüllt, und da hat ein Kellner hereingeschaut, ob wir irgendwas haben wollten, und ist dann wieder gegangen. Oliver brachte seine Rede zu Ende und setzte sich, und es wurde ihm auf die Schulter geklopft. Ich hab mich zu ihm umgedreht und gesagt: »Übrigens, da war gerade jemand, die den Kopf zur Tür reingesteckt haben.«

»Was wollten die denn?«

»Nein«, hab ich gesagt und wiederholt: »Da war gerade *jemand, die* den Kopf zur Tür reingesteckt haben.«

»Bist du betrunken?« hat er gefragt.

Ich glaube, er hatte es wohl vergessen. Aber ich weiß es noch, sehen Sie. Ich weiß noch alles.

Gillian Schauen Sie, ich finde einfach, das geht im Grunde niemand etwas an. Wirklich nicht. Ich bin eine ganz gewöhnliche Privatperson. Ich habe überhaupt nichts zu sagen. Heutzutage findet man an allen Ecken und Enden Leute, die darauf bestehen, einem ihre Lebensgeschichte aufzudrängen. Sie brauchen nur eine Zeitung aufzuschlagen, da ruft es überall Hier Ist Mein Leben – Komm Herein. Sie brauchen nur den Fernseher anzustellen, und in jedem zweiten Sender redet jemand über seine oder ihre Scheidung, seine oder ihre uneheliche Geburt, seinen oder ihren Alkoholismus, Krebs, Konkurs, seine oder ihre Krankheit, Drogenabhängigkeit, Vergewaltigung, Amputation, Psychotherapie. Seine Vasektomie, ihre Mastektomie, seine oder ihre Appendektomie. Wozu machen die das alle? Seht mich an, hört mir zu. Warum können die nicht einfach ihre Sachen machen? Warum müssen sie über alles *reden?*

Bloß weil ich keinen Bekenntnisdrang habe, heißt das nicht, daß ich alles vergesse. Ich weiß noch, wie mein Trauring auf einem dicken burgunderroten Kissen lag, wie Oliver im Telefonbuch blätterte und Leute mit blödsinnigen Namen heraussuchte und wie mir zumute war. Aber das gehört nicht an die Öffentlichkeit. Meine Erinnerungen sind meine Sache.

Oliver Hallochen, ich bin Oliver, Oliver Russell. Zigarette? Nein, hab ich mir schon gedacht. Du hast doch nichts dagegen? Ja, ich bin mir *durchaus* bewußt, daß es nicht gesund ist, deshalb mag ich es ja. Mein Gott, wir kennen uns noch kaum, und schon gebärdest du dich wie ein wildgewordener Körnerfresser. Was geht dich das überhaupt an? In fünfzig Jahren bin ich tot, und du bist ein munteres Echslein, das durch einen Strohhalm Joghurt schlürft, Moorwasser nippt und Gesundheitssandalen trägt. Also mir ist das so rum lieber.

Soll ich dir mal meine Theorie erzählen? Wir kriegen allesamt entweder Krebs oder was mit dem Herzen. Es gibt, im wesentlichen, zwei Arten von Menschen, solche, die ihre Gefühle in sich hineinfressen, und solche, die alles rausschreien. Introvertierte und extrovertierte, wenn dir das lieber ist. Introvertierte neigen bekanntermaßen dazu, ihre Gefühle, ihre Wut und ihre Selbstverachtung zu internalisieren, und diese Internalisierung ruft, ebenso bekanntermaßen, Krebs hervor. Extrovertierte andererseits lassen alles fröhlich raushängen, wüten gegen die ganze Welt, übertragen ihre Selbstverachtung auf andere, und diese Überanstrengung führt, logischerweise, zu Herzanfällen. Entweder – oder. Nun bin ich zufälligerweise extrovertiert, wenn ich das also mit Rauchen kompensiere, bleibe ich so ein vollkommen ausgeglichener und gesunder Mensch. Das ist *meine* Theorie. Obendrein bin ich nikotinsüchtig, und das erleichtert das Rauchen.

Ich bin Oliver, und ich weiß noch alles, was *wichtig* ist. Das mit dem Gedächtnis ist doch so. Mir ist aufgefallen, daß die meisten Leute über Vierzig herumjaulen wie die Kettensägen, ihr Gedächtnis sei nicht mehr das, was es mal war, oder nicht so gut, wie sie es gern hätten. Offen gestanden überrascht mich das nicht: Guck dir doch bloß mal an, wieviel Mist sie da zu speichern belieben. Denk dir einen ungeheuren Schuttcontainer, vollgestopft mit Banalitäten: einzigartig uneinmalige Kindheitserinnerungen, fünf Billionen Sportergebnisse, Gesichter von Leuten, die sie nicht leiden können, Handlungsverläufe von rührseligen Fernsehserien, Tips zur Entfernung von Rotweinflecken aus dem Teppich, der Name ihres Abgeordneten und so Zeug. Welch ungeheure Eitelkeit läßt sie zu dem Schluß kommen, das Gedächtnis wolle sich mit solcherlei Müll zustopfen lassen? Stell dir das Organ der Erinnerung vor wie den Mann an der Gepäckaufbewahrung eines brodelnden Kopfbahnhofs, der auf deinen kümmerlichen Krempel aufpaßt, bis du den wieder mal brauchst. Nun überleg mal, worauf der da alles achtgeben soll. Und für so wenig Geld! Und für so wenig Dank! Kein Wunder, daß der Schalter die halbe Zeit nicht besetzt ist.

Ich mach das mit dem Gedächtnis so, daß ich es nur mit solchen Dingen betraue, um die es sich mit einem gewissen Stolz kümmern kann. Zum Beispiel merke ich mir nie Tele-

„Drei Wochen später kam er von irgendeinem exotischen Aufenthalt zurück, und wir waren zu dritt. Jenen ganzen Sommer lang.
Zu dritt. Es war wie in diesem französischen Film, wo alle zusammen Rad fahren."

„Warum sagen wir immerzu ‚jener Sommer' - es war schließlich erst letzten Sommer. Ich denke mir, weil es wie ein einziger, perfekt gehaltener Ton war, eine einzige klar bestimmte, leuchtende Farbe."

„Die beiden anderen, die wollen beide nur eins, daß ich bei ihnen bin. Ich will zweierlei. Oder vielmehr, ich will verschiedenes zu verschiedenen Zeiten."

fonnummern. Ich kann mir *gerade* eben meine eigene merken, aber mir kommen nicht gleich alle Ängste dieser Welt hoch, wenn ich mein Adreßbüchlein zücken und darin Oliver Russell nachschauen muß. Manche Leute – verbissene *parvenus* im Königreich des Geistes – faseln was von Gedächtnistraining, auf daß es fit und agil werde wie ein Athlet. Na, was mit Athleten passiert, wissen wir ja alle. Diese widerlich wendigen Ruderer nibbeln doch allesamt ab, wenn sie mal gerade mittelalt sind, Fußballspieler kriegen die Knarzscharnier-Arthritis. Muskelrisse verhärten, Bandscheiben verschwinden und Wirbel verklumpen. Schau dir mal ein Sportveteranentreffen an, das sieht aus wie die Reklame für ein geriatrisches Pflegeheim. Hätten sie nur ihre Sehnen nicht so heftig strapaziert . . .

Daher bin ich ein überzeugter Gedächtnisverhätschler und stecke meinem nur die feineren Erfahrungshäppchen zu. Dieses Essen nach der Hochzeit, zum Beispiel. Wir haben einen durchaus spritzigen Nichtjahrgangs-Champagner getrunken, den Stuart ausgesucht hatte (Marke? was weiß ich? *mis en bouteille par Les Vins de l'Oubli*), und *saumon sauvage grillé avec son coulis de tomates maison* gegessen. Ich persönlich hätte das nicht gewählt, aber ich wurde ja auch nicht gefragt. Nein, es war vollkommen in Ordnung, nur eben ein wenig phantasielos . . . Mme Wyatt, bei der ich *à côté* war, schien es zu schmecken, oder zumindest schien sie den Lachs zu genießen. Doch in den durchscheinenden rosaroten Würfelchen, die den Fisch umgaben, stocherte sie ziemlich herum, dann wandte sie sich an mich und fragte:

»Was genau könnte das Ihrer Meinung nach sein?«

»Tomate«, konnte ich sie aufklären. »Gehäutet, entstrunkt, entkernt, gewürfelt.«

»Wie seltsam, Oliver, daß man genau das, was den Charakter einer Frucht ausmacht, entfernt, als sei es ein Geschwür.«

Findest du das nicht ziemlich prachtvoll? Ich nahm ihre Hand und küßte sie.

Andererseits könnte ich dir leider nicht sagen, ob Stuart zu der Zeremonie seinen mitteldunkelgrauen Anzug oder seinen dunkeldunkelgrauen Anzug anhatte.

Siehst du, was ich meine?

Ich weiß noch, wie der Himmel an dem Tag war: Wolkenwirbel wie marmoriertes Vorsatzpapier. Ein bißchen viel Wind, und jeder, der beim Standesamt zur Tür reinkommt, streicht sich erst mal die Haare glatt. Zehn Minuten Warten um einen niedrigen Couchtisch, auf dem drei Telefonbücher von London und drei Ausgaben des Branchenverzeichnisses liegen. Ollie will die Gesellschaft bei Laune halten, indem er einschlägige Fachleute wie Scheidungsanwälte und Gummiwarenlieferanten heraussucht. Doch springt der Funke des Frohsinns nicht über. Dann gingen wir hinein und standen diesem kleinen Standesbeamten gegenüber, der absolut salbaderisch und *crépusculaire* war. Eine Mehlbombe von Schuppen auf den Schultern. Die Schau ging einigermaßen normal über die Bühne. Der Ring glitzerte auf seiner schlehenfarbenen *pouffe* wie ein Intrauterinpessar. Stuart brüllte seinen Text, als hätte er sich vor dem Standgericht zu verantworten, und wenn er nicht mit absolut vollster Lautstärke artikulierte, würde ihm das ein paar Jahre Festungshaft zusätzlich eintragen. Die arme Gillie konnte ihre Responsorien nur mit Müh und Not intonieren. Sie hat wohl geweint, doch ich erachtete es für vulgär, genauer hinzugucken. Hinterher gingen wir nach draußen und machten Fotos. Stuart sah ganz besonders selbstgefällig aus, dachte ich. Er ist ja mein ältester Freund, und es war ja seine Hochzeit, aber vor lauter Selbstzufriedenheit sah er ganz mogadanal aus, daher eignete ich mir die Kamera an und tat kund, da müßten unbedingt noch ein paar künstlerisch wertvolle Aufnahmen in das Hochzeitsalbum. Ich stolzierte herum und lag auf dem Boden und drehte das Objektiv um 45 Grad und rückte ihnen porentief auf den Leib, aber in Wirklichkeit hatte ich nur eins im Sinn, nur ein Anliegen – eine gute Aufnahme von Stuarts *Doppelkinn*. Dabei ist er erst zweiunddreißig. Na ja, Doppelkinn ist vielleicht etwas unfair: sagen wir einfach Schweinebacke. Doch ein Maestro an der Blende bringt sie zur Geltung, fett glänzend und sich blähend.

Stuart . . . Nein, Moment mal. Du hast schon mit ihm gesprochen, nicht wahr? Du hast mit Stuart gesprochen. Ich hab das leise Zögern durchaus bemerkt, als ich das Thema seines Doppelkinns angeschnitten habe. Es sei dir überhaupt nicht aufgefallen? Mag sein im Dunkeln und im Gegenlicht . . . Und womöglich hat er zur Kompensation den Unterkiefer vorgestreckt. Meiner Ansicht nach würde dieser Kehlsack lange nicht so sehr ins Auge springen, wenn Stuart längere Haare hätte, aber er läßt seinem borstigen Mäusepelz ja keinerlei *Lebensraum*. Und dann sein rundes Gesicht und die freundlichen kleinen Knopfaugen, die hinter dieser Brille hervorlugen, die ja nicht gerade der allerletzte Modeschrei ist. Ich meine, er sieht durchaus *gutmütig* aus, aber da müßte doch irgendwie noch dran *gearbeitet* werden, meinst du nicht?

Wie war das? Er hatte keine Brille auf? Natürlich hatte er eine Brille auf. Ich kannte ihn schon als Fünfkäsehoch und . . . na ja, vielleicht hat er sich insgeheim Kontaktlinsen zugelegt und hat sie bei dir ausprobiert. Na schön. Möglich wär's. Möglich ist alles. Vielleicht versucht er's jetzt mit einer dynamischeren Tour, damit er eine Idee mehr macho rüberkommt, als wir alle ihn kennen, wenn er in seinen ekligen kleinen Karnickelstall in der City geht und auf seinen neurotisch blinkenden kleinen Monitor glotzt und in sein schnurloses Telefon schnauzt, um noch eine *tranche* Bleioptionen oder sonstwas zu ordern. Aber er hat für den Umsatz der Optiker – besonders derjenigen, die so richtig unmoderne Gestelle führen – gesorgt, seit wir zusammen zur Schule gegangen sind.

Was gibt es denn jetzt wieder zu grinsen? Wir sind zusammen zur Schule . . . Ah. Alles klar. Stuart hat rumgestänkert, weil ich meinen Namen geändert hab, nicht wahr? Er ist geradezu besessen von solchen Dingen, mußt du wissen. Er hat diesen wahrhaft langweiligen Namen da – Stuart Hughes, sag mal selbst, damit kann man doch in der Heimtextilbranche wunderbar Karriere machen, keine Qualifikationen erforderlich außer dem perfekten Namen, Sir, und Sie sind ein gemachter Mann – und ist es ganz zufrieden, auf diesen Namen zu hören bis ans Ende seiner Tage. Oliver aber hieß früher mal Nigel. *Mea culpa, mea maxima culpa.* Beziehungsweise doch nicht. Beziehungsweise: Danke, Mami. Jedenfalls, man kann doch nicht ein ganzes Leben lang auf den Namen Nigel hören, oder? Man kann noch nicht einmal ein ganzes Buch lang auf den Namen Nigel hören. Manche Namen sind nach einer gewissen Zeit einfach nicht mehr angemessen. Nehmen wir mal an, du heißt Robin, also Rotkehlchen, zum Beispiel. Also, bis zum Alter von etwa neun Jahren ist das absolut in Ordnung, aber dann muß da doch bald mal was unternommen werden, nicht wahr? Änder den Namen durch notariell beglaubigte Willenserklärung zu Samson oder Goliath oder sonstwas. Bei manchen *appellations* wiederum ist das Gegenteil der Fall. Bei Walter, beispielsweise. Man kann nicht Walter sein im Kinderwagen. Man kann nicht *Walter* sein, bevor man um die fünfundsiebzig ist, wenn du mich fragst. Wenn sie dich also Walter taufen wollen, sollten sie demnach möglichst noch ein paar andere Namen davorsetzen, einen für die Kinderwagenzeit und dann noch einen für den weiten Weg des Walterwerdens. Sie könnten dich also vielleicht Robin Bartholomew Walter nennen, zum Beispiel. Ganz schön bescheuert, meiner Meinung nach, doch dann und wann wird es da und dort wohl auch zur Freude gereichen.

Also hab ich Nigel gegen Oliver eingetauscht, was schon immer mein zweiter Name war. Nigel Oliver Russell – da, ich sprech das ohn' Erröten aus. Ich bin als Erstsemester nach York an die Uni gegangen und hieß Nigel, und als Oliver kam ich zurück. Was ist daran so verwunderlich? Es ist nicht seltsamer, als wenn man zum Militär geht und beim ersten Heimaturlaub mit Schnurrbart wiederkommt. Ein bloßer Initiationsritus. Aber aus irgendeinem Grund kommt der gute alte Stuart da nicht drüber weg.

Gillian ist ein guter Name. Er paßt zu ihr. Er wird sich halten.

Und Oliver paßt zu mir, findest du nicht auch? Er harmoniert recht gut mit meinem dunklen, dunklen Haar und meinen küssenswerten Elfenbeinzähnen, meiner schlanken Taille, meinem Aplomb und meinem Leinenanzug mit dem unverwüstlichen Pinot-Noir-Fleck. Er paßt dazu, daß ich mein Konto überziehe und mich im Prado auskenne wie in meiner Anzugstasche. Er paßt dazu, daß *manche Leute* mir am liebsten den Kopf einschlagen würden. Wie dieser absolute Neandertaler von Bankzweigstellenleiter, den ich am Ende meines ersten Uni-Semesters aufsuchte. Einer von der Sorte, der eine Erektion kriegt, wenn er hört, daß der Diskontsatz ein zehntel Prozent gestiegen ist. Jedenfalls, dieser Neandertaler, dieser ... Walter holte mich in seine holzgetäfelte Wichsbude von Büro, klassifizierte mein Gesuch auf Änderung des Namens auf meinen Schecks von N. O. Russell zu Oliver Russell als nicht von zentraler Bedeutung für die Politik der Bank in den 8oer Jahren und gab mir zu bedenken, daß ich, sollten nicht bald Mittel eingehen, das schwarze Loch meines Überziehungskredits zu tarnen, überhaupt kein neues Scheckheft bekäme, und nennte ich mich Sankt Nikolaus. Woraufhin ich mich mit einer effektvollen Simulation von Speichelleckertum in meinem Sessel wand, dann minutenlang matadormäßig tänzelnd Unmengen guten alten Charmes vor ihm versprühte, und ehe du noch *fundador* sagen konntest, lag Walter auf den Knien und bettelte um den *coup de grâce*. Also gestattete ich ihm die Ehre, meine Namensänderung zu beglaubigen.

Anscheinend sind mir alle Freunde, die mich mal Nigel nannten, abhanden gekommen. Außer Stuart, natürlich. Du solltest Stuart mal dazu bringen, daß er dir von unserer gemeinsamen Schulzeit erzählt. Ich hab meinem Gedächtnis doch nie den Tort angetan, es diesen ganzen Routinekram speichern zu lassen. Stuart hat manchmal, bloß um etwas zu sagen, angefangen »Adams, Aitken, Apted, Bell, Bellamy . . .« (die Namen denk ich mir jetzt aus, du verstehst schon).

»Was ist denn das?« hab ich dann gesagt. »Dein neues Mantra?«

Dann hat er verdutzt dreingeblickt. Vielleicht hat er gedacht, ein Mantra war eine Automarke. Der Oldsmobile Mantra. »Nein«, hat er geantwortet. »Weißt du nicht mehr? Das war die 5 A. Der alte Handkanten-Vokins war unser Klassenlehrer.«

Aber ich weiß es nicht mehr. Ich *will* es nicht mehr wissen. Erinnern ist ein Willensakt, Vergessen auch. Ich glaube, ich habe den Großteil meiner ersten achtzehn Jahre hinreichend gelöscht, zu harmlosem Babybrei püriert. Was könnte schlimmer sein, als von diesem ganzen Krempel verfolgt zu werden? Das erste Fahrrad, die ersten Tränen, der alte Teddy mit dem abgekauten Ohr. Das ist nicht nur eine Frage der Ästhetik, es ist auch eine praktische Frage. Wenn man seine Vergangenheit allzu gut in Erinnerung hat, fängt man an, sie für die Gegenwart verantwortlich zu machen. Seht doch, was sie mir angetan haben, deshalb bin ich jetzt so, es ist nicht meine Schuld. Erlaube mir, daß ich dich korrigiere: Wahrscheinlich ist es eben *doch* deine Schuld. Und verschone mich freundlicherweise mit den Einzelheiten.

Es heißt, je älter man wird, desto besser erinnert man sich an seine ersten Jahre. Eine der vielen Panzerfallen, die da vor uns liegen: die Rache der Senilität. Habe ich dir übrigens schon meine Theorie über das Leben präsentiert? Das Leben ist wie die Invasion von Rußland. Ein Blitzstart, massierte Tschakos, tanzende Federbüsche wie in einem aufgeschreckten Hühnerstall; eine Periode des graziösen Vorrückens, in überschwenglichen Depeschen festgehalten, derweil der Feind zurückweicht; dann der Beginn eines langen, moralunterminierenden Marsches mit immer kleiner werdenden Rationen und ersten Schneeflocken, die dir ins Gesicht wehen. Der Feind setzt Moskau in Brand, und du weichst zurück vor General Januar, der von Eiszapfen starrt bis in die Fingerspitzen. Bitterer Rückzug. Kosaken setzen dir von allen Seiten zu. Schließlich fällst du im Kartätschenfeuer eines Kanonenbubis bei der Überquerung eines polnischen Flusses, der noch nicht mal beim General auf der Karte eingezeichnet ist.

Ich möchte niemals alt werden. Verschon mich damit. Steht das in deiner Macht? Nein, das steht leider auch nicht in deiner Macht. Dann rauch doch noch eine. Na los. Ach, schon gut, wie du willst. Jeder nach seinem Geschmack.

2: Leih mir mal 'n Pfund

Stuart Irgendwie ist es ja erstaunlich, daß es den *Edwardian* noch gibt, aber ich bin ganz froh darüber. Es ist auch erstaunlich, daß es die Schule noch gibt, aber als sie alle Gymnasien in diesem Land gekillt und Gesamtschulen und Mittelstufenzentren und Oberstufenzentren daraus gemacht haben und alle mit allen anderen zusammengesteckt wurden, da wußten sie irgendwie nicht, mit wem sie St. Edward's zusammenstecken könnten, und haben uns gewissermaßen in Ruhe gelassen. Also hat die Schule weiterbestanden, und das Altherren-Blatt auch. In den ersten Jahren nach meinem Abgang von der Schule habe ich es nicht groß beachtet, aber jetzt, wo ich schon, na, fünfzehn Jahre oder so raus bin, stelle ich bei mir ein ziemliches Interesse daran fest, was da so passiert. Man sieht einen vertrauten Namen, und der löst alle möglichen Erinnerungen aus. Aus den verschiedensten Ecken der Welt melden sich Alte Herren und berichten, was sie so treiben. Großer Gott, denkt man dann, ich hätte nie gedacht, daß Bailey mal das ganze Südostasiengeschäft unter sich haben würde, sagt man sich. Ich weiß noch, wie er gefragt wurde, was das wichtigste Anbauprodukt von Thailand sei, und er hat geantwortet Transistorradios.

Oliver sagt, er kann sich aus der Schule an nichts mehr erinnern. Er sagt – wie heißt sein Spruch noch mal? –, er sagt, in diesen speziellen Brunnen kann er einen Stein fallen lassen und hört es nie platschen. Er gähnt immer viel und sagt betont gelangweilt *Wer?*, wenn ich ihm Neuigkeiten aus dem *Edwardian* weitergebe, aber ich glaube, es interessiert ihn schon. Nicht, daß er je mit eigenen Erinnerungen kommt. Vielleicht tut er bei anderen so, als wäre er auf eine feinere Schule gegangen – Eton oder so. Das würde ich ihm durchaus zutrauen. Ich bin immer der Meinung gewesen, man ist, was man ist, und man sollte nicht vorgeben, wer anderer zu sein.

Aber Oliver hat mich immer zurechtgewiesen und erklärt, man sei der, der man zu sein vorgibt.

Wir sind ziemlich verschieden, Oliver und ich, wie Ihnen wohl schon aufgefallen ist. Manchmal staunen die Leute, daß wir Freunde sind. Sie sagen es nicht direkt, aber ich kann es spüren. Sie denken, ich hätte Glück, daß ich einen Freund wie Oliver habe. Oliver macht Eindruck auf die Leute. Er kann gut reden, er ist in ferne Lande gereist, er spricht Fremdsprachen, er ist kunstbewandert – mehr als bewandert –, und er zieht Sachen an, die sich seinen Körperkonturen nicht anpassen und daher von kundigen Menschen für modern erklärt werden. Was bei mir alles nicht so ist. Ich kann nicht immer sehr gut sagen, was ich meine, das heißt, außer bei der Arbeit; ich bin in Europa gewesen und in den Staaten, aber nie in Ninive und im Fernen Ophir; ich hab – buchstäblich – nicht viel Zeit für die Künste, obwohl ich in keiner Weise was *gegen* sie habe, verstehen Sie (manchmal gibt es im Autoradio ein schönes Konzert; wie die meisten lese ich ein, zwei Bücher im Urlaub); und über meine Kleidung mache ich mir nicht groß Gedanken, Hauptsache, ich sehe gepflegt aus bei der Arbeit und habe es bequem, wenn ich nach Hause komme. Aber ich glaube, Oliver mag mich, weil ich so bin, wie ich bin. Und da hätte es ja nicht viel Sinn, wenn ich ihn plötzlich nachäffen wollte. Ach ja, es gibt noch einen Unterschied zwischen uns: Ich habe ein ordentliches Vermögen, und Oliver hat so gut wie gar nichts. Jedenfalls nichts, was Leute, die was von Geld verstehen, Geld nennen würden.

»Leih mir mal 'n Pfund.«

Das war das erste, was er je zu mir gesagt hat. Wir saßen in der Klasse nebeneinander. Wir waren fünfzehn. Wir waren schon zwei Halbjahre in der gleichen Klasse gewesen, ohne richtig miteinander zu reden, weil wir unterschiedliche Freunde hatten und man in St. Edward's sowieso nach den Prüfungsergebnissen vom Ende des letzten Halbjahres gesetzt wurde, von daher war es nicht wahrscheinlich, daß wir nahe beieinander sitzen würden. Aber ich muß im vorhergehenden Halbjahr gut abgeschnitten haben, oder vielleicht hatte er getrödelt, oder beides, denn da waren wir nun zusammen, und Nigel, wie er sich damals nannte, bat mich um ein Pfund.

»Wofür willst du das?«

»Was für eine kolossale Unverschämtheit. Wofür in aller Welt willst du das wissen?«

»Ein kluger Finanzmanager würde nie einen Kredit einräumen, ohne zunächst dessen Zweck in Erfahrung zu bringen«, erwiderte ich. Dies schien mir eine absolut vernünftige Feststellung zu sein, aber aus irgendeinem Grund brachte sie Nigel zum Lachen. Handkanten-Vokins schaute von seinem Pult auf – dies sollte eine persönliche Beschäftigungsstunde sein – und bedachte uns mit einem fragenden Blick. Mehr als fragend, genaugenommen. Was Nigel nur noch mehr zum Lachen brachte, und es dauerte eine ganze Weile, bis er zu einer Erklärung ansetzen konnte.

»Entschuldigung, Sir«, sagte er endlich. »Es tut mir wirklich leid. Aber Victor Hugo kann bisweilen so furchtbar amüsant sein.« Dann fing er vor lauter Lachen zu brüllen an. Ich hatte ein ziemlich schlechtes Gewissen.

Nach der Stunde erklärte er mir, er wolle sich ein wirklich gutes Hemd kaufen, das er irgendwo gesehen habe, und ich erkundigte mich nach dem Wiederverkaufswert des Artikels im Hinblick auf die Deckung meiner Außenstände im Falle der Zahlungsunfähigkeit, was ihn noch mehr amüsierte; und dann teilte ich ihm meine Bedingungen mit. Fünf Prozent einfache Zinsen pro Woche auf den Darlehensbetrag, rückzahlbar innerhalb von vier Wochen, andernfalls Erhöhung des Zinssatzes auf zehn Prozent wöchentlich. Er nannte mich einen Wucherer, womit ich dieses Wort zum ersten Male hörte, zahlte mir nach vier Wochen £1.20 zurück, protzte an den Wochenenden mit seinem neuen Hemd herum, und seither waren wir Freunde. Freunde: wir hatten das einfach beschlossen, und damit basta. In dem Alter diskutiert man nicht, ob man Freundschaft schließen will oder nicht, man tut es einfach. Es ist ein irreversibler Prozeß. Manche Leute wunderten sich, und ich weiß noch, daß wir das auch ein bißchen ausgespielt haben: Nigel gab vor, mich zu bevormunden, und ich gab vor, ich sei nicht clever genug, das zu merken; und er tat großspuriger, als er in Wirklichkeit war, und ich tat noch langweiliger; aber wir wußten, was wir taten, und wir waren Freunde.

Wir blieben Freunde, obwohl er auf die Uni ging und ich nicht, obwohl er fortging nach Ninive und ins Ferne Ophir und ich nicht, obwohl ich zur Bank ging und einen festen Arbeitsplatz hatte, während er von einem Aushilfsjob zum nächsten flatterte und schließlich in einer Seitenstraße der Edgware Road landete und Englisch als Fremdsprache unterrichtete. Das Ding nennt sich Shakespeare School of English und hat eine Union-Jack-Leuchtreklame außen dran, die ständig an- und ausgeht. Er sagt, er hätte den Job nur angenommen, weil ihn die Leuchtreklame immer fröhlich stimmt; aber Tatsache ist, daß er das Geld wirklich braucht.

Und dann kam Gillian, und wir waren zu dritt.

Gill und ich waren uns einig, daß wir niemandem erzählen würden, wie wir uns kennengelernt haben. Wir haben immer gesagt, ein gewisser Jenkins aus dem Büro hätte mich nach Feierabend in die Weinbar um die Ecke mitgenommen, und dort hätten wir eine alte Freundin von ihm getroffen, und Gillian, die das Mädchen flüchtig kannte, wäre mit ihr dagewesen, und wir hätten uns irgendwie sofort verstanden und uns wieder verabredet.

»Jenkins?« sagte Oliver, als ich ihm diese Geschichte einigermaßen stockend erzählte, obwohl ich glaube, meine Nervosität kam daher, daß ich von Gillian sprach. »Ist das der aus der Arbitrage?« Oliver tut gern so, als verstünde er, was ich mache, und schmeißt ab und zu mal so ein Wort in die Diskussion, damit er sich kompetent anhört. Heutzutage ignoriere ich das meistens.

»Nein«, sagte ich. »Er war neu. Na ja, jetzt ist er alt. Er hat sich nicht lange gehalten. War dem Job nicht gewachsen.« Das stimmte. Ich hatte Jenkins ausgesucht, weil der unlängst gefeuert worden war und ihm wohl keiner über den Weg laufen würde.

»Na ja, wenigstens hat er dir eine *tranche de bonheur* zugeschustert, während er da war.«

»Eine Trongschdewas?« fragte ich, den Dummen Stu spielend. Er lächelte sein Lächeln, den Kultivierten Ollie spielend.

Tatsache ist, es ist mir nie sehr leichtgefallen, Leute kennenzulernen. Manchen fällt das von Natur aus leicht, und anderen nicht. Ich stamme nicht aus so einer riesigen Familie, wo es haufenweise Kusins gibt und ständig alle möglichen Leute »reinschauen«. Bei unserer Familie hat die ganze Zeit, wo ich zu Hause wohnte, nie jemand »reingeschaut«. Meine Eltern sind gestorben, als ich zwanzig war, meine Schwester ist nach Lancashire gezogen und Krankenschwester geworden und hat geheiratet, und damit war die Familie weg.

Da war ich nun also, wohnte alleine in einer kleinen Wohnung in Stoke Newington, ging zur Arbeit, blieb manchmal bis spätabends, wurde einsam. Ich bin nicht das, was man einen geselligen Typ nennt. Wenn ich Leute kennenlerne, die ich mag, da sage ich nicht etwa mehr und zeige, daß ich sie mag, und stelle Fragen, sondern mache sozusagen die Schotten dicht, als könnte ich mir gar nicht vorstellen, daß sie mich mögen, oder als wäre ich nicht interessant genug für sie. Und dann – was Wunder – finden sie mich auch nicht interessant genug für sie. Und wenn es dann das nächste Mal passiert, fällt mir das wieder ein, doch statt jetzt den Entschluß zu fassen, es besser zu machen, erstarre ich erst recht. Anscheinend hat die halbe Welt Selbstvertrauen und die andere halbe Welt nicht, und ich weiß nicht, wie man den Sprung von der einen Hälfte zur anderen schafft. Um Selbstvertrauen zu haben, muß man sich vorher schon etwas zutrauen; es ist ein Teufelskreis.

Die Anzeige war überschrieben JUNG UND ERFOLGREICH? 25–35? ZU VIEL ARBEIT, UND DIE GESELLIGKEIT BLEIBT AUF DER STRECKE? Ganz gut gemacht, diese Anzeige. Es hörte sich nicht an wie so ein Aufreißschuppen, wo sie dann alle zusammen Oben-ohne-Ferien machen; es erweckte auch nicht den Eindruck, als sei man selbst schuld an der fehlenden Geselligkeit. Es war einfach was, das auch den nettesten Leuten mal passiert, und das ging man vernünftigerweise so an, indem man £25 bezahlte und sich auf ein Glas Sherry in einem Londoner Hotel einfand mit dem indirekten Versprechen, nicht gedemütigt zu werden, wenn es nicht klappte.

Ich dachte, sie geben uns vielleicht Anstecker mit unserem Namen drauf, wie bei einer Konferenz; aber vermutlich haben sie gedacht, das sähe so aus, als wären wir nicht mal in der Lage, den eigenen Namen über die Lippen zu bringen. Da war so eine Art Gastgeber, der den Sherry ausschenkte und jeden Neuankömmling zu den einzelnen Gruppen führte; doch da wir ziemlich viele waren, konnte er sich nicht alle unsere Namen merken, so daß wir gezwungen waren, sie zu sagen. Oder vielleicht hat er sich manche Namen absichtlich nicht merken können.

Ich sprach gerade mit einem Mann, der stotterte und eine Ausbildung zum Immobilienmakler machte, als Gillian von dem Veranstalter angebracht wurde. Irgendwie gab mir die Tatsache, daß dieser Typ stotterte, mehr Selbstvertrauen. Es ist herzlos, so etwas zu sagen, aber es ist mir in der Vergangenheit oft genug selbst passiert: Man hört sich selbst ganz gewöhnliches Zeug daherreden, und plötzlich wird der Mensch neben einem geistreich. O ja, das ist mir oft genug so gegangen. Es ist so eine Art primitive Überlebensregel – such dir jemand, die noch schlechter dran sind als du, und neben denen blühst du auf.

Na ja, »aufblühen« ist vielleicht übertrieben, aber ich hab Gillian den einen oder anderen von Olivers Witzen erzählt, und wir haben über das mulmige Gefühl geredet, mit dem man in die Gruppe kommt, und dann stellte sich heraus, daß sie Halbfranzösin war, und dazu konnte ich etwas sagen, und der Immobilienmakler versuchte, Deutschland ins Spiel zu bringen, aber darauf ließen wir uns überhaupt nicht ein, und ehe ich noch wußte, wie mir geschah, hatte ich so halb den Rücken gedreht, um den anderen Typ auszuschließen, und sagte: »Hören Sie, ich weiß, Sie sind eigentlich gerade eben erst gekommen, aber würden Sie vielleicht einen Happen zu Abend essen wollen? Oder vielleicht ein andermal, wenn Sie schon was vorhaben?« Ich staunte über mich selbst, das kann ich Ihnen sagen.

»Meinen Sie, wir dürfen so früh schon gehen?«

»Warum denn nicht?«

»Sollten wir nicht erst einmal alle kennenlernen?«

»Das ist nicht obligatorisch.«

»Also gut.«

Sie lächelte mich an und blickte nach unten. Sie war schüchtern, und das gefiel mir. Wir gingen essen in einem italienischen Restaurant. Drei Wochen später kam Oliver von irgendeinem exotischen Aufenthalt zurück, und wir waren zu dritt. Den ganzen Sommer lang. Zu dritt. Es war wie in diesem französischen Film, wo sie alle zusammen Rad fahren.

Gillian Ich war nicht schüchtern. Ich war nervös, aber schüchtern war ich nicht. Das ist ein Unterschied. Der Schüchterne war Stuart. Das war von Anfang an sonnenklar. Wie er da mit seinem Sherryglas rumstand, etwas an den Schläfen schwitzend, offensichtlich nicht in seinem Element, und sich qualvoll Mühe gab, das zu überwinden. Allerdings fühlte sich da natürlich niemand in seinem oder ihrem Element. Damals dachte ich, das ist ein bißchen so wie ein Menschenmarkt, und darauf sind wir nicht trainiert, nicht in unserer Gesellschaft.

Stuart fing also damit an, daß er ein paar Witze erzählte, die ziemlich danebengingen, weil er so aufgeregt war, und ich glaube, die Witze haben sowieso nicht sehr viel getaugt. Dann kam die Rede auf Frankreich, und er redete irgend etwas Gewöhnliches daher, wie daß man es immer merkt, wenn man da ist, weil es so anders riecht, und daß man es selbst mit verbundenen Augen merken würde. Aber das Entscheidende war, daß er sich *Mühe gab,* mit sich selbst genau wie mit mir, und das ist doch rührend. Das ist wahrhaftig rührend.

Ich wüßte gern, was aus dem stotternden Mann geworden ist, der über Deutschland reden wollte. Ich hoffe, er hat jemand gefunden.

Ich wüßte gern, was aus Jenkins geworden ist.

Oliver Sag nichts. Laß mich raten. Laß mich auf telepathischem Wege die gutartige, zerknautschte und etwas steatopyge Gestalt meines Freundes Stu anvisieren. Steatopyg? Bedeutet, daß sein Hintern raussteht: ein *derrière* à la Hottentotte.

Jules et Jim? Stimmt's? Ich glaube, ich weiß Bescheid. Er hat ihn einmal erwähnt, aber nur mir gegenüber, Gillian nie. *Jules et Jim.* Oskar Werner, der kleine, blonde und – darf man's sagen – sehr wahrscheinlich steatopyge Part, Jeanne Moreau, und dann der große, dunkle, elegante Gutaussehende, der bestimmt küssenswerte Zähne hatte (wie hieß der noch gleich?). Tja, keine Probleme mit der Besetzung, das einzige Problem ist, die Handlung zusammenzukriegen. Sie fahren alle zusammen Rad und sausen über Brücken und *blödeln rum,* ja? Dacht ich's doch. Aber wie dickerchentypisch von Stuart, sich ausgerechnet *Jules et Jim* – durchaus sympathisch, aber nicht gerade von zentraler Bedeutung für den Nachkriegsfilm – als kulturelle Analogie auszusuchen. Stuart, da sollte ich dich gleich vorwarnen, ist so ein Mensch, für den Mozarts KV467 das Elvira-Madigan-Konzert ist. Bei klassischer Musik hat er es am liebsten, wenn er ein paar Streicher hört, die Vögel nachahmen, oder Uhren, oder eine kleine Tschuff-tschuff-Eisenbahn, die den Berg hoch fährt. Ist das nicht goldig stillos?

Vielleicht hat er mal einen Kurs über den französischen Film mitgemacht, um zu lernen, wie man Mädchen aufgabelt. Das war nie sein *forte,* verstehst du. Ich bin ihm manchmal mit Verabredungen zu viert beigesprungen, aber die sind immer so ausgegangen, daß die beiden Mädchen sich um meine Wenigkeit kabbelten und Stuart irgendwo in der Ecke saß und schmollte und das ganze Charisma einer Napfschnecke an den Tag legte. Meine Güte, waren das funebre Angelegenheiten, und unser Stuart neigte leider dazu, hinterher die Schuld auf mich zu schieben.

»Du solltest mir mehr helfen«, beschwerte er sich einmal jämmerlich.

»Dir *helfen?* Dir *helfen?* Ich treibe die Mädchen auf, ich stelle sie dir vor, ich sorge dafür, daß der Abend einen parabolischen Aufschwung nimmt, und du sitzt nur da und starrst finster vor dich hin wie Hagen in der *Götterdämmerung,* falls du mir die kulturelle Anspielung verzeihst.«

»Manchmal meine ich, du lädst mich nur ein, damit ich die Rechnung zahlen kann.«

»Wenn ich mit den Börsenbullen das große Geld machen würde«, gab ich ihm zu bedenken, »und du wärst mein ältester

Freund und arbeitslos und würdest zwei so Klassemädchen anschleppen, wäre es mir eine Ehre, die Rechnung zu zahlen.«

»Tut mir leid«, sagte er. »Ich meine nur, du hättest ihnen nicht erzählen sollen, daß ich bei Frauen keinerlei Selbstvertrauen habe.«

»Ach, *das* wurmt dich also.« Jetzt fing ich an zu begreifen. »Der geniale Plan war, daß jeder sich auf seine Art wohl fühlt.«

»Ich glaube, du willst nicht, daß ich eine Freundin kriege«, schloß Stuart schmollend.

Ich war deshalb ziemlich überrascht, als er Gillian ausbaggerte. Wer hätte das gedacht? Damit nicht genug, wer hätte gedacht, daß er *sie in einer Weinbar aufgelesen hat?* Stell dir doch bitte mal die Szenerie vor: Gillian auf einem Barhocker mit einem bis zur Hüfte geschlitzten Satinrock, Stuart zupft nonchalant den schwellenden Krawattenknoten zurecht, während er auf seiner Computerarmbanduhr den aktuellen bodygebuildeten Gesundheitszustand des Yen ermittelt, ein Barmann, der ohne zu fragen weiß, daß Mr Hughes-Sir den faßgereiften 1918er Sercial in diesem besonderen Glas wünscht, das die Blume konzentriert, Stuart gleitet auf den nächsten Hocker und verströmt lässig den subtilen Moschus seiner Sexualität, Gillian bittet um Feuer, Stuart läßt das perlmutterne Dunhill aus der Tasche seines legeren Armani-Anzugs gleiten . . .

Ich bitte dich, ich meine, *ich bitte dich.* Bleiben wir doch ein bißchen bei der Realität. Ich hab mir den Bericht bis in alle raunenden und bebenden Einzelheiten angehört, und er war ehrlich gesagt nicht mehr und nicht weniger unerquicklich, als zu erwarten stand. Irgendein Schneckenhirn aus der Bank, der es in der Woche darauf fertigbrachte, sich feuern zu lassen (und man muß wirklich ein Schneckenhirn sein, um da entlassen zu werden), ging eines Abends mit Stu auf einen Feierabendschluck in die Squires Wine Bar. Ich hab mir den Namen von Stuart mehrfach wiederholen lassen: Squires Wine Bar.

»Soll das nun heißen«, begann ich das Kreuzverhör, »daß es sich hier um ein Etablissement handelt, dessen Eigner sich für einen Squire hält; oder vielmehr um eine Örtlichkeit, die Squires wie du und deinesgleichen aufsuchen, wenn sie zu zechen begehren?«

Darüber mußte Stuart ein Weilchen nachdenken. »Ich kann dir nicht folgen.«

»Dann betrachte es mal so. Wo kommt das Apostroph hin?«

»Das Apostroph?«

»Heißt es *e* Apostroph *s,* oder *s* Apostroph? Das ist ein merklicher Unterschied.«

»Ich weiß es nicht. Ich glaub, da ist gar keins.«

»Es muß eins dasein, wenn auch nur unterschwellig.« Wir haben uns ein paar Sekunden lang angestarrt. Ich glaube, Stuart hat überhaupt nicht begriffen, was ich damit sagen wollte. Er hat geguckt, als meinte er, ich wollte seine Neuinszenierung von *Paul et Virginie* absichtlich sabotieren. »Entschuldigung. Bitte, fahr doch fort.«

Da waren sie also, Herr Schneckenkopf und Stu, ließen in Squire's oder Squires' Wine Bar, je nachdem, den großen Lord raushängen, und wer mag da hereinkömmen denn eine *vieille flamme* von Herrn Schneckmeck, und dieses Fräulein hatte niemand anders im Schlepptau denn unsere nachmalige liebe Gillian. Nun wäre der Gang der Ereignisse für das Quartett beim Stelldichein von hier an normalerweise leicht vorherzusagen, nur war einer in dem Quatuor Stuart, und Stuart bei einem Vierer-Rendezvous gemahnt hartnäckig an einen in Folie verschweißten Salzstengel. Wie hat er nur bei dieser Gelegenheit aus seiner *oubliette crépusculaire* der Unscheinbarkeit auszubrechen vermocht. Diese harte Nuß hab ich ihm vorgelegt, allerdings auf taktvollere Art und Weise, verstehst du. Und seine Antwort ist mir ein Quell des Entzückens.

»Wir sind irgendwie ins Reden gekommen. Und wir haben uns irgendwie verstanden.«

Ha, ganz mein Stuart. Höre ich da Tristan? Don Juan? Casanova? Höre ich den ach so schlimmen Marquis? Nein, ich höre meinen Freund und Kupferstecher Stuart Hughes. »Wir sind irgendwie ins Reden gekommen. Und wir haben uns irgendwie verstanden.«

Oje, jetzt schaust du mich wieder so an. Du mußt es gar nicht sagen. Ich weiß schon. Du denkst, ich sei ein prätentiöses Pudendum, nicht wahr? Das stimmt eigentlich nicht. Vielleicht kommst du mit dem Tonfall nicht recht klar. Ich red nur so daher, weil Stuart mein Freund ist. Mein ältester Freund. Ich liebe ihn, diesen Stuart. Und wir kennen uns schon urlange – ururlange, schon seit der Zeit, wo man noch Mono-Schallplatten kaufen konnte, wo die Kiwifrucht noch nicht ersonnen war, wo der Repräsentant der Automobile Association in seinem Khakianzug vor dem vorüberfahrenden Automobilisten salutierte, wo eine Packung Gold Flake anderthalb Heller kostete und dann noch was für einen Krug Met über war. So ist das mit Stuart und mir. Wir sind alte Kumpel. Und unterschätz mir meinen Freund nicht, nebenbei gesagt. Er kommt etwas langsam in Gang, manchmal, und die alte Turbine da im Oberstübchen schnurrt nicht immer wie ein Lamborghini, aber er kommt an, er kommt an. Und manchmal schneller als ich.

»Könnte ich mir ein Pfund von dir leihen?« Wir saßen auf benachbarten *banquettes* in dieser unserer Wie-hieß-sie-noch-gleich-Schule (Stuart weiß es bestimmt – frag Stuart). Ich fand es nur anständig, das Eis zu brechen für diesen Jungen von bis dato tranfunzliger Intelligenz, der sich irgendwie auf ein provisorisches Plateau gelehrsamer Nähe hinaufgekraxelt hatte. Aber was glaubst du? Statt nun devot die Knete rüberzuschieben, wie es jeder anständige Speichellecker, der vorübergehend Höhenluft atmen darf, getan hätte, fing er an, Fristen und Konditionen aufzusagen. Zinssatz, Prozente, Dividenden, Marktmechanismen, Kurs-Gewinn-Verhältnis und was nicht alles. Er hatte mich praktisch schon für den Europäischen Währungsverbund rekrutiert, dabei wollte ich ihn doch nur um eine Goldmoidore anpumpen. Dann hat er gefragt, warum ich das Geld haben wollte! Als ob ihn das irgendwas anginge! Als ob ich das wußte! Ich gab nur ein ungläubiges Kichern von mir, woraufhin der alte Gecko, der die Klasse leitete, mißbilligend seine Halskrause gegen mich sträubte; ich beruhigte ihn mit einem Scherz und setzte die Verhandlungen mit meinem rundlichen und finanziell hartleibigen neuen Kumpel fort. Ein paar Monate später hab ich es ihm zurückgezahlt, wobei ich seine lächerlichen Vorbehalte und Spitzfindigkeiten um die Zinsfüße ignorierte, da sie offen gestanden unbegreiflich waren, und fortan waren wir ein Herz und eine Seele.

Er hatte eine Freundin. Vor Gillian, meine ich. In den alten Tagen, als man für anderthalb Heller etc. Und weißt du was? Er hat bestimmt nichts dagegen, wenn ich dir das erzähle – *er wollte nicht mir ihr schlafen*. Das muß man sich mal reinziehen. Kein Rumsdibumsdi. Er versagte sich jedwede Freiheiten mit ihren schmalen Lenden. Als diese monatelange Stachanowsche Keuschheit dem Mädchen endlich eine verzweifelte Geste der Zärtlichkeit entlockte, erklärte er ihr, *er wolle sie besser kennenlernen*. Ich sagte, genau das hat sie doch vorgeschlagen, du *cretino,* aber Stuart hat sich quergelegt. Genau, der hat sich quergelegt.

Sicher, er könnte damals auch gelogen haben, aber das wäre ein für seine Verhältnisse phantasievoller Schritt gewesen. Und außerdem habe ich noch mehr Beweise. Die Eierköpfe haben definitiv ausgemacht, daß es einen Zusammenhang gibt zwischen Sex: Interesse/Desinteresse an demselben, und Essen: Interesse/Desinteresse an demselben. (Du glaubst mir nicht? Dann will ich dir mal dieses Detail überbraten: eins der wichtigsten Pheromone, oder Sexausdünstungen, des Menschen heißt Isobutyraldehyd, und es liegt in der mächtig pulsierenden Kohlenstoffkette unmittelbar neben dem Geruch von – Bohnenschößlingen! Da hast du was dran zu kauen, Amigo.) Nun, Stuart, wie du noch entdecken wirst, falls du das nicht schon getan hast, glaubt, die wichtigste *raison d'être* von Nahrungsmitteln sei die, das scheußliche Muster des darunterliegenden Tellers vor den Augen der Öffentlichkeit zu verbergen. Dagegen wissen nur wenige – ohne mich rühmen zu wollen –, nur wenige die guten alten Eßstäbchen fixer blankzuziehen als Jung-Ollie.

Ergo hatte ich auch in dem verwandten Ressort menschlichen Verhaltens nie viel Schwierigkeiten. Vornehme Zurückhaltung war nie mein Motto. Vielleicht fühlt sich Stuart durch meine Reputation als *coureur* entmannt. Und die Arbeit an der Shakespeare School of English ist mir in dieser Richtung nicht gerade hinderlich. Individueller Einzelunterricht nach Feierabend in einer persönlichen Interaktionssituation. Wenn Stuart in meinem Boudoir anruft, hat er inzwischen bestimmt schon in ungefähr fünfzehn Sprachen erfahren, wie man sich am Telefon meldet. Aber jetzt ist er aus dem Schneider. Er hat ja Gillian, nicht wahr?

Um die Wahrheit zu sagen, ich hatte keine feste Freundin damals, als er in das Café des Squires gondelte und mit Gillian den Abgang machte. Ich war ein bißchen down, und wenn ich down bin, werde ich immer satirisch, also nehme ich an, daß das eine oder andere unfaire Scherzwort über meine Lippen gekommen sein mag. Aber ich habe mich für ihn gefreut. Wie hätte ich mich nicht für ihn freuen können? Und er war wie ein junges Hundchen, als sie damals das erste Mal zusammen bei mir waren. Ein schwanzwedelndes, knochenmopsendes junges Hundchen, so daß ich ihm fast die Ohren gekrault hätte.

Ich hatte versucht, mein Appartement nicht zu einschüchternd wirken zu lassen. Ich ließ mit Schwung einen marokkanischen Vorhang über das Sofa fallen, applizierte den dritten Akt von *Orfeo* auf den Plattenteller, zündete ein Al-Akhbar-Räucherstäbchen an und ließ es dabei bewenden. Der Effekt war ziemlich *bienvenue chez Ollie,* dachte ich. Oh, ich hätte vermutlich noch weiter gehen können – ein Stierkampfplakat aufhängen, damit Stuart sich wie zu Hause fühlt –, aber man darf die eigene Persönlichkeit nicht vollständig unterdrücken, finde ich, sonst wissen die Gäste ja nicht, mit wem sie es zu tun haben. Ich zündete mir eine Gauloise an, als die Glocke ertönte, und machte mich bereit, meinem Schicksal ins Auge zu sehen. Oder vielmehr Stuarts Schicksal, je nachdem.

Wenigstens hat sie nicht gefragt, warum ich am Tag die Vorhänge zugezogen hatte. In letzter Zeit sind meine Erklärungen für dieses Faible zunehmend barock geworden: Ich höre mich alles mögliche kundtun, von einem seltenen Augenleiden bis hin zu unsterblicher Verehrung für den frühen Auden. Aber vielleicht hatte Stuart sie vorgewarnt.

»Guten Tag«, sagte sie. »Stuart hat mir schon von dir erzählt.«

Daraufhin gab ich eine Kostprobe der Makarova in *Romeo und Julia* zum besten, nur damit sich jeder auf seine Art wohl fühlte. »O Gott«, entgegnete ich, indem ich mich auf das marokkanische Tuch warf. »Er hat doch nicht etwa das mit meiner Kriegsverwundung ausgeplaudert, oder? Wirklich,

Stuart, ich weiß, nicht jeder stammt von König Zong von Albanien ab, aber es ist doch nicht nötig, gleich die ganze Geschichte rumzutratschen.«

Stuart berührte sie am Arm – eine Geste, die ich bei ihm noch nie mit dieser Selbstverständlichkeit gesehen hatte – und murmelte: »Ich hab dir ja gesagt, du sollst nichts glauben, was er erzählt.« Sie nickte, und ich kam mir plötzlich seltsam unterlegen vor. Seltsam, weil sie nur zu zweit waren, und normalerweise gehören da viel mehr dazu, daß ich mir unterlegen vorkomme.

Ich will mal zu rekonstruieren versuchen, wie sie an dem Tag aussah. Ich habe verabsäumt, ein akkurates Ebenbild ihres Antlitzes und Gebarens bei der Gepäckaufbewahrungsstelle der Erinnerung zu deponieren; doch ich *glaube,* sie trug ein Hemd von einem Ton zwischen Salbei und Liebstöckel, darunter graue stone-washed Levis 501, grüne Socken und ein Paar lächerlich unästhetische Turnschuhe. Das Haar *marron,* hinter die Ohren gekämmt und mit Clips festgesteckt, hinten lose herabfallend; nicht vorhandenes Make-up verlieh eine Blässe, welche ihre großzügigen braunen Augen dramatisch hervorhob; ein zierlicher Mund und eine kecke Nase, welche ziemlich tief in dem sich verjüngenden Oval ihres Gesichtes ansetzte und dergestalt die geschwungene Hoheit ihrer Stirn hervorhob. Ohren mit praktisch keinen Ohrläppchen, wie ich nicht umhin konnte zu bemerken, ein genetisches Merkmal, das sich zunehmender Beliebtheit erfreut, wofür Darwin zweifellos eine Erklärung hätte.

Ja, ich glaube, so hat sie auf mich gewirkt.

Nun gehöre ich nicht zu diesen Causeuren, die behaupten, Persönliches solle erst nach mühseligen Umschiffungsaktionen in Angriff genommen werden. Ich mache keine kiebitzartigen Ablenkungsmanöver vom Nest vermittels tagespolitisch aktueller Themen wie der politischen Unruhen in Osteuropa, des jüngsten Coups in Afrika, der Überlebenschancen des Wals und jenes miesepetrigen Tiefdruckausläufers, der momentan an Grönlands Mantelhaken baumelt. Kaum hatte ich Gillian und ihren Squire mit einer Tasse Formosa Oolong versehen, da fragte ich sie auch schon, wie alt sie sei, was sie mache, und ob ihre Eltern noch am Leben seien.

Sie nahm das alles ganz gutmütig hin, während Stuart von nervösen Zuckungen befallen schien wie ein Karnickelseptum. Sie ist achtundzwanzig, fand ich heraus; ihre Eltern (Mutter Französin, Vater Engländer) hatten sich einige Jahre zuvor getrennt, als der Herr Papa mit einem Pipimädchen auf und davon ging; und sie schindet sich als Magd der Künste, den verblichenen Pigmenten vergangener Zeiten zu neuer Frische verhelfend. Was? Ach, sie restauriert Bilder.

Ehe sie gingen, konnte ich es mir nicht versagen, Gillian zu mir heranzuziehen und ihr den glänzenden Ratschlag zuteil werden zu lassen, Levis 501 mit Turnschuhen zu tragen sei offen gesagt *un désastre,* und es nehme mich wunder, wie sie am hellichten Tage durch die Straßen zu meinem Appartement gelaufen und dem Pranger entgangen sei.

»Sag mal«, antwortete sie. »Du trägst . . .«

»Was?« beschwor ich sie.

»Du trägst . . . Du trägst nicht etwa Make-up, oder?«

3: Ich war brillant in jenem Sommer

Stuart Bitte, seien Sie doch nicht gleich so gegen Oliver eingenommen. Er quatscht ja ein bißchen viel rum, aber im Grunde ist er sehr gutherzig und liebenswürdig. Viele mögen ihn nicht, und manche hassen ihn geradezu, aber versuchen Sie auch, es von der positiven Seite zu sehen. Er hat keine Freundin, er ist praktisch mittellos, er sitzt in einem Job fest, den er verabscheut. Sein Sarkasmus ist zum großen Teil bloß Theater, und wenn ich mich mit seinen Sticheleien abfinden kann, können Sie's nicht auch? Versuchen Sie, ihn nicht vorschnell zu verurteilen. Mir zuliebe. Ich bin glücklich. Bitte, machen Sie mir das nicht kaputt.

Als wir sechzehn waren, haben wir zusammen eine Jugendherbergstour gemacht. Wir sind per Anhalter nach Schottland gefahren. Ich wollte mich von jedem Fahrzeug mitnehmen lassen, das da vorbeikam, aber Oliver hat den Daumen nur bei Autos rausgehalten, in denen er wirklich Lust hatte zu fahren, und manchmal hat er die Fahrer sogar böse angeguckt, wenn er ihr Auto mißbilligte. Von daher hatten wir nicht sehr viel Erfolg beim Trampen. Aber wir sind hingekommen. Die meiste Zeit hat es geregnet, und wenn wir tagsüber aus der Jugendherberge rausgeschmissen wurden, sind wir rumgelaufen und haben in den Wartehäuschen an den Bushaltestellen gesessen. Wir hatten beide Anoraks, aber Oliver wollte nie seine Kapuze überziehen, weil, er sagte, damit sehe er aus wie ein Mönch, und er wolle das Christentum nicht unterstützen. Von daher wurde er nasser als ich.

Einmal waren wir den ganzen Tag – irgendwo in der Nähe von Pitlochry, glaube ich – in einer Telefonzelle und haben Schiffeversenken gespielt. Das ist dieses Spiel, wo man auf einen Bogen kariertes Papier ein Raster einzeichnet, jeder Spieler hat ein Schlachtschiff (vier Kästchen), zwei Kreuzer (drei Kästchen), drei Zerstörer (zwei Kästchen) und so weiter, und dann muß man die gegnerische Flotte besiegen. Wir haben ein Spiel nach dem anderen gemacht. Einer mußte auf dem Fußboden der Telefonzelle sitzen, während der andere stand und sich auf das Brett stützte, wo man die Telefonbücher aufschlägt. Ich hab vormittags auf dem Fußboden gesessen und nachmittags am Brett gestanden. Zum Mittagessen gab es feuchte Haferkekse, die wir im Dorfladen gekauft hatten. Wir haben den ganzen Tag Schiffeversenken gespielt, und niemand wollte das Telefon benutzen. Ich weiß nicht mehr, wer gewonnen hat. Am Spätnachmittag hat es aufgeklart, und wir sind zur Jugendherberge zurückgelaufen. Ich hab meine Kapuze zurückgeklappt, und meine Haare waren trocken; die von Oliver waren immer noch klitschnaß. Die Sonne kam raus, und Oliver hat sich bei mir untergehakt. Wir kamen an einer Dame in ihrem Vorgarten vorbei. Oliver hat eine Verbeugung vor ihr gemacht und gesagt: »Sehet, Madame, das trockne Mönchlein und der klamme Sünder.« Sie schaute verdutzt drein, und wir gingen weiter, im Gleichschritt und Arm in Arm.

Ein paar Wochen, nachdem wir uns kennengelernt hatten, hab ich Gillian zu Oliver mitgenommen. Ich mußte vorher einiges über ihn erklären, denn wer mich kennenlernt, würde nicht unbedingt darauf kommen, was mein bester Freund für ein Mensch ist, und Oliver kann einem schon auf die Nüstern gehen. Ich hab gesagt, er habe verschiedene leicht exzentrische Angewohnheiten und Neigungen, aber wenn man sich nicht darum kümmere, dringe man rasch zu dem wahren Oliver vor. Ich hab gesagt, wahrscheinlich hätte er die Vorhänge zugezogen und die ganze Wohnung würde nach Räucherstäbchen riechen, aber wenn sie sich nichts anmerken ließe, wäre alles in Ordnung. Na ja, sie hat sich nichts anmerken lassen, und ich hatte den Eindruck, daß das Oliver nicht recht gefiel. Schließlich und endlich erregt Oliver schon gern etwas Aufsehen. Er hat durchaus seinen Spaß daran, andere zu provozieren.

»Er war gar nicht so komisch, wie du ihn dargestellt hast, dein Freund«, sagte Gillian, als wir gingen.

»Schön.«

Ich hab nicht erklärt, daß Oliver sich ganz uncharakteristisch manierlich benommen hatte.

»Ich mag ihn. Er ist witzig. Er sieht ziemlich gut aus. Trägt er Make-up?«

»Nicht daß ich wüßte.«

»Muß wohl an der Beleuchtung gelegen haben«, sagte sie.

Später, bei einem Tandoori-Essen, ich war bei meinem zweiten Bier angelangt, da ist es irgendwie, ich weiß nicht wie, über mich gekommen. Ich hatte das Gefühl, ich könnte Fragen stellen, ich hatte das Gefühl, es würde ihr nichts ausmachen.

»Trägst *du* eigentlich Make-up?« Wir hatten gerade von etwas anderem gesprochen, und ich sagte es aus heiterem Himmel, aber für mein Empfinden war es so, als hätten wir gerade von Oliver gesprochen, und als sie antwortete, als meine sie auch, wir hätten gerade von Oliver gesprochen und es gebe gar keinen Bruch in der Unterhaltung, obwohl wir in der Zwischenzeit über vieles andere geredet hatten, da wurde mir ganz froh zumute.

»Nein. Merkst du das nicht?«

»Ich bin kein besonders guter Merker.«

Sie hatte ein halbaufgegessenes Hühnchen Tikka vor sich und ein halb ausgetrunkenes Glas Weißwein. Zwischen uns standen eine fette rote Kerze, deren Flamme allmählich in einer Wachspfütze ertrank, und ein purpurnes Usambaraveilchen aus Plastik. Im Schein dieser Kerze sah ich mir Gillians Gesicht zum ersten Mal gründlich an. Sie . . . na ja, Sie haben sie ja selbst gesehen, nicht wahr? Ist Ihnen der winzige Fleck mit Sommersprossen auf der linken Wange aufgefallen? Ja? Jedenfalls, an dem Abend war ihr Haar seitlich hinter die Ohren genommen und wurde von zwei Perlmuttclips gehalten, ihre Augen wirkten abgrundtief dunkel, und ich konnte es einfach nicht fassen. Ich hab geguckt und geguckt, während die Kerze mit dem Wachs kämpfte und ein flackerndes Licht auf Gillians Gesicht warf, und ich konnte es einfach nicht fassen.

»Ich auch nicht«, sagte ich schließlich.

»Nicht was?« Diesmal hatte sie den Faden nicht automatisch aufgegriffen.

»Ich trag auch kein Make-up.«

»Gut. Macht es dir etwas aus, wenn ich Turnschuhe zu Levis 501 trage?«

»Du kannst meinetwegen tragen, was du willst.«

»Das ist eine unbesonnene Aussage.«

»Ich fühl mich auch unbesonnen.«

Später fuhr ich sie zu der Wohnung zurück, die sie mit jemand teilte, und lehnte mich an ein verrostetes Geländer, während sie ihren Schlüssel suchte. Dann durfte ich sie küssen. Ich küßte sie sacht, dann sah ich sie an, dann küßte ich sie sacht noch einmal.

»Wenn man kein Make-up trägt«, flüsterte sie, »kann es auch nicht abfärben.«

Ich drückte sie an mich. Ich nahm sie in die Arme und drückte sie an mich, aber geküßt hab ich sie nicht mehr, weil ich dachte, dann müßte ich heulen. Dann drückte ich sie noch einmal und schob sie durch die Tür, weil ich dachte, wenn das noch einen Moment weiterginge, würde ich tatsächlich heulen. Ich stand alleine auf der Eingangsstufe, kniff die Augenlider zusammen, atmete ein, atmete aus.

Wir haben Familiengeschichten ausgetauscht. Mein Vater ist vor ein paar Jahren an einem Herzanfall gestorben. Meine Mutter kam anscheinend gut zurecht – ja, sie schien geradezu aufzuleben. Dann bekam sie Krebs, überall.

Gillians Mutter war Französin – ist Französin, wollte ich sagen. Ihr Vater war Lehrer; er ist im Rahmen seiner Ausbildung für ein Jahr nach Lyon gegangen und mit Mme Wyatt im Schlepptau zurückgekommen. Gillian war dreizehn, als ihr Vater mit einer Schülerin durchbrannte, die ein Jahr vorher von der Schule abgegangen war. Er war zweiundvierzig, sie war siebzehn. Es gab Gerüchte, sie hätten ein Verhältnis miteinander gehabt, als er sie tatsächlich noch unterrichtete, und da wäre sie fünfzehn gewesen; es gab Gerüchte, das Mädchen sei schwanger. Es hätte einen entsetzlichen Skandal gegeben, falls da Leute gewesen wären, um die sich der Skandal hätte drehen können. Aber sie haben sich einfach davongemacht, waren spurlos verschwunden. Es muß furchtbar gewesen sein für Mme Wyatt. Als ob der Mann stirbt und einen gleichzeitig wegen einer anderen Frau sitzenläßt.

»Was hat das für dich bedeutet?«

Gillian sah mich an, als sei das eine ziemlich dumme Frage.

»Es hat weh getan. Wir haben es überlebt.«

»Aber dreizehn ist . . . ich weiß auch nicht, ein schlimmer Zeitpunkt, um verlassen zu werden.«

»Zwei ist ein schlimmer Zeitpunkt«, sagte sie. »Fünf ist ein schlimmer Zeitpunkt. Zehn ist ein schlimmer Zeitpunkt. Fünfzehn ist ein schlimmer Zeitpunkt.«

»Ich meinte bloß, ich hab da Artikel gelesen . . .«

»Vierzig wäre nicht allzu schlimm«, sagte sie in einem klaren, fast schon harten Tonfall, den ich noch nie gehört hatte. »Wenn er nicht abgehauen wäre, bevor ich vierzig würde, wäre es, glaube ich, besser gewesen. Vielleicht sollte man das zur Norm erklären.«

Ich dachte, ich will, daß dir nie im Leben jemals wieder so etwas passiert. Wir schwiegen und hielten uns an den Händen. Nur ein Elternteil von vieren für uns beide. Zwei tot, einer vermißt.

»Ich wünschte, das Leben wäre wie das Bankgeschäft«, sagte ich. »Ich meine nicht, daß da alles sonnenklar ist. Zum Teil ist es unglaublich kompliziert. Aber letzten Endes kann man es verstehen, wenn man sich genug Mühe gibt. Oder es gibt da jemand, irgendwo, der es versteht, wenn auch nur im nachhinein, nachdem es zu spät ist. Beim Leben ist das Problem, so kommt es mir vor, daß sich da herausstellen kann, daß es zu spät ist, und man hat es immer noch nicht verstanden.« Ich sah, daß sie mich eingehend musterte. »Tut mir leid, daß ich so trübsinnig bin.«

»Du darfst trübsinnig sein. Solange du meistens fröhlich bist.«

»In Ordnung.«

Wir waren tatsächlich fröhlich in jenem Sommer. Daß wir Oliver dabei hatten, war eine Hilfe, da bin ich mir ziemlich sicher. Die Shakespeare School of English hatte ihre Leuchtreklame für ein paar Monate abgeschaltet, und Oliver hing in der Luft. Er tat, als wäre das nicht so, aber ich hab es doch gemerkt. Wir sind zusammen herumgezogen. Wir haben in Kneipen getrunken, an Spielautomaten gespielt, sind tanzen gegangen, haben uns Filme angeguckt, haben spontan Blödsinn gemacht, wenn uns danach war. Gillian und ich waren dabei, uns zu verlieben, und da könnte man meinen, wir hätten die ganze Zeit miteinander allein sein wollen, uns in die Augen gucken und Händchen halten und miteinander ins Bett gehen. Na ja, das haben wir natürlich alles auch gemacht, aber wir sind auch mit Oliver herumgezogen. Es war nicht so, wie Sie jetzt vielleicht denken – wir wollten keinen Zeugen haben, wir wollten nicht zur Schau stellen, wie verliebt wir waren; es war einfach angenehm, ihn bei uns zu haben.

Wir sind ans Meer gefahren. Wir sind zu einem Strand nördlich von Frinton gefahren und haben Eis und Zukkerstangen gegessen und Liegestühle gemietet, und Oliver hat uns dazu animiert, daß wir unsere Namen mit Großbuchstaben in den Sand schreiben und uns gegenseitig fotografieren, wie wir danebenstehen. Dann haben wir zugeguckt, wie die Namen weggewaschen wurden, als die Flut kam, und waren traurig. Wir haben alle ein bißchen geseufzt und geschnieft wie die Kinder, und wir haben ein bißchen Theater gemacht, aber wir haben nur deshalb Theater gemacht, weil wir im tiefsten Innern wirklich traurig waren, als wir zusahen, wie unsere Namen ausgelöscht wurden. Dann hat Gillian das gesagt, daß Oliver redet wie ein Wörterbuch, und er hat da am Strand seine Show abgezogen, und wir haben alle gelacht.

Oliver war auch anders als sonst. Wenn er und ich normalerweise mit Mädchen zusammen waren, war er immer am Rivalisieren, selbst wenn das gar nicht seine Absicht war. Aber jetzt hatte er vermutlich nichts zu gewinnen und nichts zu verlieren, und das machte alles leichter. Irgendwo wußten wir alle drei, daß das etwas Einmaliges war, daß dies ein erster und letzter Sommer war, denn das würde es nie wieder geben, daß Gillian und ich uns verliebten, statt einfach verliebt zu sein oder was auch immer. Er war einzigartig, dieser Sommer; das haben wir alle gespürt.

Gillian   Ich hab eine Ausbildung in Sozialarbeit angefangen, nachdem ich von der Uni abgegangen war. Ich hab nicht lange durchgehalten. Aber ich weiß noch, was eine Dozentin mal in einem Kurs gesagt hat. Sie hat gesagt: »Denken Sie immer daran – jede Situation ist einmalig, und jede Situation ist zugleich gewöhnlich.«

Das Problem ist, wenn man so über sich redet, wie Stuart das tut, dann ziehen die Leute schnell falsche Schlüsse. Zum Beispiel, wenn sie rausfinden, daß mein Vater mit einer Schülerin durchgebrannt ist, dann schauen sie mich unweigerlich auf so eine besondere Art an, was zwei verschiedene Dinge bedeuten kann, womöglich gleichzeitig. Einmal: Wenn dein Vater mit einem Mädchen durchgebrannt ist, das nur ein paar Jahre älter ist als du, dann bedeutet das wahrscheinlich, daß er *eigentlich* mit *dir* durchbrennen wollte. Und zum andern: Es ist eine wohlbekannte Tatsache, daß Mädchen, deren Väter durchgebrannt sind, das häufig damit kompensieren wollen, daß sie Beziehungen mit älteren Männern haben. Stehst du auch darauf?

Worauf ich antworten würde, erstens, daß der Zeuge nicht vor Gericht anwesend und in dieser Sache nicht ins Kreuzverhör genommen worden ist, und zweitens, bloß weil etwas eine »wohlbekannte Tatsache« ist, heißt das noch lange nicht, daß es eine »wohlbekannte Tatsache« ist, die auf *mich* zutrifft. Jede Situation ist gewöhnlich, und jede Situation ist zugleich einmalig. Man kann es auch so rum sehen, wenn einem das lieber ist.

Ich weiß nicht, warum sie das machen, Stuart und Oliver. Es muß wieder so eins von ihren Spielchen sein. Wie wenn Stuart so tut, als hätte er noch nie was von Picasso gehört, und Oliver so tut, als würde er kein technisches Gerät verstehen, das nach der Spinnmaschine erfunden wurde. Aber das ist kein Spielchen, bei dem ich mitmachen möchte, das da, besten Dank. Spielchen sind was für die Kindheit, und manchmal glaube ich, ich hab meine Kindheit früh verloren.

Ich möchte nichts weiter sagen, als daß ich mit Stuarts Darstellung von jenem Sommer mit Oliver nicht ganz einverstanden bin. Ja, wir waren ziemlich viel miteinander allein, haben angefangen, miteinander ins Bett zu gehen und so, und ja, wir waren so vernünftig, zu wissen, daß man nicht ständig aneinanderkleben soll, auch wenn man frisch verliebt ist. Aber das hieß, in meinen Augen, nicht unbedingt, daß wir mit Oliver herumziehen mußten. Natürlich mochte ich ihn – man muß Oliver einfach mögen, wenn man ihn mal richtig kennenlernt –, aber er hatte so eine Art, alles zu dominieren. Hat uns fast gesagt, was wir zu tun und zu lassen hätten. Ich will mich eigentlich nicht beklagen. Ich will nur eine kleine Korrektur anbringen.

Das ist das Problem, wenn man so darüber reden will. Es kommt demjenigen oder derjenigen, über den oder die geredet wird, nie ganz richtig vor.

Ich hab Stuart kennengelernt. Ich hab mich verliebt. Ich hab geheiratet. Was ist an der Geschichte schon dran?

Oliver Ich war brillant in jenem Sommer. Wieso sagen wir immerzu »jener Sommer« – es war schließlich erst *letzten* Sommer. Ich denke mir, weil es wie ein einziger, perfekt gehaltener Ton war, eine einzige klar bestimmte, leuchtende Farbe. So kommt es einem in der Erinnerung vor; und subkutan gewahrten wir das damals alle, *il me semble*. Und obendrein war ich brillant.

Die Shakespeare School hatte einen ungemütlichen Touch bekommen, ehe sie für die Ferien ihre Pforten schloß. Es hatte sich da eine gewisse spirituelle *crépuscularité* eingeschlichen, dank eines Mißverständnisses, mit dem ich den herumstolzierenden Squire und seine Mylady nicht hatte belästigen wollen; nicht fair, bei ihrem Geisteszustand, meinte ich. Aber ich hatte eines der Probleme, einen der tiefsitzenden Schönheitsfehler meiner ausländischen Studentinnen entdeckt: Sie sprechen nicht besonders gut Englisch. Das war der eigentliche Grund. Ich meine, da saß sie und nickte und lächelte mich an, und Ollie, der arme alte hirntote Dussel Ollie, zog doch glatt den voreiligen Schluß, diese äußerlichen Verhaltensticks seien zuverlässige Indikatoren erwiderter Anziehung. Was in meinen Augen nicht allzu überraschenderweise zu einem Mißverständnis führte, welchem, obzwar unendlich bedauerlich, doch gewißlich jedes Verschulden von seiten des unseligen

Instrukteurs abging. Und der Gedanke, ich hätte mich ihrem Begehren, aus meinem Appartement zu verduften, widersetzt, ich sei ungerührt geblieben, als sie in Tränen ausbrach – wie könnte ich, ein Liebhaber der Oper, mich Lacrimositäten verschließen? –, ist eine lächerliche Übertreibung. Der Prinzipal, ein furchterregendes Stück Lava aus einem längst erloschenen Vulkan, bestand wirklich und wahrhaftig darauf, ich solle mich der häuslichen Lektionen ganz und gar enthalten, wobei er blöde grinsend gestattete, daß der schändliche Ausdruck *sexuelle Belästigung* zwischen uns im Raum schwebte, dann ließ er durchblicken, er könnte im Verlaufe der sommerlichen Sitzungspause durchaus die Fristen und Konditionen meiner Beschäftigung einer Revision unterziehen. Ich gab zurück, meinetwegen seien seine Fristen und Konditionen der Beschäftigung am besten als Rektalimplantat zu gebrauchen, vorzugsweise ohne Zuhilfenahme eines Anästhetikums, was ihn zu der Anregung bewog, vielleicht sei der ganzen Angelegenheit am meisten gedient, so man sie, vermittels Wachtmeister Tippel, der rotgesichtigen Justitia im Dienste Ihrer Majestät überantwortete, oder allerwenigstens einem trivialen Tribunale, dem es obliege, sich mit *contretemps* zwischen Herr und Gescherr zu verlustieren. Ich gab zurück, natürlich seien Entscheidungen solcher Art voll und ganz sein Privileg, dann verfiel ich in grüblerisches Sinnen und suchte mir ins Gedächtnis zu rufen, was Rosa mich in der Woche zuvor über die gesellschaftlichen Gepflogenheiten in England gefragt hatte. Ist es normal, hatte sie sich erkundigt, wenn ältere Gentlemen bei ihren halbjährlichen Ermittlungen des Fortschritts in der Gelehrsamkeit den Zöglingen anzeigen, wo sie sich zu der Befragung niederlassen sollen, indem sie die Hand auf das Sofakissen legen und dann, wenn der Zögling sich niederläßt, die Entfernung der Hand unterlassen? Ich setzte den Prinzipal von dem wesentlichen Gehalt meiner Antwort an Rosa in Kenntnis: Es sei, hatte ich ausgeführt, weniger eine Frage der Umgangsformen als eine der Physiologie, und extreme Hinfälligkeit und Bresthaftigkeit führe oftmals zur Verkümmerung der Bizeps- und Trizepsmuskeln, was wiederum eine Störung der Kommandokette zwischen zerebralem Hauptbefehlsstand und hofierendem Finger zur Folge habe. Später erst, berichtete ich dem nun einigermaßen bebenden Prinzipal, später erst, als Rosa schon fort war, sei ich mir innegeworden, daß auch von den übrigen Mädchen das eine oder andere innerhalb der letzten zwölf Monate bei mir die gleiche Erkundigung eingeholt hatte. Auf ihre Identität könne ich mich nicht mehr recht besinnen, doch falls man die gegenwärtig *in statu pupillare* befindlichen in einer *décontractée* Atmosphäre zusammenriefe – vergleichbar, sagen wir mal, einer Gegenüberstellung bei der Polizei –, sei ich mir ziemlich sicher, daß die ganze Angelegenheit als Appendix zu ihrem wöchentlichen Kurs über »Großbritannien in den 80er Jahren« erörtert werden könnte. Unterdessen war der Prinzipal beinahe so fluoreszierend geworden wie die Leuchtreklame draußen vor seiner Akademie, und wir beäugten einander mit einer Gesinnung, die jeder Kameraderie entbehrte. Ich dachte, ich hätte möglicherweise meine Arbeitsstelle verloren, war mir jedoch nicht sicher. Seine Dame war durch meinen Läufer gefesselt; meine Dame war durch seinen Läufer gefesselt. Sollte es ein Patt geben, oder beiderseitige Vernichtung?

All dieses bedarf der Berücksichtigung bei der Bewertung meiner Brillanz in jenem Sommer. Wie gesagt, Stu und Gillie habe ich mit meinem Karrierehickerchen nicht belästigt: Geteiltes Leid ist, meiner Erfahrung nach, nicht halbes Leid, sondern über die gewaltige Lautsprecheranlage des Klatsches in die Welt hinausposauntes Leid. Ahoi ihr da, wünscht jemand sich von oben herab auf Trübetümpel Ollie zu entleeren?

Rückblickend könnte es sogar eine Hilfe gewesen sein, daß ich etwas down war. Daß sie mir im Chapiteau ihrer Felicitas einen Sperrsitz reserviert hatten, war der Drosselung des Trübsinns durchaus förderlich. Und welche Art der Entlohnung wäre praktischer gewesen, als sicherzustellen, daß ihr eigener kleiner Sämling von *bonheur* Zeit hatte zum Wurzeln und Wachsen, zum Sprießen und Knospen? Mit meiner tänzelnden Gegenwart hielt ich die Schädlinge fern. Ich war ihr Läusespray, ihr Katzenpulver, ihr Schneckenkügelchen.

Wer Cupido spielt, solltest du wissen, kann sich nicht damit begnügen, in Arkadien herumzuflattern und ein Pochen im winzigen Wutzelchen zu spüren, wenn sich die Liebenden zu guter Letzt küssen. Da geht es um Fahrpläne und Stadtpläne, Kinozeiten und Speisekarten, Geld und Organisation. Man muß muntere Stimmungskanone und geschmeidiger Psychiater zugleich sein. Man muß über das binäre Geschick verfügen, abwesend zu sein, wenn man anwesend ist, und anwesend, wenn man abwesend ist. Erzähl mir bloß nicht, Amors Kuppelbübchen mit den kleinen Grübchen hätte seine Pesetas nicht verdient.

Ich werd dich in eine kleine Theorie von mir einweihen. Du weißt ja, daß Gillians Vater sich mit einer Nymphe davongemacht hat, als seine Tochter kaum zehn Lenze war, oder zwölf, oder fünfzehn oder so – ein Alter, das man fälschlicherweise als »empfindlich« bezeichnet, als sei nicht jedes Alter so charakterisierbar. Nun habe ich in den schwülen Höhlen des Freudianismus läuten hören, die psychologische Narbe, die dieser elterliche Akt der Desertion hinterläßt, bewege häufig die Tochter, so sie im rechten Alter ist, nach einem Schäfersburschen auszuschauen, sich ein Substitut für den entschwundenen Archetyp zu suchen. Mit anderen Worten, sie ficken mit älteren Männern. Das schien mir, ehrlich gesagt, schon immer ein ans Pathologische grenzendes Verhalten zu sein. Erstens mal, hast du dir je ältere Männer angesehen, ältere Männer von der Sorte, die junge Frauen verführen? Dieser spitzbübische arschreckende Gang, diese mir-kann-keiner-Bräune, die funkelnden Manschettenknöpfe, der Gestank nach chemischer Reinigung. Die schnippen mit den Fingern, als sei die Welt ihr Weinkellner. Sie fordern, sie erwarten . . . Es ist ekelhaft. Tut mir leid, das kann ich einfach nicht ab. Die Vorstellung, wie leberfleckige Hände sich in feste, jugendfrische Brüste krallen – *pronto* enteile ich zum nächsten Speibecken! Und der andere Punkt, der außerhalb der Untiefen meines Verstandes liegt: Wenn man von Daddy verlassen wurde, warum sollte man da so reagieren, daß man mit Ersatz-Daddies ins Bett geht, daß man *la fleur de l'âge* einer Reihe alter Tattergreise schenkt? Oha, antworten die Fachbücher, du verstehst eben nicht, worum es geht: Im Grunde sucht das Mädchen einen Ersatz für die Sicherheit, die ihr so rüde entrissen wurde; sie sucht einen Vater, der sie *nicht* verläßt. Schön und gut, aber was *ich* sagen will, ist: Wenn man von einem Gassenköter gebissen wurde und die Wunde entzündet sich, ist es dann vernünftig, sich weiterhin mit Gassenkötern herumzutreiben? Ich würde sagen, summa summarum, nein. Kauf dir eine Katze, schaff dir einen Wellensittich an, aber treib dich nicht mit Gassenkötern rum. Was also macht das Mädchen? Sie treibt sich mit Gassenkötern rum. Dies ist, wie ich zugeben muß, eine dunkle Kammer der weiblichen Psyche, die noch auf das segensreiche Wirken des Ofenkratzers der Ratio harrt. Und außerdem, ich finde es ekelhaft.

Wie läßt sich, könntest du fragen, diese meine Theorie nun auf den vorliegenden Fall anwenden? Zugegeben, mein steatopyger Kumpel ist nicht gleichen Alters mit dem obenerwähnten silberlockigen Lothario, der mit einer heißen minderjährigen Mieze auf dem Dachgepäckträger in den Sonnenuntergang entschwand, d.h. Gills Dad. Doch drängt sich, beim Nachdenken über Stuart, der Schluß auf, daß er gegenwärtig zwar nicht *d'un certain âge* ist, es aber nichtsdestoweniger sehr wohl sein könnte. Betrachten wir die Angelegenheit von der faktischen Seite. Er ist Besitzer zweier mitteldunkelgrauer Anzüge und zweier dunkeldunkelgrauer Anzüge. Er ist Angestellter und tut, was immer er da tut, bei einer Bank, deren treusorgende *dirigeants* nadelstreifige Unterhosen tragen und für ihn sorgen, bis er in den Ruhestand tritt. Er zahlt Beiträge zur Altersversorgung und hat eine Lebensversicherung abgeschlossen. Er ist zur Hälfte beteiligt an einer Hypothek mit 25jähriger Laufzeit plus Zusatzkredit. Seine Gelüste sind bescheiden und (du brauchst nicht rot zu werden) seine Sexualität gewissermaßen gedämpft. Daß ihn die große Freimaurerloge der Überfünfzigjährigen noch nicht bei sich aufgenommen hat, liegt einzig daran, daß er zufällig zweiunddreißig ist. Und genau das spürte Gillian, dies, weiß sie, ist genau das, was sie will. Eine Ehe mit Stu verheißt keinen pyrotechnischen Zauber à la Boheme. Gillian hat sich nichts anderes an Land gezogen, als den jüngsten älteren Mann, den sie finden konnte.

Doch wäre es fair gewesen, all dieses darzulegen, während sie an einer *plage* Angliens miteinander schnäbelten und meinten, ich merke es nicht? Dazu sind Freunde nicht da. Und außerdem freute ich mich für Stuart, der im Laufe seiner voluminösen Hängearschexistenz noch nicht oft auf die Seite der *beurre* gefallen war. Er krallte sich mit erschreckender Dankbarkeit an Gillians Hand, als hätten die Mädchen bis dato stets darauf bestanden, daß er Topfhandschuhe trug. Neben ihr schien er an Plumpheit zu verlieren. Er hat sogar besser getanzt. Ich meine, Stu würde nie mehr als eine Art konfuses Gehopse zustande bringen, doch in jenem Sommer verlieh er seinem Hacke-Spitze-Treiben ein gewisses unbekümmertes Vivace. Ich meinerseits hielt mich, bei den Gelegenheiten, da Gillian meine Tanzkarte zierte, im Zaum, da ich großzügigerweise keine niederschmetternden Vergleiche provozieren wollte. War ich sogar, hie und da, ganz uncharakteristisch schwerfällig, wenn ich über das Parkett walzte? Mag sein. Das kann jeder sehen, wie er will.

Da waren wir also, in jenem Sommer. Weh und Ach stand nicht auf der Tagesordnung. In Frinton bearbeiteten wir zwei ratternde Stunden lang einen einarmigen Banditen und brachten nie zwei Früchte nebeneinander zustande – doch bliesen wir Trübsal darob? Und doch ist mir ein Augenblick durchdringender Traurigkeit erinnerlich. Wir waren an einem Strand, und jemand – möglicherweise ich in meiner Erscheinungsform als Stimmungskanone – schlug vor, wir sollten unsere Namen mit Großbuchstaben in den Sand gravieren, dann sollte einer von uns die Promenade erklimmen und Gravur plus Graveur fotografieren. Schon zu Beowulfs Zeiten ein Klischee, ich weiß, aber man kann sich nicht ständig neue Spiele einfallen lassen. Als die Reihe an mich kam, im Bilde festgehalten zu werden, ging Gillian mit Stuart zur Promenade hinauf. Wahrscheinlich benötigte er Hilfe beim Autofokus. Der Nachmittag neigte sich dem Ende zu, ein östlicher Wind jagte wichtigtuerisch über die Nordsee hinweg, die Sonne verlor an Glut, und die meisten Leute waren nach Hause gegangen. Ich stand allein am Strand neben den elaborierten Kursivbuchstaben von *Oliver* (die anderen hatten Großbuchstaben geschrieben, natürlich), und ich sah zur Kamera hinauf, und Stuart rief: »Cheese!«, und Gillian rief

»Gorgonzola!«, und Stu rief »Camembert!«, und Gillian rief »Dolcelatte!«, und auf einmal hab ich so einen Heulkrampf gekriegt. Ich hab dagestanden und nach oben geguckt und geflennt. Dann kam mir die Sonne in die Tränen, und ich konnte nichts mehr sehen, nur eine blendende Tönungsspülung. Ich meinte, ich könnte weinen bis in alle Ewigkeit, woraufhin Stu »Wensleydale!« rief und ich einfach noch ein bißchen weiterheulte, wie ein Schakal, wie ein jämmerlicher Gassenköter. Dann hab ich mich in den Sand gesetzt und gegen das *r* von *Oliver* getreten, bis sie gekommen sind und mich gerettet haben.

Kurz darauf war ich wieder fröhlich, und sie waren auch fröhlich. Wenn jemand frisch verliebt ist, wird er plötzlich geradezu unverwüstlich, ist dir das auch schon aufgefallen? Nicht nur, daß ihm selbst nichts etwas anhaben kann (*die* alte ach so angenehme Illusion), auch denen, die ihm nahestehen, kann nichts etwas anhaben. *Frère* Ollie? Heulkrampf am Badestrand? Zusammenbruch beim Fotografiertwerden von seinen Freunden? Nein, es ist nichts, pfeift die Männlein in Weiß zurück, vergebt die Gummizelle anderweitig, wir haben einen Erste-Hilfe-Kasten mit dabei: Liebe heißt das Zeug, wird in allen möglichen Verpackungen geliefert. Erhältlich als Verband, als Heftpflaster, als Mullbinde, als Gaze, als Salbe. Sieh mal, sie wird sogar als anästhesierendes Spray angeboten. Probieren wir das mal bei Ollie aus. Da schau, er fiel herab, fiel herab, und das linke Bein war ab. Sprüh-sprüh, whuusch, whuusch, da, jetzt geht's schon wieder, Ollie, auf mit dir.

Und ich hab gehorcht. Ich bin aufgestanden und war wieder fröhlich. Der fröhliche Ollie, wir haben ihn wieder zusammengeflickt, das ist die Allmacht der Liebe. Noch einen Spritzer, Ollie? Einen letzten zur Stärkung?

Sie haben mich an dem Abend in Gillians degoutant ordinärem Automobil nach Hause gebracht. Definitiv kein Lagonda. Ich bin ausgestiegen, und sie sind auch ausgestiegen. Ich hab Gillian kurz auf die Wange geküßt und Stuart das Fell gezaust, während er Besorgnis verströmte. Daher nurejewte ich über die Vortreppe und glitt mit einer einzigen Drehung von Yale und Chubb durch die Tür. Dann lag ich auf meinem verständnisvollen Bett und brach in Tränen aus.

4: Jetzt

Stuart Jetzt ist jetzt. Jetzt ist heute. Letzten Monat haben wir geheiratet. Ich liebe Gillian. Ich bin glücklich, ja, ich bin glücklich. Es hat endlich geklappt bei mir. Jetzt ist *jetzt* da.

Gillian Ich habe geheiratet. Ein Teil von mir hat nicht geglaubt, daß ich je heiraten würde, ein Teil von mir war dagegen, ein Teil von mir hatte ein bißchen Angst, um ganz ehrlich zu sein. Aber ich habe mich verliebt, und Stuart ist ein guter Mensch, ein liebenswürdiger Mensch, und er liebt mich. Jetzt bin ich verheiratet.

Oliver Oh, Scheiße. Oh, Scheiße Scheiße Scheiße Scheiße SCHEISSE. Ich bin in Gillie verliebt, gerade eben hab ich's gemerkt. Ich bin in Gillie verliebt. Ich bin ganz baff, ich bin verschreckt, mir ist scheißbange, mich hat es megamordsverficktnochmal erwischt. Und außerdem steht mir vor Angst das Cerebellum still. Was passiert jetzt?

5: *Hier fängt alles an*

Stuart Hier fängt alles an. Das sage ich mir immer wieder. Hier fängt alles an.

In der Schule war ich nur Durchschnitt. Ich wurde nie zu dem Gedanken ermuntert, ich sollte die Universität anstreben. Ich hab einen Fernlehrgang in Volkswirtschaft und Handelsrecht gemacht und wurde dann bei der Bank als allgemeiner Trainee angenommen. Ich arbeite in der Auslandsabteilung. Den Namen der Bank nenne ich lieber nicht, es könnte ja sein, daß die das nicht so gern sehen. Sie haben den Namen aber bestimmt schon mal gehört. Man hat mir ziemlich deutlich zu verstehen gegeben, daß ich nie ein großer Crack sein werde, aber jede Firma braucht ein paar Leute, die keine großen Cracks sind, und mir macht das nichts aus. Meine Eltern gehörten zu der Art von Eltern, die immer leise unzufrieden wirkten mit allem, was man so tat, als würde man sie in kleinen Dingen permanent enttäuschen. Ich glaube, deshalb ist meine Schwester auch weggezogen, in den Norden hoch. Andererseits konnte ich den Standpunkt meiner Eltern nachvollziehen. Ich war tatsächlich etwas enttäuschend. Ich war auch für mich etwas enttäuschend. Ich hab ja bereits versucht zu erklären, daß ich bei Leuten, die ich mochte, nicht richtig locker sein konnte, daß ich sie nicht dazu bringen konnte, meine Vorzüge zu sehen. Wenn ich jetzt darüber nachdenke, war mein Leben die meiste Zeit so. Ich hab andere Leute nicht dazu bringen können, daß sie sehen, was an mir dran ist. Aber dann kam Gillian, und hier fängt alles an.

Ich nehme an, Oliver hat Ihnen den Eindruck vermittelt, ich sei noch Jungfrau gewesen, als ich geheiratet habe. Bestimmt hat er diese seine Hypothese in recht erlesene Ausdrücke gekleidet. Also, Sie sollen wissen, daß das nicht stimmt. Ich erzähle Oliver nicht alles. Ich wette, Sie würden Oliver auch nicht alles erzählen. Wenn er fröhlich ist, geht ihm die Zunge durch, und wenn er deprimiert ist, kann er gemein werden. Also sagt einem der gesunde Menschenverstand, daß man ihn nicht in alle Lebensbereiche reinschauen läßt. Wir sind ganz gelegentlich zu viert ausgegangen, aber das war ohne Ausnahme ein totales Fiasko. Zunächst mal sorgte Oliver immer für die Mädchen, und ich sorgte für das Geld, allerdings mußte ich ihm seine Hälfte natürlich vorher zustekken, damit die Mädchen nicht merkten, wer in Wirklichkeit bezahlte. Einmal sollte ich ihm sogar das *ganze* Geld vorher übergeben, daß es so aussähe, als ob er für alle zahlte. Und wenn wir dann in ein Restaurant gingen, wurde Oliver zum Diktator.

»Nein, *das* kannst du nicht als Hauptgang essen. Du hast doch Pilze und Sahne in deiner Vorspeise.« Oder Fenchel und Pernod. Oder diesunddas und sonstnochwas. Hatten Sie noch nie das Gefühl, daß die Welt sich mittlerweile *allzusehr* fürs Essen interessiert? Ich meine, es kommt ja ziemlich bald danach am anderen Ende raus. Man kann es nicht aufbewahren, nicht lange. Es ist nicht wie Geld.

»Aber ich *mag* Pilze und Sahne.«

»Dann nimm dieses Hauptgericht hier und die Vorspeise mit den Auberginen.«

»Auberginen mag ich nicht.«

»Hast du das gehört, Stu? Ihr schaudert angesichts der schwellend’ Aubergine. Dann versuchen wir, dich heute zu bekehren.«

Und so weiter. Dann das Getue um den Wein mit dem Kellner. Manchmal bin ich in diesem Moment pinkeln gegangen. Oliver fing an, indem er zu dem Tisch sprach: »Wollen wir *ce soir* vielleicht den Hunter River Chardonnay probieren?«

Und wenn er theoretisch unsere Zustimmung hatte, begann er, den armen Kellner auszuquetschen: »Würden Sie uns zu der Show Reserve raten? Würden Sie sagen, er sei genügend gelagert? Ich mag den Chardonnay fett und butterig, aber nicht *allzu* fett und butterig, verstehen Sie. Und wieviel Faß-bukett hat dieser hier? Ich finde ja doch, daß man es in den Kolonien gern übertreibt mit dem Faßbukett, meinen Sie nicht auch?«

Meistens machte der Kellner gute Miene dazu, da er spürte, daß Oliver einer von den Kunden war, die allen ihren Erkundigungen zum Trotz im Grunde keinen Rat wollten, und es nur darum ging, ihn langsam einzuholen wie einen Fisch. Schließlich wurde die Bestellung aufgegeben, doch war für mich damit noch nicht alles ausgestanden. Jetzt mußte Oliver sich dabei in Szene setzen, wie er den Wein goutierte, den er selbst ausgesucht hatte. Eine Zeitlang gehörte dazu viel Geschlürfe und Gegurgel und halbgeschlossene Augen und viele Sekunden mystischer Selbstversenkung. Dann hat er irgendwo einen Artikel gelesen, in dem es hieß, man probiere einen Wein vor dem Einschenken nicht, um zu sehen, ob man ihn möge, sondern um sicherzustellen, daß er nicht nach Korken schmecke. Wenn einem der Geschmack nicht passe, dann habe man halt Pech gehabt, schließlich habe man ihn ja selbst gewählt. Man sollte – als weltgewandter Mensch – einfach nur das Glas schwenken und daran schnüffeln, und so könne man erkennen, ob der Wein verdorben sei oder nicht. Das gewöhnte sich Ollie nun also an, indem er seine Darbietung auf eine Folge lautstarker Inhalationen reduzierte, gefolgt von einem knappen Kopfnicken. Manchmal, wenn er den Eindruck erhielt, eins von den Mädchen wisse nicht, was er da tue, verlor er sich in langen Erklärungen darüber, warum er das Zeug nicht wirklich gekostet hatte.

Ich muß schon sagen, daß Oliver bei den Gelegenheiten, wo ich mit ihm ausgegangen bin, so manchen ziemlich widerlichen Wein bestellt hat. Es würde mich gar nicht wundern, wenn ein paar von den Flaschen *wahrhaftig* nach Korken geschmeckt hätten.

Aber was macht das jetzt noch? Ebenso, was macht es, ob ich nun Jungfrau war oder nicht, als ich Gillian kennenlernte? War ich nicht, wie ich bereits sagte, auch wenn ich mir nicht einbilde, dieser Lebensbereich, den ich vor Oliver verborgen hielt, sei die Geschichte eines Triumphes nach dem anderen gewesen. Es war guter Durchschnitt, nehme ich an, was immer Durchschnitt in dem Zusammenhang heißen mag. Manchmal war es richtig schön, manchmal war es ein bißchen verkrampft, und manchmal mußte ich mich ermahnen, nicht mittendrin an etwas anderes zu denken. Durchschnitt, wie Sie sehen. Aber dann kam Gillian, und hier fängt alles an. Jetzt.

Ich liebe dieses Wort. Jetzt. Jetzt ist *jetzt*; es ist nicht mehr *damals*. *Damals* ist weg. Er macht nichts, daß ich meine Eltern enttäuscht habe. Es macht nichts, daß ich mich selbst enttäuscht habe. Es macht nichts, daß ich mich anderen nie vermitteln konnte. Das war damals, und damals ist vorbei. Jetzt ist *jetzt*.

Ich meine damit nicht, daß ich eine plötzliche Verwandlung erlebt hätte. Ich bin kein Frosch, der von einer Prinzessin geküßt wird, oder wie das Märchen gleich geht. Ich bin nicht auf einmal unglaublich geistreich und gutaussehend geworden – das wäre Ihnen aufgefallen, nicht wahr? – oder ein großer Crack mit einer Riesenfamilie, die Gillian in ihren Schoß aufnimmt. (Gibt es solche Familien? Im Fernsehen sieht man ständig faszinierende Haushalte voll von exzentrischen alten Tanten und süßen Kindern und auf interessante Weise verschiedenartigen Erwachsenen, die zwar ihre guten und schlechten Zeiten haben, im Grunde aber alle an einem Strang ziehen, und zwar »im Sinne der Familie«, was immer das heißen mag. Im richtigen Leben kommt mir das nie so vor. Alle, die ich kenne, scheinen kleine, kaputte Familien zu haben: manchmal durch Todesfälle kaputtgemacht, manchmal durch Scheidung, im allgemeinen einfach durch Streiterei oder Langeweile. Und ich kenne *niemand,* die irgendeinen »Familiensinn« haben. Da ist bloß eine Mami, die sie mögen, und ein Dad, den sie hassen, oder umgekehrt, und die exzentrischen alten Tanten, mit denen ich es zu tun habe, sind meist nur deshalb exzentrisch, weil sie heimliche Alkoholikerinnen sind und wie ungewaschene Hunde riechen, oder es stellt sich heraus, daß sie an der Alzheimerschen Krankheit leiden oder so.) Nein, es war so. Ich bin genau so geblieben, wie ich vorher war, aber jetzt ist es in Ordnung, wenn ich so bin, wie ich vorher war. Die Prinzessin hat den Frosch geküßt, und der hat sich nicht in einen hübschen Prinzen verwandelt, aber das war in Ordnung, weil er ihr gefiel als Frosch. Und hätte er sich *tatsächlich* in einen hübschen Prinzen verwandelt, dann hätte Gillian ihm – mir – womöglich die Tür gewiesen. Sie steht nicht so auf Prinzen, meine Gillian.

Ich kann Ihnen sagen, ich war ganz schön nervös, als ich ihre Mutter kennenlernen sollte. An dem Morgen hab ich meine Schuhe geputzt, darauf können Sie sich verlassen. Eine Schwiegermutter (das war sie für mich bereits), eine *französische* Schwiegermutter, die von einem Engländer verlassen worden ist und jetzt von ihrer Tochter dem Engländer vorgestellt wird, den diese heiraten will? Ich hatte wohl erwartet, daß sie entweder unwahrscheinlich frostig wäre und auf so einem goldenen Stühlchen mit einem verschnörkelten goldenen Spiegel dahinter säße oder daß sie ziemlich fett und rotgesichtig wäre und vom Herd rein käme mit einem Holzlöffel in der Hand und mich herzhaft umarmen und nach Knoblauch und Suppenkessel riechen würde. Alles in allem hätte ich eindeutig das letztere vorgezogen, aber natürlich hab ich weder das eine noch das andere gekriegt (da sieht man's wieder, wie das mit Familien ist). Mrs oder Mme Wyatt trug Lackschuhe und ein elegantes bräunliches Kostüm mit einer Goldbrosche. Sie war höflich, aber nicht freundlicher als notwendig; sie betrachtete Gillians Jeans mißbilligend, doch kommentarlos. Wir tranken Tee und sprachen über alles außer den zwei Dingen, die mich interessierten: die Tatsache, daß ich in ihre Tochter verliebt war, und die Tatsache, daß ihr Mann mit einem Schulmädchen durchgebrannt war. Sie fragte mich nicht nach meinen beruflichen Aussichten, oder was ich verdiente, oder ob ich mit ihrer Tochter schlafe – all das hatte ich für mögliche Bahnen der Unterhaltung gehalten. Sie war – ist – das, was man eine gutaussehende Frau nennt, ein Ausdruck, der mir immer ein bißchen gönnerhaft vorkommt. (Was heißt das denn? Es heißt so etwa: erstaunlich anziehend, falls es gesellschaftlich okay wäre, sich von Frauen dieses Alters angezogen zu fühlen. Aber vielleicht fühlte – fühlt – jemand sich von Mme Wyatt angezogen. Es würde mich freuen.) Mit anderen Worten: sie hatte straffe Gesichtszüge und schick geschnittene, womöglich gefärbte Haare, die offenbar unter regelmäßiger Kontrolle standen, und sie benahm sich, als hätte es Zeiten gegeben, da sie sämtliche Köpfe verdreht hatte, und als erwartete sie, daß andere sich dessen bewußt waren. Ich hab sie mir während dieser Teestunde immer wieder angeschaut. Nicht bloß aus höflicher Aufmerksamkeit, ich wollte auch sehen, was mal aus Gillian würde. Das soll ja ein Schlüsselmoment sein, nicht wahr? Wenn man die Mutter seiner Frau zum ersten Mal sieht. Da soll man sich entweder eilends aus dem Staub machen, oder aber glücklich zurücksinken lassen: Doch, doch, wenn *das* aus ihr wird, dann komme ich bestens damit klar. (Und die Schwiegermütter in spe müßten sich doch bewußt sein, daß dem jungen Mann so was durch den Kopf geht, nicht wahr? Vielleicht sorgen sie manchmal absichtlich dafür, daß sie zum Fürchten aussehen, um ihn abzuschrecken.) Bei Mme Wyatt erlebte ich keine dieser beiden Reaktionen. Ich schaute mir ihr Gesicht an, die Form des Kiefers und die Wölbung der Stirn; ich schaute mir den Mund der Mutter des Mädchens an, deren Mund ich nicht oft genug küssen konnte. Ich schaute und schaute; doch obwohl ich Ähnlichkeiten sah (die Stirn, den Schnitt der Augen), obwohl ich verstehen konnte, daß andere Leute sie für Mutter und Tochter hielten, klappte es bei mir nicht. Ich konnte nicht sehen, daß Gillian sich zu Mme Wyatt entwickeln würde. Es war vollkommen unwahrscheinlich, und zwar aus einem einfachen Grund: Gillian würde sich zu *keinem* anderen Menschen entwickeln. Selbstverständlich würde sie sich verändern. So albern und verliebt bin ich nun auch wieder nicht, daß ich das nicht wüßte. Sie würde sich verändern, aber sie würde sich nicht zu einem anderen Menschen verändern, sie würde sich zu einer anderen Ausgabe ihrer selbst verändern. Und ich würde dabeisein und es verfolgen können.

»Wie ist es gelaufen?« fragte ich, als wir wegfuhren. »Hab ich bestanden?«

»Du bist nicht geprüft worden.«

»Oh.« Ich war ein wenig enttäuscht.

»So macht sie das nicht.«

»Wie macht sie es denn?«

Gillian schwieg, schaltete in einen anderen Gang, schürzte die Lippen, die wie die Lippen ihrer Mutter und gleichzeitig vollkommen anders waren, und sagte:

»Sie wartet ab.«

Das gefiel mir zuerst ganz und gar nicht. Aber später dachte ich: Das ist nur recht und billig. Und ich kann ebenfalls abwarten. Ich kann abwarten, bis Mme Wyatt mich so sieht, wie ich wirklich bin, bis sie versteht, was Gillian in mir sieht. Ich kann darauf warten, daß sie mich akzeptiert. Ich kann solange warten, bis sie versteht, wie ich Gillian glücklich mache.

»Glücklich?« sagte ich.

»Mmm.« Sie behielt weiter den Verkehr im Blick, nahm kurz die Hand vom Schalthebel, tätschelte mir das Bein, nahm dann die Hand weg, um zu schalten. »Glücklich.«

Wir wollen Kinder haben, wissen Sie. Nein, ich meine nicht, daß sie schwanger ist, obwohl mir das nicht unbedingt unlieb wäre. Es ist ein langfristiger Plan. Wir haben noch nicht so richtig drüber gesprochen, um ehrlich zu sein; aber ich hab sie ein, zwei Mal mit Kindern gesehen, und sie scheint instinktiv mit ihnen zurechtzukommen. Auf einer Wellenlänge zu sein mit ihnen. Was ich meine, ist, es überrascht sie offenbar nicht, wie Kinder sich benehmen und auf Sachen reagieren; es kommt ihr normal vor, und sie akzeptiert es. Ich hab Kinder immer okay gefunden, aber ich hab sie nie wirklich begriffen. Ich kapiere sie nicht. Warum führen sie sich so auf, machen um Kleinigkeiten ein Mordstheater und kümmern sich dann um etwas, was eigentlich viel wichtiger wäre, überhaupt nicht? Sie laufen gegen den Fernseher, und man meint, sie hätten sich an der Kante den Schädel eingeschlagen, aber sie prallen einfach ab; im nächsten Augenblick setzen sie sich ganz sanft auf ihr Hinterteil, das allem Anschein nach mit fünfzehn Windeln gepolstert ist, und brechen in Tränen aus. Was soll das? Warum kennen sie so gar keine Verhältnismäßigkeit?

Trotzdem, ich möchte Kinder haben mit Gillian. Es kommt mir natürlich vor. Und bestimmt will sie auch welche, wenn der rechte Zeitpunkt gekommen ist. Das wissen Frauen doch, nicht wahr – wann der rechte Zeitpunkt gekommen ist? Ich hab ihnen schon was versprochen, den Kindern, die wir einmal haben werden. Ich werde nicht so sein wie meine Eltern. Ich werde zu sehen versuchen, was an euch dran ist, was immer das sein mag. Ich halte zu euch. Ihr könnt machen, was ihr wollt, mir wird es recht sein.

Gillian   Eins macht mir wohl schon Sorgen bei Stuart. Manchmal arbeite ich hier oben in meinem Atelier – der Name ist etwas großspurig für den Raum, der nicht mal 14 Quadratmeter hat, aber trotzdem – so vor mich hin, und da ist Musik im Radio, und ich hab sozusagen auf Automatik geschaltet. Dann denke ich plötzlich, hoffentlich wird er nicht mal enttäuscht. Vielleicht ist es merkwürdig, so etwas zu sagen, wenn man erst einen Monat verheiratet ist, aber es ist so. Das ist so ein Gefühl von mir.

Im allgemeinen erwähne ich nicht, daß ich einmal eine Ausbildung als Sozialarbeiterin angefangen habe. Das ist noch so etwas, worüber die Leute gern blöde Bemerkungen machen, oder zumindest blöde Vermutungen anstellen. Zum Beispiel liegt doch klar auf der Hand, daß ich bei meinen Klienten versucht habe, ihnen ihr Leben und ihre Beziehungen so zusammenzuflicken, wie ich das bei meinen Eltern nicht geschafft hatte. Das liegt doch für alle klar auf der Hand, nicht wahr? Bloß für mich nicht.

Und selbst wenn ich das in gewisser Weise versucht hätte, ist es mir eindeutig nicht gelungen. Achtzehn Monate habe ich durchgehalten, bis ich den Kram hingeschmissen hab, und in der Zeit habe ich eine Menge enttäuschter Leute gesehen. Fast jeden Tag hab ich Beschädigungen gesehen, Leute mit Riesenproblemen, emotionalen, sozialen, finanziellen – manchmal durch eigene Schuld, meistens einfach an sie weitergegeben. Dinge, die ihnen die Familien angetan hatten, Eltern, Ehemänner; Dinge, über die sie nie hinwegkommen würden.

Dann gab es da noch die anderen, die Enttäuschten. Und das waren schlimmste Beschädigungen, irreversible. Leute, die sich anfangs so viel erhofft hatten von der Welt und dann Psychopathen und Phantasten ihr Vertrauen schenkten, ihren Glauben in Säufer und Schläger investierten. Und jahrelang machten sie mit unglaublicher Beharrlichkeit weiter, glaubten, wo sie keinen Grund zu glauben hatten, wo es verrückt war, daß sie glaubten. Bis sie dann eines Tages einfach aufgaben. Und was konnte die zweiundzwanzigjährige angehende Sozialarbeiterin Gillian Wyatt für sie tun? Glauben Sie mir, mit Professionalität und Frohsinn war bei diesen Klienten sehr wenig auszurichten.

Menschen werden geistig gebrochen. Genau das konnte ich nicht ertragen. Und der ist mir später gekommen, als ich anfing, Stuart zu lieben, dieser Gedanke: Bitte, laß ihn nicht enttäuscht werden. Dieses Gefühl hatte ich sonst noch nie bei jemandem. Daß ich mir auf lange Sicht Sorgen machte um ihre Zukunft, was wohl mal aus ihnen würde. Mir Sorgen machte über das, was sie mal denken würden, wenn sie am Ende zurückschauten.

Hören Sie, ich spiele nicht mit bei diesem . . . Spielchen. Aber es hat genausowenig Sinn, sich ein Taschentuch in den Mund zu stopfen und sich in die Ecke zu setzen. Ich sage, was ich zu sagen habe, was ich weiß.

Ich bin mit ziemlich vielen Männern ausgegangen, bevor ich Stuart kennenlernte. Ich war nahe daran, mich zu verlieben, ich hab ein paar Heiratsanträge bekommen; andererseits bin ich einmal ein ganzes Jahr lang ohne jeden Mann ausgekommen, ohne Sex – beides schien mir nicht der Mühe wert. Manche Männer, mit denen ich ausgegangen bin, waren »so alt, daß sie mein Vater sein könnten«, wie es so schön heißt; andererseits waren viele das aber nicht. Und, was sagt uns das? Ein kleines bißchen Information, und schon legen die Leute los mit ihren Theorien. Hab ich Stuart geheiratet, weil ich dachte, er würde mich nicht so im Stich lassen wie mein Vater? Nein, ich hab ihn geheiratet, weil ich ihn liebte. Weil ich ihn liebe, achte und anziehend finde. Zuerst fand ich ihn nicht anziehend, nicht besonders jedenfalls. Auch daraus ziehe ich keine Schlüsse, außer daß Anziehendfinden eine komplizierte Sache ist.

Wir waren in diesem Hotel da und hatten Gläser mit Sherry in der Hand. Ob das eine Fleischbeschau war? Nein, es war eine vernünftige Gruppe von Leuten, die einen vernünftigen Schritt für ihr Leben unternahmen. Bei uns beiden hat es zufällig geklappt, wir haben Glück gehabt. Aber wir haben nicht

»einfach nur« Glück gehabt. Wenn man voll Selbstmitleid alleine rumsitzt, ist das kein guter Weg, Leute kennenzulernen.

Ich glaube, man muß im Leben herausfinden, wo man seine Stärken hat, erkennen, was man nicht kann, entscheiden, was man will, darauf hinarbeiten und versuchen, daß man hinterher nichts bereut. Mein Gott, das hört sich bestimmt sehr tugendsam an. Wörter treffen nicht immer gleich ins Schwarze, nicht wahr?

Vielleicht ist das mit ein Grund, warum ich meine Arbeit liebe. Da spielen Wörter keine Rolle. Ich sitze in meinem Zimmer oben im Haus mit meinen Tupfern und Lösungsmitteln, meinen Pinseln und Pigmenten. Nur ich und vor mir ein Bild, und Musik aus dem Radio, wenn ich das brauche, und kein Telefon. Ich will eigentlich nicht, daß Stuart oft hier raufkommt. Es macht den Zauber kaputt.

Manchmal kommt eine Antwort von dem Bild zurück, an dem man gerade arbeitet. Das ist das Aufregendste: wenn man eine Deckschicht abträgt und etwas darunter entdeckt. Das passiert natürlich nicht sehr oft, um so befriedigender also, wenn es mal passiert. Zum Beispiel wurden im neunzehnten Jahrhundert furchtbar viele Brüste übermalt. Da säubert man vielleicht ein Porträt, das eine italienische Adelige darstellen soll, und bringt so nach und nach einen Säugling an der Brust zum Vorschein. Vor Ihren Augen verwandelt sich die Frau in eine Madonna. Das ist, als wären Sie seit Jahren der erste Mensch, dem sie ihr Geheimnis entdeckt hat.

Vor ein paar Monaten hab ich an einer Waldszene gesessen und fand einen wilden Eber, den jemand übermalt hatte. Das hat das Bild total verändert. Es hatte ausgesehen, als trabten da Reiter nett und friedlich durch den Wald – fast schon eine Picknickgesellschaft –, bis ich das Tier entdeckte, und da wurde es sonnenklar, daß es immer schon eine Jagdszene gewesen war. An die hundert Jahre lang hatte der wilde Eber sich hinter einem großen und im Grunde genommen nicht sehr überzeugenden Busch versteckt gehabt. Dann trat hier oben in meinem Atelier, ohne daß auch nur ein Wort gesprochen wurde, alles wieder klar zutage, wie es hatte sein sollen. Nur weil man eine kleine Deckschicht abgenommen hat.

Oliver   Oh, *Scheiße.*

Ihr Gesicht war's. Ihr Gesicht, wie sie da vor dem Standesamt stand, mit dieser großen Normaluhr dahinter, zu deren
Ticken die ersten gleißenden Momente ehelichen Glücks ab-
schnurrten. Sie trug ein Leinenkostüm von der Farbe blasser
Kressesuppe, und der Rock hörte knapp über dem Knie auf.
Leinen wird, wie wir alle wissen, ebenso leicht zerdrückt wie
scheue Liebe; sie sah unzerdrückbar aus. Ihr Haar war nur auf
einer Seite zurückgesteckt, und sie lächelte in die allgemeine
Richtung der gesamten Menschheit. Sie klammerte sich nicht
an den steatopygen Stu, hielt sich allerdings an seinem Arm
fest, das ist wahr. Sie strahlte nur so, sie glühte, sie war voll da
und doch aufreizend abwesend, in diesem höchst öffentlichen
Moment in eine private Domäne entschwunden. Ich allein
schien das wahrzunehmen, der Rest meinte, sie sehe einfach
glücklich aus. Ich aber hab es gemerkt. Ich ging hin und gab
ihr einen Kuß und murmelte Glück- und Segenswünsche
in ihr eines sichtbares und läppchenloses Ohr. Sie reagierte,
doch fast so, als sei ich nicht vorhanden, daher machte ich vor
ihrem Gesicht ein paar Gesten – Bahnwärter bringt durch
Winken führerlosen Express zum Stehen, so in der Art –,
und sie richtete ihr Augenmerk kurz auf mich und lachte
und zog sich dann wieder in ihre verborgene eheliche Höhle
zurück.

»Du siehst aus wie ein Juwel«, sagte ich, doch sie reagierte
nicht darauf. Hätte sie es getan, wäre vielleicht alles anders
gewesen, ich weiß auch nicht. Weil sie aber nicht darauf
reagierte, hab ich sie noch mehr angeguckt. Sie war ganz
Blaßgrün und Kastanie, mit einem smaragdenen Funkeln um
den Hals; ich durchschweifte ihr Gesicht, von der plötzlich
auftauchenden Wölbung ihrer Stirn bis zu dem Pflaumengrüb-
chen ihres Kinns; ihre Wangen, häufig so bleich, waren vom
Rosenton eines Tiepolo-Sonnenaufgangs überhaucht, doch
ob der Hauch nun externer Herkunft und die entsprechende
Quaste in ihrer Handtasche geparkt war oder internen, sozusagen ekstatischen Ursprungs, mochte und wollte ich nicht
sagen; ihr Mund war von einem halben Lächeln umlagert,
welches überhaupt nicht zu erlahmen schien; ihre Augen

waren ihre funkelnde Mitgift. Ich *durchschweifte* ihr Gesicht, hörst du?

Und unerträglich war mir die Art, wie sie da war und doch nicht da, wie ich ihr gegenwärtig und dennoch nicht gegenwärtig war. Kennst du diese philosophischen Denkgebäude, denen zufolge wir nur existieren, so wir von etwas oder jemand außerhalb unserer selbst als existierend wahrgenommen werden? Dem alten Ollie war, angesichts der oszillierenden Anerkenntnis seiner selbst durch die Braut, ganz schlotterig vor existenzieller Gefährdung. Ein Zwinkern von ihr, und ich würde verschwinden. Vielleicht war es deshalb, daß ich zu einer schießwütigen Diane Arbus wurde, mich der Kamera bemächtigte und heitere Kapriolen machte auf der Suche nach der Perspektive, welche Stuarts embryonische Kropfigkeit aufs satirische Pünktchen bringen würde. Verdrängungsaktionismus. Pure Verzweiflung, wie du siehst, Furcht vor der Furie des Verschwindens. Natürlich haben sie nichts davon geahnt.

Es war meine Schuld, aber auch wieder nicht meine Schuld. Siehst du, ich hatte eine kirchliche Trauung gewollt. Ich wollte Brautführer sein. Das konnten sie damals nicht verstehen, und ich ja auch nicht. Keiner von uns hat irgendeinen Sinn für Religion, es galt auch keine fundamentalistischen Anverwandten zu beschwichtigen: Das Nicht-Vorhandensein eines Kerls im weißen Spitzenrock hätte kein *Seppuku* der Enterbung nach sich gezogen. Aber Ollie muß wohl hellseherische Fähigkeiten gehabt haben. Ich hab gesagt, ich wollte Brautführer sein, ich hab gesagt, ich wollte eine kirchliche Trauung. Ich hab mich da ziemlich reingesteigert. Ich hab angefangen zu brüllen. Ich hab ein bißchen den Hamlet rausgekehrt. Ich war zu dem Zeitpunkt betrunken, wenn du es unbedingt wissen willst.

»Oliver«, sagte Stu nach einem Weilchen, »so läuft das überhaupt nicht. Dies ist unsere Hochzeit. Wir haben dich doch schon gebeten, Trauzeuge zu sein.«

Ich rief ihnen beiden die Macht der uralten Zeremonien in Erinnerung, die Kraftlinien ehelichen Glücks, die güldenen Girlanden von Gottes Wort. »Na macht schon«, flehte ich zum Abschluß, »laßt da 'nen Priester ran.«

Stuarts mollige kleine Visage straffte sich, so weit das physisch möglich war. »Oliver«, sagte er, wobei er in diesem feierlichen Augenblick fast parodistisch in das seelenlose Vokabular des Merkantilismus verfiel, »wir haben dich gebeten, Trauzeuge zu sein, und das ist unser letztes Angebot.«

»Das werdet ihr bereuen«, kreischte ich, wie ein Industriekapitän aus Osteuropa, dem das Kartellamt einen Strich durch die Rechnung gemacht hat. »Das werdet ihr bereuen.«

Was ich mit hellseherischen Fähigkeiten meine, ist folgendes. Hätten wir eine kirchliche Trauung gehabt, dann wäre sie ganz in Weiß angerüscht gekommen, hätte die ganze Schau mit Schleier und Schleppe abgezogen. Ich hätte sie vielleicht vor der Kirche angeschaut und bloß wieder so eine Fließbandbraut gesehen. Und dann wäre es womöglich nie passiert.

Ihr Gesicht war's. Damals wußte ich das nicht. Ich dachte, ich wär bloß ein bißchen überdreht, wie alle anderen auch. Aber ich war weg, hinüber, erledigt. Eine unvorstellbare Verwandlung war passiert. Gefallen wie Luzifer; gefallen (das ist für dich, Stu) wie die Börsenkurse 1929. Ich war auch in dem Sinn weg, daß ich transformiert war, umgekrempelt. Du kennst doch die Story von diesem Menschen, der aufwacht und feststellt, daß er sich in einen Käfer verwandelt hat? Ich war ein Käfer, der aufwachte und die Möglichkeit sah, ein Mensch zu werden.

Nicht, daß die Organe der Wahrnehmung das damals erfaßt hätten. Als wir dort beim Hochzeitsmahle saßen, hielt ich an dem prosaischen Glauben fest, das raschelnde Zeug zu meinen Füßen sei einzig eine Akkumulation von Champagnerstanniol. (Ich mußte darauf bestehen, den kleinen Nichtjahrgangsschampus, den Stuart sich *en gros* gesichert hatte, persönlich zu öffnen. Heutzutage weiß keiner mehr, wie man Champagner aufmacht, noch nicht einmal Kellner. Schon gar nicht Kellner. Es kommt, wie ich den Leuten immer wieder erzählen muß, nicht darauf an, den Korken fröhlich *pop* machen zu lassen und der Flasche so ein *mousse*-Ejakulat zu entlocken. Nein, es kommt darauf an, ihn ohne das leiseste Nonnenfürzchen aufzumachen. Den Korken festhalten und die Flasche drehen, das ist das ganze Geheimnis. Wie oft soll ich das noch sagen?

Das Trara mit der großen weißen Serviette könnt ihr vergessen, desgleichen die zwei Daumen auf dem Korkenkranz, desgleichen das Zielen auf die Glühbirnen in den eingelassenen Deckenleuchten. Einfach nur den Korken festhalten und die Flasche drehen.) Nein, was da an jenem Nachmittag Steppenhexen gleich meine Knöchel umspielte, war nicht das Gekräusel von Mumm *non-millésimé,* sondern die abgestreifte Haut meines früheren Seins, mein Käferpanzer, meine abgeworfenen, erdbraunen Armaturen.

Panik, das war die erste Reaktion auf das, was da geschehen war, was immer es sein mochte. Und es wurde noch schlimmer, als mir klar wurde, daß ich nicht wußte, wohin sie zu ihrem *lune de miel* fahren würden. (Wie tumb, nebenbei bemerkt, daß Franzosen wie Engländer den gleichen Ausdruck beibehalten haben. Man sollte doch meinen, einer von uns würde sich eiligst um ein neues Wort bemühen, statt abgelegte linguistische Klamotten zu akzeptieren. Aber vielleicht ist das genau der Punkt: Der Ausdruck ist der gleiche, weil die Erfahrung die gleiche ist. [*Honeymoon* bezeichnet, nebenbei bemerkt, bloß für den Fall, daß du bei diesem etymologischen Quark nicht durchsteigst, erst in neuerer Zeit eine Brautreise samt Erwerb zollfreier Waren und Aufnahme übermäßig vieler Farbfotos von genau derselben Szene. Dr. Johnson hat in seinem schubweise possierlichen *Dictionary* einmal nicht getrachtet, Heiterkeit zu erregen, als er es solcherart definierte: »Der erste Monat nach der Heirat, wo nichts als Zärtlichkeit und Genuß herrscht.« Voltaire, eine weitaus sympathischere Figur, der sich selbst übrigens den besten Burgunder zu servieren pflegte, während er seinen Gästen *vin ordinaire* vorsetzte, bemerkte in einer seiner philosophischen Erzählungen, daß auf *la lune de miel* im nächsten Monat *la lune de l'absinthe* folge.])

Schau, ich hatte plötzlich das Gefühl, nicht ertragen zu können, daß ich nicht wisse, wo sie die nächsten dreieinhalb Wochen sein würden (obwohl ich im nachhinein bezweifle, ob der Verbleib des Bräutigams mich sonderlich beunruhigt hat). Als Stuart also gegen Ende des Essens sich wankend erhob und dem Tisch kundtat – warum überkommt die Leute bei solcher Gelegenheit immer so ein Bekenntnisdrang? –, er wolle »mal eben dekantieren« (und die entsetzlichen Ausdrücke, die sie sich da einfallen lassen: von welchem mit Beaglehunden auf die Jagd gehenden Abteilungsleiter mein Kumpel das wohl geklaut hat?), glitt ich selbst wortlos von meinem Stuhl, kickte die Schlacken meines früheren Lebens, die sich als Champagnerstanniol gerierten, hinweg und folgte ihm aufs Herrenklo.

Da standen wir, Seite an Seite vor diesen hüfthohen Porzellanmulden, jeder grimmig nach vorn einem mexikanischen Exekutionskommando entgegenstarrend, wie Engländer das so an sich haben, ohne je den Blick zu senken, um auf des anderen Armatur zu schielen. Da standen wir, zwei Rivalen, noch vollkommen ahnungslos, daß sie Rivalen waren, jeder sein *membrum virile* im Griff – sollte ich dem Bräutigam ein paar Tips hinsichtlich seines Einsatzes anbieten? – und pinkelten praktisch unverschnittenen, wiederabfüllbaren Mumm *non-millésimé* auf einen kleinen violetten Duftstein. (Was wäre anders in meinem Leben, wenn ich einen Haufen Geld hätte? ch komme immer wieder auf dieselben zwei Vorstellungen von Luxus zurück: jemanden zu haben, der mir jeden Morgen die Haare wäscht, und auf gestoßenes Eis zu pinkeln.)

Wir schienen mehr zu pinkeln, als wir überhaupt getrunken haben konnten. Stuart hüstelte etwas verlegen, als wolle er sagen: »Keine Ahnung, wie das bei dir ist, aber ich bin noch nicht mal halb fertig.« Das war wohl der rechte Moment, mich nach dem geplanten Austragungsort der hochzeitlichen Katzbalgerei zu erkundigen. Doch bekam ich nicht mehr zur Antwort als ein scheeles Grinsen und das Gezische von Pisse.

»Nein, wirklich«, beharrte ich nach einer Minute oder so, als ich meine Finger einer Waschung unterzog und Stuart sich überflüssigerweise mit einem übelriechenden Plastikkamm über die Schädeldecke schabte, »wo wollt ihr hin? Du weißt schon, bloß falls ich euch mal erreichen muß.«

»Staatsgeheimnis. Nicht mal Gillie weiß es. Hab ihr nur gesagt, sie soll leichte Sachen mitnehmen.«

Er grinste immer noch, daher nahm ich an, es werde so ein infantiles Rätselraten von mir erwartet. Ich versuchte es mit verschiedenen Stuartesken Reisezielen wie Florida, Bali, Kreta und der Westtürkei, die sämtlich mit einer selbstgefälligen, negierenden Neigung des Kopfes aufgenommen wurden. Ich erprobte alle Disneylands dieser Welt und eine Selektion zubetonierter Gewürzinseln; ich kam ihm von oben herab mit Marbella, beifällig mit Sansibar, versuchte es unumwunden mit Santorin. Ich erreichte nichts.

»Schau mal, es kann doch was passieren . . .« fing ich an.

»Verschlossener Umschlag bei Mme Wyatt«, antwortete er, uncharakteristischerweise einen Finger an die Nase legend, als sei er eigens dazu auf der Spionakademie gewesen.

»Tu nicht so verdammt bourgeois«, rief ich. Aber er wollte es mir nicht sagen. Wieder am Tisch, war ich ein paar Minuten lang *crépusculaire* gestimmt, dann widmete ich mich wieder meiner Aufgabe als Unterhalter der Hochzeitsgäste.

Am Tag nachdem die zwei in ihre Flitterwochen gefahren waren, rief ich Mme Wyatt an, und weißt du, was? Die alte *vache* wollte es mir nicht sagen. Behauptete, sie hätte den Umschlag nicht aufgemacht. Ich hab gesagt, sie würden mir fehlen, ich wollte sie anrufen. Das stimmte auch, sie fehlten mir. Vielleicht habe ich ins Telefon geheult, doch an Mme Drachens Panzer prallte alles ab.

Und als sie zurückkamen (ja, es war Kreta: ich hatte es erraten, aber er hatte nicht mit der Wimper gezuckt, der doppelzüngige Bastard), da wußte ich bereits, daß ich verliebt war. Ich hatte eine Sex-und-Sonne-Karte aus Heraklion gekriegt, fand heraus, wann sie zurückkommen würden, rief alle in Frage kommenden Luftfahrtgesellschaften an und fuhr raus nach Gatwick, um sie abzuholen. Als die Anzeigetafel die Information GEPÄCK EINGETROFFEN bei ihrem Flug rausklakkerte, da zog in meinem Magen ein ganzer Kreis von Glöcknern gleichzeitig an den Stricken, und das entsetzliche Gedröhne, das sie in meinem Schädel auslösten, konnte nur mit ein paar Kurzen an der Bar gedämpft werden. Dann wartete ich an der Barriere, das kunterbunte Menschenfleisch rings um mich her bebte und schlackerte vor Willkommensfreude.

Ich sah sie, ehe sie mich sahen. Stuart hatte sich typischerweise einen Gepäckkarren mit einem blockierten Rad ausgesucht, und er tauchte aus der zärtlichen Musterung der *doua-niers* in einer komischen Kurve auf, wobei sein unsicherer Kurs hymnisch begleitet wurde von Gillians nachsichtigem Lachen und des Karrens wirrem Gekreisch. Ich rückte die Chauffeurmütze zurecht, die ich mir geliehen hatte, schwenkte ein krakelig geschriebenes Schild, auf dem »Mr & Mrs Stewart Hughes« stand (der Schreibfehler hatte was Meisterhaftes, fand ich), holte tief Luft und machte mich bereit, dem schillernden Tohuwabohu ins Auge zu sehen, das mein Leben zu werden sich anschickte. Als ich sie beobachtete, ehe sie meiner gewahr wurde, flüsterte ich mir zu: Hier nimmt alles seinen Anfang.

6: Beugt der Alzheimerschen vor

Stuart   Es ist wirklich ziemlich schrecklich, sag ich Ihnen. Oliver tut mir andauernd leid. Ich will nicht sagen, daß das falsch wäre – nein, ich hab jetzt jede Menge Grund dazu –, es ist nur, daß mir nicht wohl ist dabei. Es ist nicht das Gefühl, das ich ihm gegenüber haben sollte. Aber ich habe es. Haben Sie mal diese Kuckucksuhren gesehen, wo so kleine Wettermännchen zum Mechanismus gehören? Die Uhr schlägt, der Kuckuck macht *kuckuck,* und dann geht eine kleine Tür auf, und entweder kommt das Gutwettermännchen raus, über beide Ohren grinsend und für Sonnenschein angezogen, oder es geht eine andere Tür auf, und da kommt das Schlechtwettermännchen raus mit Schirm und Regenmantel und mißmutigem Gesicht. Der Punkt ist, daß immer nur eins von beiden aus seinem Türchen kommen kann, nicht bloß weil das sonst ein unmögliches Wetter wäre, sondern weil die beiden Männchen mit einem Metallstab verbunden sind: Eins muß drinbleiben, wenn das andere draußen ist. So war das mit Oliver und mir auch immer. Ich war immer der mit Schirm und Regenmantel, der gezwungenermaßen drinnen im Dunkeln blieb. Aber jetzt erlebe ich meine Zeit in der Sonne, und das heißt offenbar, daß Oliver erst mal nicht so viel Spaß hat.

Er sah wirklich entsetzlich aus da am Flughafen, und ich glaube, durch uns wurde die Sache auch nicht besser. Wir hatten gerade diese drei super Wochen auf Kreta hinter uns – phantastisches Wetter, ein nettes Hotel, Schwimmen, haben uns prächtig verstanden –, und obwohl der Flug Verspätung hatte, waren wir immer noch in Mordsstimmung, als wir in Gatwick ankamen. Ich habe am Gepäckband gewartet, Gillie hat einen Wagen geholt, und als sie zurückkam, waren die Koffer schon da. Ich hab das Gepäck aufgeladen, und als sie schieben wollte, hat sie gemerkt, daß sie einen Wagen mit einem kaputten Rad erwischt hatte. Er wollte nicht geradeaus fahren und hat andauernd gequietscht, als wolle er die Aufmerksamkeit der Zollbeamten auf den lenken, der ihn schiebt: »He, guckt euch doch mal die Koffer von dem Typ hier an.« So hört sich der Wagen an, dachte ich, als wir durch den grünen Ausgang gingen. Mittlerweile half ich auch mit, das Ding unter Kontrolle zu halten, weil Gillian merkte, daß sie alleine keine Kurven schaffte.

Von daher war es eigentlich auch nicht verwunderlich, daß wir Ollie nicht erkannten, als wir in die Ankunftshalle kamen. Keiner wußte, daß wir auf diesem Flug waren, und wir hatten nur Augen für einander, ehrlich gesagt. Von daher hab ich, als da einer aus dem Getümmel der Fahrer, die Leute von verschiedenen Flügen abholen wollten, herauskam und uns ein Schild vor der Nase herumschwenkte, den sozusagen weggeschubst. Ich hab gar nicht richtig hingeschaut, aber die Alkoholfahne hab ich sofort gerochen und gedacht, die Firma wird's nicht lange machen, wenn sie ihre Kunden von betrunkenen Fahrern abholen läßt. Aber es war Oliver, mit einer Chauffeurmütze auf und einem Schild in der Hand mit unseren Namen drauf. Ich hab so getan, als würd ich mich freuen, daß er da war, obwohl mein erster Gedanke war, daß Gill und ich nun im Zug nach Victoria zurück nicht allein sein würden. Wir würden Oliver dabeihaben. Ist das nicht gemein? Sehen Sie, was ich damit meine, daß er mir leid tut?

Und er war in einer fürchterlichen Verfassung. Er hatte anscheinend abgenommen, und sein Gesicht war ganz weiß und verhärmt, und die Haare, auf die er normalerweise ziemlich achtet, waren schon ganz aus der Fasson. Er stand irgendwie da rum, und dann, als wir ihn erkannt hatten, stürzte er sich auf uns beide, umarmte und küßte uns. Überhaupt kein typisches Verhalten, es wirkte eher jämmerlich als wie ein Willkommensgruß. Und er roch wirklich nach Alkohol. Was sollte das wieder? Er sagte, unser Flug hätte Verspätung gehabt und da sei er solange in die Bar gegangen, und dann fügte er, nicht recht überzeugend, hinzu, da hätte so eine Frau unbedingt »Phaethon mit Hochprozentigem traktieren« wollen, wie er es ausdrückte, aber es lag etwas Falsches in der Art und Weise, wie er das sagte, und ich glaube, weder Gill noch ich haben ihm das auch nur einen Moment lang abgenommen. Und dann war da noch etwas Komisches: Er hat uns nicht nach unseren Flitterwochen gefragt. Erst sehr viel später. Nein, als erstes hat er eine Tirade vom Stapel gelassen, daß Gillians Mutter ihm nicht erzählen wollte, wo wir waren. Ich hab mich gefragt, ob wir ihn ans Steuer lassen sollten, in seinem Zustand.

Später hab ich rausgefunden, was hinter dem ganzen steckte. Das könnten Sie nie erraten, was da passiert war? Oliver hat doch tatsächlich seinen Job verloren. Er hat sich wirklich und wahrhaftig von der Shakespeare School of English feuern lassen. Also, das ist nun bestimmt eine Weltpremiere. Ich weiß nicht, ob Oliver Ihnen viel von der Shakespeare School erzählt hat, aber glauben Sie mir, das ist ein schäbiger Laden: Mich schaudert bei dem Gedanken, wie der seine staatliche Anerkennung gekriegt hat. Ich bin mal dagewesen. Die Schule liegt in einer Häuserreihe, die früher mal ganz hübsch gewesen sein muß, frühviktorianisch oder so, mit großen, fetten Säulen unter den Vordächern und Geländern zur Straße hin und Treppchen zum Souterrain hinunter. Aber die ganze Gegend ist furchtbar heruntergekommen. Die Telefonzellen sind von oben bis unten mit Telefonnummern von Prostituierten beschmiert, die Straßenkehrer waren zuletzt vielleicht 1968 da, und in den Dachstuben hocken übriggebliebene Hippies und spielen die ganze Zeit ausgeflippte Musik. Sie können sich vorstellen, was das für eine Gegend ist. Außerdem liegt die Shakespeare School im Souterrain. *Und* der Direktor sieht aus wie ein Massenmörder. *Und* Ollie hat es geschafft, sich da rausschmeißen zu lassen.

Er wollte nicht darüber reden und hat gemurmelt, er habe wegen einer Grundsatzfrage gekündigt, die den Stundenplan für das nächste Jahr betraf. Noch während er das sagte, glaubte ich ihm schon nicht. Nicht, daß so was unmöglich wäre – im Grunde würde das Oliver sogar durchaus ähnlich sehen –, aber inzwischen nehme ich ihm das meiste, was er sagt, irgendwie nicht mehr ab. Das ist ziemlich schrecklich, nicht wahr? Er ist mein ältester Freund. Und es wird kein bißchen besser dadurch, daß er mir leid tut. Vor ein, zwei Jahren hätte ich ihm geglaubt, und vielleicht wäre ein paar Monate später die Wahrheit herausgekommen. Aber jetzt hab ich instinktiv gedacht: O nein, das hast du nicht, Ollie, du hast nicht gekündigt, du bist gefeuert worden. Vermutlich hat es etwas damit zu tun, daß ich glücklich bin, verheiratet bin, weiß, wo ich stehe; ich kann die Dinge jetzt klarer sehen als früher.

Als ich Oliver daher das nächste Mal alleine erwischte, hab ich ganz ruhig zu ihm gesagt: »Hör mal, mir kannst du es doch sagen, du hast nicht gekündigt, nicht wahr?« Er ist ganz still und unoliverisch geworden und hat zugegeben, daß sie ihn rausgeschmissen haben. Als ich ihn fragte, warum, hat er geseufzt und dann so bitter gegrinst und mir in die Augen geguckt und gesagt: »Sexuelle Belästigung.« Anscheinend war da so ein Mädchen, Spanierin oder Portugiesin, glaub ich, und Ollie hat ihr in seiner Wohnung Privatstunden gegeben, und er meinte, sie hätte ein Auge auf ihn geworfen, und da hatte er schon ein paar Starkbräu intus und meinte, sie wäre nur schüchtern, und dann wollte er sie küssen, kurz, es ist die uralte schmutzige Geschichte, nicht wahr? Wie sich herausstellte, war das Mädchen nicht nur streng katholisch und allein daran interessiert, seine Englischkenntnisse zu verbessern, sondern auch noch die Tochter von einem Industriebonzen mit massenhaft Beziehungen zur Botschaft . . . Das Mädchen hat es seinem Vater erzählt, und einen Telefonanruf später war Oliver draußen in der Gosse bei den Schnellimbiß-Styroporschachteln gelandet, und dazu noch ohne jede Abfindung. Im Verlauf der Geschichte wurde er immer stiller, und ich hab sie Wort für Wort geglaubt. Er konnte mir auch nicht in die Augen sehen. So gegen Ende habe ich gemerkt, daß er geweint hat. Als er fertig war, hat er zu mir hochgeguckt, und die Tränen liefen ihm das ganze Gesicht runter, und er sagte zu mir: »Leih mir mal 'n Pfund, Stu.«

Genau wie in der Schule. Armer alter Ollie. Diesmal hab ich ihm einfach einen Scheck in anständiger Höhe ausgestellt und gesagt, er solle sich wegen der Rückzahlung keine Sorgen machen.

»Oh, ich werd es aber zurückzahlen. Ich muß.«

»Also, darüber können wir ja ein andermal reden.«

Er wischte sich das Gesicht ab, dann griff er wieder nach dem Scheck, und sein feuchter Daumen verschmierte meine Unterschrift. Mein Gott, hat er mir leid getan.

Verstehen Sie, es ist jetzt meine Aufgabe, mich um ihn zu kümmern. Das ist, als ob ich es ihm zurückzahle, daß er sich in der Schule um mich gekümmert hat. Vor langen Jahren, als wir schon ein paar Monate befreundet waren (und er mir schon einiges an Geld abgeknöpft hatte), hab ich ihm gestanden, daß ich von einem Schläger namens Dudley verfolgt wurde. Jeff Dudley. Dem *Edwardian* hab ich kürzlich entnommen, daß er zum Handelsattaché an einer unserer Botschaften in Mittelamerika ernannt wurde. Vielleicht heißt das, daß er mittlerweile Spion ist. Warum nicht? In der Schule waren seine besten Fächer Lügen, Stehlen, Erpressung, Nötigung und Anführen einer Gangsterbande. Es war eine recht zivilisierte Schule, daher bestand Dudleys Gang nur aus zwei Leuten: ihm selbst und »Feet« Schofield.

Ich wäre besser dran gewesen, wenn ich besser in Sport gewesen wäre oder cleverer. Ich hatte keinen großen Bruder als Beschützer: Ich hatte nichts als eine kleine Schwester. Außerdem trug ich eine Brille und sah nicht so aus, als könne ich Jiu-Jitsu. Also hat Dudley mich schikaniert. So das Übliche – Geld, Dienstleistungen, sinnlose Kränkungen. Zuerst habe ich Oliver nichts davon erzählt, weil ich dachte, er würde mich nur verachten. Hat er aber nicht; statt dessen hat er die beiden in grade mal zwei Wochen kirre gemacht. Zuerst hat er ihnen erzählt, sie sollten mich in Ruhe lassen, und als sie feixten und fragten, was denn passieren würde, wenn sie das nicht täten, hat er nur geantwortet: »Eine Serie unerklärlicher Unglücksfälle.« Na ja, so reden Schuljungen ja im allgemeinen nicht, also haben sie weiter gefeixt und gewartet, daß Oliver sie zu einem regelrechten Kampf herausfordert. Doch Oliver hat nie nach den Regeln gespielt. Es ereignete sich dann eine Serie in der Tat unerklärlicher Unglücksfälle, keiner davon eindeutig auf Oliver zurückzuführen. Ein Lehrer fand in Dudleys Pult fünf Schachteln Zigaretten (schon eine war damals ein mit Prügel zu ahndendes Vergehen). Schofields Turnzeug wurde halbverkohlt in der Feuerungsanlage der Schule entdeckt. Einmal waren zur Mittagsstunde an den Fahrrädern von meinen beiden Verfolgern die Sättel verschwunden, und sie mußten, wie Oliver es ausdrückte, »mit an Gefahr grenzendem Ungemach« nach Hause radeln. Kurz danach versuchte Dudley, Oliver nach der Schule aufzulauern, und wollte wohl gerade vorschlagen, daß sie sich um zwölf Uhr mittags mit Schlagringen hinter den Fahrradschuppen treffen sollten, da versetzte Oliver ihm einen Schlag gegen die Kehle. »Schon wieder so ein unerklärlicher Unglücksfall«, sagte er, während Dudley röchelnd am Boden lag. Danach haben sie mich alle beide in Frieden gelassen. Ich wollte Oliver danken und bot, um mich erkenntlich zu zeigen, sogar gewisse Umschuldungsmaßnahmen an, aber er tat das mit einem Achselzucken ab. So was sieht Oliver ähnlich.

Was wohl aus »Feet« Schofield geworden ist? Und wo hatte er seinen Spitznamen her? Ich weiß nur noch, daß es mit seinen Füßen nichts zu tun hatte.

Gillian   Man weiß ja nicht, wann genau man sich in jemand verliebt, nicht wahr? Es gibt ihn ja nicht, diesen jähen Moment, wo die Musik aufhört und man sich zum ersten Mal in die Augen sieht oder was. Na ja, bei manchen Leuten ist das vielleicht so, aber bei mir nicht. Ich hatte mal eine Freundin, die mir erzählt hat, sie habe sich in einen Jungen verknallt, als sie morgens aufwachte und feststellte, daß er nicht schnarchte. Hört sich nicht besonders großartig an, nicht wahr? Aber wahr hört es sich schon an.

Ich denke mir, man schaut zurück und sucht sich unter mehreren Augenblicken einen bestimmten aus und bleibt dann dabei. Maman hat immer gesagt, sie habe sich in Daddy verschossen, als sie sah, wie präzis und sanft er mit seinen Fingern war, wenn er sich die Pfeife stopfte. Ich hab ihr das nie so ganz geglaubt, aber sie hat es immer voll Überzeugung erzählt. Und es müssen doch alle eine Antwort geben können, nicht wahr? *Damals* hab ich mich in ihn verliebt, *darum* hab ich mich in ihn verliebt. Es ist so etwas wie eine gesellschaftliche Notwendigkeit. Man kann ja nicht gut sagen: Ach, das hab ich vergessen. Oder: Es war nicht so eindeutig. Das kann man doch nicht sagen, nicht wahr?

Stuart und ich sind ein paarmal zusammen ausgegangen. Ich mochte ihn, und er war anders als andere Jungs, drängte sich überhaupt nicht auf, allenfalls fühlte er sich gedrängt, mir zu gefallen, aber selbst das hatte was Süßes – so daß ich am liebsten gesagt hätte: Schon gut, reg dich nicht so auf, ich amüsiere mich durchaus, mach mal halblang. Das sollte nicht heißen, »mach mal halblang« im Sinne von »Geh körperlich nicht so fix ran«. Wenn schon, war das Gegenteil der Fall. Er hatte die Tendenz, beim Küssen als erster aufzuhören.

Wovon ich Ihnen erzählen will, ist folgendes. Einmal hat er angeboten, für mich ein Abendessen zu kochen. Ich hab gesagt, das fände ich schön. Ich ging gegen acht Uhr dreißig zu seiner Wohnung rüber, und da roch es schön nach Braten, und auf dem Tisch standen Kerzen, die angezündet waren, obwohl es noch nicht dunkel war, und eine Schale mit diesen indischen Häppchen für vorneweg, und Blumen auf dem Couchtisch. Stuart trug die Hosen von seinem Arbeitsanzug, aber er hatte ein anderes Hemd angezogen, und darüber hatte er eine Schürze gebunden. Sein Gesicht wirkte zweigeteilt: Die untere Hälfte lächelte und freute sich, daß ich da war, und die obere Hälfte war ängstlich gerunzelt wegen des Essens.

»Ich koche nicht oft«, sagte er, »aber ich wollte gern für dich kochen.«

Es gab Lammschulter, Tiefkühl-Erbsen und Kartoffeln, die mit dem Fleisch zusammen gebraten worden waren. Ich sagte, die Kartoffeln schmeckten mir.

»Man kocht sie halb gar«, sagte er mit feierlichem Ernst, »dann ritzt man sie mit einer Gabel an, und das macht Furchen, und dadurch bekommt man mehr knusprige Teile.« Es muß wohl etwas gewesen sein, das er bei seiner Mutter gesehen hatte. Es gab eine schöne Flasche Wein, und wenn er daraus einschenkte, hat er jedesmal mit der Hand das Preisschild verdeckt, das er aus Versehen nicht abgemacht hatte. Ich sah, daß er das mit Absicht tat, aus Verlegenheit. Er dachte, er hätte den Preis abmachen sollen. Sehen Sie, was ich meine, er hat sich *Mühe gegeben?*

Dann wollte er nicht, daß ich ihm beim Abräumen helfe. Er ging in die Küche raus und kam mit einer gedeckten Apfeltorte zurück. Es war ein warmer Frühlingsabend, und das Essen war Winteressen, aber das machte nichts. Also hab ich ein Stück Apfeltorte gegessen, und dann hat er Kaffeewasser aufgesetzt und ist aufs Klo gegangen. Ich bin aufgestanden und hab die Nachtischteller in die Küche getragen. Als ich sie abstellte, sah ich einen Zettel, der am Gewürzregal lehnte. Wissen Sie, was das war? Es war ein Zeitplan:

6.00	Kartoffeln schälen
6.10	Teig ausrollen
6.20	Backofen anstellen
6.20	Baden

und so ging es immer weiter . . .

8.00	Wein aufmachen
8.15	Gucken, ob Kartoffeln braun werden
8.20	Wasser für Erbsen aufstellen
8.25	Kerzen anzünden
8.30	G kommt!!

Ich bin schnell zum Tisch zurückgelaufen und hab mich hingesetzt. Ich hab gezittert. Ich hab mich auch geschämt, daß ich das gelesen hatte, denn Stuart hätte ganz bestimmt gedacht, ich hätte spioniert. Aber es ist mir einfach nahegegangen, jeder einzelne Posten mehr als der davor. *8.25 Kerzen anzünden.* Ist ja gut, Stuart, dachte ich, es hätte mich nicht gestört, wenn du das erst gemacht hättest, als ich da war. Und dann *8.30 G kommt!!* Diese zwei Ausrufezeichen haben mir wirklich den Rest gegeben.

Er kam vom Klo zurück, und ich mußte an mich halten, daß ich ihm nicht erzählte, was ich entdeckt hatte, und daß es mir nicht albern oder neurotisch oder unmöglich oder sonstwas vorkam, sondern einfach sehr aufmerksam und rührend. Natürlich hab ich nichts gesagt, aber irgendwie muß ich doch reagiert haben, und das hat er mitgekriegt, denn ab da machte er einen entspannteren Eindruck. An dem Abend waren wir lange miteinander auf dem Sofa, und ich wäre über Nacht dageblieben, wenn er mich gebeten hätte, aber das hat er nicht. Und das war auch okay.

Er macht sich viel Sorgen, mein Stuart. Er möchte wirklich alles richtig hinkriegen. Nicht nur für sich selbst und für uns. Im Moment ist er furchtbar beunruhigt wegen Oliver. Ich weiß nicht, was mit ihm war. Oder vielmehr doch. Er wollte sich in der Shakespeare School an so ein armes Mädchen heranmachen und ist rausgeflogen. Na ja, das hab ich bei dem, was Stuart mir erzählt hat, zwischen den Zeilen herausgehört. Stuart hat alle möglichen Verrenkungen gemacht, um das von Olivers Warte aus zu sehen. Die Verrenkungen gingen wahrhaftig so weit, daß wir diese lächerliche Meinungsverschiedenheit hatten. Stuart hat gesagt, das Mädchen müßte Oliver schöne Augen gemacht und sich aufreizend verhalten haben, ich hab gesagt, sie war wahrscheinlich schüchtern und entsetzt über diese Annäherungsversuche ihres Lehrers, bis uns beiden aufging, daß weder er noch ich das Mädchen je zu Gesicht bekommen hatten oder wußten, was da passiert war. Wir konnten nichts als Vermutungen anstellen. Aber auch diese Vermutungen haben mir Oliver im Moment ziemlich verleidet. Ich bin keine große Freundin von Verhältnissen zwischen Lehrern und Schülerinnen, aus Gründen, die ich wohl nicht näher zu erläutern brauche. Stuart hat gesagt, er habe Oliver etwas Geld gegeben, was ich für ziemlich unnötig hielt, nicht, daß ich es gesagt hätte. Schließlich ist Oliver ein gesunder junger Mann mit einem Uni-Abschluß. Er kann einen neuen Job finden. Warum sollte er was von unserem Geld abkriegen?

Trotzdem, es stimmt schon, daß es ihm zur Zeit entsetzlich dreckig geht. Es war furchtbar da am Flughafen. Wir zwei allein. Ich weiß noch, als wir an der Gepäckausgabe standen, da dachte ich, das ist ein bißchen so wie das übrige Leben. Wir zwei in einer großen Masse von Fremden, und verschiedene Dinge zu erledigen, die man auf die Reihe kriegen muß wie Schildern folgen und das Gepäck abholen; dann wird man vom Zoll gemustert, und niemand kümmert sich sonderlich darum, wer man ist oder was man da macht, also muß man

sich gegenseitig aufheitern . . . Ich weiß, das hört sich vielleicht sentimental an, aber so hab ich das damals empfunden.
Und dann kommen wir durch den Zoll, und wir lachen beide
miteinander, weil wir wohlbehalten wieder zurück sind, und
plötzlich schmeißt sich dieser Betrunkene mit Chauffeurkäppi
an uns ran und schlägt mir fast ein Auge aus mit einem
Pappschild und tritt mir obendrein noch auf den Fuß. Und
wissen Sie, was? Das ist Oliver. Sieht aus wie der leibhaftige
Tod. Er fand das offenbar lustig, was er da tat, aber es war
überhaupt nicht lustig. Es wirkte jämmerlich. Das ist das
Problem bei Leuten wie Ollie, glaube ich: Wenn sie gut drauf
sind, ist man wirklich gern mit ihnen zusammen, und wenn
nicht, geht die Sache ganz furchtbar daneben. Dazwischen
gibt es nichts.

Egal, wir haben uns zusammengenommen und so getan, als
würden wir uns freuen, ihn zu sehen, und dann hat er uns wie
ein Verrückter nach London zurückgefahren und dabei in
einer Tour dummes Zeug geschwätzt, wo ich nach einer Weile
gar nicht mehr hingehört hab. Ich hab bloß den Kopf gegen
den Sitz gelehnt und die Augen zugemacht. Dann weiß ich
nur noch, daß wir vor dem Haus mit einem Ruck zum Stehen
kamen, und Oliver in einem ganz komischen Ton sagte:
»A propos de bottes, wie war *la lune de miel?«*

Oliver   Zigarette? Du rauchst nicht? Weiß ich doch – das
hast du mir ja bereits erzählt. Deine Mißbilligung blinkt noch
wie eine Leuchtreklame. Dein Stirnrunzeln würde der
Schwiegermutter aus *Katja Kabanowa* Ehre machen. Ich hab
aber neckische News für dich. Heute morgen hab ich in der
Zeitung gelesen, wenn man raucht, ist es weniger wahrscheinlich, daß man die Alzheimersche Krankheit kriegt, als wenn
man nicht raucht. Ein Knüller, ein echter Knüller? Na los,
nimm eine, verräucher dir die Lunge und halt dein Hirn
intakt. Strotzt das Leben nicht von putzigen Widersprüchen?
Grade wenn du meinst, du hast alles auf der Reihe, kommt der
Narr mit seiner Schweinsblase daher und haut dir eins auf die
Nase.

Übrigens, ich bin ja kein Idiot. Ich hab schon gemerkt, daß Gillian und Stuart nicht gerade begeistert waren, mich da am Flughafen zu sehen. Ich hab durchaus ein Gespür dafür, wann ich einen *piccolo faux pas* begehe. Ollie, altes Haus, hab ich mir gesagt, deine hündchenartigen Anbiederungsversuche sind fehl am Platze. Laß dieses Pärchen da sofort liegen, hör auf, ihnen das Gesicht zu lecken. Bloß war es, natürlich, eigentlich nicht hündchenartig und auch nicht sonderlich bieder. Ich hab sie abgeholt, weil ich in Gillian verliebt bin. Alles andere war nur Schau.

Das war komisch, diese Fahrt nach London zurück. Komisch? Besser gesagt, auf spektakuläre Weise *sui generis*. Gillian saß hinten und war schon bald eingenickt. Jedesmal, wenn ich in den Spiegel sah – und ich kann ein *sehr* umsichtiger Fahrer sein, wenn ich will –, erblickte ich dort die ermattete Braut mit verhangenen Augen und aufgelöstem Haar. Ihr Hals ruhte auf der oberen Rundung des Sitzes, und dadurch war ihr Mund wie zum Küssen erhoben. Ich sah fortwährend in den Spiegel, aber nicht, verstehst du, des Verkehrs wegen. Ich durchschweifte ihr Gesicht, ihr schlafendes Gesicht.

Und neben mir war der plumpe, selbstgefällige, erotisch ausgelaugte Stuart und sah so verfickt . . . munter aus, tat so, als wäre es nett, am Flughafen abgeholt zu werden, und dachte wahrscheinlich darüber nach, wie er sich einen Zehnten auf die ungenutzte Hälfte ihrer Rückfahrtbillets von Gatwick nach Victoria erstatten lassen würde. Stuart, muß ich dich warnen, kann ein großer Pennyficker vor dem Herrn sein. Wenn er ins Ausland fährt, kauft er immer eine Rückfahrkarte zum Flughafen, a) weil er meint, dadurch gewinnt er drei Millisekunden in einem Zeitraum von vierzehn Tagen; b) weil er weiß, daß er zurückkommt; und c) für den Fall, daß es in der Zwischenzeit eine Fahrpreiserhöhung gibt. Oliver kauft immer nur einen Einzelfahrschein. Wer kann vorhersagen, ob ihm nicht eine brasilianische Karnevalsprinzessin über den Weg laufen wird? Wer denkt an die eventuelle Schlange mutmaßlich Samstag in einer Woche am *guichet* von Gatwick? Einmal hab ich in der Zeitung von einem Fall gelesen, wo ein Mann vor einen U-Bahn-Zug gesprungen war. Bei der Untersuchung hieß es, möglicherweise hätte er sich nicht vorsätzlich umgebracht, da er eine Rückfahrkarte in der Tasche hatte. Nun, erlauben Sie, Mylord, da gibt es auch andere Erklärungen. Er könnte eine Rückfahrkarte gekauft haben, weil er wußte, wenn er ein Quentchen Zweifel einbaut, schont er die Gefühle derer, die ihm nahestehen. Eine andere Möglichkeit ist, daß es Stuart gewesen sein könnte. Wenn Stuart beschlösse, einem Zugführer sechs Wochen Urlaub für besondere Härtefälle zu verschaffen, oder was da so die Rate ist, dann würde er sich eine Rückfahrkarte kaufen. Weil er denken würde, was, wenn ich mich nun doch nicht umbringe? Was, wenn ich es mir in letzter Minute anders überlege? Denk nur an die fürchterlichen Schlangen vor den Fahrscheinautomaten in Tottenham Court Road. Ja, ich nehm für alle Fälle eine Rückfahrkarte.

Du findest mich unfair? Hör mal, bei mir im Kopf ist in letzter Zeit ein bißchen viel los. Ich bin eines Antipyretikums dringend bedürftig. Das Cerebellum birst geradezu vor Hyperaktivität. Stell dir vor: Zunächst mal hatte ich einen Kleinen sitzen, das Objekt meiner uneingeschränkten Liebe nistete in meinem Rückspiegel, der korpulente Bräutigam – mein bester Freund –, der ihr drei Wochen lang im hellenischen Sonnenschein Minnedienste geleistet hatte, saß mit klackernden zollfreien Waren zwischen den Waden neben mir, ich hatte meinen Job verloren, und alle anderen Fahrer auf der Straße drehten zum Formel-I-Rennen auf. Und *ich* soll ruhig sein? Und *ich* soll fair sein?

Angesichts der Umstände brach ich in einen olliesschen *break* über *je ne sais quoi* aus, auf daß Stuart vor sich hin gluckse und doch die liebliche Gillian nicht aufwache. Ab und an mußte ich das Steuer ganz fest packen, denn was ich eigentlich wollte, war, meine Possen zu unterbrechen, auf den Seitenstreifen zu fahren, mich zu meinem Beifahrer umzudrehen und zu sagen: »Übrigens, Stuart, ich bin verliebt in deine Frau.«

Soll ich das so sagen? Ich bin gelähmt vor Angst, ich bin verstört, mich hat es megamordsverficktnochmal erwischt. Über kurz oder lang werd ich etwas in der Art sagen müssen. Wie soll ich es ihm sagen? Wie soll ich es *ihr* sagen?

Du meinst, du kennst die Menschen, nicht wahr? Okay, du hast einen besten Freund, er heiratet, und am Tag seiner Hochzeit verliebst du dich in seine Frau. Wie wird dein bester Freund reagieren? Da gibt es wohl nicht allzu viele gutartige Spielarten, würd ich schätzen. Die Reaktion »Oh, das kann ich durchaus verstehen« ist da nicht vorgesehen, unter uns gesagt. Dann schon eher die Kalaschnikow raus. Verbannung als gesetzliche Mindeststrafe. Gulag Ollie heiß ich dann. Ich laß mich aber nicht verbannen. Verstehst du? Ich laß mich nicht verbannen.

Jetzt muß folgendes geschehen: Gillian muß erkennen, daß sie mich liebt. Stuart muß erkennen, daß sie mich liebt. Stuart muß zurücktreten. Oliver muß nachrücken. Keiner darf verletzt werden. Gillian und Oliver müssen glücklich sein bis an ihr Lebensende. Stuart muß ihr bester Freund sein. So muß es geschehen. Was glaubst du, wie stehen meine Chancen? So, wie der Löwe brüllt? (Diese kulturelle Anspielung ist für dich, Stu.)

Ach, pack doch *bitte* diesen mißbilligenden Blick weg. Meinst du nicht, daß ich in den kommenden Wochen und Monaten und Jahren noch genug davon kriegen werde? Gönn mir 'ne Verschnaufpause. Versetz dich mal in meine Situation. Würdest du deiner Liebe entsagen, graziös von der Szene verschwinden, Ziegenhirt werden und tagein, tagaus traurig-tröstliche Musik auf deiner Panflöte spielen, dieweil deine sorglosen Herden die saftigen Grasbüschel mampfen? Das tut man doch nicht. Hat man auch nie getan. Hör mal, wenn du abhaust und Ziegenhirt wirst, dann hast du sie gar nie geliebt. Oder du hast die melodramatische Geste mehr geliebt als sie. Oder die Ziegen. Vielleicht war es nur ein schlauer beruflicher Schachzug, so zu tun, als würdest du dich verlieben, damit du dich in die Weidebranche diversifizieren kannst. Aber *geliebt* hast du sie nicht.

Wir sitzen fest. Das ist der langen Rede kurzer Sinn. Wir sitzen fest in diesem Auto hier auf der Autobahn, alle drei, und jemand (der Fahrer! – ich!) hat den Ellenbogen auf dem Knopf für die Zentralverriegelung. Also bleiben wir alle drei hier drin, bis die Sache geklärt ist. *Du* sitzt auch mit drin. Tut mir leid, ich hab die Türen zuklacken lassen, du kannst nicht raus, wir sitzen hier alle zusammen in der Patsche. Wie wär's *jetzt* mit einer Zigarette? Ich rauch ja schon, und es würde mich nicht wundern, wenn Stuart auch bald anfängt. Na los, nimm eine. Beugt der Alzheimerschen vor.

7: *Also, das war komisch*

Stuart   Also, das war komisch. Heute morgen war ich auf dem Weg zur Arbeit. Ich hab Ihnen wahrscheinlich noch nicht erklärt, daß man auf zwei verschiedenen Wegen zur U-Bahn gehen kann. Einer führt über St Mary's Villas und Barrowclough Road, an dem alten Stadtbad und dem neuen Heimwerkermarkt und Farbengroßhandel vorbei; beim anderen dagegen nimmt man die Abkürzung durch Lennox Gardens und geht auf dieser Straße, deren Namen ich ständig vergesse, bis zur Rumsey Road, dann an der Ladenzeile vorbei und zurück in die High Street. Ich habe beide Wege gestoppt, und es macht nicht mehr als zwanzig Sekunden aus. Von daher nehme ich morgens mal den einen Weg und mal den anderen. Wenn ich aus dem Haus gehe, knobel ich sozusagen aus, welche Richtung ich einschlagen soll. Das nur als Hintergrundinformation.

Also, heute morgen bin ich Lennox Gardens hinuntergegangen, die Straße Ohne Namen entlang, und dann in die Rumsey Road. Ich hab viel in der Gegend rumgeguckt. Das ist nämlich einer von den vielen Unterschieden, seit Gill und ich zusammen sind: Ich beginne Dinge zu sehen, die mir früher nie aufgefallen wären. Sie wissen ja, wie man in London eine Straße entlanggehen kann, ohne jemals höher zu schauen, als ein Bus reicht? Man geht so vor sich hin, und man schaut sich die anderen Leute an und die Läden und den Verkehr, und man sieht nie hoch, nicht richtig *nach oben*. Ich weiß schon, was Sie sagen wollen, wenn man nach oben guckt, tritt man womöglich in einen Haufen Hundescheiße oder rennt gegen einen Laternenpfahl, aber es ist mir ernst. Es ist mir ernst. Schauen Sie bloß ein kleines bißchen mehr nach oben, und Sie entdecken etwas, ein seltsames Dach, eine ausgefallene viktorianische Verzierung. Oder schauen Sie meinetwegen nach unten. Neulich, also in der Mittagspause, bin ich mal die

Farrington Road langgegangen. Da ist mir urplötzlich etwas
aufgefallen, woran ich bestimmt schon dutzendemal vorbeigelaufen bin. Eine in Schienbeinhöhe in die Wand eingelassene
Tafel, cremefarben angemalt, und die Inschrift schwarz her-
vorgehoben. Da stand:

Dieses Gebäude
wurde während des Weltkriegs
bei einem ZEPPELINANGRIFF
am 8ten September 1915
vollkommen zerstört

John Phillips
Wiederaufgebaut 1917   Generaldirektor

Das fand ich interessant. Warum haben sie die Tafel so tief
unten angebracht, fragte ich mich. Oder vielleicht ist sie
versetzt worden. Sie finden sie übrigens bei Nummer 61, falls
Sie der Sache nachgehen wollen. Gleich neben dem Laden,
der Teleskope verkauft.

Jedenfalls, was ich damit sagen will, ich schau mehr um
mich rum. Ich bin wohl schon ein paar hundert Male an
diesem Blumenladen in der Rumsey Road vorbeigelaufen und
hab ihn mir nie richtig angesehen, geschweige denn hineinge-
sehen. Aber dieses Mal tat ich es. Und was seh ich da? Womit
wurde ich an einem Dienstagmorgen um 8 Uhr 25 so ganz
außerordentlich belohnt? Da war Oliver. Ich konnte es nicht
fassen. Ausgerechnet Oliver. Es ist immer ziemlich schwierig
gewesen, Oliver in diesen Teil der Stadt zu kriegen – der
Scherzkeks sagt, er brauche dafür einen Paß und einen
Dolmetscher. Doch da war er und lief im Blumenladen
rum, begleitet von einer Verkäuferin, die ganze Arme voll
Blumen aussuchte.

Ich hab ans Fenster geklopft, aber sie haben sich nicht
umgedreht, und so bin ich reingegangen. Inzwischen standen
sie am Ladentisch, und das Mädchen war mit der Rechnung
beschäftigt. Oliver hatte seine Brieftasche gezückt.

»Oliver«, sagte ich, und er drehte sich um und sah völlig
überrascht aus. Er lief sogar rot an. Das war ein bißchen

peinlich – ich hatte ihn noch nie rot werden sehen –, daher beschloß ich, einen Scherz zu machen. »So gibst du also das ganze Geld aus, das ich dir geliehen hab«, sagte ich, und wissen Sie was – da ist er wirklich rot geworden. Absolut puterrot. Sogar die Ohren wurden knallrot. Wenn ich jetzt so drüber nachdenke, war es wohl nicht sehr nett, was ich da gesagt hab, aber er hat wirklich komisch reagiert. Er ist offenbar ganz schlecht drauf im Moment.

»*Pas devant*«, sagte er schließlich und zeigte auf das Mädchen in dem Laden. »*Pas devant les enfant.*« Das Mädchen blickte zu uns beiden hoch und wunderte sich, was da los war. Ich hielt es für das beste, Oliver nicht weiter in Verlegenheit zu bringen, daher murmelte ich etwas davon, daß ich zur Arbeit müßte.

»Nein«, sagte er und packte mich am Ärmel. »Nein.« Ich hab ihn angeschaut, aber er hat nichts weiter gesagt. Mit der freien Hand fing er an, seine Brieftasche zu schütteln, bis das Geld allmählich rausfiel auf den Ladentisch. »Beeilung, Beeilung«, sagte er zu dem Mädchen.

Er hielt mich am Anzug fest, während sie die Endsumme ausrechnete (mehr als £20, wie ich nicht umhin konnte zu bemerken), sein Geld nahm, ihm herausgab, die Blumen einwickelte und sie ihm unter den Arm schob. Er hob mit der freien Hand seine Brieftasche auf und zerrte mich sozusagen zur Tür.

»Rosa«, sagte er, als wir draußen auf dem Bürgersteig ankamen. Dann ließ er meinen Ärmel los, als habe er gebeichtet, was er zu beichten hatte.

»Rosa?« Er nickte, konnte mich aber nicht ansehen. Rosa war das Mädchen von der Shakespeare School, die, wegen der er gefeuert worden war. »Die sind für sie?«

»Sie wohnt hier oben. Ihr Herr Vater hat sie rausgeschmissen. Alles Ollies Schuld, wie gewöhnlich.«

»Oliver.« Plötzlich kam ich mir viel älter vor als er. »Ist das klug?« Was um alles in der Welt ging hier vor? Was würde das Mädchen bloß denken?

»Nichts ist *klug*«, sagte er, wobei er mich immer noch nicht ansah. »Du kannst dir einen Bart wachsen lassen, während du darauf wartest, daß du mal was *Kluges* tust. Da kann ein ganzer Stall voll Affen eine Million Jahre an der Schreibmaschine sitzen, und es käme nichts *Kluges* dabei heraus.«

»Aber . . . da willst du jetzt so früh am Morgen hin?«

Er sah hoch zu mir, senkte den Blick wieder. »War letzte Nacht da.«

»Aber Oliver«, sagte ich und versuchte, irgendeinen Sinn in der Geschichte zu erkennen, und versuchte gleichzeitig auch, einen kleinen Scherz daraus zu machen. »Ist es nicht Tradition, daß man einem Mädchen Blumen schenkt, wenn man kommt, und nicht, nachdem man weg ist?«

Das war leider anscheinend auch nicht das Richtige. Jetzt packte Oliver die Blumen so fest, daß er bald die Stengel zerquetscht hätte. »Totaler Bockmist«, sagte er schließlich. »Ich hab totalen Bockmist gebaut. Letzte Nacht. Als wollte man eine Auster in eine Parkuhr praktizieren.«

Ich hatte meine Zweifel, daß ich noch mehr hören wollte, aber Oliver hatte mich schon wieder am Ärmel gepackt. »Der Körper kann einen abscheulich im Stich lassen«, sagte er. »Und die romanischen Rassen sind Premierenfieber eventuell nicht so gewöhnt. Und demzufolge eher nachtragend.«

Das Ganze war ziemlich peinlich, aus etwa sechs verschiedenen Gründen. Von allem anderen abgesehen, war ich auf dem Weg zur Arbeit. Und eine solche Beichte war so ungefähr das letzte, was ich von Oliver je erwartet hätte. Aber ich denke mir, wenn man seinen Job verliert, und seine Würde . . . und wahrscheinlich hatte er zu viel getrunken, was dem Vernehmen nach nicht sehr hilfreich ist. Oje, bei Ollie scheinen im Moment tatsächlich einige Räder locker zu sein.

Ich wußte nicht, was ich tun oder sagen sollte. Ich mochte ihm nicht vorschlagen, zum Arzt zu gehen, einfach so, wie wir da auf dem Bürgersteig standen. Schließlich ließ Oliver meinen Ärmel los.

»Ich wünsch dir einen schönen Tag im Büro, mein Lieber«, sagte er und zog ab.

An dem Morgen hab ich in der U-Bahn überhaupt keine Zeitung gelesen. Ich hab bloß dagestanden und an Oliver gedacht. Das sicherste Rezept für eine Katastrophe – zu dieser

Spanierin zurückzugehen, die erst mal für seinen Rausschmiß gesorgt hatte, und dann . . . ich weiß nicht. Oliver und die Mädchen – das war schon immer verzwickter, als er es gern hinstellt. Aber diesmal ist er wohl wirklich auf dem absoluten Nullpunkt angelangt. Da sind tatsächlich ein paar Räder ab.

Oliver *Ouf! Paf! Bof! Wow!* Nenn mich hinfort den Großen Entfesselungskünstler. Nenn mich hinfort Harry Houdini. Gegrüßet seist du, Thalia, Muse der Komödie. Jungejunge, jetzt brauch ich eine Runde Applaus. Jungejunge, jetzt brauch ich einen *poumon*voll Gauloise. Das kannst du mir nach diesem Auftritt nicht verwehren.

Okay, okay, ich hab ein bißchen ein schlechtes Gewissen, aber was hättest du denn gemacht? Ich weiß, du wärst überhaupt nicht dagewesen. Ich war aber da, und das ist und bleibt der grausame Unterschied zwischen uns, nicht? Trotzdem, hast du den Aplomb mitgekriegt? Das muß ich mir ja lassen, wirklich wahr. Und der Aspekt des Ärmelzupfens à la Coleridges Altem Matrosen? Das hat doch wirklich gut geklappt, nicht wahr? Ich hab's ja schon immer gesagt: Wenn du einen Engländer austricksen willst, dann faß ihn an, wenn er nicht angefaßt werden will. Hand auf den Arm plus gefühlvolle Beichte. Das ertragen sie nicht, die Anglos, da erbeben sie und winden sich und schlucken alles, was du ihnen erzählst. »Als wollte man eine Auster in eine Parkuhr praktizieren.« Hast du Stuarts Gesicht gesehen, als ich mich verabschiedet hab? Ein Inbild zärtlicher Besorgnis.

Ich will keineswegs frohlocken, na ja höchstens *un soupçon,* es ist mehr, daß ich erleichtert bin: Bei mir kommt das halt so raus. Und wahrscheinlich sollte ich dir das alles gar nicht erzählen, wenn ich mir deine Sympathie erhalten will. (Hab ich die überhaupt? Schwer zu beurteilen, würd ich sagen. Und will ich sie? Und wie, und wie!) Es ist nur so, daß ich zu sehr in dem drinstecke, was da abläuft, um Spielchen zu spielen – jedenfalls Spielchen zu spielen mit dir. Es ist mir beschieden, weiter zu tun, was ich tun muß, und zu hoffen, daß ich mir dabei nicht deine unwiderrufliche Mißbilligung einhandle.

Versprich mir, daß du nicht den Blick abwendest: Weigerst du dich, mich wahrzunehmen, dann höre ich *wahrhaftig* auf zu existieren! Bring mich nicht um! Verschon den armen Ollie, du kannst noch deinen Spaß an ihm haben!

'tschuldigung, es geht schon wieder etwas mit mir durch. So. So, da bin ich nun in einer *terra incognita* namens Stoke Newington, welches der nächste Bezirk ist, wie Stuart mir versichert, wo die Häuserpreise eine Tendenz zur Tumeszenz an den Tag legen werden, wo gegenwärtig jedoch Menschen hausen, deren Kopf unter der Schulter steht. Und warum bin ich da? Weil ich etwas ganz Einfaches zu erledigen habe. Ich muß bei der Ehefrau eines Mannes – eines Mannes! meines besten Freundes! – vorbeischauen, den ich gerade seines Tro-glodyten-Wegs zur U-Bahn habe zockeln lassen; ich muß bei seiner ihm seit sechs Wochen angetrauten Ehefrau vorbei-schauen und ihr erzählen, daß ich sie liebe. Daher dieses Gesträuch in Blau-Weiß unter meinem linken Arm, dessen ungeschickt verpackte Stiele mein *pantalon* auf eine an Mik-tionsspritzer gemahnende Art und Weise benetzt haben. Gar nicht so unpassend: denn als die Ladenglocke das Nahen des gewissenhaften Bankers ankündigte, da dacht ich fürwahr, ich würde mich bepinkeln.

Ich lief ein wenig umher, um meine Hosen trocknen zu lassen, und übte, was ich sagen wollte, wenn Gillian die Tür aufmachte. Sollte ich die Blumen hinter dem Rücken verstek-ken und sie wie ein Zauberer zum Vorschein bringen? Sollte ich sie auf die Vortreppe legen und abhauen, eh sie dem Ruf der Glocke folgte? Vielleicht wäre eine Arie am Platze – *Deh vieni alla finestra* . . .

So schlenderte ich inmitten der armseligen Hüttlein, die den weitverstreuten Arbeitern des Kommerzes Obdach ge-ben, und wartete, daß des Tages Hitze die Feuchtigkeit aus meinem 60/40 Seide/Viskose Hosenmix ziehe. So komme ich mir auch vor, und etwas zu oft, wenn du es wissen willst: 60 Prozent Seide und 40 Prozent Viskose. Elegant, doch knitter-freudig. Stuart dagegen ist 100 Prozent Kunstfaser: schwer zu zerdrücken, einfach zu waschen, pflegeleicht und bügelfrei, Flecken lassen sich nur so abziehen. Wir sind aus verschiedenem Tuch geschnitten, Stu und ich. Und auf *meinem* Tuch würden, so ich mich nicht beeilte, bald Schweißränder an die Stelle der Wasserflecken treten. Mein Gott, war ich nervös. Ich brauchte Baldriantee; oder aber einen Monster-Manhattan. Ein Antipyretikum oder einen Mega-Schnaps, eins von beidem. Nein, was ich wirklich brauchte, war eine Handvoll Betablocker. Kennst du die? Eins ihrer verschiedenen Pseudonyme heißt Propranolol. Entwickelt für an Nervosität leidende Konzertpianisten. Bekämpft den Flattermann, ohne die Leistung zu beeinträchtigen. Meinst du, die sind auch gut beim Sex? Vielleicht besorgt mir Stuart welche, jetzt wo er das mit meiner *nuit blanche* bei Rosa erfahren hat. Das würde ihm genau ähnlich sehen, das gebrochene Herz mit Chemikalien zu kurieren. *Ich* aber bräuchte sie dazu, das Herz, rotglühend und unversehrt, der Frau zu übergeben, die gleich bei Nummer 68 öffnen wird. Lungert da ein düstrer Dealer unterm Tor mit schmierigem Grinsen und offener Hand? 40 mg Propranolol, guter Mann, und ein bißchen dalli, hier ist meine Brieftasche, hier meine Rolex Oyster, nimm alles . . . nein, diese Blumen gehören *mir*. Nimm alles, nur meine Blumen nicht.

Aber jetzt gehören sie ihr. Und als *le moment suprême* erstrahlte (ich werd das mal kurz in Stuartchinesisch übersetzen: wie es um die Wurst ging), gab es keinerlei Schwierigkeiten. Du findest Ollie ja vielleicht etwas barock, aber das ist nur Fassade. Dringst du ins Innere vor – und bleibst ein Weilchen, den Reiseführer gezückt –, so findest du etwas, das auf ruhige Weise neoklassisch ist, klug proportioniert und kühl. Du befindest dich im Innern von Santa Maria della Presentazione, oder Le Zitelle, wie die Prospekte lieber sagen. Die Giudecca, Venedig, Palladio, o ihr Touristen meiner Seele. So sehe ich von innen aus. Sollte ich nach außen hin je tumultuös wirken, so nur zwecks Anziehung der Massen.

Passiert ist also folgendes. Ich klingelte an der Tür, wobei ich meine Blumen über beide ausgestreckte Unterarme gebreitet hielt. Ich wollte nicht wie ein Lieferant erscheinen. Vielmehr war ich ein schlichter, ein fragiler Bittsteller, mit Göttin Flora als einzigem Beistand. Gillian öffnete die Tür. Jetzt war es soweit. Jetzt war es soweit.

»Ich liebe dich«, sagte ich.

Sie sah mich an, und Erschrecken stach in See in ihren friedlich-heitren Augen. Sie zu beruhigen, übergab ich mein Bukett und wiederholte leis: »Ich liebe dich.« Dann ging ich.

Ich hab's geschafft! Ich hab's geschafft! Mein Skalp wirft Wellen vor lauter Glück. Ich bin wonnetrunken, ich bin verstört, mir ist scheißbange, mich hat es megamordsverfickt-nochmal erwischt.

Michelle (16) Da kommen die größten Angebertypen an. Das ist das Blöde an dem Job. Nicht die Blumen, sondern die Leute, die sie kaufen.

Heute morgen zum Beispiel. Wenn der nur nicht den Mund aufgemacht hätte. Als er reinkam, dáchte ich: Bei dir wär jeden Tag Dirty Dancing drin. Hatte echt Stil, lange schwarze Haare, große Klasse, der Anzug war auch große Klasse. Bißchen wie Jimmy White, wenn Sie wissen, was ich meine. Er kommt nicht gleich an den Ladentisch, sondern nickt mir zu und fängt an, sich die Blumen anzugucken, ganz genau, als würde er sich da echt auskennen. Ich hab da so ein Spiel mit mir, ich und Linzi, wir spielen es beide, da bestimmt man, wie sehr man auf einen Typ steht. Wenn man nicht so besonders auf einen steht, sagt man »Der ist nur ein Dienstag«, und das heißt, wenn er mit einem ausgehen wollte, würde man ihm nur einen Abend in der Woche freihalten. Das Beste ist, wenn man jemand »Sieben Tage die Woche« nennt, was bedeutet, man würde sich jeden Tag freihalten, wenn er fragen würde. Dieser Typ guckt sich also die Iris an, und ich rechne die Mehrwertsteuer aus für eine Sammelbestellung, aber gleichzeitig guck ich aus dem Augenwinkel und denk »Du bist ein Montag bis Freitag.«

Dann soll ich mit ihm durch den Laden wandern und Blumen aussuchen, die blau und weiß sind, sonst nichts. Ich zeig ihm ein paar hübsche rosa Levkojen, und da kriegt er so einen Riesenbibberanfall und macht »Bäääääähhhh.« Wem soll das wohl imponieren? Wie diese Typen, die eine einzelne Rose haben wollen, als hätte das vor ihnen noch nie einer gewollt.

Mir soll bloß mal ein Typ eine einzelne rote Rose schenken, den würd ich fragen: Was hast du denn mit den andern vier gemacht, deinen andern Mädchen geschenkt?

Dann sind wir am Tresen, und da beugt er sich so ganz unverschämt rüber und packt mich doch tatsächlich am Kinn und sagt: »Warum so düster, meine Holde?« Ich nehm die Schere, weil ich allein im Laden bin, und wenn er mich noch mal anfaßt, dann fehlt ihm was, wenn er wieder geht, was er beim Reinkommen noch hatte, und da klingelt die Ladenglocke, und dieser andere Typ im Geschäftsanzug kommt rein, so 'ne langweilige Yuppie-Figur. Und dem Angeber ist das mordspeinlich, weil der andere Typ ihn kennt und ihn grad erwischt hat, wie er ein Mädchen in einem Laden anbaggern will, ist sonst ganz und gar nicht sein Stil, und er wird über und über rot, puterrot, sogar die Ohren, die Ohren sind mir aufgefallen.

Dann wird er ganz still und wirft mir irgendwelches Geld hin und sagt, ich soll schnell machen, und kann es gar nicht erwarten, den anderen Typ aus dem Laden rauszukriegen. Also laß ich mir Zeit, frag gar nicht erst, ob er die Zellophan-Geschenkverpackung will, sondern mach es einfach ganz-ganz langsam, und dann sag ich, ich hätte die Mehrwertsteuer falsch ausgerechnet. Und dabei denk ich die ganze Zeit: Was mußtest du auch den Mund aufmachen? Bis dahin warst du ein Montag bis Freitag. Jetzt bist du bloß noch ein Wixer.

Ich mag Blumen. Aber in dem Laden werd ich nicht alt. Linzi auch nicht. Wir können die Leute nicht ausstehen, die sie kaufen.

Gillian Heute ist was Merkwürdiges passiert. Etwas sehr Merkwürdiges. Und nachdem es passiert war, hat es auch nicht aufgehört, wenn Sie verstehen, was ich meine. Am Nachmittag war es weiter merkwürdig, und abends auch noch.

Ich saß so um Viertel vor neun vor meiner Staffelei und hab bei einem kleinen Tafelbild von einer Stadtkirche ein paar Tests zur Vorbereitung gemacht; im Hintergrund dudelte

Radio 3 was von so einem Bach, der nicht Bach war. Dann klingelte es an der Tür. Als ich meinen Tupfer hinlegte, klingelte es noch einmal, gleich hinterher. Wahrscheinlich Kinder, dachte ich, das sind die einzigen, die so klingeln. Wollen das Auto waschen. Entweder das, oder sie wollen rauskriegen, ob jemand zu Hause ist, bevor sie ums Haus rumgehen und einbrechen.

Also ging ich etwas ungehalten den ganzen Weg zur Tür runter, und was seh ich da? Einen riesigen Blumenstrauß, nur blau und weiß, in einer Zellophanhülle. »Stuart!« dachte ich – ich meine, ich dachte, die wären von Stuart. Und als ich Oliver sah, der sie in der Hand hielt, da meinte ich immer noch, das sei die wahrscheinlichste Erklärung – Stuart hatte Oliver mit den Blumen hergeschickt.

»Oliver!« hab ich gesagt. »So eine Überraschung. Komm rein.«

Aber er stand einfach nur da und versuchte, etwas zu sagen. Kreidebleich, und die Arme brettsteif von sich gestreckt. Seine Lippen bewegten sich, und es kamen ein paar Laute heraus, aber ich konnte nichts damit anfangen. Es war so wie im Film, wenn jemand einen Herzanfall hat – sie murmeln etwas, das für sie offenbar sehr wichtig ist, was aber keiner versteht. Ich hab Oliver angeguckt, und der schien wahre Qualen auszustehen. Die Blumen hatten über seine ganzen Hosen getröpfelt, sein Gesicht war erschreckend farblos, er zitterte, und seine Lippen schienen aneinanderzukleben, als er sprechen wollte.

Ich dachte, vielleicht hilft es, wenn ich ihm die Blumen abnehme, also hab ich die Hände ausgestreckt und den Strauß vorsichtig angehoben, wobei ich die Stielenden von mir weg hielt. Rein instinktmäßig, ich hatte nämlich meine Malsachen an, und da hätte ein bißchen Wasser überhaupt nichts ausgemacht.

»Oliver«, sagte ich. »Was ist denn? Möchtest du hereinkommen?«

Er stand immer noch mit ausgestreckten Armen da, wie ein Roboter-Butler ohne Tablett. Auf einmal, und ganz laut, sagte er: »Ich liebe dich.«

Einfach so. Na ja, ich hab natürlich gelacht. Es war Viertel vor neun Uhr morgens, und es war Oliver, der da sprach. Ich hab gelacht – nicht spöttisch oder so, sondern einfach nur, als wäre das ein Witz, den ich nur halb verstanden hätte.

Ich wartete noch auf die andere Hälfte, als Oliver Reißaus nahm. Er drehte sich einfach auf dem Absatz um und nahm Reißaus. Aber wirklich. Er rannte, und ich stand mit diesem riesigen Blumenstrauß da auf der Treppe. Es blieb mir wohl nichts anderes übrig, als die Blumen reinzunehmen und ins Wasser zu stellen. Es waren riesige Mengen, und am Ende hatte ich drei Vasen und zwei von Stuarts Bierkrügen damit voll. Dann bin ich wieder an die Arbeit gegangen.

Ich hab die Tests abgeschlossen und angefangen, den Himmel zu reinigen, wo ich immer beginne. Das verlangte nicht viel Konzentration, und ich wurde den ganzen Vormittag lang ständig von dem Gedanken unterbrochen, wie Oliver da stand und nicht in der Lage war, irgend etwas zu sagen, und dann praktisch herausbrüllte, was er da gesagt hat. Er ist im Moment eindeutig völlig mit den Nerven fertig.

Nun wissen wir ja, daß er in letzter Zeit ziemlich ausgeflippt ist – man braucht bloß an sein seltsames Benehmen am Flughafen zu denken –, und vermutlich hat es deshalb länger gedauert, als es eigentlich sollte, bis ich so richtig darüber nachgedacht habe, was da passiert war. Und als ich es dann tat, da hab ich gemerkt, daß ich mich überhaupt nicht mehr auf meine Arbeit konzentrieren konnte. Ich hab mir ständig vorgestellt, was ich am Abend mit Stuart für Gespräche führen würde.

»Sag mal, das sind ja eine Menge Blumen.«

»Mhm.«

»Hast wohl einen heimlichen Verehrer, was? Ich muß schon sagen, das ist *wirklich* eine Menge.«

»Die hat Oliver gebracht.«

»Oliver? Wann denn?«

»Etwa zehn Minuten, nachdem du zur Arbeit gegangen bist. Du mußt ihn gerade verpaßt haben.«

»Aber wieso? Ich meine, wieso hat er uns so viel Blumen geschenkt?«

»Die sind nicht für uns, die sind für mich. Er sagt, er ist verliebt in mich.«

Nein, dieses Gespräch konnte ich nicht führen. Ich konnte kein Gespräch führen, das diesem auch nur annähernd nahe kam. Was hieß, ich mußte die Blumen loswerden. Mein erster Gedanke war, sie in die Mülltonne zu tun. Bloß, wenn nun Stuart etwas auf den Müll rausbrachte? Was würden Sie denken, wenn Sie Ihre Mülltonne mit vollkommen frischen Blumen vollgestopft finden? Dann dachte ich daran, über die Straße zu gehen und sie in einen Container zu werfen – bloß würde das sehr seltsam aussehen. Wir haben bisher noch keine Freunde hier in der Straße, aber mit einigen Nachbarn grüßen wir uns, und ich würde ehrlich gesagt nicht wollen, daß sie sehen, wie ich diese ganzen Blumen in einen Container werfe.

Also hab ich sie in den Müllschlucker gestopft. Ich hab Olivers Blumen genommen und sie mit den Blüten voran in das Mahlwerk gesteckt, und in wenigen Minuten hatte ich aus seinem Geschenk einen Brei gemacht, den das kalte Wasser das Abflußrohr hinunterspülte. Eine Zeitlang roch es noch stark aus dem Müllschlucker, doch das legte sich allmählich. Das Zellophan hab ich zusammengeknüllt, bin zur Mülltonne gegangen und hab es in einen Cornflakeskarton gestopft, den wir weggeworfen hatten. Dann hab ich die zwei Bierkrüge und die drei Vasen ausgewaschen und abgetrocknet und an ihren normalen Ort zurückgestellt, als sei überhaupt nichts passiert.

Ich hatte das Gefühl, ich hätte das Notwendige getan. Es konnte durchaus sein, daß es bei Oliver zu so einer Art Zusammenbruch käme, und da würde er Beistand von uns beiden brauchen. Eines Tages werd ich Stuart von den Blumen erzählen, und was ich damit gemacht habe, und ich denke mir, dann werden wir auch mit Oliver herzlich darüber lachen.

Schließlich ging ich an mein Tafelbild zurück und arbeitete, bis es Zeit war, das Abendessen zu machen. Aus irgendeinem Grund hab ich mir ein Glas Wein eingeschenkt, ehe Stuart wie üblich um 18 Uhr 30 nach Hause kam. Ich bin sehr froh, daß ich das tat. Er sagte, er hätte mich den ganzen Tag lang anrufen wollen, wollte mich aber nicht bei der Arbeit stören.

Er sagte, auf dem Weg zum U-Bahnhof hätte er in dem Blumenladen an der Ecke Oliver getroffen. Er sagte, Oliver sei das äußerst peinlich gewesen, und aus gutem Grund, weil er nämlich Blumen gekauft hätte, um sich mit einem Mädchen zu versöhnen, mit dem er die Nacht davor ins Bett gegangen und impotent gewesen sei. Obendrein sei besagtes Mädchen die Spanierin, derentwegen ihn die Shakespeare School gefeuert hätte. Anscheinend ist sie von ihrem Vater rausgeschmissen worden und wohnt jetzt ganz in unserer Nähe. Sie hätte ihn am vergangenen Abend eingeladen, und es hätte sich alles überhaupt nicht so entwickelt, wie er es gehofft hätte. Das, hat Stuart gesagt, hätte Oliver gesagt.

Ich glaube, ich habe auf diese Geschichte nicht so reagiert, wie Stuart es erwartet hatte. Wahrscheinlich sah es aus, als wäre ich nicht ganz bei der Sache. Ich hab an meinem Wein genippt und mit dem Abendessen weitergemacht, und einmal bin ich zum Bücherregal gegangen und hab geistesabwesend ein Blütenblatt aufgehoben, das da herumlag. Ein blaues Blütenblatt. Ich hab es in den Mund gesteckt und runtergeschluckt.

Ich bin gründlich verwirrt. Und das ist noch milde ausgedrückt.

8: Okay, dann eben Boulogne

Oliver Ich habe einen Traum. I heeeeeeev aaa dreeeeeaa-aaammm. Gar nicht wahr. Ich habe einen Plan. Die Verklärung Oliveri. Nimmermehr wird der verlorene Sohn sich mit losen Weibern ergötzen. Ich kauf mir einen Ruderapparat, ein Trimmrad, ein Langlaufpodium, einen Bullworker. Gar nicht wahr, aber ich mach etwas Gleichrangiges. Ich plane eine Mega-Wende, wie in der Reklame propagiert. Keine Rente mit 45? Welchen Typ Glatze haben Sie? Schämen Sie sich für Ihr Englisch? Ich besorg mir diese Rente, laß diese Haarimplantation machen. Und für mein Englisch schäme ich mich nicht, das ist also ein *cafard* fördernder Faktor weniger. Aber in jeder anderen Hinsicht – ist es der Plan für ein neues Leben in 30 Tagen. Und wehe, du willst mich aufhalten.

Ich hab zu viel rumgesumpft, das ist die *triste* Wahrheit. Eine Zeitlang darf man das, solange man letzten Endes erkennt, daß Sumpfomanie kein Beruf ist. Drainage ist angesagt, Ollie. Reiß dich zusammen. Jetzt wird's ernst.

Erstens, ich gewöhne mir das Rauchen ab. Berichtigung: Ich habe mir das Rauchen abgewöhnt. Du siehst, wie *ernst* es mir ist? Wie viele Jahre habe ich mich nicht mit Hilfe der artigen Aromen des Tabaksblattes definiert, oder doch dekoriert? Von der ersten hasenherzig kleinbürgerlichen Embassy vor langer, langer Zeit zum wenig originellen Hausschlappen-mit-Monogramm-Flair der Balkan Sobranie, mit Station bei dem Gehabe des Menthol und der widerlichen Askese niedriger Werte, über die Rive-Gauche-Authentizität fettdaumig Handgedrehter (mit oder ohne Aromazusätze) und ihrer brüsk-mechanischen Äquivalente (diese Stachanowschen Mangeln, dieser wabbelige Liegestuhl aus Gummi, den ich nie recht bändigen konnte), all das führte zu dem gegenwärtigen selbstgewissen Plateau, der *équilibré* Zufuhr von Gauloise und Winston, mit einer gelegentlichen Beimischung des scharfen

Kick-Starts einer kleinen Blonden aus Schweden, Prince genannt nach des Pöbels Schäferhunden. Wuff, wuff! Und das gebe ich alles auf. Nein, das habe ich alles aufgegeben. Gerade eben, vor einem Moment. Ich hab sie nicht mal gefragt. Ich denk mir halt, sie sähe das gern.

Zweitens, ich werd mir einen Job suchen. Ich schaffe das. Ich bin der toxischen Shakespeare School of English nicht entflohen, ohne ein gewisses Quantum ihres schamlos chauvinistischen Briefpapiers zu entwenden, und verfüge jetzt über eine Reihe hübscher Referenzen über meine Fähigkeiten, jede so frisiert, daß sie einem anderen potentiellen Arbeitgeber die Gonaden kitzelt. Warum hab ich gekündigt? Ach je, meine Mutter ist verstorben, und ich mußte die Federführung zwecks Entdeckung einer Seniorenlagerstätte für meinen Vater übernehmen. Und falls einer so herzlos ist, diese Geschichte nachzuprüfen, dann würde ich für den sowieso nicht arbeiten wollen. Meine Mutter liegt ständig im Sterben, was mir jahrelang überaus hilfreich war, und der arme Papa braucht des öfteren einen geriatrischen Tapetenwechsel. Wie verlangt es ihn doch, versonnen auf eine brechende Welle Waldlands hinauszublicken. Wie liebt er es doch, sich der fernen Tage zu entsinnen, ehe der niederländische Käfer die englische Ulme anfiel, ehe das Hochland mit Weihnachtsbäumen umgürtet ward. Durch sein Panoramafenster lugt mein Herr Vater in die Vergangenheit. *Tap-tap-tap* macht des ehrwürdigen Forstmanns traute Axt, eine klaffende Rune in den knotigen Stamm schlagend, auf daß seine weidmännischen Kollegen gewarnt seien vor dem gift'gen Schirmpilze, der in der Nachbarschaft gedeiht. Und siehe, wie der braune Bär auf einer Bank unvergänglichen Mooses tollt! Es war nie so, und mein Vater war ein altes Schwein, wenn du es wissen willst. Erinnere mich dran, daß ich dir mal von ihm erzähle.

Drittens, ich werde Stuart das Geld zurückzahlen. Ich bin nicht der Betrüg'rische Guglielmo. Schlichtheit und Redlichkeit sollen meine Gaben sein. Meine Clownsmaske birget länger nicht ein brechend Herz, also hinweg damit. Ich leg ihn ab, den besockten Pantalon, so man diesen ablegt. Mit anderen Worten, ich hör auf mit den Fickfackereien, ich höre auf, den Affen zu machen.

Stuart Ich habe noch mal nachgedacht. Irgendwie müssen wir versuchen, Oliver zu helfen. Es ist unsere Pflicht. Er würde dasselbe für uns tun, wenn wir Probleme hätten. Er war wirklich ein Bild des Jammers, wie ich ihn da in dem Blumenladen traf. Er hat keine Arbeit. Er hat kein Selbstvertrauen mehr – und Oliver war immer schon ein Mensch mit Selbstvertrauen. Er nahm es mit jedem auf – selbst mit seinem merkwürdigen Vater. Da hat es vermutlich angefangen. Wenn man ein fünfzehnjähriges Kind ist mit so einem Vater, und man nimmt es mit dem auf, wie sollte einem die Welt da noch Angst machen? Aber jetzt macht sie Oliver Angst. Diese fürchterliche Sache mit der Spanierin. Der alte Oliver hätte solche . . . Probleme nicht gehabt, und wenn, dann wäre er einfach davor weggetänzelt. Er hätte sich einen Scherz einfallen lassen oder die Sache zu seinem Vorteil gedreht. Auf jeden Fall wäre er nicht losgezogen und hätte dem Mädchen am nächsten Morgen Unmengen von Blumen gekauft und sich dann von mir dabei erwischen lassen. Das ist doch, als ob man sagen wollte, bitte erzähl es nicht weiter, bitte posaune es nicht in die Welt hinaus, ich bin verletzlich. In den alten Tagen wäre er nie so gewesen. Und wie jämmerlich er sich ausgedrückt hat. »Ich hab totalen Bockmist gebaut letzte Nacht.« So reden doch Schulkinder. Da sind gleich mehrere Räder locker, wenn Sie mich fragen. Wir müssen versuchen, ihm zu helfen.

Gillian Ich bin mir hier überhaupt nicht mehr sicher. Ich bin zutiefst durcheinander. Gestern abend ist Stuart gutgelaunt wie sonst auch nach Hause gekommen, hat mir einen Kuß gegeben, mich umarmt und hingesetzt, als hätte er etwas Wichtiges zu sagen.

»Wie wär's mit einem Urlaub?« hat er gefragt.

Ich hab gelächelt. »Das wär schön. Allerdings kommen wir gerade erst von unseren Flitterwochen zurück.«

»Das ist Jahre her. Vier Wochen mindestens. Fünf. Urlaub?«

»Mhm.«

»Ich dachte, wir könnten vielleicht Oliver mitnehmen. Ihn etwas aufheitern.«

Ich hab keine Antwort gegeben, erst mal jedenfalls. Ich will Ihnen sagen, warum. Ich hatte mal eine Freundin – na ja, hab ich immer noch, nur haben wir zur Zeit keinen Kontakt, die hieß Alison. Sie war mit mir in Bristol. Ihre Familie war nett, sie wohnte irgendwo da unten in Sussex, eine normale Mittelklassen-Familie vom Land. Sie mochten sich; *ihr* Vater ist nie abgehauen. Alison hat gleich von der Uni weg geheiratet. Sie war erst einundzwanzig. Und wissen Sie, was ihre Mutter am Abend vor der Hochzeit zu ihr gesagt hat? Ihre Mutter hat zu ihr gesagt, ganz ernsthaft, als wäre das ein Rat, der seit undenklichen Zeiten in der Familie von der Mutter an die Tochter weitergegeben wird, ihre Mutter hat gesagt: »Es ist immer gut, wenn man sie etwas im ungewissen hält.«

Ich hab damals auch gelacht, aber es ist bei mir hängengeblieben. Mütter, die ihren Töchtern erzählen, wie sie mit ihren Männern fertigwerden können. Unumstößliche Wahrheiten, jahrhundertelang in weiblicher Linie weitergegeben, und was ist der akkumulierten Weisheit letzter Schluß? »Es ist immer gut, wenn man sie etwas im ungewissen hält.« Das hat mich deprimiert. Ich hab gedacht: Oh, nein, wenn ich mal heirate, falls ich mal heirate, dann muß alles offen und ehrlich auf den Tisch kommen. Ich will keine Spielchen spielen oder Geheimnisse haben. Aber jetzt fängt es anscheinend schon an. Vielleicht ist es unvermeidlich. Meinen Sie, die Institution funktioniert sonst nicht?

Was hätte ich machen sollen? Wenn ich gewollt hätte, daß alles offen und ehrlich bleibt, dann hätte ich Stuart von Olivers Auftritt vor der Tür erzählen sollen, und was ich mit seinen Blumen gemacht hatte. Aber hätte ich dann auch erzählen sollen, daß Oliver am nächsten Tag anrief und fragte, ob sie mir gefielen? Daß ich Oliver erklärt habe, ich hätte sie in den Müllschlucker gestopft, und es am anderen Ende still wurde, und als ich schließlich fragte: »Bist du noch dran?«, er einfach nur »Ich liebe dich« geantwortet und dann aufgelegt hat. Hätte ich Stuart das alles erzählen sollen?

Nein, vermutlich nicht. Also hab ich über den Vorschlag mit dem Urlaub einen Witz gemacht. »Bin ich dir jetzt schon langweilig geworden?« – was Stuart nicht so überraschenderweise falsch verstand. Er dachte, ich sei sauer, daher wurde er ganz aufgeregt und fing an, mir zu erzählen, wie sehr er mich liebt, und das war nun auch nicht, was ich hören wollte, auch wenn es natürlich irgendwo das ist, was ich immer hören will.

Ich hatte einen Witz daraus gemacht. Ich halte ihn nicht im ungewissen, aber ich mache einen Witz aus manchen Dingen. So bald schon?

Stuart Gillian konnte meinem Vorschlag, wir sollten zu dritt Urlaub machen, offenbar nicht viel abgewinnen. Ich wollte gerade zu einer Erklärung ansetzen, da hat sie mir sozusagen das Wort abgeschnitten. Gesagt hat sie nichts, sie hat bloß so eine Art, sich leicht abzuwenden und etwas anderes zu tun und nicht so rasch zu antworten, wie sie könnte. Es ist komisch, aber mir kommt es vor, als hätte ich diese kleine Angewohnheit schon mein ganzes Leben lang gekannt.

Also wurde die Idee mit dem Urlaub fallengelassen. Oder vielmehr abgeändert. Bloß ein langes Wochenende, bloß wir zwei. Freitagmorgen ganz früh mit dem Auto nach Dover runter, dann ab nach Frankreich. Montag ist ein Feiertag, also haben wir fast vier Tage. Suchen uns irgendwo ein kleines Hotel, sehen, wie das Laub sich zu verfärben beginnt, gehen auf einen Markt und kaufen Unmengen von Knoblauchzöpfen, die zu schimmeln anfangen, bevor wir sie je aufbrauchen können. Keinerlei Planung notwendig – und dabei bin ich ein Mensch, der gerne alles plant, oder vielmehr sich Sorgen macht, wenn etwas nicht geplant ist. Vielleicht ist das ein Zeichen dafür, wie Gill sich auf mich auswirkt – daß ich heute etwas sagen kann wie »Laß uns doch einfach abzischen!« Und ich weiß ja, daß es nicht *weit* ist, und nicht für lange, und die Chance, daß alle Hotels von Nordfrankreich total ausgebucht sind, ist ziemlich gering, also mach ich mir im Grunde keine Sorgen. Trotzdem, es ist ein Anfang für mich. Es ist ein Anfang. Ich übe, spontan zu sein. Das ist ein Witz, nebenbei bemerkt.

Oliver schien bestürzt, als ich es ihm erzählte. Daran sieht man wohl, wie anfällig er im Augenblick tatsächlich ist. Wir haben uns auf ein Gläschen getroffen. Ich hab ihm erzählt, wir würden über das Wochenende nach Frankreich abhauen. Da hat er so ein langes Gesicht gezogen, als würden wir ihn im Stich lassen. Ich wollte hinzufügen: »Es ist ja nicht für lange«, oder so etwas in der Art, aber das sagt man ja eigentlich nicht unter Freunden, nicht wahr?

Erst hat er keine Antwort gegeben, dann hat er gefragt, wo wir übernachten würden.

»Weiß ich nicht. Wir finden schon was.«

Daraufhin lebte er anscheinend auf, und er wurde wieder Oliver. Er hat mir die Hand auf die Stirn gelegt, als hätte ich Fieber. »Fühlst du dich wohl?« hat er gefragt. »Das sieht dir doch überhaupt nicht ähnlich? Woher stammt dieser neue Geist des Übermuts? Enteile rasch denn zum Drogisten behufs eines Antipyretikums.«

Dieses Geflachse ging noch eine Zeitlang so weiter. Er wollte wissen, welche Fähre wir nehmen, ob wir über Calais oder Boulogne fahren, welche Richtung wir einschlagen wollen, wann wir zurückkommen etc. etc. Damals kam mir das wohl nicht sonderlich merkwürdig vor, aber im nachhinein hab ich mich gewundert, daß er nichts gesagt hat wie »Schöne Reise« oder so.

Als wir auseinandergingen, hab ich gesagt: »Ich bring dir zollfreie Gauloises mit.«

»Laß nur«, sagte er.

»Wie meinst du das? Es macht mir nichts aus.«

»Laß nur«, wiederholte er, und es klang fast schon gereizt.

Oliver Jesus Christus, da hatte ich vielleicht einen Panikanfall. Wir haben uns in einem Pub getroffen, so einem *trou crépusculaire,* wo Stuart als kleiner pelziger Stammgast zu Bau fährt, wo er sich glücklich in die rekonstruierte Kaminecke (nachgemachter Norman Shaw) kauern und sein Ale schlürfen kann, wie seine Landjunkervorväter seit grauer Vorzeit es geschlürfet haben. Mein Gott, wie ich Pubs hasse. Ganz besonders hasse ich Pubs, seit ich das Rauchen aufgegeben habe (eine Suchtverschmähung, die von unserem Freund

Stuart gänzlich unbemerkt blieb). Ach, und das Wort *crépus-culaire* hasse ich auch. Ich glaube, ich werde es mal eine Zeitlang nicht mehr gebrauchen. Gib mir einen Wink, wenn ich rückfällig werde, ja?

Da saßen wir also, an diesem Ort des Schreckens, wo der »Offene Weiße« noch schädlicher ist als das Landjunkerbräu, und die Auswahl an Highland Malts ist auch nicht gerade vom Feinsten, und ich krieg immer wieder so einen pankreassprengenden Schwall von anderer Leute Nikotin ab (hau mir 'ne Fluppe um die Ohren, na los, besorg's mir – ich verrate mein Land für eine Silk Cut, ich verrate meine Freunde für eine Winston), und da erklärt Stuart plötzlich, mit schaurig selbstgefälligem Gesicht: »Wir zischen übrigens ab.«

»Wie meinst du das?«

»Freitag zischen wir ab. Dover. Die erste Fähre, und dann ab durch die Mitte.«

Ich hab die Panik gekriegt, das geb ich zu. Ich dachte, er schafft sie endgültig fort. Ich sah die beiden fahren und fahren. Straßburg, Wien, Bukarest, Istanbul, ohne anzuhalten, ohne sich umzuschauen. Ich sah sie die frischgekräuselten Locken schütteln, dieweil der offene Sportwagen gen Osten raste, fort von Ollie . . . Vorübergehend gelang es mir, meine fröhliche Fassade wieder aufzurichten, doch im Innern hatte ich die Panik. Er könnte sie fortschaffen, dachte ich, das könnte er einfach so tun, er hat so eine Macht, mich zu verletzen, dieses kleine Pelztier, das nicht mal gemerkt hat, daß ich die Glimmstengel aufgegeben hab. Er hat jetzt eine solche Fähigkeit zu gedankenlosen Grausamkeiten. Und ich hab sie ihm verschafft.

Doch es stellt sich natürlich heraus, daß der fröhliche *estivant* nichts weiter vorhatte, als was er bestimmt als Wochenendtrip bezeichnen würde. *Aestivate,* engl. spez. für Tiere gebraucht, die den Sommer in einem Zustand der Apathie verbringen. Und den Herbst auch. Und den größten Teil des Lebens. Er hat plötzlich diese Macht, zu verletzen, unser Stuart.

Er hat versprochen, mir eine Karte zu schicken. Er hat versprochen, mir eine verfickte Postkarte zu schicken.

Gillian   Das Gespräch verlief so.

»Können wir mal einkaufen gehen?«

»Einkaufen? Natürlich. Was willst du denn kaufen?«

»Einkaufen für dich.«

»Für mich?«

»Kleider.«

»Gefällt dir nicht, was ich trage, Oliver?« Ich versuchte, einen lockeren Ton beizubehalten.

»Ich möchte dich einkleiden.«

Ich hielt es für das beste, ehe das noch weiterging, energisch zu sein. »Oliver«, sagte ich und gab mir Mühe, wie seine Mutter zu klingen (oder jedenfalls wie meine), »Oliver, sei nicht albern. Du hast nicht mal einen Job.«

»Oh, ich weiß, ich kann mir nicht leisten zu *bezahlen*«, sagte er sarkastisch. »Ich weiß, ich habe kein *Geld* so wie Stuart.« Dann trat eine Pause ein, und sein Ton änderte sich. »Ich möchte dich einfach einkleiden, das ist alles. Ich könnte dir behilflich sein. Ich möchte dich zum Einkaufen ausführen.«

»Oliver, das ist sehr lieb von dir«, sagte ich. Dann, wieder energisch: »Ich komm vielleicht darauf zurück.«

»Ich liebe dich«, sagte er.

Ich hab aufgelegt.

So werd ich's machen, so hab ich mich entschieden. Energisch sein, höflich, und den Hörer auflegen. Es ist lächerlich. Es geht ihm zur Zeit eindeutig furchtbar dreckig. Und wahrscheinlich ist er, natürlich ohne es zu wissen, eifersüchtig auf unser Glück. Wir sind zusammen herumgezogen, zu dritt, aber dann haben Stuart und ich geheiratet, und er fühlt sich ausgeschlossen. Statt zu dritt sind wir jetzt zwei plus einer, und er spürt das. Irgendwie ist das ganz normal, nehm ich an. Er kommt bestimmt darüber hinweg.

Unter allen anderen Umständen hätte ich nichts dagegen gehabt, mit Oliver einkaufen zu gehen. Stuart ist, ehrlich gesagt, keine große Hilfe, nicht weil Einkaufen ihm keinen Spaß macht, sondern weil ihm alles gefällt, was ich anprobiere. Er sagt, ich sähe in jeder Farbe und jedem Stil umwerfend aus. Wenn ich mit einer Mülltüte um den Bauch und einem Lampenschirm auf dem Kopf aus der Umkleidekabine käme, würde er sagen, das stünde mir. Was lieb und rührend ist, wie man sich denken kann, in der Praxis jedoch nicht viel weiterhilft.

Oliver Ich hab keine Flausen im Kopf. Ausnahmsweise. Du hast dir bestimmt schon die abenteuerlichsten Vorstellungen davon gemacht, wie ich mir Gillians Roben vorstelle: wallender Zobel wie in *Boris Godunow,* Farben von Rimsky, leichte Sommerkleider von Jung-Rossini, fröhliche Accessoires von Poulenc ... Nein, tut mir leid. Weder bin ich ein sabbernder Scheckschreiber (wie könnt ich auch?) noch ein orchiektomierter ständiger Begleiter; ich weiß eben zufällig, daß mein Auge, mein Sinn für Farben, meine *nous* für Stoff sämtlich erlesener sind als die von Stuart und Gillian zusammengenommen. Hoch zwei, hoch drei. Jedenfalls, wenn man nach den Ergebnissen urteilt. Selbst Leute, die sich nichts aus Kleidern machen, sehen besser aus, wenn die Sachen ordentlich geschnitten sind. Und selbst Leute, die sagen, sie machen sich nichts draus, wie sie aussehen, machen sich was draus, wie sie aussehen. Das tut doch jeder. Bloß meinen manche Leute, sie sähen am besten aus, wenn sie scheußlich aussehen. Das ist natürlich eine Art Arroganz. Ich seh beschissen aus, weil mein Sinn auf Höheres gerichtet ist, weil ich so beschäftigt bin, daß ich keine Zeit habe zum Haarewaschen, und wenn du mich wirklich liebst, dann liebst du mich auch so. Nicht, daß Gillian auch nur annähernd in diese Kategorie fiele. Im Gegenteil. Es ist nur, daß ich bei ihr gern das Umarbeiten übernehmen würde.

Übernehmen. Eine Aufgabe erfüllen. Aber zugleich auch, in Stuarts Kopf, ein Terminus aus der Termitenwelt des Geschäfts und der Finanz. Übernehmen: sich Besitz (an einem Objekt, einem Titel) von jemand anderem zu eigen machen. Transitives Verb.

Stuart Wir hatten einen herrlichen Wochenendtrip. Sind von Calais aus die Autobahn lang. Links abgebogen, als uns danach war, irgendwo bei Compiègne gelandet. Haben in einem Dorf haltgemacht, als es dunkel wurde. Eine Pension in einem Fachwerkhaus, wo die Zimmer von einem knarrenden Holzbalkon abgingen, der zwei Seiten von einem Hof umfaßte. Selbstverständlich sind wir auf einen kleinen Markt gegangen und haben natürlich mehrere Knoblauchzöpfe gekauft, die schimmelig werden, bevor wir sie verbraucht haben. Von daher sollten wir ein paar verschenken. Das Wetter war etwas feucht, aber was soll's?

Oliver fiel mir erst wieder ein, als wir auf dem Schiff waren, ehrlich gesagt. Ich hab an ihn gedacht und vorgeschlagen, ein paar Gauloises für ihn zu kaufen. Gillian hat mir erzählt, er hätte das Rauchen aufgegeben. Sehr merkwürdig. Und untypisch.

Gillian Ich weiß nicht, wo ich anfangen soll. Ich weiß auch nicht, wo das enden soll, oder wie es enden soll. Was geht hier vor? Es ist nicht meine Schuld, aber ich habe ein schlechtes Gewissen. Ich *weiß,* daß es in keiner Weise meine Schuld ist, und trotzdem habe ich ein schlechtes Gewissen.

Außerdem weiß ich nicht, ob ich mich richtig verhalten habe. Vielleicht hätte ich gar nichts tun sollen. Vielleicht habe ich mich durch das, was ich getan habe, mitschuldig gemacht, oder zumindest hätte es so aussehen können. Vielleicht hätte man zu diesem Zeitpunkt einfach alles – nicht, daß es da etwas *gäbe* – herauskommen lassen sollen. Warum nicht? Und doch . . . wir haben so schöne Tage verlebt, daß ich wohl die Stimmung aufrechterhalten wollte.

Auf der Fähre von Boulogne zurück hörte es das erste Mal auf zu regnen. Das war ironisch. Dadurch ist es gewissermaßen so gekommen.

Auf dem Hinweg sind wir über Dover–Calais gefahren. Dann sind wir schnurstracks die Autoroute runtergefahren. Wir haben sozusagen auf gut Glück eine Ausfahrt von der Autobahn genommen. Wir haben sozusagen auf gut Glück ein Dorf zum Übernachten ausgesucht – es war der Ort, bei dem wir ankamen, als der Abend dämmerte. Wir sind am

Montag nach dem Frühstück aufgebrochen und haben bei Montdidier zum Mittagessen angehalten. Dann weiter Richtung Amiens, und die Scheibenwischer machten flip-flop, während wir an pitschnassen Scheunen und triefenden Kühen vorbeifuhren. Irgendwo hinter Amiens mußte ich wieder an die Autofährenanlagen in Calais denken. Erst schicken sie einen durch die ganze Stadt, und dann wird man mit tausenden von anderen Leuten zusammen in ein Abfertigungssystem eingeschleust, und es kommt einem überhaupt nicht so vor, als ob man zu einer Stadt an der Küste fährt und einfach ein Schiff besteigt. Ich meine, so sollte es einem doch vorkommen, nicht wahr? Also hab ich Stuart vorgeschlagen, statt dessen nach Boulogne zu fahren. Er war zuerst ein bißchen dagegen, weil von Boulogne nicht so viele Fähren abgehen. Andererseits würde es uns etwa 30 Kilometer weitere Fahrt durch den Regen ersparen, und überhaupt, hab ich gesagt, wenn wir da ankommen und es geht stundenlang keine Fähre, können wir immer noch weiterfahren nach Calais. Das hört sich jetzt bestimmt nach einem Streit an, es war aber nichts dergleichen. Es war eine vergnügte Diskussion und dann eine leichte Entscheidung. So ist das bei uns. Stuart gibt mir nie das Gefühl, daß sein Stolz daran hängt, ob wir tun, was ich vorschlage oder was er vorschlägt. Das fand ich schon von Anfang an anziehend. Wenn man Änderungsvorschläge macht, fassen die meisten Männer das – wenn auch nicht bewußt, und das ist oft noch schlimmer – als eine Art Beleidigung oder Kritik auf. Sie können es nicht ertragen, daß man bei relativ unwichtigen Dingen andere Vorstellungen hat. Aber wie gesagt, Stuart ist nicht so. »Okay, dann eben Boulogne« hat er gesagt, während wieder so ein Renault an uns vorbeiflitzte und die Windschutzscheibe blindsprühte.

Die Sache ist die. Niemand wußte, wohin wir gefahren waren. Niemand wußte, wo wir uns zu bleiben entschlossen. Wir sind losgefahren, haben auf gut Glück angehalten, sind herumgebummelt, haben unsere Pläne geändert und die erstmögliche Fähre genommen aus einem anderen Hafen als dem, in dem wir angekommen waren. Und auf dem Schiff war Oliver.

Es hatte geregnet. Eigentlich regnete es jeden einzelnen Tag ununterbrochen, und es hörte nicht auf, als wir in der Schlange standen und auf die Fähre fahren wollten. Der Schiffsbauch schien auch vollkommen feucht zu sein, die Stufen und Geländer. Wir saßen in so einer Lounge, die zu einem riesigen Barbereich gehört, und die Fenster waren mit Kondenswasser beschlagen; wenn man sie abwischte, konnte man wegen dem ganzen Regen, der da draußen runtertropfte, immer noch nicht viel sehen. Wir hatten den Ärmelkanal halb überquert, da kam ein Mann in einem Plastikregenmantel zu einem Tisch in der Nähe zurück und verkündete, jetzt hätte der Regen endlich aufgehört – das ist mal wieder typisch, hat er noch gesagt. Als Stuart und ich das hörten, sind wir aufgestanden und haben den nächsten Ausgang gesucht. Sie wissen ja, wie das auf Fähren so ist – man verliert etwas die Orientierung, man weiß nie, ob man auf dem A-Deck oder auf dem B-Deck ist oder wo man draußen ankommt, wenn man durch eine Tür geht – am Bug, am Heck oder an den Seiten. Daher hatten wir uns auf gut Glück einen Ausgang ausgesucht, und ich bin über einen dieser hohen Türrahmen getreten, die vermutlich verhindern sollen, daß das Meerwasser in den Salon schwappt. Wir waren in der Mitte der einen Schiffsseite, und als ich nach links guckte, sah ich Oliver keine fünf Meter entfernt, wie er auf den Ärmelkanal hinausstarrte. Ich hab ihn von der Seite gesehen. Er hat mich nicht angeschaut.

Ich hab mich sofort weggedreht und bin rückwärts gegen Stuart gestoßen.

»Entschuldigung«, hab ich gesagt und bin wieder reingegangen. Er ist nachgekommen. Ich hab gesagt, mir wär plötzlich komisch geworden. Er hat gesagt, ob ich da nicht frische Luft brauche. Ich hab gesagt, es komme ja gerade von der plötzlichen frischen Luft. Wir haben uns wieder hingesetzt. Er hat sich sehr um mich bemüht. Ich hab gesagt, es sei gleich vorbei. Ich hab so halb diesen Ausgang da im Auge behalten.

Nach ein paar Minuten, als er dachte, ich sei wieder okay, ist Stuart aufgestanden.

»Wo willst du hin?« hab ich gefragt. Ich hatte eine entsetzliche Vorahnung. Ich mußte verhindern, daß er auf das Deck hinausging.

»Ich dachte nur, ich besorg Oliver ein paar Gauloises«, hat er gesagt. »Zollfrei.«

Ich war nicht sicher, ob ich meine Stimme unter Kontrolle hatte. »Er raucht nicht mehr«, sagte ich. »Er hat es aufgegeben.«

Stuart klopfte mir auf die Schulter. »Dann besorg ich ihm eben Gin«, sagte er und schlenderte davon.

»Oliver raucht nicht mehr«, flüsterte ich unwillkürlich hinter ihm her.

Ich beobachtete die Tür. Ich wartete, daß Stuart zurückkam. Wir mußten unentdeckt entkommen. Mir war, als hinge unser Glück davon ab. Ich machte ein Theater darum, in der Schlange zu den Autodecks hinunter ganz vorne zu sein. Die Treppen waren noch genauso naß und gefährlich, wie als wir auf das Schiff kamen. Stuart hatte trotzdem Gauloises gekauft. Er sagte, er würde sie für ein Weilchen weglegen und Oliver geben, wenn er wieder anfinge zu rauchen.

Was geht hier vor?

Oliver Ich hab die beiden sicher nach Hause gebracht. Mehr wollte ich gar nicht. Du hast vielleicht eine stürmische Begegnung auf hoher See kommen sehen, mit triefenden Südwestern und einem symbolträchtig zwischen Stampfen und Schlingern hin- und hergerissenen Schiff? Doch wie dem auch sei, die See war ruhig, und ich hab die beiden sicher nach Hause gebracht. Ich habe *sie* sicher nach Hause gebracht.

9: Ich liebe dich nicht

Stuart Irgendwas ist in letzter Zeit in meinen Freund Oliver gefahren. Er sagt, er habe angefangen zu joggen; er sagt, er habe aufgehört zu rauchen; er sagt, er habe vor, das Geld zurückzuzahlen, das ich ihm geliehen hab. Im Grunde glaube ich nichts davon, aber die Tatsache, daß er es überhaupt sagt, bedeutet, daß etwas in ihn gefahren ist.

Diese Telefongeschichte, zum Beispiel. Auf einmal, neulich abends, fängt er an, mich über all die neuen Typen von schnurlosen Telefonen auf dem Markt auszufragen – wie sie funktionieren, wie groß ihre Reichweite ist, was sie kosten. Vermutlich hat er vor, sich in die alte Mühle, die er fährt, ein Autotelefon einzubauen. Das ist das letzte, was ich von Oliver erwartet hätte. Er ist so ... verschnarcht. Ich glaube, Sie haben nicht kapiert, wie verschnarcht er ist. Er wirkt wahrscheinlich künstlerisch angehaucht und ein bißchen larifari, aber es ist viel schlimmer. Ich glaube nicht, daß er das Rüstzeug für die moderne Zeit hat, um ganz ehrlich zu sein. Er versteht nichts von Geld oder Geschäften oder Politik oder Maschinen; er meint, schwarzes Vinyl hätte einen besseren Klang als CDs. Was kann man da noch machen bei so jemand?

Oliver Ich muß in ihrer Nähe sein, verstehst du? Ich muß sie erobern, ich muß sie mir verdienen, aber erst mal muß ich in ihrer Nähe sein.

Ich glaube, ich weiß, wie sich die gramvoll hartnäckigen Volksgunsterstrebenden vorkommen, dieweil sie den drögen langen Marsch auf sich nehmen, der endlich zu den grünen Lederbänken von Westminster Palace führt sowie dem Recht, sich gegenseitig mit Beleidigungen zu traktieren. Von Tür zu Tür, wie einstens der Hausierer mit Fuller's Pinseln und der rußverkrustete Schornsteinfeger. Nur daß derartige Gestalten von unsern Straßen längst verschwunden sind, genau wie der jodelnde Semmelmann, der schweigsame Scherenschleifer und der lächelnde Pfadfinderwölfling mit seinem Angebot einer guten Tat für einen Fünfer. Wie schwinden sie dahin, die malerischen alten Zünfte, die Glücklichen Familien. Wer klopft denn heute noch an deine Tür? Doch bloß der passionierte Einbrecher, der deine Abwesenheit sucht; der fuchtige Fundamentalist, der deine Bekehrung noch vor dem Jüngsten Tag fordert; die eingemummelte Hausfrau in Turnschuhen, die mit einem Bündel Sonderangeboten, einer Miniprobe Weichspüler und der Geschäftskarte eines windigen Taxifahrers über den Briefschlitz herfällt; und dann noch der Abgeordnete in spe. Darf ich mit Ihrer Stimme rechnen? Verpiß dich, Furzfresse. Oh, wie interessant. Wenn Sie einen Moment Zeit haben, erläutere ich Ihnen gerne, wie unsere Partei zu dieser Sache steht. Rums! Dann weiter zum nächsten Haus, wo sie hinterlistig ein Poster annehmen und es wegschmeißen, sobald du ihnen den Rücken kehrst; und dann zum nächsten, wo Unterstützung versprochen wird, wenn deine Partei dafür gewährleistet, daß bestimmte Kategorien nicht-weißhäutiger Menschen verfolgt, eingesperrt und am besten hingerichtet werden. Wie machen die das bloß? Was hält sie bei der Stange?

Wenigstens war der Wahlkreis, worin ich kandidierte, nur klein und die Auswahl der verfügbaren Demütigungen begrenzt. Ich wurde empfangen, als sei ich ein Dieb, ein wohlerzogener Vergewaltiger, ein eimerloser Autowäscher, ein Doppelfenster-Vertreter, um nicht zu sagen einer dieser durchtriebenen Gewährsleute, die einen darüber informieren, daß da ein paar Ziegel locker sind, Ma'am, und wo wir zufällig gerade mit einer langen Leiter in der Gegend sind, na, sagen wir achtzig Pfund? Doch war ich nichts als ein bescheidener Bittsteller um eine Herberge. Nur ein Zimmer zur gelegentlichen Nutzung für ein paar Monate, natürlich bar im voraus, Babysitting leider nicht. Nach ein paar weiteren seltsamen Blicken ward mir klar, daß ich zudem die Vorstellung abwehren mußte, ich wolle zwecks extravagantem Rumsdibumsdi mit einem Haufen bedauernswerter Pipimädchen eine Sexhöhle mieten. Drehbuchautor, wissen Sie, unter Termindruck des Filmstudios wegen, muß unbedingt absolut allein sein, nach Belieben kommen und gehen, oft nicht da, unberechenbares Genie mit seinen Irrungen und Wirrungen, verschiedene gefälschte Referenzen vorhanden von Oxbridge-College-Vorstehern, Shakespeare-School-Direktoren, sogar eine auf Unterhauspapier. Kein Landstreicher, kein Einbrecher, einfach nur Orson Welles, verficktnochmal, dem würden Sie aus der Patsche helfen, Missus, und ich werd auch bestimmt nie das Telefon benutzen.

Fast hätte es bei Nummer 67 geklappt, was ideal gewesen wäre. Aber sie bot mir ein hübsches sonniges Zimmer unterm Dach juchhe nach hinten hinaus an. Daher gab ich vor, es schreckten mich des Sonnengottes Bohrmaschinenstrahlen. Mein zartes Talent bedürfe des Beistands nördlichen Lichts. Irgendwas vorne raus zu machen . . .? Aber nein. Und so schleppte ich mich emsig weiter zu Nummer 55, wo im Vorgarten eine Araukarie mit ihren Affenschwanzästen schaukelte und die Fenster an einem schmerzhaften Glaukom litten. Das Friedhofstor, das überdachte, knarrte und ließ seine prikkelnde Rostsignatur an der Hand zurück (ich bring das in Ordnung, Ma'am!); die Glocke klingelte überhaupt nicht, es sei denn, der Daumendruck kam schräg von Nordnordwest. Mrs Dyer war winzig klein; der Kopf saß ihr auf dem Rückgrat wie eine Sonnenblume auf dem Stengel; und ihre Haare hatten die Albinophase hinter sich und wiesen nun die Farbe eines Gitane-gegerbten Zeigefingers auf. Sie hatte ein Zimmer, nach Norden heraus; früher hatte sie sich auch gern »Kino angeguckt«, aber dann ließen ihre Augen nach; sie wollte kein Geld im voraus. Ich hielt das nicht aus. Eine Hälfte von mir wollte sagen: Trauen Sie mir nicht, Sie kennen mich nicht, es ist gefährlich für Sie Leuten aufs Wort glauben, wo Sie so zerbrechlich sind und ich so robust; die andere Hälfte wollte sagen: Ich liebe Sie, kommen Sie mit mir, setzen Sie sich auf meinen Schoß, ich werde Sie nie vergessen. Wo Sie so erfüllt sind von Ihrer Vergangenheit, ich so erfüllt von meiner Zukunft.

Statt dessen sagte ich: »Wenn Sie wollen, repariere ich Ihr Gartentor.«

»Das ist vollkommen in Ordnung«, gab sie ziemlich bestimmt zurück, und ich empfand eine unaussprechliche Zärtlichkeit für sie.

Und hier bin ich nun, eine Woche später, hoch droben im Schirm meines Affenschwanzbaums, blicke hinaus auf die dunkel werdende Straße und warte, daß meine Liebste nach Hause kommt. Bald wird sie dasein mit ihrem Vorrat an waffelgemusterten Küchentüchern, ihrer Milch und Butter, ihren Konfitüren und Marinaden, Broten und Fischen; mit ihrem saftig-grünen Spülmittel und einer Riesenpackung von Stus ekelhaften Frühstücksflocken, die er dann jeden Morgen lustig schüttelt wie ein Paar Rumbakugeln. *Sch-tschag-a-tschag. Sch-tschag-a-tschag-tschag.* Wie soll ich mich zurückhalten? Wie mich beherrschen, daß ich mich nicht durchs Geäst schwinge, um ihr beim Entladen ihres Autochens behilflich zu sein?

Brote und Fische. Ich möchte wetten, Stuart sieht im Prinzip eine gute kleine Einkäuferin in ihr. Für mich hingegen wirkt sie Wunder.

Gillian   Ich hab gerade das Auto ausgepackt, da ging das Telefon. Ich hab es im Haus hören können. Ich hatte in jeder Hand eine Tragetasche, Brot unter dem Arm, die Hausschlüssel im Mund, die Autoschlüssel noch in der Tasche. Ich hab die Autotür mit dem Fuß zugestoßen, eine Tasche abgestellt, das Auto abgeschlossen, die Tasche genommen, bin den Weg hochgerannt, vor der Tür stehengeblieben, hab das Brot fallenlassen, dann meine Hausschlüssel nicht finden können, die Taschen abgestellt, mich erinnert, daß ich die Schlüssel im Mund hatte, die Tür aufgemacht, bin reingerannt, und da hat das Telefon aufgehört.

Eigentlich war es mir egal. Was mich früher geärgert hat, ärgert mich jetzt nicht mehr so, und selbst ganz langweilige Dinge, wie Einkaufengehen, machen fast schon Spaß. Sollen wir das mal probieren? Ob Stuart wohl Süßkartoffeln mag? Und so weiter. Ganz gewöhnliche Dinge.

Da ging das Telefon wieder. Ich nahm ab.

»Entschuldigung.«

»Wie bitte?«

»Entschuldigung. Oh, hier ist Oliver.«

»Hallo Oliver.« Das war wieder Das Energische Kleine Fräulein. »Wofür entschuldigst du dich?«

Ein Schweigen trat ein, als hätte ich ihm eine sehr tiefsinnige Frage gestellt. Dann sagte er: »Oh, äh, ich dachte, du hast bestimmt zu tun. Entschuldigung.«

Auf einmal brach in der Leitung ein Geknatter aus, und dann rauschte es. Er klang ganz weit weg. Ich dachte, er sei vielleicht weggelaufen und riefe jetzt an, um sich für seine früheren Anrufe zu entschuldigen.

»Oliver, wo bist du?«

Wieder ein langes Schweigen. »Oh, ich könnte überall sein.«

Auf einmal hatte ich so eine Vision, er hätte eine Überdosis genommen und riefe an, um sich zu verabschieden. Wieso sollte ich das denken?

»Ist alles in Ordnung bei dir?«

Dann wurde seine Stimme wieder klar. »Mir geht's prächtig«, sagte er. »Mir geht's besser, als es mir seit langem gegangen ist.«

»Schön. Stuart hat sich Sorgen gemacht um dich. Wir haben uns beide Sorgen gemacht.«

»Ich liebe dich. Ich werde dich immer lieben. Es hört niemals auf.«

Ich hab aufgelegt. Was hätten Sie getan?

Ich versuche andauernd herauszukriegen, ob ich ihn je ermuntert habe. Ich hatte nie die Absicht. Warum hab ich ein schlechtes Gewissen? Es ist ungerecht. Ich habe nichts getan.

Ich hab ihm den Gedanken ausgeredet, mit mir einkaufen zu gehen. Vielmehr, ich hab ihm einfach gesagt, daraus würde nichts. Jetzt sagt er, er will kommen und mir bei der Arbeit zusehen. Ich hab ihm gesagt, ich würd's mir überlegen. Von jetzt an werde ich sehr bestimmt und direkt und geschäftsmäßig zu Oliver sein. Dann begreift er schon, daß es keinen Zweck hat, herumzukaspern und so zu tun, als sei er in mich verliebt. Aber Stuart sag ich nichts. Vorläufig nicht, hab ich beschlossen, vielleicht nie. Ich glaube, er wäre geradezu . . .

zerschmettert. Oder er würde zu viel darüber nachdenken. Und wenn Oliver mich besuchen will – was vielleicht eine gute Idee ist, wenn ich ihn ein bißchen zur Vernunft bringen kann –, dann tu ich's nur, wenn ich das vorher mit Stuart geklärt habe.

Genau. Das werd ich tun. Das ist meine Entscheidung.

Aber ich weiß, warum ich ein schlechtes Gewissen habe. Vielleicht haben Sie es erraten. Ich hab ein schlechtes Gewissen, weil ich Oliver anziehend finde.

Mrs Dyer Er ist ein sehr liebenswürdiger junger Mann. Ich hab gern junge Leute im Haus. Ich hab gern ein bißchen Kommen und Gehen. Er schreibt etwas fürs Kino, sagt er. Hat mir eine Freikarte für die Premiere versprochen. Sie haben das Leben noch vor sich, die jungen Leute, das gefällt mir so an ihnen. Er hat angeboten, das Gartentor in Ordnung zu bringen, aber das hat doch keinen Sinn. Das macht's noch mindestens so lange wie ich.

Neulich bin ich vom Einkaufen zurückgekommen, und da hab ich ihn aus seinem Auto aussteigen sehen. Ich war in der Barrowclough Road, beim Stadtbad. Er ist aus seinem Auto ausgestiegen und hat es abgeschlossen und ist vor mir weggegangen. Als ich heimkam, war er schon in seinem Zimmer und hat fröhlich vor sich hin gepfiffen. Ich möchte nur wissen, warum er sein Auto in der Barrowclough Road abgestellt hat. Das ist zwei Straßen weiter, und wir haben hier reichlich Parkplätze vor dem Haus.

Vielleicht schämt er sich für das Auto, das er da hat. Sogar ich konnte sehen, daß es vor sich hin rostet.

Oliver Ich war eine Spur mogadanal, aber das lag daran, daß ich eine Scheißangst hatte. Trotzdem, ich hab's getan, ich hab's bewiesen!

Ich hab sie zum Abendessen in meinen Hauptwohnsitz eingeladen, wo ich einen *tajine* mit Lamm und Aprikosen zubereitet hatte, dem ich mit einem kraftvollen australischen

Shiraz vom Mudgee River zugesetzt hatte. Eine ziemlich spritzige Kombination – spritziger als Stu und Gill, so viel steht fest. Angesichts dieser lebenden Heterogamie wurde ich anfallsweise ganz minimalistisch, was alles etwas verkrampft machte. Ich kam mir vor wie Eugen Onegin, wenn er zuhört, wie dieser lästige Prinz seine Tatjana besingt. Dann plauderte Gillian an Stuart aus, daß ich kommen und ihr bei der Arbeit zusehen wollte.

»Still, meine Teuerste«, flehte ich. »*Pas devant!*«

Aber Stuart ist heutzutage so überschäumend, so verdammt *méthode champenoise,* daß ich vor seiner Frau auf die Knie hätte fallen können, und er hätte meine Erklärung akzeptiert, daß ich ihr den Saum abstecken wollte. »Prima Idee«, sagte er. »Hatte ich auch immer mal vor. Sehr pikant das hier«, fuhr er fort (nicht auf die knackige Gill anspielend). »Ist das Kalb?«

Nach dem Kaffee tat ich mein Verlangen nach Morpheus' wolliger Armbeuge kund, und sie verzogen sich. Ich gab ihnen drei Minuten Vorsprung, dann ließ ich bogartesk meine Schrottmühle aufheulen. (In Wirklichkeit mußte ich meinen ungnädigen und hartleibigen Motorblock umschmeicheln und umkosen, bis er ein widerwilliges Fünkchen von sich gab. Doch andererseits, ist das Leben nicht genau wie Autofahren?) Nun bildet Stuart, mußt du wissen, sich stinkig was darauf ein, daß er seinen Weg durch London findet, ohne auch nur eine Buslinie zu kreuzen – bei seiner Fahrerei gibt es nichts als kilburnartige Abkürzungen und treffliche Tauchmanöver durch stolperschwellenstrotzende Seitenstraßen. Ollie hingegen hat zufällig erkannt, daß es heutzutage in London keine Abkürzung mehr gibt: Die Seitenstraßen sind sämtlich von Meisterkartographen wie Stu verstopft, benzinknickrigen Anhängern von Schleichwegen und Schlupflöchern, die ihren Oldsmobile Mantra in ausgefuchste Spitzkehren werfen wie Trainer auf dem Schleuderkurs. Was Ollie alles vorhergesehen hat, und so braust er mit seinem Kaputtmobil (eindeutig kein Lagonda!) fröhlich die Bayswater Road runter, brettert Piccadilly hoch, geht auf der leeren Euston Road sogar vom Gas, um der Konkurrenz eine sportliche Chance zu geben.

Ich hatte Zeit, Mrs Dyer ein Privatissimum über die weniger

gelungenen Komödien von Norman Wisdom zu halten, bevor ich mich in mein Zimmer verzog, pfeifend wie einer, den jähe nächtliche Erleuchtung packt. Dann machte ich das Licht aus und ließ mich am Fenster inmitten der Flaschenbürstenwedel des Affenschwanzbaums nieder. Wo waren sie? Wo waren sie? War die Kröte in einer schweflichten Sackgasse gekentert? Wenn er . . . Doch ah, da ist das Rotgußglitzern, das ich suche. Und dort ist ihr Profil, so herzzerreißend ahnungslos . . .

Das Auto hielt. Stuart sprang heraus und taperte tolpatschig zu Gillians Tür hinüber. Als sie ausstieg, wühlte er sich in sie hinein wie ein nistendes Tier.

Ein Anblick, bei dem mir die Eingeweide zerfließen. Kaum war mir noch nach Spötteleien zumute, als ich später in der Nacht nach Hause fuhr.

Gillian Er war sehr ruhig. Ich war aufgeregt. Ich hab vermutlich erwartet, daß er über mich herfällt oder so. Er hat das auf dem kleinen Schemel aufgestellte Radio gesehen und mich gefragt, ob ich es bei der Arbeit spielen lasse. Ich hab gesagt, ja.

»Dann laß es spielen«, sagte er ruhig.

Es gab eine haydnartige Sonate, ein sanftes Klavier, das Figuren rauf und runter spielte, die man so halb vorausahnen konnte, auch wenn man das Stück noch nie gehört hatte. Ich fing an, mich ein bißchen zu entspannen.

»Sag mir, was du da machst.«

Ich hielt inne und drehte mich um.

»Nein«, hat er gesagt. »Rede einfach mit mir, während du es machst.«

Ich hab mich wieder an das Bild gesetzt. Es war eine kleine Winterszene – die Themse von Ufer zu Ufer zugefroren, Leute beim Schlittschuhlaufen und Kinder, die um ein Feuer auf dem Eis herum spielen. Recht fröhlich, und recht verdreckt, nachdem es jahrhundertelang im Bankettsaal eines Gildehauses in der City gehangen hatte.

Ich erläuterte, daß man Tests unter der Rahmenkante macht, daß man mit Spucke auf einem winzigen Tupfer an-

fängt und sich dann durch verschiedene Lösungsmittel hoch-
arbeitet, wie man das richtige Lösungsmittel für die Lasur
findet. Daß die Lasur sich über das Bild hinweg verändern
kann. Daß manche Pigmente leichter abgehen als andere (Rot-
und Schwarztöne kommen mir immer leichter löslich vor,
wenn ich mit Ammoniak reinige). Daß ich meist mit den
langweiligen Stücken wie dem Himmel anfange und mich
dann später mit einem interessanten Teil wie einem Gesicht
oder einer weißen Stelle belohne. Daß das ganze Vergnügen
im Säubern liegt und so gut wie gar keins im Retuschieren
(das überraschte ihn). Wie alte Farbe aushärtet, so daß ein
Gemälde aus dem 17. Jahrhundert tatsächlich viel leichter zu
säubern ist als eines aus dem 19. Jahrhundert (das überraschte
ihn auch). Und während ich redete, wischte ich die ganze Zeit
mit meinen Tupfern über die zugefrorene Themse hin und her.

Nach einer Weile hörten die Fragen auf. Ich arbeitete
weiter. Regen fiel leise gegen das Fenster. Das Klavier machte
seine Figuren in der Luft. Die Spirale an dem elektrischen
Heizofen summte von Zeit zu Zeit. Oliver saß hinter mir,
schweigend, beobachtend.

Es war sehr friedlich. Und er hat mir kein einziges Mal
erzählt, daß er mich liebe.

Stuart Ich glaube, es ist eine ausgesprochen gute Idee,
wenn Oliver Gillie ab und zu so besucht. Er braucht jemand,
der beruhigend auf ihn einwirkt. Ich nehme an, er kann mit ihr
auf eine Art reden, wie er mit mir nicht reden kann.

»Er kommt wohl vorbei, nachdem er bei Rosa gewesen ist«,
hab ich gesagt.

»Bei wem?«

»Rosa. Das Mädchen, wegen dem er gefeuert wurde.« Gill
gab keine Antwort. »Ja, spricht er mit dir denn nicht über sie?
Ich hatte gedacht, das täte er.«

»Nein«, sagte sie. »Er spricht mit mir nicht über Rosa.«

»Na, du solltest ihn mal fragen. Wahrscheinlich will er das,
kann sich aber nicht überwinden.«

Oliver Es ist wundervoll. Ich gehe hin und sitze da, während sie arbeitet. Das hungrige Auge saugt ihren gedrungenen Krug voller Pinsel in sich auf, ihre Lösungsmittelflaschen – Xylol, Propanol, Aceton –, ihre Gläser mit munteren Pigmenten, ihre Gemälderestauratoren-Spezialwatte, die sich mit neckischer Banalität bloß als preiswerte Meterware von Pretty erweist. Sie sitzt mit einer sanften Krümmung vor ihrer Staffelei und tupft sachte drei Jahrhunderte aus einem ungnädigen Londoner Himmel fort. Drei Jahrhunderte wovon? Von gelbsüchtigem Firnis, Holzfeuerqualm, Fett, Kerzenwachs, Zigarettenrauch und Fliegenschiß. Nein, ohne Kohl. Was ich als ferne Vöglein dekonstruierte, aus kurzem, das Detail versagenden Handgelenk in einen trüben Himmel getüpfelt, erwies sich als – Fliegenschiß. Die oben aufgeführten Lösungsmittel lassen, das könnte dich vielleicht interessieren, *mouche*-Exkremente völlig unbeeindruckt, solltest du dich also in deinem eigenen häuslichen Leben mit diesem Problem konfrontiert sehen, dann nimm Sputum oder Ammoniak, und wenn das nichts nützt, mußt du die Würstchen mit dem Skalpell wegnehmen.

Ich hatte mir vorgestellt, das Reinigen sei ein eintöniger Trott und das Retuschieren ein Quell der Freude, doch offenbar ist es *vice versa* und *tête-bêche*. Ich forschte Gillian weiter nach dem Born ihrer beruflichen Erfüllung aus.

»Wenn du beim Abnehmen der Deckschicht etwas findest, von dem du nicht wußtest, daß es da ist, das ist das Schönste. Wenn du siehst, wie etwas Zweidimensionales sich allmählich in etwas Dreidimensionales verwandelt. Wie etwa, wenn die Modellierung in einem Gesicht langsam zum Vorschein kommt. Zum Beispiel freue ich mich darauf, *diese* Stelle hier zu machen.« Sie deutete mit ihrer Tupferspitze auf eine Kindergestalt, die auf dem Eis schlitterte und mit den Händen furchtsam einen Stuhl umklammert hielt.

»Dann mach es doch. *Aux armes, citoyenne.*«

»Ich hab es mir noch nicht verdient.«

Siehst du, wie heutzutage alles einen Sinn hat, wie alles widerhallt in dieser Welt? Das ist die Geschichte meines Lebens. Du entdeckst etwas, von dem du nicht wußtest, daß es da ist. Zwei Dimensionen weichen dreien. Du freust dich über die Modellierung in den Gesichtern. Aber du mußt es dir alles verdient haben. Also gut, ich werd es mir verdienen.

Ich fragte sie, woher sie wüßte, wann ihr ganzes Tupfen und Wischen mit preiswerter Meterware von Pretty seine Läuterungsaufgabe erfüllt hätte.

»Ach, das wird wohl noch etwa vierzehn Tage dauern.«

»Nein, ich meine, wie *merkst* du, wann du fertig bist?«

»Irgendwie merkt man das.«

»Aber es muß doch einen Punkt geben . . . wenn du den ganzen Dreck und die Lasur und die Deckschichtkrümel abgespritzt hast und deine Moschusdüfte Arabiens ihr Werk vollbracht haben und du an den Punkt kommst, wo du *weißt,* was du vor dir siehst, ist das, was der Kerl vor sich gesehen haben dürfte, als er vor Jahrhunderten aufhörte zu malen. Die Farben genau so, wie er sie hinterlassen hat.«

»Nein.«

»Nein?«

»Nein. Man geht zwangsläufig ein kleines bißchen zu weit oder nicht weit genug. Es gibt keine Möglichkeit, es *genau* zu wissen.«

»Du meinst, wenn du dieses Bild in vier Teile schneidest – was eine ausgesprochen menschenfreundliche Tat wäre, wenn du meine Meinung hören willst – und es vier verschiedenen Restauratoren gibst, dann würden die alle an einem anderen Punkt aufhören?«

»Ja. Ich meine, es ist klar, daß sie es alle annähernd auf den gleichen Stand bringen würden. Aber es ist eher eine künstlerische als eine wissenschaftliche Entscheidung, wann man aufhört. Es ist etwas, das man im Gefühl hat. Es gibt kein ›wahres‹ Bild da unten, das auf seine Entdeckung wartet, wenn du das meinst.«

Das meine ich, o ja, das meine ich. Ist das nicht wundervoll? O glanzvolle Relativität! *Es gibt kein ›wahres‹ Bild da unten, das auf seine Entdeckung wartet.* Was ich immer über das Leben an sich gesagt habe. Wir können schaben und spucken und tupfen und reiben bis zu dem Punkt, wo wir verkünden, daß die Wahrheit klar und deutlich vor uns steht, dank Xylol und Propanol und Aceton. Da – kein Fliegenschiß! Aber das stimmt gar nicht! Da steht bloß mein Wort gegen das von allen anderen!

Mrs Dyer   Und dann tut er noch was. Er führt Selbstgespräche in seinem Zimmer. Ich hab ihn gehört. Man sagt, diese kreativen Menschen sind leicht ein bißchen spinnert. Aber er hat jede Menge Charme. Ich hab zu ihm gesagt, wenn ich fünfzig Jahre jünger wäre. Und er hat mir einen Schmatz auf die Stirn gegeben und gesagt, er würde mich in der Hinterhand behalten, falls er nie bis zum Traualtar kommt.

Oliver   Ich hab dir doch gesagt, ich bringe Ordnung in mein Leben. Dieser Quatsch mit dem Training war ein bißchen geflunkert, das geb ich zu – ich würd bestimmt schon mit Joggernippeln zusammenbrechen, wenn ich nur in meine Nikes steige. Aber in anderer Hinsicht . . . Guck mal, ich muß zweierlei machen. Erstens sicherstellen, daß ich jeden Nachmittag, Montag bis Freitag, frei habe, für den Fall, daß ich bei ihr sein darf. Zweitens genug Geld verdienen, daß ich sowohl mein babylonisches Appartement im Westen als auch meinen spartanischen Unterschlupf im Norden unterhalten kann. Und die Antwort – *sapristi!* – heißt: Ich arbeite am Wochenende. Von allem anderen abgesehen, lenkt mich das von dem Wombat von Stoke Newington und seinem buschigen kleinen Schlafsaal ab.

Ich hab die Arbeitsstelle gewechselt. Ich arbeite jetzt in Mr Tim's College of English. Irgendwas an der Bezeichnung läßt dem Verdacht freien Lauf, daß Mr Tim selbst, sozusagen, kein Engländer ist. Doch ich vertrete den humanitären Standpunkt, dies gestatte Mr Tim, um so größeres Verständnis und Mitgefühl mit den babylonischen Zungen walten zu lassen, die sich seiner Gnade anvertrauen. Bislang ist das College noch nicht amtlich als English Language School anerkannt – Mr Tim ist durch seine seelsorgerischen Pflichten derart in Anspruch genommen, daß er einfach nie dazu kommt, den

Segen des British Council zu beantragen (selbst die ordinäre Shakespeare School hatte die Anerkennung erlangt). Infolgedessen sind unsere Kurse nicht von Saudischen Prinzlein überlaufen. Weißt du, wie manche von den Kids die Teilnahmegebühren aufbringen? Sie laufen die wimmelnden Hauptstraßen der Londoner Innenstadt rauf und runter und verteilen an Ebenbilder und Doppelgänger Handzettel mit Werbung für Mr Tim's College of English. Da nährt sich der Fisch von seinem eigenen Schwanz. Mr Tim nimmt, nebenbei gesagt, die neumodische Idee des Sprachlabors nicht zur Kenntnis; ebensowenig ist er der altertümlichen Vorstellung einer Bibliothek mit Büchern verhaftet; noch weniger glaubt er daran, Studenten mit unterschiedlichen Kenntnissen voneinander zu trennen. Entdeckst du da einen Hauch moralischen Eiferns, das auf der ansonsten durchsichtig-klaren Weltanschauung von Oliver Russell häßliche Wellen schlägt? Vielleicht schon. Vielleicht hab ich nicht nur die Arbeitsstelle gewechselt. Übrigens, EFL. Keiner sieht den Witz. *English as a Foreign Language* – Englisch als Fremdsprache. Nein? Ich mach mal einen Satz draus: »Ich unterrichte Englisch als Fremdsprache.« Schau mal, der Punkt ist, wenn man das so unterrichtet, dann ist es kein Wunder, daß die meisten von unseren Absolventen sich nicht mal eine Busfahrkarte nach Bayswater kaufen können. Warum unterrichten die nicht Englisch als Englisch, das würd ich gern mal wissen.

Entschuldigung. Ich wollte nicht so vom Leder ziehen. Jedenfalls, ich brauchte Mr Tim nur meine würzig gefälschte Referenz von der Hamlet Academy vor die Nase zu halten, und schon war ich auf die vor ihren Tischen kauernden kosmopolitischen *virginibus puerisque* losgelassen. Der Goldmoidorefaktor ist nicht mehr ganz, was er mal war, da Mr Tim ein ausgesprochener Pennyficker ist. Widerwillig aus seiner Brieftasche abgedrückte £5.50 pro Stunde gegenüber den generösen £8 an der Shakespeare School. Bei dem Tarif muß der arme Ollie bald putzen gehen.

Warum, forschte Mr Tim mit einem Akzent wie ein seidenes Ebenbild von einem Inuit, der auf einem Berlitz-Tonband herumkaut, warum wollte ich die Nachmittage freihaben?

Also kam wieder einmal der arme alte Herr Vater zur Rettung herbeigeritten. Sind uns nah wie Achilles und Patroklos, wir beide (wohl wissend, daß das Anzügliche dieser Analogie Mr Tim entgehen würde). Muß ihm dorten eine Seniorenlagerstätte finden mit Panoramafenster und Blick auf den Hain uralter Buchen, die waldige Schlucht, den plätschernden Bach, den Wünschelbrunnen, die grünende Flur . . . Soll das Alte Schwein ruhig herausfinden, daß Bosch nicht übertrieben hat und daß Bruegels *Triumph des Todes* eine Pastellskizze war verglichen mit dem, was Sache ist. Aber laß mich nicht *davon* anfangen, ich *bitte* dich.

Und an den Nachmittagen, wenn ich darf, geh ich zu ihr und sitze mit ihr zusammen. Das Tupfen des Läppchens, das Kitzeln des Pinsels, das Summen des Ofens (diese Elektrospirale macht mich jetzt schon so sentimental), die Zufallstreffer von Radio 3 und ihr Viertelprofil, wenn sie von mir abgewandt dasitzt, das Haar hinter ein läppchenloses Ohr zurückgesteckt.

»Das mit Rosa stimmt nicht, oder?« hat sie gestern gefragt.

»Was stimmt nicht?«

»Daß sie hier irgendwo in der Nähe wohnt und du sie da besuchst?«

»Nein, das stimmt nicht. Ich hab sie nicht mehr gesehen, seit . . . seit damals . . .« Mehr konnte ich nicht sagen. Ich war verlegen – ein Geisteszustand, der, wie dir vielleicht schon aufgefallen ist, in der Psyche von Oliver Russell etwa so häufig ist wie das Erscheinen des Halleyschen Kometen. Ich wollte mich nicht gern an die erbärmliche Gavotte erotischer Verständnislosigkeit erinnern, die ich einst getanzt hatte, wollte nicht gern einen Vergleich anstellen – mir vorstellen, Gill könnte einen Vergleich anstellen – zwischen meinem Zusammensein in einem Raum mit *ihr hier* und meinem Zusammensein in einem Raum mit *einer anderen dort*. Ich war . . . verlegen. Was soll ich noch sagen? Außer, daß dieser Zustand nur deshalb angetrampelt kam, weil ich mir vorgenommen habe, Gill die ungeschminkte Wahrheit zu sagen. Da, kein Make-up! Ollies Pfadfinderehrenwort, Hand aufs Herz und nicht gelogen.

Es ist ansteckend. Ich gehe da hin, und ich sitze in ihrem Zimmer, und wir sind ganz still, ich mach nicht den verfickten Affen, ich rauche nie, und wir sagen einander die Wahrheit. Nn-nn-*nnn*. Höre ich Geigenklänge? Das beschwingte Gekratze einer Zigeunerweise, die wie gerufen vorbeikommende Blumenverkäuferin, das traurige kerzenbeschienene Lächeln des sachte neidischen Streichholzmädchens? Nur zu, bring mich noch mehr in Verlegenheit, Ollie kann das vertragen, er gewöhnt sich langsam daran.

Sieh mal, ich weiß doch, ich bin bekannt dafür, daß ich die Wahrheit mit mehr als dem traditionellen britischen Beiwerk auftische. Zwei Gemüse und Oxo-Soße ist nicht mein Stil. Aber bei Gillian sieht die Sache anders aus.

Und dann hab ich da diese wahrhaft pikante Metapher entdeckt. Im Universum der Gemälderestaurierung – ich spreche mit neuerworbenem, doch hingebungsvollem Sachverstand – ändern sich die Moden gern. Mal heißt es den Topfkratzer raus und schrubben, schrubben, schrubben. Im nächsten Augenblick heißt es mit dem Malerpinsel retuschieren, eine Ladung Pigment in jede Ritze und so weiter. Das aktuelle Zauberwort heißt *Reversibilität*. Das bedeutet (es macht doch nichts, wenn ich die Sache eine Idee simplifiziere?), die Restauratorin soll stets nur das tun, von dem sie weiß, daß es später von anderen ungetan gemacht werden kann. Sie muß sich eingestehen, daß ihre Gewißheiten nur vorübergehender Art sind, ihre Endgültigkeiten provisorisch. Also: Ein assagaischwingender Soziopath hat in dem festen Glauben, es würde ein verwerflicher Akt der Gesetzgebung aufgehoben, sobald er ein wertvolles Meisterwerk vandalisiert, deinen Uccello zerspießt. Hier in der Kunstklinik wird die Wunde geflickt, die Narben und Furchen werden moltofilliert, und jetzt soll das Retuschieren beginnen. Was tut die Restauratorin zuerst? Sie benutzt einen *Isolierlack,* um sicherzustellen, daß die Farbe, die sie aufträgt, zu einem späteren Zeitpunkt ohne Schwierigkeiten entfernt werden kann – wenn es, zum Beispiel, Mode ist, die historischen Wechselfälle des Gemäldes ebenso zur Schau zu stellen wie seine ästhetische Fracht. Eben dies verstehen wir unter *Reversibilität*.

Siehst du nicht, wie das alles aufgeht? Ist das nicht pikant? Du hilfst doch, die Kunde zu verbreiten, nicht wahr? Unser heutiger Text lautet: *Lasset uns ungetan machen, was wir nicht hätten tun sollen, und das Heil ist unser.* Reversibilität. Ich bin schon dabei, die Versorgung aller Kirchen und Standesämter mit Isolierlack zu organisieren.

Als sie meinte, es sei Zeit zu gehen, hab ich ihr gesagt, daß ich sie liebe.

Gillian Das geht so nicht weiter. Es läuft nicht so, wie ich mir gedacht hatte. Eigentlich sollte er vorbeikommen und mir seine Probleme erzählen. Aber nun stellt sich heraus, daß meistens *ich* rede. Er sitzt einfach nur da, ganz still, und sieht mir bei der Arbeit zu und wartet, daß ich rede.

Normalerweise habe ich im Hintergrund das Radio an. Man kann darüber hinweghören, wenn man sich konzentrieren muß. Ich hätte nie geglaubt, daß ich arbeiten könnte, wenn jemand wie Oliver dabei ist, aber es geht.

Manchmal wünschte ich, er würde einfach mal über mich herfallen. So, Oliver, raus mit dir, Stuarts bester Freund, jetzt reicht's aber, *raus.* Aber das tut er nicht, und ich bin mir immer weniger sicher, daß ich so reagieren würde, wenn er es täte.

Als er sich heute verabschiedete, hab ich gesehen, daß er den Mund aufmachte und mich so auf diese Art anschaute.

»Nein, Oliver«, hab ich, Das Energische Kleine Fräulein, gesagt. »Nein.«

»Ist schon gut. Ich liebe dich nicht.« Sein Gesichtsausdruck hat sich aber trotzdem nicht geändert. »Ich liebe dich nicht. Ich bete dich nicht an. Ich will nicht immer bei dir sein. Ich will keine Affäre mit dir haben. Ich will dich nicht heiraten. Ich will dir nicht für immer zuhören.«

»Raus.«

»Ich liebe dich nicht. Ist schon gut.« Er machte langsam die Tür zu. »Ich liebe dich nicht.«

Oliver Der Affenschwanzbaum schwingt seine knotigen

Finger gegen den Abendhimmel. Regen fällt. Autos rauschen vorüber. Ich stehe am Fenster. Ich schaue zu und warte. Ich schaue zu und warte.

Stuart   Ich kann das nicht so recht glauben. Ich kann noch nicht mal recht sagen, was »das« ist.

Ist es »nichts« (wie Gill beteuert), oder ist es »alles«?

Wie sagen sie noch gleich, diese verdammten Klugscheißer, deren Weisheiten von einer Generation zur anderen weitergegeben werden? Der Ehemann vermutet es immer als erster und erfährt es als letzter.

Egal, was passiert . . . egal, was passiert, mich wird es treffen.

Übrigens, möchten Sie eine Zigarette?

Gillian   Die beiden anderen, die wollen beide nur eins, daß ich bei ihnen bin. Ich will zweierlei. Oder vielmehr, ich will verschiedenes zu verschiedenen Zeiten.

Mein Gott, gestern hab ich Oliver angesehen, und da hatte ich diese merkwürdige Idee. Ich möchte dir die Haare waschen. Einfach so. Plötzlich war ich ganz durcheinander. Seine Haare waren nicht schmutzig – sie waren vollkommen sauber und flogen sogar. Sie sind wunderbar schwarz, Olivers Haare. Und ich konnte es direkt sehen, wie ich sie wasche, während er in der Badewanne sitzt. Ich hab noch nie daran gedacht, das bei Stuart zu machen.

Ich bin die in der Mitte, diejenige, die tagtäglich dem Druck ausgesetzt ist. Mich wird es treffen.

Oliver   Warum krieg ich immer die Schuld? Ollie der Herzensbrecher, Ollie der Ehebrecher. Windhund, Blutsauger, falsche Schlange, Schmarotzer, Räuber, Aasgeier, Dingo. Alles falsch. Ich will dir sagen, wie ich mir vorkomme. Lach nicht. Ich bin eine verfickte Motte, die mit dem Kopf gegen ein verficktes Fenster knallt. Doing, doing, doing. Das matte gelbe Licht, das auf dich so mild wirkt, mir aber die Eingeweide versengt.

Doing, doing, doing. Mich wird es treffen.

11: Liebe &c.

Oliver Inzwischen ruf ich sie jeden Tag an und sag ihr, daß ich sie liebe. Jetzt legt sie nicht mehr gleich auf.

Stuart Sie müssen Geduld haben mit mir. Ich hab keinen so sprühenden Geist wie mein Freund Oliver. Ich muß mich immer Schritt für Schritt vortasten. Aber letztendlich komme ich auch an.

Sehen Sie, neulich kam ich früher als sonst von der Arbeit nach Hause. Und als ich in unsere Straße – *unsere* Straße – einbog, sah ich von weitem Oliver, und er ging auf mich zu. Ich hab gewunken, mehr so instinktiv, aber er hatte den Kopf gesenkt und hat mich nicht gesehen. Er war noch knapp 40 Meter weit weg und ganz in Eile, da fischte er plötzlich einen Schlüssel aus der Tasche und ging in ein Haus rein. Ein Haus auf der Straßenseite uns gegenüber, das mit einem Affenschwanzbaum davor. Da wohnt so eine alte Glucke. Bis ich da ankam – es war Nummer 55 –, war die Tür schon zu. Ich hab meinen Heimweg fortgesetzt, hab die Tür aufgeschlossen, mein übliches fröhliches Horrido losgelassen und angefangen nachzudenken.

Der nächste Tag war ein Samstag. Ich weiß, daß Oliver samstags zu Hause Unterricht gibt. Ich hab mir eine Sportjacke angezogen, ein Klemmbrett und einen Kuli aufgetrieben, und dann bin ich rüber zu Nummer 55. Ich war, verstehen Sie, vom Bezirksamt, eben dabei, unsere Unterlagen in Ordnung zu bringen für die neue Gemeindeabgabe oder Kopfsteuer und bei jedem Haus die Bewohner nachzuprüfen. Die kleine alte Dame wies sich als Mrs Dyer aus, Hausbesitzerin.

»Und hier ist noch ein . . .« – von meinem Klemmbrett ablesend – »Nigel Oliver Russell wohnhaft?«

»Ich wußte nicht, daß er Nigel heißt. Mir hat er gesagt, er heißt Oliver.«

»Und eine Rosa . . .« Ich brabbelte einen ausländischen Namen, der irgendwie spanisch klingen sollte.

»Nein, hier wohnt niemand, der so heißt.«

»Oh, tut mir leid, da bin ich wohl beim Lesen in die falsche Zeile gekommen. Also nur Sie und Mr Russell?«

Sie bejahte. Ich machte mich auf den Weg. Sie rief hinter mir her: »Keine Sorge wegen dem Gartentor. Das macht's noch mindestens so lange wie ich.«

Gut. Das war der Ausgangspunkt. Oliver hatte sich neulich abends nicht die Tür zu Rosas Wohnung aufgeschlossen.

Jetzt müssen wir die nächste Möglichkeit ausschließen. Am Sonntagmorgen ist Gillian wieder nach oben gegangen zum Arbeiten, weil sie dem Museum versprochen hat, daß sie dieses Landschaftsbild mit der zugefrorenen Themse Ende nächster Woche wiederkriegen. (Haben Sie das übrigens gesehen? Es ist ganz hübsch, finde ich, genau wie ein Bild sein sollte.) Nun gibt es in ihrem Atelier keinen Telefonanschluß. Wir haben da absichtlich keinen legen lassen, damit sie oben ungestört ist. Von unten, zwei Stockwerke weit weg, hab ich Oliver angerufen. Er war mitten in einem Konversationskurs, wie er sich ausdrückte – das heißt, da ist irgendeine arme Schülerin auf eine Tasse Kaffee gekommen, er quatscht ihr was über die Fußballweltmeisterschaften oder so vor und knöpft ihr einen Zehner ab. Nein, nicht die Fußballweltmeisterschaften, wie ich Oliver kenne. Er läßt die Leute wahrscheinlich einen illustrierten Sex-Leitfaden übersetzen.

Jedenfalls, ich bin gleich zur Sache gekommen und hab gesagt, das sei uns doch glatt entfallen, wir seien längst nicht gastfreundlich genug, aber wenn er das nächste Mal hier oben in unserer Gegend sei und Rosa besuche, ob er da nicht mit ihr zum Essen kommen wolle?

»*Pas devant*«, kam die Antwort, »*c'est un canard mort, tu comprends?*« Na ja, ich weiß nicht mehr ganz genau, was er gesagt hat, aber es war bestimmt so etwas verdammt Irritierendes in der Art. Ich hab wieder auf Dröger Alter Stuart gemacht, und er fühlte sich bemüßigt zu übersetzen. »Wir sehen uns zur Zeit nicht mehr so oft.«

»Oh, das tut mir aber leid. Wieder mal mitten ins Fettnäpfchen getreten. Na, dann eben nur du, irgendwann demnächst?«

»Mit Vergnügen.«

Und dann hab ich aufgelegt. Ist Ihnen aufgefallen, wie Leute wie Oliver immerzu sagen *Wir* sehen *uns* zur Zeit nicht mehr so oft? Eine durch und durch unaufrichtige Phrase. Es hört sich immer wie ein mordszivilisiertes Arrangement an, während es in Wirklichkeit nichts anderes heißt als: Ich hab sie fallenlassen, sie hat mich sitzenlassen, ich hab mich sowieso gelangweilt, sie geht lieber mit jemand anders ins Bett.

Damit war also Phase Zwei abgeschlossen. Phase Drei folgte beim Abendessen, wo ich konzentrierte Erkundigungen nach dem Wohlergehen unseres gemeinsamen Freundes Oliver anstellte, wobei ich stillschweigend davon ausging, daß Gillian ihn ziemlich oft sah. Dann fragte ich: »Bringt er das mit Rosa auf die Reihe? Ich dachte, wir könnten sie mal einen Abend zusammen einladen?«

Sie antwortete nicht gleich. Dann sagte sie: »Er redet nicht über sie.«

Ich ließ es dabei bewenden und beglückwünschte Gillian statt dessen zu den Süßkartoffeln, die sie noch nie gekocht hatte.

»Ich war neugierig, ob sie dir wohl schmecken«, sagte sie. »Freut mich, daß du sie magst.«

Nach dem Essen nahmen wir unseren Kaffee mit ins Wohnzimmer, und ich hab mir eine Gauloise angezündet. So was tu ich nicht sehr oft, und Gillian bedachte mich mit einem fragenden Blick.

»Wär schade, wenn sie verderben«, sagte ich. »Wo Oliver es jetzt aufgegeben hat.«

»Na, laß es bloß nicht zur Gewohnheit werden.«

»Hast du gewußt«, entgegnete ich, »daß es statistisch erwiesen ist, daß Raucher nicht so anfällig sind für die Alzheimersche Krankheit wie Nichtraucher?« Ich war ziemlich stolz auf diese obskure Information, die ich irgendwo aufgegabelt hatte.

»Das liegt daran, daß die Raucher alle sterben, bevor sie alt genug sind, um Alzheimer zu kriegen«, hat Gill gesagt.

Na ja, da mußte ich lachen. Gründlich geschlagen in einer Hinsicht.

Oft lieben wir uns Sonntag nachts. Aber aus irgendeinem Grund war mir nicht danach. Aus einem bestimmten Grund: Ich wollte über alles nachdenken.

Also. Oliver wird einmal frühmorgens dabei entdeckt, wie er in Stoke Newington Blumen kauft für Rosa, mit der er in der Nacht davor ein sexuelles Fiasko erlebt hat. Oliver, dem es dreckig geht, wird ermuntert, Gillian zu besuchen, wann immer er in der Gegend ist und zu Rosa geht. Daher macht er regelmäßige Besuche. Bloß daß Oliver nicht zu Rosa geht. Ja, wir haben keinerlei Beweise dafür, daß Rosa hier oben wohnt. Dagegen haben wir handfeste Beweise dafür, daß Oliver hier oben wohnt. Er hat bei Mrs Dyer in Nummer 55 ein Zimmer gemietet, und er besucht Stuarts Frau am Nachmittag, wenn Stuart sicher bei der Arbeit ist und das Geld verdient, um die Hypothek zu bezahlen.

WO TREIBEN SIE ES? BEI IHM ODER BEI IHR? TREIBEN SIE ES IN DIESEM BETT, IN EBENDIESEM BETT HIER?

Gillian Es ist so, manchmal lege ich den Hörer auf, und ich habe immer noch Olivers Stimme im Ohr, die mir sagt, daß er mich liebt, und . . . Nein, den Rest sollte ich Ihnen, äh, dir wohl nicht erzählen.

Stuart Ich werde nicht fragen. Vielleicht stimmt es ja nicht. Wenn es nicht stimmt, ist es eine Ungeheuerlichkeit, so etwas zu sagen. Und wenn es stimmt?

Ich hab wirklich nicht gedacht, daß mit unserem Sexualleben etwas nicht in Ordnung wär. Hab ich nicht gedacht. Will sagen, denke ich nicht.

Hör mal, das ist doch albern. Es ist doch *Oliver,* der sagt, er hätte sexuelle Probleme. Warum sollte ich annehmen – warum sollte ich auch nur den Verdacht haben –, er hätte ein Verhältnis mit meiner Frau? Es sei denn, er würde sagen, er hätte sexuelle Probleme, damit ich nicht mißtrauisch werde. Und es hat ja geklappt, nicht wahr? Was war das noch für ein altes Theaterstück, in dem Gillian und ich mal waren, wo so ein Typ tut, als wäre er impotent, und alle glauben ihm, und alle Männer lassen ihn ihre Frau besuchen? Nein, das ist lachhaft. Oliver ist nicht so, er ist nicht berechnend. Allerdings . . . wie könnte man mit der Frau seines besten Freundes ein Verhältnis haben, ohne berechnend zu sein?

Frag sie, frag sie.

Nein, frag sie nicht. Rühr nicht dran. Wart ab.

Wie lange geht das schon so?

Sei still.

Wir sind doch erst ein paar Monate verheiratet.

Sei still.

Und ich hab ihm noch einen großen Scheck gegeben.

Sei still. Sei still.

Oliver Sie hat da diesen Kamm. Diesen zartverstümmelten Kamm.

Wenn sie arbeitet, steckt sie sich zuallererst die Haare zurück. Da ist ein kleiner Kamm, den sie auf dem Schemel ablegt, wo das Radio steht. Diesen Kamm nimmt sie und streicht sich damit die Haare hinter die Ohren, erst die linke Seite und dann die rechte, immer so rum, und wenn sie beide Seiten fertig zurückgekämmt hat, steckt sie sich eine Perlmuttspange ins Haar, gerade eben hinter das Ohr.

Manchmal, wenn sie arbeitet, löst sich die eine oder andere Haarsträhne, und dann, ohne die Konzentration zu verlieren, greift sie instinktiv nach dem Kamm, nimmt die Spange heraus, streicht sich das Haar zurück, steckt die Spange wieder hinein und legt den Kamm zurück auf den Schemel, und alles, ohne den Blick von der Leinwand zu wenden.

An dem Kamm fehlen ein paar Zähnchen. Nein, wir wollen präzise sein. An dem Kamm fehlen fünfzehn Zähnchen. Ich habe sie gezählt.

Dieser zartverstümmelte Kamm.

Stuart Oliver hat im Laufe der Jahre ziemlich viele Freundinnen gehabt, aber wenn Sie meine Meinung hören wollen, war er nie verliebt. Oh, er hat *gesagt,* er sei verliebt, oft sogar. Er hat abgedroschene Vergleiche angestellt zwischen sich und Gestalten aus der großen Oper, er hat Sachen gemacht, die man angeblich tut, wenn man verliebt ist, wie etwa ausgiebig Trübsal blasen und Freunden die Ohren vollquatschen und sich einen ansaufen, wenn die Sache schiefgeht. Aber ich hab nie geglaubt, daß er *wirklich* verliebt ist.

Ich hab ihm das nie gesagt, aber er hat mich an die Leute erinnert, die immer behaupten, sie hätten eine Grippe, wenn sie eigentlich bloß schwer erkältet sind. »Ich hatte so eine ekelhafte Dreitagegrippe«, sagen die dann. O nein, das habt ihr nicht, ihr habt einen Schnupfen gehabt und ein bißchen Kopfweh und habt so komisch gehört, aber eine Grippe war das nicht, das war nur eine Erkältung. Genau wie letztes Mal. Und das Mal davor. Nicht mehr als eine schwere Erkältung.

Ich hoffe, Oliver hat nicht die Grippe.

Sei still. Sei still.

Oliver »Pünktlichkeit ist die Tugend der Gelangweilten.« Wer hat das gesagt? Irgendwer. Einer meiner Helden.

Ich flüster mir das zu, montags bis freitags, zwischen 18.32 und 18.38, wenn ich in meinem Flaschenbürstenbaldachin sitze und der steatopyge Stu nach Hause gezockelt kommt. »Pünktlichkeit ist die Tugend der Gelangweilten.«

Überhaupt kann ich es nicht ertragen, ihn heimkommen zu sehen. Wie kann er es wagen, heimzukommen und meinem Glück ein Ende zu setzen? Selbstverständlich will ich nicht, daß er unter einen U-Bahn-Zug kommt (seine Rückfahrkarte in der Regenmanteltasche fest im Griff!), ich halte bloß die Schwermut nicht aus, die mich befällt, wenn er mit seiner Aktentasche in der Hand und einem Bonzenlächeln im Gesicht um die Ecke biegt.

Ich hab mir was angewöhnt, das ich wahrscheinlich nicht machen sollte. Es ist Stuarts Schuld, er hat mich drauf gebracht, wenn er so heimbonzt zu seinem buschigen kleinen

Nest, um sich selbstgefällig einzuarschen, während ich hier oben in meinem unbeleuchteten Zimmer sitze und so tue, als wär ich Orson Scheiß-Welles. Wenn er um die Ecke biegt, irgendwann zwischen 18.32 und 18.38, drücke ich auf Nummer 1 auf meinem absurden mattschwarzen lederverkleideten schnurlosen Telefon, das sich in Stus stämmiger Aktentasche viel eher zu Hause fühlen würde. Es hat alle möglichen trickreichen Raffinessen, dieses Telefon, wie der Verkäufer mir bebend vor Begeisterung erklärte. Eine der eher elementaren – die man selbst mir zutraute zu begreifen – nennt sich Speicherfunktion. Mit anderen Worten, es kann sich Nummern merken. Oder in meinem Fall, es kann sich eine Nummer merken. Ihre.

Wenn Stuart sein strahlendes Sonnenuntergangsgesicht heimwärts wendet, drückt Oliver auf 1 und wartet auf ihre Stimme.

»Ja?«

»Ich liebe dich.«

Sie legt den Hörer auf.

Stu greift nach der Klinke seines Gartentors.

Mein Telefon kracht, summt und bietet meinem Ohr sein erwartungsvolles Freizeichen.

Gillian Heute hat er mich angefaßt. O Gott, sag nicht, es hat angefangen. Hat es angefangen?

Ich meine, wir haben uns auch früher schon angefaßt. Ich hab seinen Arm genommen, ihm das Haar gezaust, wir haben uns umarmt, auf die Wange geküßt, so das Übliche unter Freunden. Und dies heute war weniger, weniger als das alles, und doch viel mehr.

Ich war an meiner Staffelei. Meine Haare sind aufgegangen. Ich hab mit der Hand nach dem Kamm gegriffen, den ich auf meinem Schemel habe.

»Nicht bewegen«, hat er gesagt, ganz leise.

Ich hab weitergearbeitet. Ich hab gespürt, wie er rüberkam. Er hat mir die Spange aus dem Haar genommen, das Haar ist lose heruntergefallen, er hat es mir hinter das Ohr zurückgekämmt, die Spange wieder hingeschoben, zugeknipst, den Kamm auf den Schemel zurückgelegt und sich wieder hingesetzt. Nur das, nicht mehr.

Glücklicherweise hatte ich gerade eine unkomplizierte Stelle in Arbeit. Ich hab einfach ein, zwei Minuten automatisch weitergemacht. Dann hat er gesagt: »Ich liebe diesen Kamm.«

Es ist unfair. Vergleiche sind unfair, ich weiß. Ich sollte sie nicht anstellen. Ich hab an diesen Kamm da noch nie einen Gedanken verschwendet. Ich hab ihn immer benutzt. Eines Tages, kurz nachdem wir uns kennengelernt hatten, war Stuart in meinem Atelier und hat ihn gesehen. Er hat gesagt: »Dein Kamm ist kaputt.« Ein paar Tage später hat er mir einen neuen geschenkt. Er hatte sich offenbar ziemliche Mühe gemacht, denn der Kamm hatte die gleiche Größe wie der alte und war auch aus Schildpatt. Aber benutzt hab ich ihn nicht. Ich hab den alten behalten. Es ist, als wären meine Finger daran gewöhnt, nach diesen fehlenden Zähnchen zu fühlen, und wüßten, wo sie sind.

Jetzt sagt Oliver einfach: »Ich liebe diesen Kamm«, und ich komme mir ganz verloren vor. Verloren und wiedergefunden.

Es ist nicht fair Stuart gegenüber. Ich sage mir: »Es ist nicht fair Stuart gegenüber«, aber die Worte haben anscheinend nicht die geringste Wirkung.

O l i v e r   Als ich klein war, hatte das Alte Schwein die *Times* abonniert. Hat er bestimmt immer noch. Er rühmte sich seines Könnens bei den *mots croisés*. Ich meinerseits hab mir immer die Nachrufe angeschaut und das Durchschnittsalter der Alten Schweine ausgerechnet, die an dem Tag gestorben waren. Dann hab ich mir ausgerechnet, wie lange es für das Alte Kreuzworträtsellöserschwein selbst statistisch gesehen noch dauern würde.

Dann war da noch die Leserbriefseite, die mein Vater nach feuchtkalten Vorurteilen durchstöberte, aus denen genau die richtige Menge Laichkraut troff. Manchmal gab das Alte Schwein ein tiefes, geradezu grimmdärmiges Grunzen von sich, wenn eine dickhäutige *déjà pensée* – Alle Pflanzenfresser nach Patagonien repatriieren – auf wundersame Weise mit seinen eigenen harmonierte, und dann dachte ich: Ja, es gibt tatsächlich eine Menge Alter Schweine da draußen.

Im Gedächtnis geblieben ist mir von der Leserbriefseite in jenen Tagen des Altertums die Art und Weise, wie die AS ihre Briefe unterzeichneten. Da gab es: Hochachtungsvoll, Ihr sehr ergebener, und Ich verbleibe, Sir, mit dem Ausdruck vorzüglicher Hochachtung. Aber diejenigen, nach denen ich immer Ausschau hielt – und die für mich das wahre Kennzeichen eines Alten Schweins waren –, schlossen einfach so: *Ihr etc.* Und dann lenkte die Zeitung noch mehr Aufmerksamkeit auf die Schlußformel, indem sie es so druckte: *Ihr &c.*

Ihr &c. Darüber mußte ich damals viel nachgrübeln. Was sollte das heißen? Wo kam das her? Ich stellte mir vor, wie ein gamaschenbekleideter Industriekapitän seiner Sekretärin seine Alten Schweinsansichten diktierte zwecks Übermittlung an das Amtliche Nachrichtenblatt, das er zweifellos mit launiger Vertraulichkeit als den »Donnergott« apostrophierte. War sein oratorischer Rülpser komplett, so sagte er »Ihr etc.«, welches Miss fffffolkes automatisch als »Ich verbleibe, Sir, mit dem Ausdruck vorzüglicher Hochachtung als ein bedeutendes Altes Schwein, das Ihnen das Etikett von einer Ölsardinenbüchse schicken könnte, und Sie würden es dennoch über diesem meinem Namen abdrucken« oder was transkribierte, und dann hieß es: »Expedieren Sie das umgehend an den Donnergott, Miss fffffolkes.«

Doch eines Tages war Miss fffffolkes nicht da, weil sie dem Erzbischof von York einen runterholen mußte, deshalb haben sie eine Aushilfskraft geschickt. Und die Aushilfskraft schrieb »Ihr etc.«, genau wie sie es hörte, und die *Times* hielt den AS-Industriekapitän für eine wahre Fontäne des Geistes, entschloß sich aber, durch weitere Komprimierung zu &c dem Ganzen noch einen eigenen kleinen Rokoko-Touch zu verpassen, woraufhin andere AS dem gamaschenbekleideten Beispiel des Industriekapitäns folgten, der den ganzen Ruhm für sich allein in Anspruch nahm. Da haben wir es: *Ihr &c.*

Woraufhin ich, als glühender Grünschnabel von sechzehn

Jahren, mir die parodistische Schlußformel angewöhnte: *In Liebe &c.* Nicht alle meine Briefpartnerinnen erkannten unfehlbar den Bezug, wie ich mit Bedauern feststellen muß. Eine *demoiselle* beschleunigte ihre eigene De-Akquisition vom Museum meines Herzens, indem sie mich mit *hauteur* davon in Kenntnis setzte, daß der Gebrauch des Wortes *etc.*, sei es in mündlicher Kommunikation oder in gemeißelter Schrift, gewöhnlich und ordinär sei. Worauf ich antwortete, daß erstens »das Wort« *et cetera* nicht ein, sondern zwei Wörter seien, und daß das einzige Gewöhnliche und Ordinäre an meinem Brief – bedachte man das Wesen seiner Empfängerin – die Applikation des dem *etc.* vorangehenden Wortes sei. Doch ach, sie nahm diese Bemerkung nicht mit der buddhistischen Gelassenheit auf, die man sich erhofft hätte.

Liebe etc. Ein simples Theorem. Die Menschen dieser Welt lassen sich in zwei Kategorien einteilen: diejenigen, die glauben, daß der Zweck, die Funktion, der Orgelpunkt und die Grundmelodie des Lebens die Liebe ist, und daß alles andere – *alles* andere – bloß ein *etc.* darstellt; und diejenigen, die vielen Unglücklichen, die in erster Linie an das *etc.* des Lebens glauben, für die die Liebe, wie angenehm sie auch ausfallen mag, nichts als eine vorübergehende Verwirrung der Jugendzeit ist, das prickelnde Präludium zum Windelwechseln, nicht aber etwas Solides, Dauerhaftes und Verläßliches wie etwa Innendekoration. Das ist die einzige Einteilung von Menschen, die zählt.

Stuart Oliver. Mein alter Freund Oliver. Die Macht der Worte, die Macht des Geschwafels. Kein Wunder, daß er bei Konversationsstunden gelandet ist.

Oliver Ich glaube, ich hab mich nicht ganz klar ausgedrückt. Als ich neulich die Tür zumachte und dem köstlichen Kitzel von Gillians aufgesetzter Strenge zu entkommen strebte, hab ich zu ihr gesagt (oh, ich weiß es noch, ich weiß es noch – ich hab eine Black Box in meinem Schädel, und ich bewahre alle Bänder auf): »Ich liebe dich nicht. Ich bete dich nicht an. Ich will nicht immer bei dir sein. Ich will keine Affäre mit dir haben. Ich will dich nicht heiraten. Ich will dir nicht für immer zuhören.«

Hast du bemerkt, was da nicht mit reinpaßt?

Stuart Zigarette?

Oliver Und ich laß einen Aids-Test machen.

Das überrascht dich/überrascht dich nicht? Bitte nur eins ankreuzen.

Aber zieh keine voreiligen Schlüsse. Oder jedenfalls nicht diese: verseuchte Nadeln, barbarische Praktiken, die Sauna-Sache. Meine Vergangenheit mag zwar in mancherlei Hinsicht um einiges bunter sein als die des nächsten besten (und da der nächste beste wohl Stuart Hughes sein dürfte, Squire, Banker und Hypothekar, ist sie bestimmt bunter), aber wir sind hier nicht in der Beichtstunde. Das ist hier keine Kombination von Kinderfunk und »Die Polizei bittet um Ihre Mithilfe«.

Ich will ihr mein Leben offen auf den Tisch legen, verstehst du das nicht? Ich fange von vorne an, ich bin sauber, ich bin *tabula rasa,* ich mach nicht mehr den verfickten Affen, ich rauche nicht mal mehr. Ist das nicht ein Traum? Oder zumindest einer von zwei Träumen. Der erste ist: Hier bin ich, komplett, voll, geräumig, reif, finde in mir, was du willst, nimm alles, was da ist. Der andere ist: Ich bin leer, offen, nichts als Potentialität, mach aus mir, was du willst, füll mich mit allem, was du willst. Den Großteil meines Lebens habe ich damit zugebracht, zweifelhafte Substanzen in die Tanks zu füllen. Jetzt mache ich sie leer, spritze sie ab, spüle sie aus.

Und daher mach ich einen Aids-Test. Aber vielleicht sag ich ihr gar nichts davon.

Stuart Zigarette?

Na los, nimm eine.

Betrachte es doch mal so rum. Wenn du mir bei der Pak-kung hier hilfst, dann rauch ich weniger und sterb nicht so leicht an Lungenkrebs und lebe, wie meine Frau mir erklärte, vielleicht sogar so lange, daß ich der Alzheimerschen erliege. Also nimm eine, als Zeichen, daß du auf meiner Seite bist. Du kannst sie dir hinters Ohr stecken und für später aufheben, wenn du willst. Andererseits, wenn du keine nimmst . . .

Natürlich bin ich betrunken. Wärst du das nicht?

Nicht sehr betrunken.

Bloß betrunken.

Gillian Ich will nicht, daß jemand meint, ich hätte Stuart aus Mitleid geheiratet.

So was kommt vor. Ich weiß das, ich hab es gesehen. Ich erinnere mich an ein Mädchen auf dem College, so ein stilles, energisches Mädchen namens Rosemary. Sie ging so halb mit Simon, einem riesigen, schlaksigen Jungen, dessen Kleidung immer etwas komisch aussah, weil er dafür in ein Spezialgeschäft gehen mußte. Hoch Hinaus hieß das, glaub ich. Er hatte das dummerweise mal jemand erzählt, und die Mädchen machten sich hinter seinem Rücken über ihn lustig. Zuerst nur so Kleinigkeiten. »Wie geht's denn Herrn Hoch Hinaus, Rosemary?« Aber manchmal wurde es etwas schlimmer. Da war ein kleines Mädchen mit einem Mausegesicht und einer bösen Zunge, und die sagte, *sie* würde nie mit dem ausgehen, da wüßte sie ja nie, wo sie demnächst mit der Nase dranstoßen würde. Meistens schien Rosemary sich nichts draus zu machen, als ob die Hänselei auch ihr gälte. Eines Tages – und das war gar nicht mal schlimmer als sonst – sagte das Mädchen mit der Zunge dann langsam und anzüglich, das weiß ich noch: »Ich frage mich, ob da alles diese Proportionen hat?« Da haben viele Mädchen herzlich gelacht, und Rosemary hat irgendwie mitgemacht, aber später hat sie mir erzählt, genau in dem Augenblick hätte sie sich entschlossen, Simon zu heiraten. Bis dahin war sie nicht mal besonders in ihn verliebt gewesen. Sie dachte bloß: »Das wird er sein ganzes Leben lang zu hören kriegen, und da will ich verdammtnochmal auf seiner Seite stehen.« Und das tat sie auch. Sie hat ihn wahrhaftig geheiratet.

Ich hab das aber nicht so gemacht. Wenn man jemand aus Mitleid heiratet, dann bleibt man womöglich auch aus Mitleid bei ihm oder ihr. Denk ich mir jedenfalls.

Ich konnte mir immer alles erklären. Aber jetzt scheint keine der Erklärungen zu stimmen. Zum Beispiel gehöre ich nicht zu den Menschen, die automatisch unzufrieden sind mit dem, was sie haben; und ich bin auch nicht jemand von der Art, die nur das haben will, was sie nicht kriegen kann. Ich bin kein Snob, was das Aussehen angeht; höchstens umgekehrt – ich mißtraue gutaussehenden Männern. Ich bin nie aus einer Beziehung weggelaufen; gewöhnlich hab ich zu lange daran festgehalten. Und Stuart ist noch derselbe Stuart, in den ich mich letztes Jahr verliebt habe – es gab keinerlei häßliche Entdeckungen, wie manche Frauen sie machen. *Und* (bloß für den Fall, daß du dir darüber Gedanken machst) mit unserem Sexualleben ist absolut alles in Ordnung.

Was ich also begreifen muß, ist folgendes: Trotz der Tatsache, daß ich Stuart liebe, bin ich anscheinend dabei, mich in Oliver zu verlieben.

Es geht jetzt jeden Tag so, jeden Abend. Ich wünschte, es würde aufhören. Nein, gar nicht wahr. Kann ich gar nicht, sonst würde ich nicht das Telefon abnehmen. Gerade so um halb sieben. Ich warte, daß Stuart nach Hause kommt. Manchmal bin ich in der Küche, manchmal mache ich gerade im Atelier Schluß und muß nach unten laufen. Das Telefon klingelt, ich weiß, wer es ist, ich weiß, daß Stuart bald da ist, aber ich renne hin und nehme ab.

Ich sage: »Ja?« Ich nenne nicht mal die Nummer. Es ist, als ob ich es nicht erwarten kann.

Er sagt: »Ich liebe dich.«

Und weißt du, was mittlerweile passiert? Wenn ich den Hörer auflege, bin ich feucht. Kannst du dir das vorstellen? Mein Gott, das ist ja wie Telefonsex oder was. Stuart steckt den Schlüssel in die Tür, und ich bin feucht von der Stimme eines anderen Mannes. Soll ich morgen das Telefon abnehmen? Kannst du dir das vorstellen?

Mme Wyatt *L'Amour plaît plus que le mariage, pour la raison que les romans sont plus amusants que l'histoire.* Wie würde man das übersetzen? Die Liebe gefällt mehr als die Ehe, so wie Romane amüsanter sind als die Geschichte. Irgendwie in der Art. Ihr Engländer kennt Chamfort nicht genug. Ihr mögt La Rochefoucauld, ihr findet ihn »sehr französisch«. Ihr habt so die Vorstellung, das geschliffene Epigramm sei ein Kulminationspunkt des »logischen Denkens« der Franzosen. Also ich bin Französin, und ich mag La Rochefoucauld nicht so besonders. Zu viel Zynismus, und auch zu viel . . . Schliff, wenn Sie wollen. Er will, daß man sieht, wieviel Arbeit er da hineingesteckt hat, damit er weise erscheint. Aber Weisheit ist nicht so. Weisheit hat mehr Leben in sich, Weisheit hat eher Humor als Witz. Ich mag Chamfort lieber. Er hat auch dies gesagt: *L'hymen vient après l'amour, comme la fumée après la flamme:* Die Ehe kommt nach der Liebe, wie der Rauch nach dem Feuer kommt. Nicht so vordergründig, wie es zuerst aussieht.

Man nennt mich Mme Wyatt, und man hält mich für weise. Die kommt daher, meine kleine Reputation: daß ich eine Frau in einem gewissen Alter bin, die vor einigen Jahren von ihrem Mann verlassen wurde und nie wieder geheiratet hat und sich trotzdem ihre geistige und körperliche Gesundheit bewahrt hat, die mehr zuhört als redet und Ratschläge nur dann erteilt, wenn sie erbeten sind. »Oh, wie recht Sie haben, Mme Wyatt, Sie sind so weise«, sagen die Leute dann zu mir, aber der Auftakt dazu ist gewöhnlich eine ausgiebige Demonstration ihrer eigenen Dummheit oder ihrer eigenen Irrtümer. Und daher komme ich mir nicht so weise vor. Oder zumindest, ich weiß, daß Weisheit etwas Relatives ist und daß man sowieso nie alles, was man hat, was man weiß, anbieten sollte. Wenn man alles zu erkennen gibt, dann mischt man sich ein, dann kann man keine Hilfe sein. Auch wenn es manchmal sehr schwer ist, nicht alles zu erkennen zu geben.

Mein Kind, meine Tochter Gillian, kommt mich besuchen. Es geht ihr elend. Sie hat Angst, daß sie aufhört, ihren Mann zu lieben. Jemand anders sagt, er sei verliebt in sie, und sie hat Angst, sie könnte sich in ihn verlieben. Sie sagt nicht, wer das ist, aber ich habe natürlich so meine Ideen.

Wie ich darüber denke? Nun, ich denke nicht sehr viel – ich meine, ich habe keine Meinung über so eine Situation im allgemeinen, ich denke nur, daß so etwas vorkommt. Natürlich, in dem konkreten Fall meines eigenen Kinds, da habe ich Ansichten, aber das sind keine Ansichten außer für sie.

Ihr ging es elend, mir ging es elend für sie. Es ist ja schließlich nicht, als ob man den Wagen wechseln würde, eine solche Angelegenheit. Sie hat geweint, und ich habe versucht, sie zu trösten, womit ich meine, ich habe versucht, ihr zu helfen, daß sie ihr eigenes Herz versteht. Das ist alles, was man tun kann. Es sei denn, es gäbe da etwas Furchtbares in der Ehe mit Stuart, und sie versichert mir, das sei nicht der Fall.

Da saß ich und hatte die Arme um sie gelegt und hörte ihren Tränen zu. Ich weiß noch, wie erwachsen sie als Kind war. Als Gordon uns verlassen hat, da war es Gillian, die mich getröstet hat. Sie hat mich immer in die Arme genommen und gesagt: »Ich sorge für dich, Maman.« Es hat etwas Herzzerreißendes, wenn man von einem Kind von dreizehn Jahren getröstet wird, wissen Sie. Bei der Erinnerung daran habe ich fast selber geweint.

Gillian hat versucht zu erklären, wie sehr ihr die Vorstellung Angst macht, sie könnte aufhören, Stuart zu lieben, und das schon so bald, nachdem sie angefangen hat, ihn zu lieben, als ob mit ihr etwas nicht stimmte. »Ich hab gedacht, die käme später, die gefährliche Zeit, Maman. Ich hab gedacht, ein paar Jahre lang wäre ich sicher.« Sie hatte sich in meinen Armen halb umgedreht und sah in mein Gesicht hoch.

»Es ist immer die gefährliche Zeit«, sagte ich.

»Wie meinst du das?«

»Es ist immer die gefährliche Zeit.«

Sie sah weg und nickte. Ich wußte, was sie dachte. Ich sollte wohl zur Erklärung sagen, daß mein Mann Gordon im Alter von zweiundvierzig Jahren, als wir – oh, es ist egal, wie lange – verheiratet waren, mit einem Schulmädchen von siebzehn Jahren durchgebrannt ist. Gillian dachte, daß sie von dem verflixten siebten Jahr gehört hatte, wie sie das nennen, und bei ihrem Vater das verflixte fünfzehnte Jahr erlebt hatte, und jetzt entdeckte sie bei sich selbst, daß es sogar noch eins vor dem verflixten siebten gibt. Außerdem dachte sie, daß ich bestimmt auch an Gordon denken mußte, und daß ich bestimmt Betrachtungen über die Ähnlichkeit zwischen Vater und Tochter anstellte, und daß das bestimmt schmerzlich für mich sei. Aber das dachte ich nicht, und ich konnte nicht sagen, was ich dachte.

Oliver Willst du mal was Komisches hören? G und S haben sich gar nicht in dieser Weinbar kennengelernt, wie sie immer behauptet haben. Sie haben sich im Charing Cross Hotel bei so einem Steh-*partouze* für Junge Führungskräfte kennengelernt.

Ein Augenblick anmutiger Intuition ließ mich bei Gillian die angebliche Begegnung in der Squires Wine Bar mit oder ohne Apostroph vor dem s ansprechen. Zuerst hat sie nicht geantwortet. Sie hat ihren Tupfer mit Sputum befeuchtet und weiter damit über ihr Bild gewischt. Dann hat sie es mir erzählt. Man beachte bitte, daß ich nicht zu fragen brauchte. Also funktioniert es wohl auch umgekehrt: Sie hat beschlossen, vor mir auch keine Geheimnisse zu haben.

Offenbar gibt es da diese Örtlichkeiten für amourös Dürstende, wohin man sich viermal an aufeinanderfolgenden Freitagen begeben kann, alles für die Summe von £25. Ich war schockiert – das war meine erste Reaktion. Dann dachte ich, tja, man soll den pelzigen kleinen Stu nie unterschätzen. Das sieht ihm ähnlich, daß er das Geschäft von L'Amour in Marktforschermanier angeht.

»Wie oft mußtest du hin, bis du Stuart kennengelernt hast?«

»Das war mein erstes Mal.«

»Dann hast du ihn also für £6.25 gekriegt?«

Sie lachte. »Nein, ich hab ihn für £25 gekriegt. Eine Rückerstattung gab es da nicht.«

Was für ein köstlicher Geistesblitz. »Eine Rückerstattung gab es da nicht«, wiederholte ich, und das Kichern schüttelte mich wie Sumpffieber.

»Ich hab dir nichts davon erzählt. Ich hätte dir überhaupt nichts davon erzählen sollen.«

»Hast du auch nicht. Ich hab's schon vergessen.« Und brav hielt ich meine Ausgelassenheit im Zaum.

Aber ich möchte wetten, Stuart ist noch mal hingegangen wegen seiner Rückerstattung, der große Pennyficker vor dem Herrn, der er bisweilen sein kann. Wie den Anspruch auf seine Rückfahrkarte geltend zu machen, als ich sie in Gatwick abgeholt hab. Und ich möchte wetten, er hat Erfolg gehabt. Also hat er sie £25 gekostet, und sie hat ihn £6.25 gekostet. Was er wohl jetzt für sie nehmen würde. Was ist seine Handelsspanne?

Und wo wir gerade von der Goldmoidores sprechen: Mrs Dyer, mit der ich durchaus auf und davon gehen könnte, wäre mein Herz nicht anderweitig gebunden, hat mir gestern mitgeteilt, daß ich von der Kopfsteuer erfaßt worden bin. Die lassen auch nichts anbrennen, diese Jungs, nicht wahr? Saugen jeden Taler und jede Drachme auf. Meinst du, da gibt es Ausnahmen aus humanitären Gründen? Oliver fällt doch bestimmt als Härtefall unter irgendwelche Sonderbestimmungen?

Gillian Er macht das jetzt jedesmal. Meine Haare brauchen noch nicht mal aufzugehen, er nimmt einfach den Kamm und macht den Clip auf und streicht die Haare zurück und macht sie glatt und steckt die Spange wieder rein. Und ich brenne nur so.

Ich bin aufgestanden und hab ihn geküßt. Ich hab meinen Mund direkt in seinen geöffnet und seinen Nacken gestreichelt und hab mich in das Fleisch von seinen Schultern gedrückt und hab meinen Körper so gehalten, daß er mich berühren konnte, wo er nur wollte. Ich hab dagestanden und ihn geküßt, die Hände oben an seinem Nacken, und mein Körper hat auf seine Hände gewartet, sogar meine Beine waren auseinander. Ich hab ihn geküßt, und ich hab gewartet.

Ich hab gewartet.

Er hat mich wieder geküßt, in meinen offenen Mund, und ich wartete noch immer.

Er hielt inne. Meine Augen waren auf ihn gerichtet. Er hat

mir die Hände auf die Schultern gelegt, mich umgedreht und wieder an meine Staffelei geführt.

»Gehen wir ins Bett, Oliver.«

Weißt du, was er gemacht hat? Er hat mich auf meinen Stuhl runtergedrückt und mir doch tatsächlich wieder einen Tupfer in die Hand gegeben.

»Ich kann nicht arbeiten. Ich *kann* jetzt nicht arbeiten.«

Die Sache mit Oliver ist die, er ist anders, wenn er mit mir alleine ist. Du würdest ihn nicht wiedererkennen. Er ist viel stiller, und er hört zu und redet nicht so angeberisch herum. Und er wirkt überhaupt nicht so selbstbewußt, wie er anderen wahrscheinlich vorkommt. Ich weiß, was du jetzt als nächstes erwartest. »Oliver ist in Wirklichkeit ziemlich verletzlich.« Also werd ich das nicht sagen.

»Ich liebe dich«, hat er gesagt. »Ich bete dich an. Ich will immer bei dir sein. Ich will dich heiraten. Ich will für immer deiner Stimme zuhören.« Jetzt waren wir auf dem Sofa.

»Oliver, du solltest jetzt mit mir schlafen. Wirklich und wahrhaftig.«

Er ist aufgestanden. Ich hab gedacht, er steht auf, um mich zum Bett zu bringen, aber er fing nur an herumzulaufen. Hin und her durch mein Atelier.

»Oliver, es ist schon in Ordnung, wenn . . .«

»Ich will dich ganz«, sagte er. »Ich will nicht einen Teil von dir. Ich will alles.«

»Ich stehe nicht zum Verkauf.«

»Das meine ich nicht. Ich meine, ich will nicht bloß eine Affäre mit dir haben. Affären – Affären sind – ich weiß auch nicht –, wie wenn man sich eine Ferienwohnung in Marbella zur Teilnutzung kauft oder so.« Dann erstarrte er mitten im Schritt und warf einen wilden Blick herüber, als erwarte er, daß ich sauer sei über den Vergleich. Er sah beinahe verzweifelt aus. »Es ist sehr hübsch da, eigentlich, in Marbella. Viel hübscher, als man denkt. Es gibt da einen kleinen Platz, das weiß ich noch, mit Orangenbäumen drauf. Da waren Arbeiter und haben die Orangen gepflückt, als ich da war. Das war im Februar, glaube ich. Man darf natürlich nicht in der Hauptsaison fahren.«

Er hatte die Panik gekriegt, weißt du. Im Grunde hat Oliver wahrscheinlich weniger Selbstvertrauen als Stuart. Und man muß noch nicht mal so tief graben bis zu diesem Grund.

»Oliver«, hab ich gesagt. »Wir sind uns einig, daß ich keine Ferienwohnung zur Teilnutzung in Marbella bin. Und hör auf, so herumzulaufen. Komm und setz dich hierher.«

Er kam und setzte sich sehr leise hin. »Mein Vater hat mich immer verprügelt, weißt du.«

»Oliver . . .«

»Das ist *wahr*. Ich meine nicht, daß er mir als Kind den Hintern versohlt hat. Das hat er auch, natürlich hat er *das* auch. So richtig Spaß gemacht hat es ihm aber, wenn er mich mit einem Billardstock hinten auf die Beine geschlagen hat. Das war meine Strafe. Es tut tatsächlich ziemlich weh. ›Schenkel oder Wade?‹ hat er immer gefragt. Und ich mußte wählen. Tatsächlich ist da nicht viel Unterschied im Schmerz.«

»Das tut mir leid.« Ich hab ihm die Hand auf den Nacken gelegt. Er hat angefangen zu weinen.

»Als meine Mutter gestorben ist, wurde es noch schlimmer. Er hat es sozusagen an mir ausgelassen. Vielleicht hab ich ihn zu sehr an sie erinnert, ich weiß auch nicht. Dann, eines Tages, ich war wohl so dreizehn oder vierzehn, hab ich beschlossen, mich gegen das Alte Schwein zu wehren. ›Schenkel oder Wade?‹ hat er gefragt, wie gewöhnlich. Ich weiß nicht mehr, was ich angestellt hatte. Ich meine, ich hab ja ständig was angestellt, wo er dachte, dafür hätte ich Strafe verdient. Dieses Mal hab ich gesagt: ›Jetzt bist du stärker als ich. Aber das bleibt nicht immer so, und wenn du mich noch einmal schlägst, dann verspreche ich dir, wenn ich mal stark genug bin, dann hau ich dich zu Brei.‹«

»Ja.«

»Ich hab nicht geglaubt, daß das klappt. Ich meine, ich hab gezittert, und ich war kleiner als er, und als ich das sagte, da dachte ich, *hau ich dich zu Brei* sei wirklich eine dämliche Formulierung und er würde mich einfach auslachen. Hat er aber nicht. Er hat aufgehört. Er hat ein für allemal aufgehört.«

»Oliver, das tut mir leid.«

»Ich hasse ihn. Jetzt ist er alt, und ich hasse ihn immer noch. Ich hasse ihn dafür, daß er hier ist, bei uns in diesem Zimmer. Was hat er *hier* zu suchen?«

»Er ist nicht hier. Er ist weg. Er hat eine Ferienwohnung zur Teilnutzung in Marbella.«

»Herrgott, warum schaff ich das nicht? Warum kann ich nicht mal das Richtige sagen, ich meine, ausgerechnet *jetzt?*« Er stand wieder auf. »Ich drücke das alles nicht sehr gut aus.« Er ließ den Kopf hängen und wollte mich nicht ansehen. »Ich liebe dich. Ich werde dich immer lieben. Das hört nie auf. Ich geh jetzt besser.«

Ungefähr drei Stunden später rief er mich an.

»Ja?« sagte ich.

»Ich liebe dich.«

Ich hab aufgelegt. Beinahe sofort hat Stuarts Schlüssel am Schloß gekratzt. Ich habe gebrannt. Die Haustür ging zu. »Ist wer dahei-eim?« rief Stuart, mit so einem Jodler, den er in seine Stimme legt, damit man es bis oben im Haus hört. »Ist wer dahei-eim?«

Was soll ich nur machen?

Oliver Anti-Affären-Argumente, niedergeschrieben von einem, der mehr als sein Teil davon weghat:

1) Vulgarität. Das machen doch alle. Ich meine, *alle*. Priester machen es, die Königliche Familie macht es, selbst Eremiten machen es irgendwie. Warum rennen sie nicht ständig ineinander auf ihrem schlüpfrigen Gang von einem Schlafzimmer zum anderen? Bums, bums – wer da?

2) Voraussehbarkeit. Anbändeln, Abschleppen, Abkühlen, Abstürzen. Immer derselbe trostlose dünne Handlungsfaden. Trostlos, doch deshalb nicht weniger entsetzlich suchtbildend. Nach jedem Reinfall das Streben nach dem nächsten Reinfall. Auf ein Neues!

3) Teilnutzung. Ich dachte, das hätte ich Gillian gegenüber ganz gut ausgedrückt. Wie kann man seine Ferien genießen, wenn man weiß, daß die Besitzer schon darauf warten, wieder einzuziehen? Und gegen die Uhr bumsen ist nicht mein Stil; auch wenn es unter *gewissen* Umständen auf raffinierte Weise süchtig machen kann.

4) Lügen. Eine direkte Folge von 3) oben. Affären korrumpieren – und ich spreche als »einer, der« etc. Es ist unvermeidlich. Erst belügt man den einen Partner und dann, sehr bald danach, belügt man auch den anderen. Oh, man sagt, das werde man nicht, aber dann tut man es doch. Man baggert sich mit einem großen Bulldozer von *mensonges* einen kleinen Ententeich emotionaler Integrität. Guck dir doch den Ehemann im Trainigsanzug an, wie er mit dem Telefongeld in der Tasche zum Joggen loszieht. Klingelingeling. »Vielleicht will ich unterwegs was trinken, Darling!« Klingelingeling, so klimpert der Lügen Klang.

5) Verrat. Welche Befriedigung jeder bei kleinen Verrätereien empfindet. Was sie für Saft hergeben. Wie Willi der Wilderer sich mal wieder aus der Schlinge zog, Teil 27 – wobei es eigentlich nicht sehr schwierig ist, sich aus der Schlinge zu ziehen. Stuart ist mein Freund – ja doch –, und er wird seine Frau an mich verlieren. Das ist ein Großer Verrat, aber andererseits glaube ich, die Leute kommen mit einem Großen Verrat besser zurecht als mit einem kleinen. Eine Affäre wäre ein kleiner Verrat, und ich glaube, Stuart käme damit nicht so gut zurecht wie mit dem Großen Verrat. Siehst du, ich denke durchaus auch an ihn.

6) Ich hab das Ergebnis von meinem Aids-Test noch nicht.

Also, so hab ich das Gillian gegenüber nicht ausgedrückt, nicht ganz so, nein. Im Grunde genommen, um die Wahrheit zu sagen, ich glaub, ich hab totalen Bockmist gebaut.

Gillian Auf dem Weg zum U-Bahnhof, genau an der Ecke am anderen Ende der Barrowclough Road, ist ein Gemüseladen. Da hab ich die Süßkartoffeln gekauft. Oder vielmehr, da hab ich die SÜSSKARTOFFEL'N gekauft. Der Mann von dem Geschäft macht solche Preisschilder, die er in einer Art Kursiv-Großbuchstaben mit der Hand schreibt. Und mit großer Sorgfalt setzt er, ohne Ausnahme, bei allem, was er verkauft, ein Apostroph ein. BANANE'N BIRNE'N KAROTTE'N GURKE'N – das kann man da alles kaufen – STECKRÜBE'N und SÜSSKARTOFFEL'N. Stuart und ich haben das immer lustig gefunden und auch ein bißchen rührend, wie der das hartnäkkig jedesmal falsch hinkriegt, jedes einzelne Mal. Heute bin ich an dem Laden vorbeigekommen, und auf einmal fand ich das überhaupt nicht mehr lustig. TOMATE'N TRAUBE'N BOHNE'N. Ich fand es nur noch traurig, und es ging mir durch und durch. Nicht traurig, weil er nicht richtig schreiben konnte, das war es nicht. Traurig, weil er es falsch gemacht hat, und dann ist er an das nächste Schild gegangen und hat es falsch gemacht, und dann ging er ans übernächste und hat es da auch falsch gemacht. Entweder hat ihm mal einer Bescheid gesagt, und er hat es nicht geglaubt, oder es hat ihm in den ganzen Jahren, wo er Gemüsehändler ist, nie jemand gesagt. Ich weiß nicht, was trauriger ist, du?

Ich denke die ganze Zeit an Oliver. Selbst wenn ich mit Stuart zusammen bin. Manchmal kann ich es nicht ertragen, daß Stuart so fröhlich aussieht. Warum sieht er nicht, woran ich denke, an *wen* ich denke? Warum kann er nicht meine Gedanken lesen?

Stuart Setz dich. Magst du Patsy Cline?

> Two cigarettes in an ashtray
> My love and I in a small café
> Then a stranger came along
> And everything went wrong
> Now there's three cigarettes in the ashtray

Arme Patsy, sie ist tot. Und du hast immer noch die Fluppe da hinterm Ohr, nebenbei gesagt. Warum rauchst du die nicht?

I watched her take him from me
And his love is no longer my own
Now they are gone
And I sit alone
And watch one cigarette burn away

Der gute alte Stuart, auf den ist immer Verlaß. Bei Stuart weiß man, woran man ist. Er findet sich mit allem ab. Er zockelt so dahin. Er sieht über alles hinweg. Um den brauchen wir uns keine Gedanken zu machen. Er bleibt immer gleich.

Stell keine Fragen, dann erzählt man dir auch keine Lügen. Aber das bringt dich nur soundso weit. In ein paar Minuten kommt Oliver vorbei. Er denkt, wir gehen alle drei zusammen ins Kino, wie die besten alten Freunde. Aber Gillian ist bei ihrer Mutter zu Besuch, von daher wird Oliver sich mit mir begnügen müssen. Ich stell ihm ein paar Fragen, und dann erzählt er mir ein paar Lügen.

Kurz bevor sie ging, hab ich hier gesessen mit den Kopfhörern auf und hab mir ein Band von Patsy angehört. Gillian ist reingekommen, um auf Wiedersehen zu sagen, darum hab ich auf »Pause« gedrückt und einen Kopfhörer zur Seite gezogen.

»Wie geht's Oliver?« hab ich gefragt.

»Oliver? Oh, dem geht's gut, glaub ich.«

»Du hast nicht zufällig eine Affäre mit ihm?« Ich hab das in einem ganz unbeschwerten Ton gesagt, natürlich. Was? Ich? Mir Sorgen machen?

»Mein Gott. Mein Gott, nein.«

»Ah, schön, dann ist es ja gut.« Ich hab den Kopfhörer wieder aufgesetzt, hab die Augen zugemacht, damit ich Gills Gesicht nicht sehen mußte, und die Lippen bewegt so wie Patsy. Ich hab gespürt, wie Gillian mir einen Kuß auf die Stirn gab, und als Antwort genickt.

Jetzt wollen wir mal sehen, was er vorzubringen hat.

Oliver Es wird dir nicht entgangen sein, daß mein Freund Stuart kein Mensch von umfassender Bildung ist.

Solltest du ihn fragen, wie Prousts Freundin hieß, würde er ein Quinquennium lang vor sich hin brüten, dich dann so finster anstarren wie ein Samurai, zu dem Schluß kommen, das sei eine Fangfrage, und schließlich mit einem *petit* Flunsch des Unwillens antworten: »Madeleine. Weiß doch jeder.«

Daher erwartete ich nicht, äh, Schrekers *Die Gezeichneten,* als er die Tür aufmachte, mich mit feurigen Kinderschänderaugen hereinwinkte und mit der Pfote suchend an dem Kassettenrecorder herumscharrte. Vielleicht hatte er soeben die Ouvertüre 1812 für sich entdeckt und fand Gefallen daran, mit den Kanonenschlägen und Feuerwerkskrachern mitzusingen. Oder standen uns die *Enigma Variations* bevor, begleitet von viel umständlicher Lektüre der Erläuterungen auf der Plattenhülle über eines der unwesentlichsten Geheimnisse der Musik, nämlich »die Identität der dortselbst dargestellten Freunde?« Oh, und hast du gewußt, daß Dorabella einen kleinen Sprachfehler hatte, weshalb die Musik bei ihrer Variation so stockend wirkt, so hip-hip-hop macht? Schleck ein Schoko-Eis, Maestro. Derweilen ich pronto zum nächsten Speibecken enteile.

Er hat mir diesen Song da vorgespielt. Der dauerte allem Anschein nach 3 Stunden 47 Minuten, obwohl Stuart mir versicherte, er sei nicht so lang. Das nennt man also »Countrymusic«, ja? Dann bin ich heilfroh, daß ich in der Stadt wohne. Die hat zumindest etwas Rares, etwas Raffiniertes an sich: Nichtparodierbarkeit – aus dem einfachen Grund, daß sie sich kontinuierlich selbst parodiert, wie ein Rasenmäher, der sein eigenes Schnittgut aufsammelt. Da ist kein Platz für einen alten Mann mit einer Harke, ebensowenig wie für einen jungen Mann mit Hohn und Spott. *Hiddly-up, please Daddy, I'm lonesome again, hiddly-up . . .* Jeder Versuch ist zwecklos. Und die Sänger, die tragen Straßklunker – und Straß ist doch schon eine Parodie auf Diamanten, also kann man Straß nicht parodieren. Ah, und hier kommt Hutzelwalter und schmeichelt seiner Hutzelgeige einen gichtigen Kadenzschwall ab. Bist halt immer noch der Größte, Walt, schluchz-heul, tschaga-tschag, *Hiddly-up, please Daddy . . .*

»Was hältst du davon?«

Was ich davon hielt? Aus irgendeinem Grund hat er mich regelrecht angefunkelt. Er konnte doch unmöglich eine musikalische Analyse des Stücks von mir wollen?

Während ich noch in dem losen Geröll meiner Hirnrinde nach etwas scharrte, das Stuart nicht unweigerlich mit ins Schleppnetz meiner Verachtung einfinge, stand er auf und schenkte uns beiden pausbäckig einen Drink ein.

»Also, was hältst du nun davon, Oliver?«

Im letzten Moment ergriff mich die Muse des Takts. »Ich glaube nicht, daß *ashtray*«, sagte ich, »ein vollkommen befriedigender Reim auf *ashtray* ist.«

Das schien ihn zu beschwichtigen.

Mein ziemlich brutales *viva voce* hatte mir kurzfristig aus dem Kopf vertrieben, was ich bei meiner Ankunft hatte tun wollen. Ich überreichte Stuart einen Umschlag. Wieviel Englisch hatte ich als Fremdsprache gelehrt, um ein Viertel des Kredits wiederzuerlangen, den Stuart mir vorgestreckt hatte!

Worauf er unerwartet kampflüstern wurde und die Knete wider mich zurückschleuderte wie Alfredo in der *Traviata*.

»Das brauchst du noch für deine Kopfsteuer«, sagte er. Ich hab ihn bloß angeguckt. Warum fallen sie auf einmal alle über mich her, als hätte ich irgendein spektroskopisches Interesse an den Verdauungsprozessen der Lokalverwaltungsfinanzen? »Die Kopfsteuer, die du auf deinen *zweiten Wohnsitz* zahlen mußt« – er sprach diese garstigen Worte mit etwas aus, das Tausende als verächtliches Schnauben bezeichnet hätten –, »da gegenüber in Nummer 55.«

Inzwischen hab ich es schon so oft wiederholt, daß es sich wie ein Slogan anhört: Unterschätze bloß nicht unseren pelzigen Freund. Und von da an wickelte sich der Abend, wie ich zugeben muß, nicht so ab, wie man mich glauben gemacht hatte. Wir beehrten das Kinematographentheater nicht. Gillian war »Bei ihrer Mutter zu Besuch«. Stuarts Wiedergutmachung für diesen fehlenden Glanz bestand in einer Flasche zollfreien Whiskys, und ich sah keinen Grund, ihm nicht mannhaft zur Seite zu stehen. Denn es war eine sternenlose Nacht, als der Virtuose von Kasse und Tresor sich in die Milde von Titus Andronicus hüllte.

»Hast du eine Affäre mit Gill?«

Siehst du, was ich meine? So eine LKW-mäßige Direktheit. Und so untypisch. Jemand, der sich bei der Fahrt durch London gewohnheitsmäßig an die *outré* Nebenstraßen klammert, rauschte jetzt Haymarket runter.

Ich war verdutzt, das geb ich zu. So manches liebe Mal schon sah ich mich gezwungen abzustreiten, daß ich eine Affäre hätte, wenn ich eine hatte. Doch abzustreiten, daß ich eine Affäre hätte, wenn ich keine hatte – das verlangte offenbar ein neues Geschick. Ich schwor, ich habe keine. Ich sah mich um nach etwas, auf das ich hätte schwören können, doch stehen Objekte gemeinsamer Verehrung heutzutage wunderlicherweise nicht zur Verfügung. Mir fiel nur Gillians Herz ein, ihr Leben, das Haar auf ihrem Haupt, was in diesem Fall alles weder vollkommen passend erschien noch geeignet, Stuarts Betragen etwas von seiner Bulligkeit zu nehmen.

Wir haben ziemlich viel von dem Whisky getrunken, und während wir das taten, war die Möglichkeit eines gelassenen Austausches unserer konkurrierenden Ansichten über die Wahrnehmung der äußeren Welt einer gewissen Fluktuation unterworfen; ja, es gab Momente eines entschiedenen Rückfalls ins Neandertalerstadium von seiten Stus. An einer Stelle unterbrach er meine zugegebenermaßen gewundene Argumentationslinie mit einem regelrechten Gebrüll.

»Leih mir mal 'n Pfund: Gib mir deine Frau.«

Diese Bemerkung schien mir nicht von Belang für das, was ich darzulegen suchte. Ich sah Stu an.

»Leih mir mal 'n Pfund: Gib mir deine Frau. Leih mir mal 'n Pfund: Gib mir deine Frau.«

Dieses rhetorische Mittel ist, glaube ich, als Repetitio bekannt.

»Was ich dreimal dir sage, ist wahr«, murmelte ich, ohne zu erwarten, daß diese Andeutung mit der Fliege aus den Wassern meines Diskurses gefischt würde.

Dennoch, Stuarts »Interruptio« – um die alternative rhetorische Bezeichnung zu liefern – bot mir zwar keinen Torweg, aber doch wenigstens ein bescheidenes Katzentürchen zu dem, was ich hatte sagen wollen.

»Stuart«, begann ich, »ich versichere dir, daß Gillian und ich keine Affäre haben. Wir führen nicht einmal, wie die Diplomaten sagen, Gespräche über Gespräche.« Er grunzte in zögerndem Verstehen der aus dem Leben gegriffenen Analogie. »Andererseits«, fuhr ich fort, und seine stacheligen Brauen begannen sich bei der Erkenntnis, daß es noch weiterging, stürmisch zu vereinigen, »muß ich dir, von Freund zu Freund, sagen, daß ich in sie verliebt bin. Mach mir keine Vorhaltungen, noch nicht, laß mich dir erst zum Ausdruck bringen, daß ich von dem Ganzen ebenso *bouleversé* bin wie du. Hätte ich auch nur die geringste Kontrolle darüber, ich hätte mich nicht in sie verliebt. Nicht jetzt. Ich hätte mich in sie verliebt, als ich sie das erste Mal traf.« (Warum hab ich das nicht? War es ein Loyalitätsstummel oder die Tatsache, daß sie Levis 501 mit Turnschuhen trug?)

Das schien bei Stuart keinen allzu großen Anklang zu finden, daher kam ich eilends zum Kern der Sache und hoffte, dort würde ihm seine berufliche Bildung zu persönlicher Einsicht verhelfen. »Wir leben im Zeitalter der Marktmechanismen, Stuart« – ich konnte sehen, daß das seine Aufmerksamkeit fesselte – »und es wäre naiv oder, wie man es früher nannte, romantisch, zu verkennen, daß Marktmechanismen jetzt auch in Bereichen wirken, wo sie bisher für unwirksam gehalten wurden.«

»Wir reden hier nicht von Geld, wir reden von Liebe«, protestierte er.

»Ah, aber da gibt es eine Menge Parallelen, Stuart. Beide fließen sie hin, wo sie wollen, und kümmern sich nicht, was sie hinter sich lassen. Auch in der Liebe gibt es Abfindungen, Gewinnmitnahmen und Schrottanleihen. Liebe steigt und fällt im Wert wie jede andere Währung. Und Vertrauen ist ein *solch* wichtiger Schlüssel zur Werterhaltung.

Bedenke auch das Element der glücklichen Fügung. Du hast mir selbst einmal erzählt, daß große Unternehmer neben Kühnheit und Geschick auch Glück haben müssen. Was könnte ein größerer Glücksfall sein als deine Begegnung mit Gill gleich beim ersten Mal im Charing Cross Hotel, oder mein Glück, daß du das Glück hattest, ihr zu begegnen?

Geld ist, meinem weiteren Verständnis nach, moralisch neutral. Es kann zu guten Zwecken verwendet werden, es kann zu üblen Zwecken verwendet werden. Wir mögen die kritisieren, die mit Geld handeln, genau wie wir die kritisieren mögen, die mit Liebe handeln, nicht aber die Substanzen an sich.«

Ich konnte spüren, daß er womöglich nicht mehr mitkam, deshalb bemühte ich mich an dieser Stelle um eine Zusammenfassung. Ich schenkte uns beiden den letzten Rest Whisky ein, um das Verständnis zu fördern. »Es geht alles auf Marktmechanismen zurück, Stu, das mußt du dir klarmachen. Und ich werd das Mädchen übernehmen. Ich bin dabei, das Aufgebot, ich meine ein Angebot zu machen, und der Aufsichtsrat wird es annehmen. Du kannst stiller Teilhaber – gemeinhin als Freund bezeichnet – werden, doch leider ist es an der Zeit, den Dienstwagen mit Chauffeur zurückzugeben.

Natürlich erkenne ich das Paradoxon genauso deutlich wie du. Du bist ein Geschöpf des Marktes und versuchst dennoch, diesen einen häuslichen Bereich deines Lebens davon auszunehmen und zu erklären, er solle nicht beeinflußt werden von den großen Mächten, die du jeden Werktag zwischen 9 und 5 zur Kenntnis nimmst. Ich andererseits, ein – wie sollen wir es ausdrücken? – klassischer Humanist mit künstlerischer Veranlagung und romantischem Wesen, gebe widerstrebend zu, daß die Leidenschaften des Menschen nicht nach einem gefälligen Regelwerk der Ritterlichkeit funktionieren, sondern sich nach den Sturmböen, den wahren Hurrikans von *le marché* richten.«

Etwa zu dem Zeitpunkt ereignete sich der Unfall. Stuart wollte mir, wie ich mich erinnere, Feuer geben (ich weiß – aber in Streßsituationen wird die Verlockung, nikotinrückfällig zu werden, gewissermaßen zu groß), und aus irgendeinem Grund sind wir aufgestanden, da ereignete sich ein unglücklicher Zusammenprall der Köpfe, der uns beide ziemlich umwarf. Zum Glück hatte er seine Kontaktlinsen drin; sonst wäre ihm womöglich die Brille kaputtgegangen.

Mrs Dyer war äußerst nett. Sie hat mir das Blut von den Kleidern gewaschen und gesagt, sie denke, auch wenn ihre

Augen nicht mehr das seien, was sie mal waren, ihrer Meinung nach müsse die Wunde genäht werden. Doch ich legte offen gestanden keinen Wert darauf, mich zu dieser Nachtzeit im Chauffieren meines Wagens zu versuchen, und zog mich nach oben in mein Baumhaus zurück.

Wenn man betrunken ist, spürt man keinen Schmerz. Und wenn man mit dem schlimmsten Kater seit Silens 21.-Geburtstagsorgie aufwacht, spürt man ihn erst mal auch nicht. Ob dieses System bei allen gleichermaßen funktioniert, überlasse ich dem experimentierfreudigen Individuum.

Stuart Ich geb ja zu, vielleicht war es falsch, ihm einen Kopfstoß zu versetzen, aber ich hab mich einfach den Marktmechanismen unterworfen, verstehst du das nicht?

Die Sache ist die, ich hör oft nicht zu, wenn Oliver was sagt. Besser gesagt, ich weiß, was er sagt, selbst wenn ich nur die Hälfte der Zeit aufpasse. Da muß sich mit den Jahren so ein Filtersystem herausgebildet haben, und das sortiert das, was für mich relevant ist zu wissen, aus dem ganzen Gequassel drumrum aus. Ich kann dasitzen und meinen Drink schlürfen und mir im Kopf sogar ein Lied vorsingen und mir trotzdem noch die wesentlichen Brocken aus dem Gequassel herauspicken.

Natürlich haben sie eine Affäre. Ach, schau *du* mich doch nicht auch so an. Der Ehemann vermutet es immer als erster und erfährt es als letzter, wie gesagt, aber wenn er es weiß, dann *weiß* er es. Und soll ich dir mal sagen, woher ich es weiß? Durch das, was sie ihm erzählt hat, was sie ihm über uns erzählt hat. Den ganzen Schmus drumrum kann ich beinahe noch – *beinahe noch* – glauben, daß er in sie verliebt ist, daß er jeden Nachmittag vorbeikommt, daß er ein Zimmer gemietet hat, weil sein verfluchtes wehes Herz ihr nahe sein muß, daß sie aber keinen Unfug treiben. Aber was mir Gewißheit gab, was mich überzeugt hat, daß nicht sein verfluchtes wehes Herz, sondern sein verfluchter weher Schwanz bedient werden wollte, war etwas, was er noch nicht mal gemerkt hat, als er es sagte. Es war das mit Gill und mir, daß wir uns im

Charing Cross Hotel kennengelernt haben. Wir haben uns damals so viel Mühe gegeben. Gill und ich waren uns einig, daß wir niemandem erzählen – aber vor allem waren wir uns einig, daß wir Oliver nicht erzählen –, wie wir uns kennengelernt haben. Es war uns peinlich, okay, geb ich zu. Es war uns beiden ein bißchen peinlich. So etwas vergißt man nicht. Aber sie hat es vergessen. Sie hat es doch glatt an Oliver ausgeplaudert. Das ist der Beweis dafür, daß sie eine Affäre hat mit ihm – sie hat mich verraten. Und der Beweis dafür, daß *er* eine Affäre hat mit ihr, ist die Art, wie er das gesprächsweise fallenließ, als sei das bloß eine unwesentliche Tatsache, über die sich alle einig sind. Wenn er *keine* Affäre mit ihr hätte, dann hätte er ein Riesentheater gemacht und einen Tanz aufgeführt und sich mit dem vergnügt, was er für Frotzelei hält, mir aber zunehmend wie ein auf mangelndes psychisches Gleichgewicht hindeutendes Gebaren vorkommt.

Er hat sich nicht verändert, unser Oliver. Leih mir mal 'n Pfund, gib mir deine Frau. Im Grunde ist er ein Parasit, verstehst du? Ein arbeitsscheuer Snob und Parasit.

Bei dem, was ich mir nicht angehört hab, war eine ganze Menge Blödsinn darüber, »Was Paare zusammenhält« und »Was die Gesellschaft zusammenhält«. Oliver mit einem seiner schlauen kleinen Aufsätze, die er so gut schreiben konnte, als wir beide noch zur Schule gingen. Warum ein kleiner Seitensprung so etwas wie die Französische Revolution ist – früher hat mir so etwas imponiert, als ich noch nicht erwachsen war. Und von da aus haben wir dann, wie ich mich erinnere, mit einem Haufen Geseich über Marktmechanismen weitergemacht. An der Stelle hab ich mit etwas mehr Aufmerksamkeit zugehört, weil es immer ein bißchen interessanter ist, wenn Oliver sich total lächerlich macht, als wenn er sich nur ziemlich lächerlich macht. Und von daher hab ich mich mit seiner komplizierten Argumentation beschäftigt, dafür und dawider abgewogen, und das Ganze lief auf folgendes hinaus – korrigier mich, falls ich jetzt allzusehr vereinfache –: Daß ich deine Frau pimper, liegt am *Markt*. Ach, daran liegt das also. Ich dachte, es läge daran, daß du in sie verliebt bist oder mich haßt oder beides, aber wenn es am *Markt* liegt, dann versteh ich, als kleines Rädchen im Getriebe, natürlich, warum du tust, was du da tust. Da geht es mir doch gleich viel besser.

In dem Moment hat er sich wieder eine Zigarette in den Mund gesteckt (seine neunte an dem Abend – ich hab mitgezählt) und gemerkt, daß seine Streichhölzer alle waren.

»Gib mir mal 'n Holländerfick, alter Kumpel«, sagte er.

Der Ausdruck war mir neu, und wahrscheinlich war er beleidigend, von daher hab ich nicht geantwortet. Oliver hat sich zu mir runtergebeugt, die Hand ausgestreckt und mir die Zigarette weggenommen, die ich geraucht hab. Er hat ein bißchen Asche abgeschnippt, das Ende angepustet, bis es rot glühte, und sich dann seine Zigarette an meiner angezündet. Die Art, wie er das machte, hatte etwas Ekelhaftes an sich.

»Das ist ein Holländerfick, alter Kumpel.« Und er hat mir widerwärtig und anzüglich zugegrinst.

Da fand ich dann, jetzt hätte ich genug. Das »alter Kumpel« war auch nicht gerade hilfreich. Ich bin aufgestanden und hab gesagt: »Oliver, hast du je einen Glasgowkuß gekriegt?«

Er dachte offenbar, wir diskutierten über Sprachgebrauch, und vielleicht meinte er gar, ich gäbe ihm Ratschläge, wie er mit meiner Frau Sex haben sollte. »Nein«, sagte er, interessiert. »Ich war noch nie in Dudelsäckingen.«

Holländerfick, Glasgowkuß. Holländerfick, Glasgowkuß. »Ich zeig's dir mal.« Ich bin aufgestanden und hab ihm bedeutet, dasselbe zu tun.

Er ist ziemlich unsicher hochgekommen. Ich hab ihn am Pullover gepackt und ihm ins Gesicht geguckt, das widerliche verschwitzte Gesicht, das meine Frau gebumst hatte. Wann? Wann zuletzt? Gestern? Vor zwei Tagen?

»Das ist ein Glasgowkuß«, hab ich gesagt und hab ihm den Kopf ins Gesicht gerammt. Er ist umgekippt und hat zuerst noch so halb gelacht, als hätte ich ihm wohl etwas anderes zeigen wollen und wäre ausgerutscht. Dann wurde deutlich, daß das kein Fehler gewesen war, und er ist weggelaufen. Er ist nicht der Typ, der sich mit den blanken Fäusten durchs Leben schlägt, unser Oliver. Ja, er ist körperlich ein absoluter Feigling. Geht in keinen Pub, außer es ist Damenabend, falls du verstehst, was ich meine. Er hat immer behauptet, er verabscheue Gewalt, weil sein Vater ihn immer verprügelt hätte, als er klein war. Mit was denn? Einem zusammengerollten Bonbonpapier?

Ach, hör mal, ich will nicht mehr über Oliver reden. *Absolut nicht*. Ich bin furchtbar ausgelaugt nach gestern abend, und der Idiot hat mir auch noch auf den Teppich geblutet.

Wie ich mich jetzt fühle? Also gut: Als wir zur Schule gingen, mußten wir immer Soldaten spielen. Die Combined Cadet Force. Und das Gewehrreinigen ging so. Man hat ein Stück Stoff genommen, 10×5 Zentimeter, und es in das eine Ende von einer Reinigungskette gestopft und das andere Ende in den Gewehrlauf gesteckt und dann den Stoff durch den ganzen Gewehrlauf durchgezogen, was tatsächlich ziemlich schwer war, weil der zusammengefaltete Stoff sehr fest saß. Das hat man vom Verschluß ganz bis zur Schnauze durchgezogen. Und genau so fühl ich mich. Da zieht mir jemand 10×5 Zentimeter Stoff an einem Draht durch den ganzen Körper, vom Arschloch bis zur Nase, immer und immer und immer wieder. Vom Arschloch bis zur Nase. So fühl ich mich.

Hör mal, sei so gut und laß mich einfach in Ruhe. Ich muß meine Ruhe haben. Danke.

> Two cigarettes in an ashtray
> My love and I in a small café
> Then a stranger . . .

Du weißt natürlich, ob sie wirklich miteinander ficken, nicht wahr? *Du* weißt es. Dann sag's mir doch. Los, sag's mir.

12: *Erspar mir Val. Erspart euch Val.*

Stuart

> I stop to see a weeping willow
> Crying on his pillow
> Maybe he's crying for me
>
> And as the skies turn gloomy
> Nightbirds whisper to me
> I'm lonesome as I-I can be

Das ist Patsy. Na, die Stimme hättest du ja sowieso erkannt, nicht wahr? Das ist aus ihrem Song »Walking After Midnight«.

Ich hab Gillian den Song vorgespielt. Ich hab sie gefragt, was sie davon hält.

»Ich hab da eigentlich keine Meinung«, hat sie gesagt.

»Na gut«, hab ich gesagt, »dann spiel ich's dir noch mal vor.«

Ich hab's noch mal vorgespielt. Für den Fall, daß du mit diesem Song nicht vertraut bist, den ich persönlich für eins von Patsys Meisterwerken halte, es geht da um eine Frau, die von ihrem Freund verlassen wurde und einen Spaziergang macht – »after midnight«, nach Mitternacht – in der Hoffnung, ihm über den Weg zu laufen und ihn vielleicht zu überreden, daß er zu ihr zurückkommt.

Als das Lied zu Ende war, sah ich zu Gillian hoch, die mit einem Ausdruck von, na ja, Gleichgültigkeit, glaub ich, dastand, als hätte sie etwas auf dem Herd, aber eigentlich wäre es so oder so egal, ob das anbrennt. Außerdem sagte sie nichts, was ich wenig überraschenderweise etwas irritierend fand. Ich meine, ich hätte zu einem von ihren Lieblingsstücken bestimmt einen Kommentar abzugeben gehabt.

»Dann spiel ich's dir noch mal vor.«

Und das tat ich.

And as the skies turn gloomy
Nightbirds whisper to me
I'm lonesome as I-I can be . . .

»Also, was meinst du nun dazu?« fragte ich.

»Ich meine«, sagte sie, »es trieft nur so von ekelerregendem Selbstmitleid.«

»Tja, würdest du das nicht?« schrie ich. »Würdest du das nicht?«

Nicht sehr betrunken.

Bloß betrunken.

Mme Wyatt   Was ich meine, ist dies. Man wird Ihnen sagen, daß statistisch gesehen dieses vorkommt und jenes vorkommt. Sicher, natürlich. Aber für mich ist jede Zeit die gefährliche Zeit. Ich habe viele Ehen erlebt, lange, kurze, englische, französische. Die Zeit nach sieben Jahren ist eine gefährliche Zeit, gewiß. Die Zeit nach sieben Monaten ist eine gefährliche Zeit.

Was ich meiner Tochter nicht erzählen konnte, war dies. Ein Jahr, nachdem ich Gordon geheiratet hatte, habe ich eine Affäre gehabt. Das hatte nichts damit zu tun, wie wir uns verstanden: Wir liebten uns. Aber trotzdem hatte ich eine kurze Affäre. Ich höre schon, wie Sie sagen: »Ach, wie französisch.« *Oh-là-là*. Na ja, es geht so. Ich habe eine englische Freundin, die eine Affäre hatte, als sie sechs Wochen verheiratet war. Und ist das so erstaunlich? Man kann glücklich sein, und man kann sich zur gleichen Zeit gefangen fühlen. Man kann Sicherheit empfinden, und man kann Panik empfinden, das ist nicht neu. Und in gewisser Weise ist der Beginn einer Ehe die gefährlichste Zeit, weil – wie kann ich es sagen? – das Herz weich gemacht wurde. *L'appétit vient en mangeant.* Wer verliebt *ist*, verliebt sich auch leicht. Ah, ich will mich doch nicht als Konkurrentin von Chamfort aufspielen, daß wir uns richtig verstehen, das ist nur, was ich beobachtet habe. Die Leute meinen, es hätte was mit Sex zu tun, daß jemand im Bett nicht seine Pflicht tut, oder ihre Pflicht tut, aber ich glaube, darum geht es nicht. Es hat mit dem Herzen zu tun. Das Herz wurde weich gemacht, und das ist gefährlich.

Aber Sie sehen, warum ich das meiner Tochter nicht sagen kann? Ah, Gillian, ich verstehe dich durchaus. Ich hatte eine Affäre ein Jahr, nachdem ich deinen Vater geheiratet hatte, das ist ganz normal. Ich darf sie doch nicht mit so etwas tyrannisieren. Ich schäme mich nicht für meine Affäre und habe keinen Grund, sie geheimzuhalten, außer daß es schädlich wäre, wenn ich es erzähle. Das Mädchen muß seine eigene Bestimmung finden, es wäre grausam, sie denken zu lassen, sie leide unter dem entsetzlichen Zwang, ihre Mutter zu imitieren. Ich darf meine Tochter doch nicht mit diesem Wissen tyrannisieren.

Also sage ich nur: »Es ist immer die gefährliche Zeit.«
Ich wußte natürlich sofort, daß es Oliver war.

Gillian Er hat gesagt: »Bitte, verlaß mich jetzt noch nicht. Die Leute denken ja, ich hätte nichts in der Hose.«

Er hat gesagt: »Ich liebe dich. Ich werde dich immer lieben.«

Er hat gesagt: »Wenn ich Oliver hier in diesem Haus erwische, brech ich ihm seinen verfickten Hals.«

Er hat gesagt: »Bitte, laß mich mit dir schlafen.«

Er hat gesagt: »Es ist heutzutage ziemlich billig, jemand umbringen zu lassen. Das hat mit der Inflationsrate überhaupt nicht Schritt gehalten. Muß wohl an den Marktmechanismen liegen.«

Er hat gesagt: »Erst seit ich dich kenne, fühle ich mich lebendig. Jetzt muß ich wieder zum Totsein zurück.«

Er hat gesagt: »Ich führ heute abend ein Mädchen zum Essen aus. Vielleicht fick ich sie danach, ich weiß es noch nicht genau.«

Er hat gesagt: »Warum mußte es ausgerechnet Oliver sein?«

Er hat gesagt: »Kann ich immer noch dein Freund bleiben?«

Er hat gesagt: »Ich will dich nie wieder sehen.«

Er hat gesagt: »Wenn Oliver einen ordentlichen Job hätte, wäre das nie passiert.«

Er hat gesagt: »Bitte, verlaß mich nicht. Die Leute denken ja, ich hätte nichts in der Hose.«

Mme Wyatt Und da war noch etwas, das meine Tochter zu mir gesagt hat und das mir durch und durch ging. Sie hat gesagt: »Maman, ich hatte gedacht, es gäbe *Regeln*.«

Sie meinte nicht Benimmregeln, sie meinte mehr als das. Die Leute bilden sich oft ein, wenn sie heiraten, dann »kommt alles ins Lot«, wie sie sagen. Meine Tochter ist natürlich nicht so naiv, daß sie das denkt, aber sie hat, glaube ich, doch gehofft oder vielleicht nur das Gefühl gehabt, sie wäre in gewisser Weise – zumindest eine Zeitlang – durch etwas geschützt, das wir die unabänderlichen Regeln der Ehe nennen könnten.

Ich bin nun mehr als fünfzig Jahre alt, und wenn Sie mich fragen, was sind die unabänderlichen Regeln der Ehe, fällt mir nur eine ein: Ein Mann verläßt seine Frau nie wegen einer älteren Frau. Davon abgesehen ist alles, was möglich ist, auch normal.

Stuart Ich bin gestern abend zu Nummer 55 rübergegangen. Die kleine alte Dame, die da wohnt, Mrs Dyer, hat aufgemacht.

»Oh, Sie sind doch der Mann vom Bezirksamt«, hat sie gesagt.

»So ist es, Madam«, hab ich gesagt. »Tut mir leid, daß ich Sie so spät noch störe, aber das Bezirksamt ist gehalten, alle Vermieter – und Vermieterinnen – möglichst umgehend zu benachrichtigen, wenn bei ihren Mietern der Aids-Test positiv war.«

»Sie haben getrunken«, sagte sie.

»Äh, es ist ein sehr anstrengender Job, wissen Sie.«

»Da sollten Sie erst recht nicht trinken. Besonders, wenn Sie Maschinen zu bedienen haben.«

»Ich habe keine Maschinen zu bedienen«, hab ich gesagt und hatte den Eindruck, wir kämen vom Thema ab.

»Dann versuchen Sie mal, heute früh ins Bett zu kommen.« Und sie hat mir die Tür vor der Nase zugeschlagen.

Sie hat natürlich recht. Ich könnte durchaus Maschinen zu bedienen haben. Zum Beispiel könnte ich mit dem Auto auf Olivers Körper hin und her fahren müssen. Rums, rums, rums. Das wäre eine Aufgabe, für die ich spitznüchtern sein müßte.

Ich will nicht, daß du mich falsch verstehst. Ich sitze nicht bloß rum und betrinke mich und höre mir Patsy-Cline-Bänder an. Na ja, ein bißchen tu ich das schon, das stimmt. Aber ich werde nicht mehr als einen gewissen Prozentsatz meiner Zeit damit zubringen, mich in – wie hat Gill das genannt? – ja, »ekelerregendem Selbstmitleid« war ihr Ausdruck, zu suhlen. Aber aufgeben werde ich auch nicht, verstehst du? Ich liebe Gill, und ich werde nicht aufgeben. Ich werde tun, was ich kann, damit sie mich nicht verläßt. Und wenn sie mich verläßt, werde ich tun, was ich kann, um sie wiederzukriegen. Und wenn sie nicht zurückkommen will . . . na ja, dann laß ich mir was einfallen. Ich nehme das nicht einfach so hin.

Daß ich Mrs Dyers Mieter mit meinem Auto überfahren will, hab ich natürlich nicht so gemeint. Das sagt man halt so. Man kann sie ja nicht im voraus üben, solche Situationen, nicht wahr? Die hat man urplötzlich am Hals, und dann muß man mit ihnen fertigwerden. Von daher sagt man Sachen, die man nicht so meint, und es kommen plötzlich Sachen aus dem eigenen Mund, die man sich bei jemand anders vorstellen kann. Wie zum Beispiel, als ich Gill erzählt habe, ich würde ein Mädchen zum Essen ausführen, und vielleicht würde ich sie danach ficken, wenn ich Lust hätte. Das ist einfach nur doof, wenn ich Gill auf diese Weise verletzen will. Die Person, die ich zum Essen ausgeführt habe, war eine Frau, das stimmt. Aber es war Val, das ist eine alte Freundin aus grauer Vorzeit, und ins Bett gehen will ich mit Gill. Und sonst niemand.

Oliver Ich hab die Tür aufgeschlossen und den Bisonhuster losgelassen, den ich mir angewöhnt hab, damit Mrs Dyer weiß, daß ich es bin, der seine Fußabdrücke auf ihrem Parkett hinterläßt. Sie kam aus der Küche und drehte ihren Sonnenblumenkopf seitwärts, um zu mir hochzublinzeln.

»Das tut mir aber leid, daß Sie den Aids haben«, sagte sie.

Meine Gemütsruhe wies, in dem Moment, nicht ganz die Stabilität sowjetischer Monumentaldenkmäler aus der Stalin-bis-Breschnew-Ära auf. Ich malte mir aus, wie Mrs Dyer versehentlich einen braunen Umschlag von der Beratungsstelle aufmacht. Bloß hatte ich gesagt, ich würde sie anrufen. Bloß hatten sie diese Adresse hier nicht.

»Wer hat Ihnen das gesagt?«

»Der Herr vom Bezirksamt. Der, der wegen der Kopfsteuer da war. Der, der gegenüber wohnt. Ich hab ihn gesehen. Er hat eine nett aussehende Frau.« Sie winkte in die Richtung . . . und plötzlich war alles klar.

»Das war ein Scherz, Mrs Dyer«, sagte ich. »So was wie ein Scherz.«

»Ich glaube, der dachte, ich wüßte nicht, was der Aids ist.« Ich hab sie angesehen, als sei ich selbst einen Hauch *bouleversé*, daß sie das wußte. »Ich hab die Broschüren gelesen«, sagte sie. »Jedenfalls, ich hab ihm gesagt, Sie seien sehr sauber und wir hätten getrennte Toiletten.«

Plötzlich war mein Herz ein Gewaber von Zärtlichkeit. Da hättest du nur vorsichtig den Fuß in mein *cœur* auszustrecken brauchen, und schon hättest du bis über den Gummistiefel dringesteckt. »Mrs Dyer«, sagte ich, »ich hoffe, Sie finden mich nicht allzu dreist, doch würden Sie in Erwägung ziehen, meine Frau zu werden?«

Sie stieß ein leises Gackern aus. »Einmal reicht für jede Frau«, sagte sie. »Und àußerdem, junger Mann, haben Sie den Aids.« Sie stieß noch einen vergnügten Kreischer aus und verschwand dann wieder in ihrer Küche.

Ich saß an meinem Fenster hinter dem Affenschwanzbaum und dachte daran, wie Stuart am Frühstückstisch seine Cornflakesschachtel schüttelt: *Sch-tschag-a-tschag, Sch-tschag-a-tschag-tschag*. Und dann – die Phantasie ist doch eine wahre Schmeißfliege, ein wahrer Knallfrosch – dachte ich an Stuart mit Gillian im Bett. Ich möchte wetten, es ist das gleiche. Ich möchte wetten, er macht *Sch-tschag-a-tschag, Sch-tschag-a-tschag-tschag*. Es tut weh, oh, es tut weh.

Stuart Ich meine zur Zeit nicht alles so, wie ich es sage, aber was ich da über Oliver gesagt habe und daß er keinen ordentlichen Job hat, das hab ich schon so gemeint. Was wäre das wirksamste Mittel gegen sexuelle Unmoral, gegen das Frauenausspannen? Vollbeschäftigung, und jeder männliche Erwachsene hat die gleiche Arbeitszeit, von 9 bis 17.30. Ach ja, und samstags auch, wir gehen zur Sechstagewoche zurück. Nicht sehr beliebt bei den Gewerkschaften, natürlich, und es müßte Ausnahmen geben für Piloten und so weiter. Natürlich, Piloten und ihre Crews sind notorisch unmoralisch. Welche anderen Berufe sind noch voll Unmoral und Frauenausspannen? Universitätsdozenten, Schauspieler und Schauspielerinnen, Ärzte und Krankenschwestern . . . Du siehst, was ich meine? Die haben alle keine regelmäßige Arbeitszeit.

Und Oliver ist natürlich ein Lügner. Das hilft auch. Ich hab immer gedacht, mit den Jahren hätte ich gelernt, wieviel ich von seinen Übertreibungen abziehen muß, aber vielleicht hab ich die ganze Zeit völlig danebengelegen. Zum Beispiel diese Geschichte, daß sein Vater ihn verprügelt hat. Ich frage mich, ob das stimmt. Er hat immer ein großes Getue darum gemacht – wie sein Vater angefangen hat, ihn zu verprügeln, nachdem seine Mutter gestorben ist, als er sechs war. Wie er mit einem Billardstock auf ihn losgegangen ist, weil Oliver aussah wie seine Mutter, und so hat sein Vater in Wirklichkeit sie bestraft, weil sie ihn verlassen hat, indem sie gestorben ist (benehmen sich Menschen wirklich so? Oliver hat steif und fest behauptet, das sei so). Wie die Mißhandlungen jahrelang weitergegangen sind, bis Oliver eines Tages, als er fünfzehn war (manchmal allerdings ist es sechzehn, manchmal dreizehn), den Spieß einfach umgedreht und seinen Vater verdroschen hat. Danach ist es dann nie wieder vorgekommen, und jetzt lebt Dad in irgendeinem Altersheim, und Oliver besucht ihn ab und zu in der Hoffnung, in diesen letzten Jahren einen Funken Zuneigung zu finden, kommt aber jedesmal traurig und enttäuscht zurück. Was ihm viel Mitgefühl einbringt, nicht zuletzt bei Frauen.

Keiner hat die Version von seinem Dad gehört, versteht sich. Ich hab ihn ein paarmal kurz gesehen, wenn ich Oliver besuchen wollte, und *mich* hat er nie verprügeln wollen. Nachdem ich Olivers Stories gehört hatte, war ich darauf gefaßt, daß er Vampirzähne hätte und mit ein Paar Handschellen herumliefe; er kam mir aber vor wie ein ganz netter alter Knabe mit Pfeife. Oliver haßt ihn auf jeden Fall, aber das mag andere Gründe haben, wie daß er seine Erbsen mit dem Messer ißt oder nicht weiß, daß *Carmen* von Bizet ist. Oliver ist ein Snob, wie dir vielleicht schon aufgefallen ist.

Außerdem ist er, das muß ich einfach deutlich machen, ein Feigling. Oder zumindest, sagen wir mal so: Das große Ereignis in Olivers Kindheit ist der Moment, wo er sich seinem gewalttätigen Dad entgegenstellt und ihm so eine Tracht Prügel gibt, daß das Alte Schwein – wie Oliver ihn nennt – sich mit eingezogenem Schwanz davonschleicht. Nun bin ich ein ganzes Stück kleiner als Oliver, aber als ich ihm einen kleinen Stups mit dem Kopf ins Gesicht gegeben habe, wie hat er da reagiert? Er ist heulend und kreischend davongerannt. Verhält sich so ein berühmter Kinderschreckbezwinger? Ach ja, und wie ist das mit dem Billardstock? Oliver hat mir mal erzählt, er und sein Vater hätten nur eins gemeinsam: Sie haßten beide Sport.

Gillian Oliver hat fünf Stiche für seine Wange gebraucht. Im Krankenhaus hat er gesagt, er sei gestolpert und hätte sich an der Tischkante aufgeschlagen.

Er hat gesagt, wer den brutalen Ausdruck in Stuarts Gesicht nicht selbst gesehen hat, der würde ihn nicht für möglich halten. Er hat gesagt, er hätte geglaubt, Stuart wolle ihn umbringen. Er hat gemeint, ich sollte Wasser in die Whiskyflasche tun. Er hat mich angefleht, sofort wegzugehen.

Stuart

> And as the skies turn gloomy
> Nightbirds whisper to me
> I'm lonesome as I-I can be . . .

Gillian Weißt du, die ganze Zeit, wie ich mit Stuart zusammen war, hat er mich nicht ein einziges Mal gefragt, warum ich an dem Abend im Charing Cross Hotel war. Ich meine, auf eine Art hat er danach gefragt, und ich hab geantwortet, ich hätte die Anzeige in *Time Out* gesehen, aber er hat nie gefragt, *warum*. Er war immer sehr behutsam bei seinen Versuchen, etwas über mich herauszufinden. Ich glaube, das kam zum Teil daher, daß er sich nicht darum gekümmert hat, was vorher war. Ich war da, und das war das einzige, was Stuart interessierte. Aber es war noch etwas mehr als das. Stuart hatte seine Vorstellung von mir, darauf war er festgelegt, und etwas anderes wollte er nicht hören.

Warum ich da war, ist leicht erzählt. Ein verheirateter Mann: er wollte seine Frau nicht verlassen, ich konnte ihn nicht aufgeben. Ja, diese alte Geschichte, die sich so endlos hinzieht. Also hab ich Maßnahmen ergriffen, damit sie sich nicht noch weiter hinzieht. Man muß sein Glück selbst in die Hände nehmen – man kann nicht erwarten, daß es zur Tür hereinplumpst wie ein Päckchen. In diesen Sachen muß man praktisch sein. Die Leute sitzen zu Hause rum und denken: Eines Tages kommt er schon, mein Märchenprinz. Aber das bringt nichts, es sei denn, man hat ein Schild rausgehängt, auf dem steht: Märchenprinzen, nur hereinspaziert.

Oliver könnte nicht verschiedener sein. Erstens einmal will er alles über mich wissen. Manchmal habe ich den Eindruck, ich enttäusche ihn, weil ich keine exotischere Vergangenheit habe. Ich war nie Perlenfischerin in Tahiti. Ich hab meine Jungfernschaft nicht für einen Zobelmantel verkauft. Ich war einfach nur ich. Andererseits ist dieses *Ich* bei Oliver im Kopf nicht so festgelegt und bestimmt, wie das bei Stuart war. Und das ist . . . schön. Nein, es ist mehr als schön. Es ist erregend. »Weißt du, ich möchte wetten, für Stuart bist du im wesentlichen eine gute kleine Einkäuferin.« Das war vor ein paar Wochen.

Ich kann es nicht leiden, wenn Stuart kritisiert wird. Genauer gesagt, ich lasse es nicht zu. »Ich *bin* eine gute kleine Einkäuferin«, entgegnete ich (obwohl ich mich selbst nicht so sehe). Zumindest bin ich viel besser als Oliver, der dazu neigt, über einer Paprikaschote in Trance zu fallen, wenn du verstehst, was ich meine.

»Entschuldige«, sagte er schnell. »Was ich *gemeint* hab, ist bloß, daß du für mich jemand bist mit, na ja, endlosen Möglichkeiten. Ich stecke nicht ab und zäune nicht ein, was dein anerkanntes und eingetragenes Wesen sein soll.«

»Das ist aber lieb von dir, Oliver.« Ich hab ihn ein bißchen aufgezogen, obwohl er das anscheinend nicht gemerkt hat.

»Es ist nur, daß – ich will ja nichts sagen – Stuart dich überhaupt nicht richtig *sieht*.«

»Und du – *siehst* du mich?«

»Mit 3-D Brille. Hab für nichts anderes Augen.«

Ich habe gelächelt und ihn geküßt. Später hab ich mich gefragt: Wenn zwei so unterschiedliche Menschen wie Stuart und Oliver sich beide in mich verlieben können, was ist das dann für ein *Ich*? Und was für ein *Ich* verliebt sich erst in Stuart und dann in Oliver? Dasselbe, ein anderes?

Harringay Hospital
Chirurgische Notaufnahme

Nachname   RUSSELL
Vorname(n)   OLIVER DAVENPORT DE QUINCEY
Adresse   55, St Dunstan's Road, N16
Beruf   Drehbuchautor
Ort des Unfalls   zu Hause
Zeitpunkt der Aufnahme   11.50
Name des Hausarztes   Dr. Caligari (Sizilien)

BEMERKUNGEN

     Behauptet, alte Duellnarbe wieder aufgeplatzt, weil
     gegen Affenschwanzbaum gelaufen
     riecht nach Alkohol + +
     Bewußtlos: nein
     letzte Tetanus vor $>$ 10 Jahren
     Fleischwunde Länge 3 cm R Wange
     Röntgen $\neq$ keine Bilder vorhanden
     Naht mit 10 × 50 Nylon
     Tet tox
     Fäden → 5.7. hier

J. Davis
16.00

Oliver   Ich hab nie gedacht, ich hätte den Aids, wie Mrs
Dyer die Angelegenheit so faszinierend nennt. Aber es zeigt
doch, daß ich ernste Absichten habe, nicht wahr? *Tabula rasa,*
noch einmal ganz von vorne anfangen.

     Und ich muß nicht zweimal Kopfsteuer zahlen, weil ich in
Nummer 55 ja nicht richtig wohne, und ich bin da sowieso
nicht mehr lange. Ich hab diese Phantasie, daß ich Mrs Dyer
bitte, Brautjungfer zu sein. Oder vielleicht Brautführerin.

     Manche Sachen machen einen fertig. Ich wünschte, ich
hätte mir nicht vorgestellt, wie Stuart *Sch-tschag-a-tschag*

macht. Weißt du, ich hatte da so einen Privatscherz. Ein Buch, das ich gelesen hab, als ich grade in der Post-Prä-Pubertät war, enthielt die Worte: *Er nahm sich Freiheiten heraus mit ihren schmalen Lenden.* Ich gebe zu, fast ohne Scham, dieser Ausdruck hat jahrelang in meinem Schädel an einer Schnur gebaumelt wie Weihnachtsschmuck, vergoldet und talismanisch. Das treiben die also, die Dreckschweine, hab ich gedacht. Ich auch, demnächst. Dann, viele Jahre lang, stellte die Realität die Phraseologie in den Schatten. Bis mir die Worte bei Gill wieder einfielen. Da saß ich hoch droben in meinem Affenschwanzbaum und flüsterte vor mich hin (nicht *ganz und gar* ernstgemeint, wie du hoffentlich begreifst): »*Ich werde mir Freiheiten herausnehmen mit ihren schmalen Lenden.*« Aber das geht jetzt nicht mehr, weil da was verklemmt ist im Gehirn, eine Ganglienblockade. Denn wenn ich die Worte höre, folgt hinterher jedesmal das Geräusch, wie Stuart *Sch-tschag-a-tschag, Sch-tschag-a-tschag-tschag* macht, wie ein pummeliger Tender hinter einer schnittigen Lokomotive.

Ich hoffe bei Gott, daß sie es nicht mehr machen. Ich hoffe bei Gott, daß sie noch nicht mal mehr im selben Bett schlafen. Fragen kann ich nicht. Was meinst du?

Nach *la lune de miel* kommt *la lune d'absinthe*. Wer hätte gedacht, daß Stuart im Rausch gewalttätig wird?

Stuart

> I stop to see a weeping willow
> Cryin' on his pillow
> Maybe he's cryin' for me . . .
>
> Nicht sehr betrunken.
> Bloß betrunken.

Gillian Und ich weiß, da ist eine Frage, auf die ich antworten muß. Du hast das Recht, sie zu stellen, und ich darf mich nicht wundern, wenn da ein skeptischer Ton in deiner Stimme ist oder gar ein kleines verächtliches Schnauben. Also los, stell sie.

Schau mal, Gill, du hast uns erzählt, wie du dich in Stuart verliebt hast – vor lauter Rührung, als du seinen Kochplan gesehen hast –, wie wär's denn, wenn du uns mal erzählst, wie du dich in Oliver verliebt hast? Hast du gesehen, wie er seinen Totoschein ausfüllt, das Kreuzworträtsel in der Times *macht?*

Schon gut. Ich hätte an deiner Stelle wohl auch so meine Zweifel. Ich will bloß folgendes sagen. Ich hab mir das nicht ausgesucht, was passiert ist. Ich hab da nichts manipuliert, hab nicht plötzlich beschlossen, Oliver wäre ein »besseres Geschäft« oder so als Stuart. Es ist mir passiert. Ich habe Stuart geheiratet, dann hab ich mich in Oliver verliebt. Ich bilde mir gar nichts darauf ein. Einiges gefällt mir nicht mal daran. Es ist einfach passiert.

Aber »jener Augenblick« – der, an den ich mich für Leute, die ich noch nicht mal kenne, dann mal gefälligst erinnern soll: Wir waren in einem Restaurant. Es soll französisch sein, ist es aber nicht. Ich glaube, die Hälfte der Kellner sind Spanier und die andere Hälfte Griechen, aber sie sehen hinreichend mediterran aus, und der Koch tut überall Anchovis und Oliven rein, und der Laden nennt sich »Le Petit Provençal«, worauf offenbar die meisten Leute reinfallen oder womit sie jedenfalls zufrieden sind.

Wir waren da, weil Stuart über Nacht weg war und Oliver mich unbedingt zum Essen ausführen wollte. Erst wollte ich nicht, dann hab ich gesagt, ich würde bezahlen, dann habe ich vorgeschlagen, halbe-halbe zu machen, aber da fing die übliche Geschichte mit dem männlichen Stolz an, und so wie *der* funktioniert, können sie es noch weniger hinnehmen, daß du die Hälfte zahlst, wenn sie kein Geld haben. Da war ich also, halb gegen meinen Willen, halb unter Druck, in einem Restaurant, das mir nicht sonderlich gefiel, das ich aber ausgesucht hatte, weil ich dachte, es wäre so billig, daß er mich dahin ausführen könnte. Oliver berührte das alles offenbar überhaupt nicht. Er war sehr locker, als hätten die ganzen Verhandlungen, die notwendig waren, um uns da hinzubringen, nie stattgefunden. Vermutlich hatte ich auch Angst, daß er anfangen könnte, über Stuart herzuziehen, aber das Gegenteil war der Fall. Er hat gesagt, er hätte nicht mehr viel Erinnerungen an die Schulzeit, aber das Schöne hätte alles mit Stuart zu tun. Da war eine Bande, die sie ganz allein besiegt haben, nur sie zwei. Da war jemand, den sie »Feet« nannten, weil er große Hände hatte. Da war die Sache, als sie beide zusammen per Anhalter nach Schottland gefahren sind. Oliver hat gesagt, sie hätten Wochen gebraucht, um da hinzukommen, weil er damals so ein Snob war, was Autos anging, daß er sich wahrhaftig weigerte einzusteigen, wenn jemand hielt und ihm die Polsterung oder die Radkappen nicht zusagten. Und dann hat es die ganze Zeit geregnet, so daß sie in Bushaltestellen-Häuschen herumgesessen und Haferkekse gegessen haben. Oliver hat gesagt, er hätte sich damals schon etwas fürs Essen interessiert, daher hätte Stuart einen Blindversuch mit ihm angestellt. Oliver hat die Augen zugemacht, und Stuart hat ihn abwechselnd mit kleinen Stückchen von feuchtem Haferkeks und kleinen Stückchen von zerrissenem feuchten Pappkarton gefüttert. Stuart hatte behauptet, Oliver hätte es nicht auseinanderhalten können.

Es lief alles . . . erstaunlich entspannt ab, und Oliver grunzte beifällig zu dem Essen, obwohl wir beide wußten, daß es nicht viel taugte. Als wir mit dem Hauptgericht fast fertig waren, hielt er einen Kellner an, der an unserem Tisch vorbeikam.

»Le vin est fini«, sagte Oliver zu ihm. Er wollte nicht angeben oder so, er ging einfach davon aus, daß in einem Lokal, das sich »Le Petit Provençal« nennt, die Kellner Franzosen sind.

»Entschuldigung?«

»Ah«, sagte Ollie. Er drehte seinen Stuhl etwas herum und klopfte mit dem Finger an die Weinflasche, als würde er in dieser grauenhaften Shakespeare School of English unterrichten. »Le vin . . . est . . . fini«, wiederholte er, wobei er sorgfältig artikulierte und am Ende mit der Stimme nach oben ging, um anzuzeigen, daß da noch mehr käme. »Der . . . Wein . . .« fuhr er mit einem starken nichtenglischen Akzent fort, ». . . kommt . . . aus . . . Finnland.«

»Möchten Sie noch eine Flasche?«

»Si, signor.«

Ich fürchte, ich hab einfach losgeprustet, was nicht sehr fair war gegenüber dem Kellner, der ziemlich mißmutig loszog und uns eine neue Flasche brachte. Als er mir einschenkte, murmelte Ollie: »Ein recht erfreulicher Chateau Sibelius, wie du feststellen wirst.«

Und da ging es bei mir wieder los. Ich hab gelacht, bis ich husten mußte. Dann hab ich gelacht, bis mir alles weh tat. Und bei Ollie ist es so, daß er weiß, wie man einen Witz am Kochen hält. Ich will ja keine Vergleiche anstellen, aber Stuart kann nicht sonderlich gut Witze machen, und wenn er einen macht, beläßt er es einfach dabei, als hätte er ein Karnickel geschossen oder so, und damit ist das Geschäft erledigt. Während Ollie dranbleibt, und wenn man nicht in Stimmung ist, kann es auch lästig werden, aber an dem Abend war ich wohl in Stimmung.

»Und zum Kaffee, Modom? Einen kleinen Kalevala? Einen Suomi on the rocks? Ich weiß, ein Glas Karelia?« An diesem Punkt hab ich mich überhaupt nicht mehr eingekriegt, aber der Kellner wußte nicht, was da so komisch war. »Ja, ich glaube, ein Tröpfchen Suomi für meine Freundin«, sagte Ollie. »Welche Sorten haben Sie da? Haben Sie einen Fünf-Stern-Helsinki?«

Ich wedelte mit den Händen, damit er aufhörte, und der Kellner meinte, das hätte etwas anderes zu bedeuten. »Nichts für die Dame. Und für Sie, Sir?«

»Oh«, sagte Ollie, wobei er so tat, als würde er wieder ernst werden, und plötzlich ganz seriös dreinblickte. »Äh. Ja. Für mich einfach einen kleinen Fjord, bitte.« Da sind wir beide wieder ausgerastet, und als ich zu mir kam, taten mir die Seiten weh, und ich sah zu Ollie rüber, seine Augen glitzerten, und ich dachte bei mir: Mein Gott, das ist gefährlich, das ist *wirklich mehr als* gefährlich. Dann wurde Ollie still, als hätte er das auch gespürt.

Du findest das nicht so lustig wie ich? Schon gut. Ich erzähl's dir ja bloß, weil du gefragt hast. Und wir haben ja auch ein großes Trinkgeld dagelassen, für den Fall, daß der Kellner dachte, wir hätten uns über ihn lustig gemacht.

> And as the skies turn gloomy
> Nightbirds whisper to me . . .

Gillian Als ich Oliver zum ersten Mal sah, hab ich ihn gefragt, ob er Make-up trägt. Das war ein bißchen peinlich – ich meine, wenn man sich hinterher erinnert, daß es fast das erste war, was man zu jemand gesagt hat, in den man sich dann verliebt hat –, aber es war gar nicht so sehr daneben. Ich meine, manchmal ist es *wirklich* so, als ob Oliver vor anderen Leuten Make-up trägt. Er dramatisiert gerne, er schockiert sie gern ein bißchen. Bloß bei mir macht er das nicht. Er kann ruhig sein, er kann er selbst sein, er weiß, daß er sich nicht mordsmäßig aufspielen muß, um mir zu imponieren. Oder vielmehr, das würde er nicht, wenn er es täte.

Es ist so eine Art Scherz zwischen uns. Er sagt, ich bin der einzige Mensch, der ihn ohne Make-up sieht. Aber es ist etwas Wahres daran.

Oliver sagt, das sei auch kein Wunder. Er sagt, so sei ich eben. Ich verbringe meine Tage damit, daß ich bei Bildern die Pampe abtrage, also mach ich das natürlich auch bei ihm.

»Spucken und wischen«, sagt er. »Keine aggressiven Lösungsmittel vonnöten. Bloß spucken und wischen, und bald bist du beim wahren Oliver angelangt.«

Und wie ist der? Sanft, aufrichtig, nicht sehr selbstsicher, ein bißchen faul und sehr sexy. Du siehst das nicht so? Gib ihm etwas Zeit.

Jetzt höre ich mich an wie meine Mutter.

. . . (weiblich, zwischen 25 und 35) Wenn du mich fragst, da gibt es eine einfache Erklärung. So richtig einfach vielleicht auch wieder nicht, aber ich hab so was schon öfter erlebt. Die Sache ist die . . .

Was? Was soll das heißen? Was ich vorzuweisen habe? Du fragst MICH, was ich vorzuweisen habe? Hör mal, wenn hier irgendwer was vorzuweisen hat, dann doch wohl du. Was hast *du* denn getan, daß du ein Recht auf *meine* Ansichten hast? Was ist überhaupt deine Legitimation? Bloß weil du's bis hierher geschafft hast, kannst du dich doch nicht gleich aufspielen wie so ein Scheiß-Bulle.

Du würdest mir mehr *glauben*? Hör mal, mich persönlich läßt das kalt wie ein Fischschwanz, ob du mir glaubst oder nicht. Ich liefer dir eine Meinung und keine Autobiographie, und wenn dir der Handel nicht paßt, dann verschwinde wie der Furz im Winde. Ich mache hier sowieso kurze fünfzehn, also brauchst du mir nicht auf die altmodische Tour zu kommen. Ich versteh schon, logo. Du willst wissen, ob ich Hanni, die Herzliche Hausärztin bin, die Seriöse Seelenklempnerin Senta, der Räudige Rockstar Rachael oder die Niedliche Nachtschwester Nathalie. Meine Glaubwürdigkeit hängt von meiner beruflichen oder gesellschaftlichen Stellung ab. Also, mit Verlaub. Oder besser, verpiß dich. Und da du so versessen bist auf eine Identität, da hast du eine: Vielleicht bin ich eigentlich gar keine Frau, ich sehe nur so aus. Vielleicht bin ich auf die Universitäten von Casablanca und Copacabana gegangen. Promoviert im Bois de Boulogne.

Okay, tut mir leid. Du bist mir einfach auf den Senkel gegangen. Außerdem bin ich grad nicht so gut drauf. (Nein, *das* geht dich auch einen Dreck an.) Mein Gott, hör mal, ich erzähl dir einfach, was ich denke, und dann verpiß ich mich. Du kannst dir selber einen Reim darauf machen. Ich bin ja zur Zeit nicht grade der Geschmack des Monats hier in der Gegend, und so wirst du mich danach auch nicht mehr sehen.

Und natürlich bin ich kein Transsexueller. Frag Stuart, wenn du willst, der wird das bestätigen, er hat sich durch Augenschein überzeugt. Entschuldigung, ich sollte nicht über meine eigenen Witze lachen, es ist nur, daß du so mißbilligend guckst. Okay, hör zu, ich kenn die beiden Jungs da schon urlange. Ich weiß noch, wie es Olivers Vorstellung von Oper war, daß Dusty Springfield aus beiden Lautsprechern hinten in einem Cortina kommt. Ich weiß noch, wie Stuart eine Brille mit elastischen Drahtbügeln um die Ohren hatte. Ich weiß noch, wie Oliver mit Netzhemd und Hush Puppies rumgelaufen ist, wie Stuart sich Trockenshampoo ins Haar getan hat. Ich hab mit Stuart geschlafen (tut mir leid: keine Presseerklärung), und außerdem hab ich Ollie in der Beziehung einen Korb gegeben. *Das* habe ich vorzuweisen. Und noch dazu, daß Stuart mir in den letzten Wochen und Monaten bei kleinen halbgeheimen Mittag- und Abendessen mit der ganzen Geschichte die Ohren abgequatscht hat. Zuerst hab ich, ehrlich gesagt, gedacht, er wär auf etwas anderes aus. Yeah, wie kann man nur so blöd sein, ich weiß, das ist die Geschichte meines Lebens. Ich hatte gedacht, Stuart wollte *mich* sehen. Ganz schön dämlich, geb ich zu. Er wollte bloß ein verficktes Riesenohr, damit er sein Leid da reinheulen kann. Ich hab dagesessen, und er hat nicht ein einziges Mal gefragt, was ich so treibe, und am Ende des Abends hat er sich dann immer entschuldigt, daß er so viel über sein eigenes Leben gequatscht hat, und dann haben wir uns wieder getroffen, und er hat genau das gleiche gemacht. Der ist wie besessen, der Kerl, gelinde gesagt, und für so was hab ich keinen Bedarf. Ich hab da echt keinen Bedarf, nicht in diesem Stadium meines Lebens. Noch ein Grund, daß ich mich aus dem Ganzen hier abseile.

Ich glaube, Oliver ist scharf auf Stuart. Das Gefühl hatte ich schon immer. Ich weiß ja nicht, wie schwul er sonst ist, aber ich würd sagen, auf Stuart ist er scharf. Darum hat er Stuart immer so runtergemacht und darüber gelacht, wie schäbig und langweilig er sei. Er macht Stuart runter, damit keiner von beiden zugeben muß, was da schon immer war, was da sein könnte, wenn sie nicht dieses Spielchen spielen würden, daß Stuart schäbig ist und langweilig und so gar nicht paßt zu dem flotten Oliver.

Okay, soweit warst du schon. Wundert mich gar nicht weiter. Aber was ich zu sagen hab, das einzige eigentlich, ist folgendes. Der *Grund*, warum Oliver mit Gillian ficken will, ist der, daß er damit so nahe wie irgend möglich daran ist, mit Stuart zu ficken. Klar? Hast du mich kapiert? Die Seriöse Seelenklempnerin Senta hätte einen ordentlichen Namen dafür, aber die bin ich nicht. Ich glaub einfach, daß Oliver in gewisser Weise Stuart fickt, wenn er Gillian fickt.

Denk mal darüber nach. Ich hau jetzt ab. Mich siehst du nicht mehr, es sei denn, die Sache entpuppt sich als Reißer.

Stuart   Ach nein. Nicht Val. Erspar mir Val. Erspart euch Val. Die können wir hier wirklich nicht brauchen. Die bringt nur Schwierigkeiten. Schwierigkeiten großgeschrieben, wie Oliver es immer ausgedrückt hat.

Das ist die, die dir ihren Namen nicht sagen wollte (was haben diese Leute bloß immer mit dem Namen?). Ich hab sie schon vor langer Zeit gekannt, wie sie dir zweifellos erzählt hat. Hast du schon gemerkt, wenn jemand sagt, daß sie jemand schon ganz lange kennen, dann bedeutet das fast immer, daß sie gleich etwas Gemeines über die sagen wollen? Oh, nein, du kennst die nicht wirklich, nicht so wie ich, *ich* weiß schließlich noch . . .

Vals großes Ding über mich ist, daß sie mich schon kannte, als ich Trockenshampoo für meine Haare benutzt habe, vor einer Million Jahren. Also, das wollen wir mal klarstellen, falls du's noch aushalten kannst, wenn ich dich mit solchem Kleinkram belemmere. Irgendwann, vor vielen Jahren, hat mir jemand, irgendeiner, mal erzählt, es gäbe da so ein Pulverzeug, das man sich zwischen den Naßwäschen auf die Haare sprüht, und man reibt es ein und bürstet es dann wieder aus, und es sieht aus, als hätte man sich die Haare gewaschen. Okay? Also hab ich mir das gekauft – das war, wie ich zu meiner Verteidigung anmerken muß, nachdem ich irgendwo gelesen hatte, es könne schädlich sein für die Haare, wenn man sie zu oft naß wäscht –, und eines Abends hab ich es zum ersten und einzigen Mal benutzt und bin in einem Pub was trinken gegangen, und da geht hinter mir dieses unwahrscheinliche Gekreisch los: »Stu, du hast ja *furchtbare* Schuppen!« – und das war natürlich Val, besten Dank auch, sorgt immer dafür, daß alle sich so richtig wohl fühlen. Und da ich noch nie Schuppen hatte, hab ich meine Haare angefühlt und dann gesagt: »Das ist Trockenshampoo«, woraufhin Val den gesamten Pub wissen ließ, das seien keine Schuppen, sondern Trockenshampoo, und was in aller Welt das denn sei und so weiter und so weiter.

Wenig überraschenderweise hab ich, angesichts dieses Vorfalls, als ich zu Hause ankam meine kleine Pusteflasche Trockenshampoo weggeworfen und seither bis zum heutigen Tage keins mehr benutzt.

Wenn die dich einmal in den Klauen hat, dann läßt sie dich nicht mehr los, dieses Mädchen. Oder vielmehr, diese Frau. Sie ist 31, wie sie dir vermutlich nicht erzählt hat, und nach einer glanzvollen Karriere im Verkauf von Ferienreisen zu Discountpreisen arbeitet sie jetzt als Büroleiterin in einer kleinen Druckerei nahe der Oxford Street. So ein Laden, der Einladungskarten druckt und vorne ein paar Fotokopierer stehen hat, von denen immer nur gerade einer funktioniert. Ich sage das nicht, um sie runterzumachen, verstehst du, sondern bloß, um diese Aura der Geheimnisvollen Frau zu vertreiben, mit der sie dir womöglich gekommen ist. Nur damit du weißt, mit wem du es zu tun hast. Val von Pronto Printa.

Oliver *Was* hat sie? *Das?* Das ist eine Ungeheuerlichkeit, das ist die reinste Niedertracht, das ist der trübeste *mensonge*, den sie sich einfallen lassen konnte. Dieses Mädchen bringt nur Schwierigkeiten. Schwierigkeiten großgeschrieben, mit einem großen S, wie in Sau.

Sie hat mir einen Korb gegeben in Sachen Rumsdibumsdi? *Sie* hat *mir* einen Korb gegeben, ja? Dann projizier dir doch einmal die folgenden bewegten Bilder auf die gewölbte Leinwand hinter deiner Stirn und drück dein Fingerchen auf den Dolby-Knopf, auf daß dir die Feinheiten des Dialogs nicht entgehen. Eines lichten Tages findet sich Oliver, trotz lautstarker gegenteiliger Neujahrsvorsätze, doch wieder auf einer von diesen verschlampten Veranstaltungen, die von hohlköpfig dröhnenden Frohnaturen mit Mini-Bierfäßchen unter dem Arm besucht werden, wo die Mädchen alle mit solchem Ingrimm Silk Cut inhalieren, als sei das gesundheitsfördernd (ich spreche hier nicht als moralinsaurer Konvertit – aber wer rauchen will, der soll auch *rauchen*), und wo du jeden Moment befürchten mußt, hinterrücks von einem banausischen

Händepaar gepackt zu werden, das dich zu diesem unfehlbaren Depressionserzeuger, der Schlappschleppenden Conga wegschleifen will. Es war – erraten! – eine Party.

Soweit ich mich erinnere, hatte Stuart mich zu dem Besuch überredet, zweifellos, um mich mit kleiner Münze für all jene illustren Vierer-Verabredungen zu entschädigen, zu denen ich den pausbäckigen Schlotterer geleitet hatte. Zwischen Humpen voll Old Schädelspalter und undurchsichtigen palmenbaumbeklebten Flaschen voll leberlädierenden karibischen Sprits hindurchsteuernd, ließ ich mich in dem halbherzigen Bemühen, mir die Hucke vollzusaufen, neben einer Methusalemflasche Soave nieder. Ich trank das Zeug durch einen buntgekringelten Partystrohhalm und kam ganz ordentlich voran, als grauenerregende Hände sich um meine Schultern krallten.

»Auweh, meine Gicht!« schrie ich, voll Furcht, in das spießigste aller Bacchanale hineingezogen zu werden. Denn an dem Abend hatte mich die Tanzwut nicht befallen.

»Ollie, du weichst mir aus«, sagten die Hände, woraufhin der Po eine senkrechte Landung auf meiner Stuhllehne unternehmen wollte, ein Manöver, das die Pilotenfertigkeiten von Val im freien Fall überstieg, die mir von dort in den Schoß wallte.

Die nächsten Minuten über ging zwischen uns ein Routinefluß von Artigkeiten und Schäkerei hin und her, doch hätte nur der erfindungsreichste Textzerpflücker, nur der kaltblütigste Leugner der Intentionalität die Unterhaltung so ausgelegt, daß ich 1) die Gesellschaft Vals der einer Gallone italienischen Weißweins vorzöge; oder 2) meinen Freund Stuart auch nur einen Augenblick lang dessen beraubt hätte, was die jungen Leute damals – wobei sie unbewußt zweifellos das Lodern der Fleischeslust evozierten – oftmals als »seine Flamme« bezeichneten.

So gingen wir auseinander, in allem Anstand, wie ich es sah, sie zu der Conga und ich zu anmutiger Träumerei. Ohne auch nur einen *Bums de politesse*.

Val Es gibt zwei Sorten Männer, finde ich, die einen in den Dreck ziehen: die, mit denen man geschlafen hat, und die, mit denen man nicht geschlafen hat.

Stuart und ich hatten was laufen, und Oliver wollte mich anbaggern. Stuart hat dieses langweilige biedere kleine Muttchen da geheiratet, und Oliver hat sie angebaggert. Ist da nun ein Schema drin oder nicht?

Stuart ist sauer, weil ich sein Trockenshampoo entdeckt hab, und Oliver ist sauer, weil ich nicht bereit war, mit ihm ins Bett zu hüpfen. Sag mal, findest du das nicht komisch? Ich meine, komisch, daß sie darüber sauer sind? Keiner von beiden nimmt auch nur den geringsten Anstoß an der Idee, daß Oliver mit Gillian fickt, weil er in Wirklichkeit Stuart ficken will. Wie erklärst du dir das?

Und wenn ich du wäre, würd ich mir Gillian mal näher ansehen. Ist sie nicht eine wahre kleine Heldin, ist es nicht großartig, wie sie mit allem *zurechtkommt*? Daddy brennt mit seinem Schulmädchen durch, und Gillie übersteht es heroisch. Sie tröstet sogar noch ihre trauernde Mutter. Wie selbstlos, wie erwachsen. Als nächstes läßt Gillian sich in eine Dreiecksgeschichte verwickeln, und rate mal, wer von den dreien am besten wegkommt? Tja, Fräulein Dingsbums natürlich. Steckt mittendrin und läßt sich trotzdem nicht unterkriegen und verhält sich dabei noch richtig – das heißt, dreht Stuart durch den Fleischwolf und hält Oliver an der Kandare.

Sie erzählt Stuart (der es mir erzählt), manche Sachen – wie den besten Freund von deinem Mann verführen – würden »einfach passieren«, und dann müßte man das Beste daraus machen. Na, das ist eine einfache Theorie, nicht wahr? Hör mal, nichts »passiert einfach«, vor allem nicht in so einer Situation. Was die beiden Jungs da nicht begreifen, ist, daß *hinter allem Gillian steckt*. Die Ruhigen und Vernünftigen, die behaupten, ihnen wüde alles »einfach passieren«, das sind in Wirklichkeit die Drahtzieher. Stuart ist jetzt übrigens schon völlig fertig vor lauter Schuldgefühlen, was ja keine schlechte Leistung ist, nicht wahr?

Ach, und warum wollte sie nicht mehr Sozialarbeiterin werden? Hat sie zu scheißsensibel auf den Schmerz der Welt reagiert? Genau andersrum: Wenn du mich fragst, hat der Schmerz der Welt nicht sensibel genug reagiert auf *sie*. Die ganzen beschädigten Leute und versauten Familien haben das erstaunliche Privileg nicht würdigen können, das ihnen zuteil wurde, indem ihre Probleme von Miss Florence Nightingale höchstpersönlich behandelt wurden.

Und dann noch eine Frage. Was glaubst du, wann sie beschlossen hat, sich Oliver zu angeln? Ich meine, wann *genau* hat sie angefangen, ihm den Kopf zu verdrehen, ohne daß er das gemerkt hat? Das ist nämlich ihr Trick. Bei dir hat sie es doch nicht auch versucht, oder?

Oliver Tja, wir kämpfen jetzt mit harten Bandagen, nicht wahr? Und die tugendsame Val stellt sich dar wie Susannah, die da litt unter den geilpfotigen Ältesten. Also, bei der Vorstellung mußt du mir schon gestatten, daß ich ein wenig vom Leder ziehe. Sollte Val sich je in ihrer Blöße von zwei ehrwürdigen Tattergreisen bespitzelt sehen, hätte sie alle beide schon im Würgegriff, noch ehe sie bei ihr die Leberflecken zählen könnten, und ihnen pro Grabscher noch einen Zehner abknöpfen.

Bei flüchtiger Bekanntschaft unterschätzt man vermutlich die penetrante Primitivität der Zeugin, die man da vor sich hat. Wenn Herodes' Truppen jedes Haus nach Feinsinnigkeit durchkämmten, sie würden nicht lang verweilen in La Maison de Val. Sie gehört zu den Wesen, für die der Ausdruck »Möchtest du noch auf einen Kaffee mitkommen?« gnomisch ist bis zur Unverständlichkeit und die das Apophthegma »Hast du da einen Tannenzapfen in der Tasche?« der tantrischen Meister würdig fänden. So mag es denn nicht ungalant sein, wenn Ollie noch lebhaft in Erinnerung hat, wer nun genau wen abschleppen wollte auf dieser Party.

Und zur Strafe für mein Zurückweichen angesichts ihrer klebrigen Hände (obwohl ich zugebe, daß Ritterlichkeit gegenüber Stuart als Motiv hinterdreingehinkt kam, weit abgeschlagen nach Nervosität, Geschmack, ästhetischen Erwägungen *et cetera*) erklärt Val dir aus heiterem Azur, ich hätte – hätte, habe, würde haben – biologische Anschläge vor auf die tapirartigen Formen von Stu-Baby, und schmählich zurückgewiesen in meinen uranistischen Ambitionen, verschleudere ich meinen Samen nun auf das passendste Surrogat, das ich finden könne, nämlich Gill. Nun muß ich darauf hinweisen, daß jeder Mensch, dem seine Hirnrinde Gillian als erotisches Substitut für Stuart angibt, gut beraten wäre, umgehend eine Gummizelle anzumieten. Des weiteren möchte ich anmerken, daß deine Informantin Val eine hingebungsvolle Habituée jenes übelriechenden Abteils im Buchladen an der Ecke ist, das eigentlich Selbstmitleid heißen sollte, statt dessen jedoch aus mysteriösen Gründen als Selbsthilfe firmiert. Vom Telefonbuch und dem Stadtplan abgesehen, besteht Vals *petite* Bibliothek aus Werken, die Trost und Aufblähung für ihr Ego versprechen: so Titel wie *Das Leben kann wirklich gemein sein, selbst zu den besten Menschen; Schau dich im Spiegel an und sag Hallo* und *Das Leben ist eine Conga: Auf ins Gewühl!* Die Übersetzung der dumpfen Unwägbarkeiten des menschlichen Geistes in einen intellektuellen Gabelbissen für Hirntote: So was ist für deine Informantin das höchste der Gefühle.

Jetzt hör mal zu: Sollte der Zufall wollen, daß Olivers strahlende Sexualität sich hin und wieder über das Alltägliche hinwegsetzt, und sollte sein heliotropischer Blick sich auf den unwahrscheinlichen Ganymed von Stoke Newington richten, dann, um mich einer Ausdrucksweise zu bedienen, die selbst meine Anklägerin zu verstehen vermag, *hätte ich da null Probleme, Kumpel*. Die Notwendigkeit einer fleischlichen Ersatzkraft würde sich einfach nicht stellen.

Stuart Das ist hier völlig ohne Belang. Es ist nicht mal ein Nebenpunkt. Okay, ich hab Val ein paarmal die Ohren vollgequatscht, ich dachte, ich hätte eine Freundin an ihr, ich dachte, dazu wären Freunde da. Aber auf einmal ist es ein Verbrechen, wenn man über seine Probleme redet, und Oliver ist ein krimineller Homosexueller, der es insgeheim schon immer auf mich abgesehen hatte. Nun denke ich ja einiges Üble über meinen Ex-Freund, aber das nicht. Schmutz kann man nur ignorieren, sonst bleibt er hängen.

Machen wir um Gottes willen weiter im Text.

Val Ah, ja. Oliver sagt, daß er natürlich nicht schwul ist (wie könnte überhaupt jemand auf die Idee kommen?), aber wenn er es wäre, hätte er keinerlei Probleme, seinen besten Freund anzubohren. Und Stuart ist, trotz der Tatsache, daß er wohl der langweiligste und konventionellste Mensch ist, mit dem ich je das Unglück hatte, mich einzulassen, von meiner psychologischen Erkenntnis ganz und gar nicht überrascht, geschweige denn beunruhigt. Er möchte nichts weiter sagen als: »Kein Kommentar.« Verehrte Geschworene, damit schließe ich mein Plädoyer. Besser gesagt, ich mache es noch deutlicher. Ich glaube, die beiden stecken unter einer Decke.

Gillian Bei den meisten Scheidungen, die seit 1973 auf Antrag der Frau ausgesprochen wurden, war der Scheidungsgrund unzumutbares Verhalten des Ehemanns. Beispiele unzumutbaren Verhaltens sind: Gewalttätigkeit, maßloses Trinken, maßloses Spielen oder überhaupt verantwortungsloses Finanzgebaren sowie sexuelle Verweigerung.

Das Wort, das man im Englischen im juristischen Sprachgebrauch benutzt, wenn man die Scheidung beantragt, heißt *»pray«* – beten. Der Antragsteller betet, daß die Ehe aufgelöst werde.

Oliver Und dann noch etwas. Sie tut gern so, als sei Val die Abkürzung für den *éclat*-losen, aber durchaus annehmbaren *prénom* Valerie. Es heißt, so unterzeichne sie ihre holprigen abteilungsübergreifenden Rundschreiben und amourösen Episteln. Aber nicht mal in dem Punkt kann man ihr trauen. Val – und dieses Detail möchtest du dir womöglich auf der Zunge zergehen lassen – ist die Kurzform von Valda.

Stuart Also, das nenn ich ja nun feinfühlig, das nenn ich einen zarten Wink. Was finde ich da lässig auf dem Tisch herumliegen, als ich heimkomme in mein eigenes Haus? So ein Ratgeberbuch. Nur heißt dieses hier *Wie man . . . die Scheidung* *überlebt.* Es hat den Untertitel *Ein Handbuch für Singles und Paare.* Das werd ich also bald sein? Das wollen sie also aus mir machen? Einen »Single«?

Hast du gewußt, daß bei englischen Gerichten seit 1973 für Männer der wichtigste Scheidungsgrund Ehebruch der Frau war? Was sagt uns das über die Frauen, frag ich mich. Dabei trifft das umgekehrt nicht zu. Ehebruch des Mannes ist kein vorrangiger Grund für Frauen, die Scheidung einzureichen. Eher im Gegenteil. Blausein und keinen Sex haben wollen gehört anscheinend zu den Begründungen, mit denen Frauen häufig ihren Partner loswerden.

Das war ein Satz in dem Buch, der mir gefallen hat. Weißt du, was so ein Anwalt kostet? Wußte ich auch nicht. In der Provinz ist es irgendwas über £40 pro Stunde (plus Mehrwertsteuer). In London zwischen £60 und £70 pro Stunde (plus Mehrwertsteuer), während Nobelkanzleien £150 oder noch mehr pro Stunde berechnen (plus Mehrwertsteuer). Von daher kommt der Typ, der dieses Buch geschrieben hat, zu dem Schluß: »Wo es um solche Summen geht, kann es eindeutig billiger sein, kleinere Gegenstände (einen Tisch, einen Stuhl, eine Garnitur Gläser oder was auch immer) zu ersetzen, als eine Anwaltsrechnung für den Streit darum in Kauf zu nehmen.« Ja, das klingt sehr vernünftig. Natürlich könnte ich dieses Glas, das ich in der Hand habe, einfach kaputtmachen, und die anderen fünf auf dem Sideboard da drüben mit dazu, auf die Art hätten wir keinerlei Probleme beim Teilen der Beute. Ich hab sie sowieso nie sonderlich gemocht. Sie stammen von der hochnäsigen Mutter meiner Frau.

Wenn ich einfach sage: Nein, ich will nicht, ich hab ja nichts getan, ich willige in keine Scheidung ein, du kannst mir nichts nachweisen, und ich kann mir echt nicht vorstellen, daß es als »Gewalttätigkeit« gilt, wenn man dem Liebhaber seiner Frau einen Kopfstoß gibt, das können doch keine Gründe sein, kann ich mir nicht vorstellen; wenn ich einfach »Nein« sage und mich auf die Hinterbeine stelle, weißt du, was sie dann machen müßte? Sie müßte ausziehen und könnte fünf Jahre lang nicht geschieden werden.

Meinst du, da wären sie angeschissen?

Ich meine, schau dir diese Gläser an. Aus denen kann man vielleicht Pernod trinken, aber keinen Whisky. Es wäre in der Tat billiger, solche kleineren Gegenstände zu ersetzen, als eine Anwaltsrechnung für den Streit darum in Kauf zu nehmen. Sie kann sie haben – alle außer diesem hier, wupps, ist mir doch einfach von der Sessellehne gerutscht, nicht wahr? Einfach weggerutscht, fast zwei Meter durch die Luft gehüpft und im Kamin zerschellt. Das kannst du doch bezeugen, nicht wahr?

Aber vielleicht wäre das auch egal.

13: Was ich denke

Stuart Ich habe sie geliebt. Meine Liebe machte sie noch liebenswerter. Das hat er gesehen. Sein eigenes Leben hatte er versaut, also hat er mir meins gestohlen. Das Gebäude wurde bei einem ZEPPELINANGRIFF vollkommen zerstört.

Gillian Ich habe Stuart geliebt. Jetzt liebe ich Oliver. Getroffen hat es alle drei. Natürlich fühle ich mich schuldig. Was hättest du gemacht?

Oliver Ach Gott, der arme alte Ollie, bis zu den Schleimhäuten in einem Bottich voll *merde,* wie *crépusculaire,* wie zähflüssig, wie unerquicklich . . . Nein, das ist nicht, was ich wirklich denke. Was ich denke, ist folgendes. Ich liebe Gillian, sie liebt mich. Das ist der Ausgangspunkt, alles andere folgt daraus. *Ich habe mich verliebt.* Und die Liebe funktioniert entsprechend den Marktmechanismen, was ich Stuart begreiflich zu machen versucht habe, wenn auch vielleicht nicht sehr gut, und ich konnte sowieso kaum erwarten, daß er das objektiv sieht. Das Glück des einen gründet sich oft auf dem Unglück eines anderen, das ist der Lauf der Welt. Das ist brutal, und es tut mir höllisch leid, daß es gerade Stuart sein mußte. Wahrscheinlich habe ich einen Freund verloren, meinen ältesten Freund. Aber ich hatte keine Wahl, nicht wirklich. Hat man nie, nicht ohne ein vollkommen anderer Mensch zu sein. Gib dem Erfinder des Universums die Schuld, wer immer das war, wenn du jemand die Schuld geben willst, aber gib nicht mir die Schuld.

Und noch was, denke ich: Warum sind eigentlich alle immer auf der Seite der verfickten Schildkröte? Feuern wir doch zur Abwechslung mal den Hasen an.

Und ich weiß sehr wohl, daß ich eben wieder *crépusculaire* gesagt habe.

14: Jetzt ist da eine Zigarette im Aschenbecher

Stuart Es tut mir leid. Wirklich wahr. Ich weiß, daß ich bei der nächsten Episode keine sonderlich gute Figur mache.

Er ist zu meiner gekommen. Warum sollte ich da nicht zu seiner gehen?

Nein, das bringt es nicht.

Warum hab ich das gemacht? Wollte ich festhalten, oder wollte ich loslassen? Weder – noch, sowohl – als auch?

Festhalten: weil ich dachte, vielleicht überlegt sie es sich anders, wenn sie mich sieht?

Loslassen: als ob man bei der Hinrichtung nicht um die Augenbinde bittet; als ob man den Kopf so dreht, daß man zusehen kann, wie das Beil der Guillotine fällt?

Und dann diese Sache mit den Zigaretten. Nichts als Zufall, ich weiß, nichts als ein Unglück. Aber das hat es nur noch schlimmer gemacht, weil das Ganze ein einziges schreckliches Unglück war, wie ein schlingernder Lastwagen, der auf der Autobahn durch die Leitplanke kracht und dein Auto zu Klump fährt. Und ich hab einfach dagesessen, und ich hab meine Zigarette in eine der kleinen Kerben am Aschenbecher gesteckt, und dann hab ich gemerkt, daß da schon eine Zigarette in einer anderen Kerbe war. Ich war so durcheinander, daß ich wohl noch eine angezündet habe, nachdem ich die vorige abgelegt hatte. Und *dann* hab ich gemerkt, daß außerdem noch eine Kippe in dem Aschenbecher war. Drei Zigaretten in einem Aschenbecher – zwei davon brennend und eine ausgedrückt. Wie soll ein Mensch das aushalten? Kannst du dir vorstellen, wie weh das tat? Nein, natürlich nicht. Man kann anderer Leute Schmerzen nicht fühlen, das ist das Problem. Das ist immer das Problem, das Problem der ganzen Welt. Wenn wir nur lernen könnten, anderer Leute Schmerzen zu fühlen . . .

Es tut mir leid, es tut mir aufrichtig leid. Wie kann ich mich nur entschuldigen?

Ich werde mir was einfallen lassen müssen.

Gillian   Das Gesicht von Stuart werde ich nie vergessen. Er sah aus wie ein Clown, ein Kohlrübenkopf, eine Halloweenmaske. Ja, genau, so ein Kürbis, den man zu Halloween kriegt, wo ein gekünsteltes Lächeln reingeschnitten ist und so ein falsches, flackerndes, gespenstisches Licht aus den Augen strahlt. So sah Stuart aus. Ich habe ihn, glaub ich, als einzige gesehen, und der Anblick wird mich ewig verfolgen. Ich hab geschrien, Stuart ist verschwunden, alle haben sich umgeguckt, da war nichts als eine leere Bühne.

Am Abend vor der Hochzeit war ich bei Maman. Das war Olivers Idee. Als er den Vorschlag machte, hab ich gedacht, er meinte, ich könnte wohl ein bißchen Hilfe brauchen, damit ich das alles überstehe. Aber darum ging es eigentlich gar nicht. Es ging darum, die ganze Sache durchzuziehen, wie es sich gehört. In mancher Hinsicht ist er ziemlich altmodisch, mein Oliver. Ich sollte das Kind sein, das für den heiligen Gang zur Kirche das Elternhaus verläßt. Bloß war ich nicht eigentlich die jungfräuliche Braut, an den Arm des Vaters geklammert.

Ich kam am Abend vor meiner zweiten Hochzeit um 7 Uhr bei Maman an. Wir waren beide bewußt vorsichtig. Ich sollte es mir mit einer Tasse Kaffee gemütlich machen und mußte die Füße hochlegen, als sei ich schon schwanger. Dann hat sie meinen Koffer genommen und ist rausgegangen, um ihn auszupacken, was mir noch mehr das Gefühl gab, ich sei gerade ins Krankenhaus gekommen. Ich hab dagesessen und gedacht: Hoffentlich gibt sie mir keine Ratschläge, ich glaube, das könnte ich nicht ertragen. Was geschehen ist, ist geschehen, und was jetzt geschehen soll, läßt sich nun nicht mehr ändern. Also seien wir einfach still und schauen uns irgendwelchen Mist im Fernsehen an und reden über nichts von Belang.

Aber – Mütter und Töchter, Mütter und Töchter. Ungefähr neunzig Sekunden später war sie wieder im Zimmer und hielt mein Kostüm hoch. Sie hatte ein Lächeln im Gesicht, als sei ich auf einmal senil geworden und müßte mit mitleidvoller Zärtlichkeit behandelt werden.

»Liebes, du hast die falschen Kleider eingepackt.«

Ich sah auf. »Nein, Maman.«

»Aber Liebes, das *ist* doch das Kostüm, das ich dir gekauft habe?«

»Ja.« Ja, das weißt du doch. Warum benehmen Eltern sich wie Staatsanwälte und prüfen die offenkundigsten Tatsachen nach?

»Du gedenkst also, morgen *dies hier* zu tragen?«

»Ja, Maman.«

Da brach der Sturm los. Sie fing auf französisch an, was sie immer tut, wenn sich bei ihr was aufgestaut hat und sie dringend Druck ablassen muß. Dann hat sie sich etwas beruhigt und hat wieder auf englisch umgeschaltet. Ihr Grundtenor war, daß ich eindeutig den Verstand verloren hätte. Nur ein ernsthaft gestörter Mensch würde sich im Traum einfallen lassen, zweimal im selben Kleid zu heiraten. Es sei ein Verstoß gegen den guten Geschmack, die guten Sitten, den guten Stil in Kleidungsfragen, die Kirche, alle, die an beiden Zeremonien teilgenommen hätten (hauptsächlich allerdings sie selbst), das Schicksal, das Glück, die Weltgeschichte und noch einige Dinge und einige andere Leute.

»Oliver wollte, daß ich es trage.«

»Darf ich fragen, warum?«

»Er sagt, er hat sich in mich verliebt, als ich es getragen habe.«

Ausbruch Nummer zwei. Ein Skandal, sollte sich was schämen etc. Eine Herausforderung des Schicksals etc. Kannst ohne deine Mutter heiraten, wenn du darin heiraten willst etc. Das dauerte ungefähr eine Stunde, und am Ende hab ich ihr die Schlüssel zu meiner Wohnung gegeben. Sie ist mit dem Kostüm über dem ausgestreckten Arm losgezogen, als ob es verstrahlt wäre.

Sie kam mit zwei Ersatzstücken zurück, die ich mir gleichgültig ansah.

»Wähl du, Maman.« Ich wollte nicht streiten. Der morgige

Tag würde nicht leicht werden, da hoffte ich halt, wenigstens ein Mensch würde zufrieden sein. Aber nein, so einfach ging das nicht. Sie wollte, daß ich beide Alternativen anprobiere. Damit mir mein enormer *faux pas* verziehen würde, sollte ich mich aufführen wie ein Mannequin. Es war lächerlich. Ich probierte beide an.

»Jetzt wähl du, Maman.« Aber das reichte immer noch nicht. *Ich* mußte wählen, *ich* mußte eine Meinung haben. Ich hatte keine Meinung. Ich konnte keine zweite Wahl treffen, wahrhaftig nicht. Das ist, als ob man sagt: Sieh mal, Gill, Oliver kannst du morgen leider nicht heiraten, das geht nicht, wen würdest du denn statt dessen heiraten wollen? Diesen hier oder den da?

Als ich ihr das sagte, wußte sie diesen Vergleich nicht eben zu schätzen. Sie fand ihn geschmacklos. Ach je. Als ich Stuart heiratete, wurde ich ermuntert, nur an mich selbst zu denken, Das ist *dein* Tag, Gillian, haben die Leute gesagt. Das ist dein großer Tag. Jetzt heirate ich Oliver, und auf einmal ist es der Tag von allen anderen. Oliver besteht auf einer kirchlichen Trauung, die ich nicht will. Maman besteht auf einem Kleid, das ich nicht will.

Als ich aufwachte, setzten mir immer noch Träume zu. Ich schrieb meinen Namen in den Sand, nur daß es nicht mein Name war; Oliver fing an, ihn mit dem Fuß auszulöschen, und Stuart brach in Tränen aus. Maman stand da am Strand, hatte mein grünes Hochzeitskostüm an und guckte weder zustimmend noch ablehnend. Einfach nur abwartend. Abwartend. Wenn wir lange genug abwarten, geht alles und jedes schief, und du hast recht behalten, Maman. Aber wem soll das was nützen?

Als wir in der Kirche ankamen, war Oliver sehr aufgeregt. Wenigstens mußten wir keine Prozession durch die Kirche machen: Wir waren nur zehn, und der Pfarrer hatte beschlossen, uns einfach am Altar zu versammeln. Doch im selben Moment, als wir uns da aufstellten, merkte ich, daß etwas im Busch war.

»Tut mir leid«, hab ich zu Oliver gesagt. »Sie hat sich einfach nichts sagen lassen.«

Er schien nicht zu begreifen. Er hat ständig über meine Schulter hinweg zur Kirchentür geschaut.

»Das Kleid«, hab ich gesagt. »Es tut mir leid mit dem Kleid.« Es war leuchtend gelb, eine optimistische Farbe, wie Maman sich ausdrückte, und es war kaum vorstellbar, daß Oliver die Änderung nicht auffiele.

»Du siehst aus wie ein Juwel«, hat er gesagt, obwohl seine Augen nicht auf mich gerichtet waren.

Ich hab bei meiner Hochzeit beide Male die falsche Farbe getragen. Ich hätte zu meiner ersten Hochzeit albernes optimistisches Gelb tragen sollen und vorsichtiges Blaßgrün zu meiner zweiten.

»Und all meine irdischen Güter teile ich mit dir.« Das war mein Gelöbnis. Wir hatten vorher darüber gestritten. Der übliche Streit. Oliver wollte haben »Mit all meinen irdischen Gütern begabe ich dich.« Er sagte, genau das empfinde er, daß alles, was er habe, mein sei, daß die Sprache einen Seelenzustand verkörpere, daß *teilen* kleinkrämerisch sei und *begaben* poetisch. Ich sagte, eben das sei das Problem. Wenn man ein Gelübde ablegt, sollte es etwas Präzises bedeuten. Wenn er mich mit seinen irdischen Gütern begabte und ich ihn mit meinen, bedeutete das, daß wir einfach unsere Besitztümer tauschten, und meinem Gefühl nach ginge es beim Ehegelübde doch nicht um den Tausch meiner hypothekenbelasteten Wohnung gegen sein Untermietszimmer, und außerdem würde ich, wenn wir die Güter tauschten, offen gestanden den kürzeren ziehen. Er sagte, das sei ebenso kleinlich wie buchstabengläubig, und natürlich würden wir sowieso alles miteinander teilen, aber könnten wir nicht trotzdem begaben sagen. Was, so argumentierte er, könnte den Unterschied zwischen meinen beiden Ehemännern exakter bestimmen als die Worte *teilen* und *begaben*. Stuart würde ein Geschäft machen wollen, während er, Oliver, rückhaltlose Preisgabe wolle. Ich sagte, ob er sich noch erinnern könne, daß Stuart und ich auf dem Standesamt geheiratet und weder begaben noch teilen gesagt hätten.

Also ist Oliver zum Pfarrer gegangen und hat gefragt, ob ein Kompromiß möglich wäre: ob er begaben sagen könnte und ich teilen. Der Pfarrer hat gesagt, das sei nicht drin.

»Und all meine irdischen Güter *teile* ich mit dir.« Oliver hob
das Verb hervor, um die Leute merken zu lassen, daß er mit der
Formulierung nicht einverstanden war. Das Dumme war nur,
es hörte sich an, als ob er sich beklagte, daß er mir überhaupt
etwas geben müsse. Das habe ich ihm auch gesagt, als wir vor
der Kirche standen, während Maman Fotos machte.

»All meine irdischen Güter vermiete ich dir«, hat er geantwortet. Er schien jetzt entspannter zu sein. »All meine irdischen Güter leihe ich dir. All meine irdischen Güter außer
denen, die ich wirklich haben will. All meine irdischen Güter,
aber ich brauche eine Quittung . . .« und so weiter. Wenn
Oliver einmal so anfängt, ist es das beste, wenn man ihn
einfach immer weiterrattern läßt. Hast du mal diese neuen
Hundeleinen gesehen? Die auf so einer großen Rolle, die sich
einfach ein paar hundert Meter weit abspulen, falls der Hund
plötzlich losläuft, und sich dann wieder aufspulen, wenn der
Hund auf dich wartet? Daran muß ich denken, wenn Ollie mit
einem seiner *breaks* loslegt. Er ist wie ein großer Hund. Aber
an der Ecke wartet er immer, daß du ihn einholst und ihm auf
den Rücken klopfst.

»Und all meine Gasthausrechnungen *teile* ich mit dir.« Wir
fuhren ein paar Kilometer zu einem netten Restaurant, das
Oliver ausgesucht hatte. Wir hatten einen langen Tisch im
hinteren Teil. Der Geschäftsführer hatte ganz viele rote
Rosen vor meinen Platz getan, was meiner Meinung nach sehr
nett von ihm war, auch wenn Ollie hörbar flüsternd erklärte,
rote Rosen wären ein bißchen geschmacklos. Wir setzten uns
und tranken ein Glas Champagner und absolvierten das ganze
kicherige Gerede darüber, wer unterwegs im Stau steckenge-
blieben war, und daß der Pfarrer wirklich Interesse gezeigt
hatte, obwohl er mir und Oliver doch vorher kaum begegnet
war, und daß wir unseren Text nicht verpatzt hatten, und wie
glücklich ich aussehe. »Bietet jemand mehr als *glücklich*?« sagte
Ollie, und es ging wieder los. »Hab ich ›strahlend‹ gehört? Ja,
da ist ›strahlend‹ hier links von mir. Nun, wer bietet mehr als
›strahlend‹? Entzückend? Bietet jemand ›entzückend‹? Danke,
Sir. Habe ich jetzt irgendwo ›großartig‹ gehört? Hinreißend?
Sensationell? Im Moment steht es bei ›entzückend‹ hier rechts

von mir ... Entzückend ... entzückend ... Hier habe ich ›hinreißend‹ vor mir. ›Hinreißend‹ liegt vor ... will keiner mehr mithalten bei ›hinreißend‹? Zuschlag an den Auktionator, Rückkauf durch Ollie ...« dann ließ er eine Pfeffermühle auf den Tisch knallen wie ein Auktionshämmerchen und küßte mich unter Applaus.

Der erste Gang kam, und mir schien, Oliver höre nicht zu, als ich etwas sagte, daher folgte ich seinem Blick, und da, allein an einem Tisch sitzend, uns nicht einmal ansehend, ruhig ein Buch lesend, war Stuart.

Von da an ging alles schief, und ich hab versucht, den Rest einfach aus meinem Gedächtnis zu löschen: was wir gegessen haben und was gesagt wurde und wie wir alle so taten, als wäre eigentlich gar nichts. Aber den Schluß davon kann ich nicht auslöschen, wie Stuarts Gesicht plötzlich so über dem Tischtuch auftauchte und mich mit einem entsetzlichen Grinsen und einem gespenstischen Licht in den Augen anstarrte. Ein zum Leben erwachter Halloweenkürbis. Ich habe geschrien. Dabei war es eigentlich nicht erschreckend. Es war nur so durch und durch traurig, daß ich es nicht ertragen konnte.

Oliver Scheißkerl. Du fetter kleiner Wichsbankerdrecksackscheißkerl. Nach allem, was ich über Jahre hinweg für dich getan habe. Wer hat dich denn erst mal zu einem annähernd akzeptablen menschlichen Wesen gemacht? Wer hat Armweh gekriegt beim Abschmirgeln deiner rauhen Stellen? Wer hat dich mit Mädchen bekanntgemacht, dir gezeigt, wie man Messer und Gabel hält, wer war dein verdammter *Freund*? Und was krieg ich dafür? Du versaust mir die Hochzeit, du versaust mir den schönsten Tag meines Lebens. Billige, ordinäre, selbstsüchtige Rachsucht war das und sonst nichts, auch wenn du den Beweggrund in deiner Plumpsklosettseele bestimmt in etwas irgendwie Edles, ja von einer höheren Gerichtsbarkeit Zeugendes verwandelt hast. Ich will dir bloß eins sagen, mein steatopyger Ex-Busenfreund: Wenn du noch mal angeschnüffelt kommst, bist du in mehr als einer Hinsicht mein Ex-Busenfreund. Dann sorge ich dafür, daß du eine Woche lang Glassplitter frißt, da wollen wir gar keine Unklarheiten aufkommen lassen. Daß du Oliver nicht einen Moment lang falsch verstehst. Es steckt Gewalt in diesem vermeintlich weichen Herzen hier.

Ich hätte dich augenblicklich verhaften lassen sollen, als ich dich entdeckt hab. Dich einsperren lassen für irgendeine strafbare Handlung, etwa vorsätzliches Herumlungern oder Verschandelung der Landschaft oder winselnde Nerverei. Nehmen Sie diesen Mann in Gewahrsam, Wachtmeister, er ist einfach nicht mehr unterhaltsam, er macht schlichtweg keinen *Spaß* mehr. Gott ja, ich scherze, das war immer meine Schwäche, doch würde ich nicht scherzen, dann müßte ich hingehen und dir die pelzigen Ohren abschneiden und sie dir in den Rachen stopfen und dich zum Nachtisch dein antiquiertes Brillengestell fressen lassen.

Der Tag war insgesamt so gut gelaufen, bis ich auf der anderen Straßenseite dich gesehen hab, wie du versucht hast, unauffällig zu wirken, indem du metronomisch über den Pfad gestampft bist, als hättest du Wachdienst, und geraucht hast wie ein Arnold-Bennett-Schlot und stinkende Blicke zur Kirche hinübergeworfen hast. Es lag auf der Hand, daß da ein dummes Bubenstück im Gange war, und so überquerte ich, meine weiße, von zartem Grün überhauchte Nelke zurechtzupfend, die karzinogene Verkehrsader und sprach dich an.

»Ich komme zur Hochzeit«, hast du gesagt. Ich habe dieses abwegige Vorhaben korrigiert.

»Du bist zu meiner gekommen«, ging das Gegreine weiter, »also komme ich zu deiner.«

Ich legte dar, inwieweit ein derartiges Unterfangen vom guten Ton abwiche, sintemalen es in der als Vereinigtes Königreich von Großbritannien und Nordirland bekannten, einigermaßen entwickelten Gesellschaft ganz allgemein verpönt sei, förmlichen Zeremonien beizuwohnen, zu denen man nicht geladen worden. Als du diese protokollarische Geheimklausel in Zweifel zogst, beschwor ich dich, so nett es ging, auf der Stelle zu verduften und dich dabei am besten gleich noch unter einen Doppeldecker zu werfen.

Ich kann nicht behaupten, daß ich deinem scheinbaren Abgang ganz getraut habe, und ich hielt ein wachsames Auge auf die Kirchentür, während wir dastanden und auf des Pfarrers »Vorhang auf!« warteten. Jeden Augenblick glaubte ich, das eichene Portal könnte aufgestoßen werden, dein unwillkommenes Antlitz zu enthüllen. Selbst als die Verkuppelung schon munter im Gange war, erwartete ich so halb, wenn wir zu der Stelle kämen, wo alle Anwesenden Laut geben sollten, falls da irgendein Hindernis oder Hemmnis oder ein bloßer Stein des Anstoßes sei, daß ich dürfe fleischliches Rasen an der holden Gillian entfesseln, da könntest aus einem umschatteten Tempelteil du hervorspringen und einen quengelnden Einwand zu Protokoll geben. Bist du aber nicht, und wir brachten die Gelübde mit spielerischer Leichtigkeit hinter uns. Ich fand sogar Zeit, der bescheuerten Stelle der Liturgie, wo man verspricht, seine irdischen Güter mit dem Partner zu »teilen«, einen ironischen Akzent zu geben. Jahrhundertelang hat jeder seinen Partner immer mit seinen irdischen Gütern »begabt« – da, nimm den ganzen Kram, was mein ist, ist auch dein –, und darin vermittelt sich, wie mir scheint, die dem Sinn des Ehestandes zugrundeliegende Rückhaltlosigkeit, darin liegt die Wesenheit des Geschäfts beschlossen. Doch das ist vorbei. Die Anwälte und die Buchhalter haben sich über alles hergemacht. Ich war einen Hauch *bouleversé,* als Gillian auf *teilen* bestand, und fand unsere Diskussion des Ganzen ein wenig erniedrigend, als hätte ich vor, aus dem Tempel zu flitzen und unverzüglich meine Hälfte von Gillians Wohnung auf den Markt zu werfen. Doch huldvoll gab ich in dieser Sache ihrer Marotte nach. Es weht ein Hauch von Mme Drachen um meine Braut, wie du vielleicht schon bemerkt haben könntest.

In Wahrheit war dies Teil eines nicht ganz sauberen Handels. Ich wollte eine kirchliche Trauung, während Gill das diesmal noch weniger einsah als beim ersten Mal. Daher fiel mir die Wahl des Theaters zu, und sie durfte das Skript durch die Mangel drehen. Sie war es auch, wie ich eingestehen möchte, die den Padre rumgekriegt hat. Nicht jedes Gotteshaus begrüßt, obwohl man meinen sollte, sie hätten Kundschaft heutzutage dringend nötig, die Hochzeit einer gefallenen Frau wie Gillian. Ich habe selbst durch einige in Frage kommende Basiliken die Runde gemacht und mir eine eindeutige Abfuhr geholt. Also ist Gillian losgezogen und hat einen der widerborstigen Schwarzröcke bequatscht. Der reinste Internuntius, das Mädel. Vergleiche auch, wie sie Stuart überredet hat, den Offizier und Gentleman zu spielen trotz historischer Beweise für das Gegenteil. Zuerst hat er sich wie ein richtiggehender kleiner Höhlenmensch benommen, wann immer das Wort mit Sch- fiel; doch Gillian hat ihn zum Einlenken gebracht. Dies ist, nebenbei gesagt, kein Abschnitt der Weltgeschichte, den ich mir gern allzu detailliert ins Gedächtnis zurückrufe. Gillian, die ihren Ersten Ehemann noch immer übertrieben häufig sieht. Gillian, die ihr Atelier in EEs Haus behält, selbst nachdem sie EE verlassen hat. Oliver, dem Besuche im Atelier verboten sind. Oliver, der sich *pro tempore* im Grunde gezwungen sieht, für Quietismus zu optieren. Nicht so sehr auf den Rücksitz verbannt, eher schon in den Kofferraum gestopft mit nichts als dem Ersatzreifen und einer überholten Straßenkarte, um sich zu verweilen.

Doch die Zeit ging vorüber. Es wurde Reversibilität – illustre Parole der Profession meiner Ehefrau – bewirkt im häuslichen Bereich. Gillian und Oliver konnten steuerlich gemeinsam veranlagt werden, und das Gespenst einer Teilnutzungswohnung in Marbella war schließlich vollkommen gebannt. Der Weißdornstrauch neben dem Friedhofstor wurde vom Wind gebeutelt, auf daß er sein zartes Konfetti werfe – bleibt mir *bitte* mit dem Zeug aus der Tüte vom Leibe –, und *la belle-mère* legte den vollendeten Cartier-Bresson hin, nachdem ich sie erst überzeugt hatte, daß den Pionieren der Fotografie zufolge der Apparat mit abgenommener Objektivkappe im großen und ganzen besser funktioniert. Dann rückten wir in Höchststimmung zu Al Giardinetto aus, und ich versprach Gillian, den Geschäftsführer nicht Al zu nennen, da dieser Scherz inzwischen, offen gestanden, allmählich nur noch mich amüsiert.

Der Prosecco rekelte sich in den Eiskübeln. Dies sollte ein denkwürdiges Mahl sein, verstehst du, kein Besäufnis auf Kreditkarte – würdest du in einem italienischen Restaurant französischen Champagner bestellen? Wir verweilten gesprächsweise bei den Exzentrizitäten des Pastors und den Kapriolen – *capriola,* ital. Purzelbaum – des Einbahnstraßennetzes, das zu Al führt. Dann kamen als erster Gang *Spaghetti neri alle vongole,* und wir setzten uns mit einem bloßen Scherzwort über den Einwand hinweg, Ollies Wahl hätte einen eher funebren denn nuptialen Aspekt – »Maman«, sagte ich (denn diese Lösung hatte ich für das Problem der Anrede verfügt), »Maman, vergiß nicht, daß man bei bretonischen Hochzeiten die Kirche in Schwarz zu drapieren pflegte.« Jedenfalls schwand, sobald die Gabel diesen *primo piatto* zum Munde führte, jede Disharmonie dahin. Ich begann, das Glück in mich einzusaugen wie einen langen, biegsamen, unzerbrechlichen Pastastreifen. Und dann entdeckte ich den kleinen Scheißer.

Ich will mal schnell die Szenerie aufbauen. Wir waren zu zehnt (wer? ach, bloß ein paar handverlesene *amici* und *cognoscenti*) im hinteren Teil des Restaurants, an einem langen Tisch in einem angedeuteten Alkoven – ein Touch von einem Abendmahl à la Veronese –, während sich auf den billigen Plätzen ein buntgewürfeltes Gewusel von Mittagsgästen nach Kräften bemühte, höfliches Desinteresse an der fröhlichen Hochzeitsgesellschaft zu heucheln. (Ach, wie englisch. Drängen Sie sich *niemals* in anderer Leute Frohsinn hinein, prosten Sie ihnen nicht durchs ganze Restaurant zu, tun Sie einfach so, als hätte da niemand geheiratet, es sei denn, sie machen zu viel Lärm, und dann können Sie sich *beschweren* . . .) So blickte ich im Kreise der diskret gesenkten Gesichter umher, und was, uns schamlos gegenüber, erspähte ich? Den taktvollen Ersten Ehemann, sitzt da ganz allein, tut so, als lese er ein Buch. Das ist schon mal ein putziges Gambit. Stuart, der ein *Buch* liest? Er wäre viel besser getarnt gewesen, wenn er auf einem Stuhl gestanden und zu uns herübergewinkt hätte.

Ich erhob mich leichthin von meinem Platz, trotz einer Einhalt gebietenden bräutlichen Hand, ging hinüber zu meiner eben Angetrauten Ex-Mann und gebot ihm liebenswürdig, sich aus dem Staub zu machen. Er mochte mir nicht ins Gesicht sehen. Er ließ die Augen auf seiner wenig originellen Lasagne ruhen, die er fruchtlos mit einer Gabel gemartert hatte.

»Das ist hier ein öffentlicher Ort«, gab er schwach zurück.

»Deshalb bitte ich dich ja, ihn zu räumen«, entgegnete ich. »Wäre es ein privater Ort, würde ich dir nicht die Höflichkeit der Sprache erweisen. Da wärst du bereits in mehreren Portionen auf dem Bürgersteig. Du wärst beim Abfall im Container.«

Vielleicht war ich eine Idee zu laut, denn an der Stelle kam Dino, der Geschäftsführer, an. »Al«, sagte ich, in meine alte neckische Art zurückfallend, »wir haben hier einen Dorn im Auge. Es gibt einen Unfallschwerpunkt in deiner Trattoria. Sei so gut und entferne ihn.«

Weißt du was, er wollte nicht? Er weigerte sich, Stuart rauszuschmeißen. Fing irgendwann sogar an, ihn in Schutz zu nehmen. Na ja, um nicht noch mehr Unfrieden zu stiften, kehrte ich an meinen Tisch zurück, wo die düsteren Spaghetti mir wie Asche im Munde schmeckten. Ich erläuterte die Finesse des britischen Gaststättenrechts, der zufolge ein Dutzend glücklicher Kunden, die den Rubel rollen lassen wollen, sich nicht in Frieden amüsieren kann (da soll noch mal einer sagen, das Gesetz sei nicht auf der Seite der Schwächeren!), und wir beschlossen alle, uns auf die Felicitas vor unseren Augen zu konzentrieren.

»Ah«, sagte ich, an Gill gewandt, »ich wußte gar nicht, daß du mit zweitem Namen Felicitas heißt«, und alles lachte, obwohl Ollie den Eindruck hatte, er würde sich im falschen Gang den Berg hochschleppen. Und dem prachtvollen *Pesce spada al salmoriglio* zum Trotz kehrte die allgemeine Aufmerksamkeit immer wieder zu dem unglückseligen Stuart zurück, der mit feistem Finger über die Seite zuckte (eindeutig kein Kafka!) und bemüht war, beim Lesen nicht die lasagnebefleckten Lippen zu bewegen. Warum zieht es die Zunge unausweichlich zu jedem dentalen Schlagloch hin, warum entschlüpft sie der Befehlsgewalt, sobald sie diese Unebenheit ausfindig macht, um sich daran zu reiben wie eine Kuh am Pfosten? Stuart war unsere Unebenheit, unsere jähe Kaverne. Wie konnte man da bei allem äußerlichen Frohsinn so recht von Herzen Wonne finden?

Man riet mir, ihn zu ignorieren. Inhaber anderer Tische

begannen zu gehen, doch wurde der erste Mann meiner Frau dadurch nur noch augenfälliger. Von seinem Tisch stieg ein Wirbelsturm von Zigarettenausscheidungen auf. Rauchzeichen eines ausgedienten Indianerkriegers, der seiner verlorenen Squaw Signale gibt. Ich selbst hab den Knaster ja aufgegeben. Es ist eine dumme Angewohnheit, die dazu beiträgt, daß man sich gehenläßt. Aber das ist genau das, was Stuart zur Zeit braucht und will – sich gehenlassen. Schließlich blieben in dem Restaurant nur wir zehn zurück (jeder vor einem fulminanten *dolce* sitzend), ein Pärchen am Fenster, das einfach den Absprung nicht schaffte und zweifellos schon auf einen *banlieusard*-Seitensprung brannte, und Stu. Als ich aufstand, sah ich, wie er nervös zu unserem Tisch herüberguckte und sich eine neue Zigarette anzündete.

Ich ließ ihn ein bißchen schwitzen, indem ich in dem *gabinetto crépusculaire* ausgiebig pinkeln ging, dann schlenderte ich an seinem Tisch vorbei zurück. Eigentlich hatte ich nur verächtlich auf ihn herabblicken wollen, doch als ich näher kam, nahm er einen lungenzerreißenden Zug an seiner Zigarette, sah bebenden Blicks zu mir auf, starrte zum Aschenbecher hinunter, fing an, seine Kippe in eine Kerbe zu legen, beäugte mich wiederum und brach in Tränen aus. Er saß einfach da und sprudelte und zischte wie ein kaputter Autokühler.

»Ach, Herrgott nochmal, Stu«, sagte ich und versuchte, meinen Ärger nicht zu zeigen. Dann fing er an, irgendwas von Zigaretten zu brabbeln. Zigaretten hinten, Zigaretten vorne. Ich guckte zu seinem Aschenbecher runter und sah, daß der hoffnungslose Drecksack gleich *zwei* auf einmal brennen hatte. Da konnte man sehen, wie betütert er war, und dazu noch, als was für ein wahnsinnig *stilloser* Raucher er sich allmählich entpuppte. Ich meine, ein Grundelement nikotinischen Aplombs steht doch auch dem stoffeligsten Süchtigen zu Gebot, so er dessen begehrt.

Ich hab runtergelangt und eine von den zwei Zigaretten ausgedrückt, die er da brennen hatte – bloß um irgendwas zu tun, denk ich mir. Woraufhin er wild nach oben blickte und in Gekicher ausbrach. Dann hörte er ebenso unvermittelt auf und fing an zu schluchzen. Stuart in Tränen aufgelöst ist kein Anblick, den ich dir aufzwingen wollte. Als nächstes begann er zu plärren wie ein Kind, das einen ganzen Wuschel von Teddies verloren hat. Ich ließ also Dino kommen und fragte: Na, was sagst du jetzt? Doch Dino schien sich gegen mein Anliegen versteift zu haben und gebärdete sich ganz bestürzend südländisch, als gehöre Verzweiflung in aller Öffentlichkeit zu den Attraktionen seiner Trattoria und als kämen die Kunden im Grunde hierher, um das mitzuerleben, ja als sei Stuart seine Glanznummer. Er fing tatsächlich an, den gemarterten Banker zu trösten, woraufhin ich beiläufig eine Bestellung von zwölf doppelten Grappe aufgab, für den Fall, daß er die Zeit finden *sollte,* sich von seinem freiwilligen Pflegeeinsatz loszueisen, und wieder an unseren Tisch entschwebte. Und weißt du, was? Mir schlug nichts als Frost entgegen. Man hätte meinen können, *ich* hätte ihn zum Weinen gebracht. Man hätte meinen können, *ich* wäre derjenige, der die ganze Hochzeitsfeier ruinierte.

»Bring die verdammten Grappe, Dino«, rief ich, woraufhin die halbe Gesellschaft einschließlich der unglückseligen Braut und meiner verfluchten Schwiegermutter mich davon in Kenntnis setzte, daß sie keinen Grappa mochten. »Was hat denn das damit zu tun?« schrie ich.

Mittlerweile ging alles ziemlich drunter und drüber. Das Restaurantpersonal hatte sich um Stuart geschart, als hätte *der* und nicht ich das Lokal als erster entdeckt, die Hochzeitsgesellschaft drosselte ihre Feierei, der Ehebrechertisch glotzte unverhohlen, der Grappa wurde hartleibig zurückgehalten, und der alte Ollie hatte ehrlich das Gefühl, er werde behandelt wie ein drei Tage alter Fischkopf. Dennoch, die Findigkeit war noch nicht erloschen, und ich setzte einem Kellner derart zu, daß er mir ihr größtes Tischtuch brachte. Zwei Hutständer, deren Standort unter Protest verschoben wurde, ein paar gebrauchte Karaffen als Gewicht, einige saubere Stichwunden in das Tuch, und da war er schon: ein improvisierter Wandschirm. Fort war das aufdringliche Liebespärchen, fort war der blubbernde Stuart, und hier kamen die Grappe! Ein taktischer Triumph für Ollie, der daraufhin seinen anekdotischen Charme aufdrehte in dem Bemühen, der Feier wieder Starthilfe zu geben.

Es hätte fast geklappt. Der Frost begann etwas zu schmelzen. Jeder beschloß, doch noch eine letzte Anstrengung zu machen, sich zu vergnügen. Ich war mitten in einer von meinen längeren und komischeren mündlichen Erzählungen, als der ferne Laut eines kratzenden Stuhls zu vernehmen war. Ach wie schön, dachte ich, endlich verpißt er sich. Doch nur wenige Sekunden darauf, als ich auf eines meiner anekdotischen Crescendi zusteuerte, schrie Gillian auf. Sie schrie, dann brach sie in Tränen aus. Sie sah aus, als hätte sie ein Gespenst gesehen. Sie starrte auf die Oberkante von dem Wandschirm, den ich zusammengebastelt hatte. Was sah sie da? Dahinter war nur die getüpfelte Zimmerdecke. Ihre Tränen schienen unstillbar, die Tränengänge pulsierten wie eine durchtrennte Arterie.

Niemand wollte das Ende meiner Geschichte hören.

Gillian Ein Clown. Ein Kohlrübenkopf. Eine Halloweenmaske . . .

15: *Aufräumungsarbeiten*

Stuart Ich gehe. Das ist mein Los. Hier hab ich nichts mehr zu erwarten.

Dreierlei kann ich nicht ertragen.

Ich kann es nicht ertragen, daß meine Ehe gescheitert ist. Nein, sagen wir, wie's ist. Ich kann es nicht ertragen, daß *ich* gescheitert bin. Mir ist plötzlich aufgefallen, wie die Leute über solche Sachen reden. Sie sagen: »Die Ehe ist gescheitert«, sie sagen: »Die Ehe ist auseinandergegangen.« Ach, *die Ehe* war schuld, ja? Hör mal zu, »die Ehe« gibt es gar nicht, hab ich mir überlegt. Es gibt nur dich und die Frau. Von daher ist es entweder deine Schuld oder ihre Schuld. Und während ich damals dachte, es wäre ihre Schuld, finde ich jetzt, es ist meine. Ich hab sie hängenlassen. Ich hab mich hängenlassen. Ich habe sie nicht so glücklich gemacht, daß es ihr unmöglich war zu gehen. Das hab ich nicht getan. Also bin ich gescheitert, und ich schäme mich dafür. Im Vergleich dazu ist es mir völlig schnuppe, ob da jemand meint, ich hätte nichts in der Hose.

Ich kann es nicht ertragen, was bei der Hochzeit passiert ist. Ihr Schrei hallt noch immer in meinem Kopf nach. Ich wollte nicht alles verderben. Ich wollte einfach nur dasein, ungesehen zuschauen. Es ist alles danebengegangen. Wie kann ich mich entschuldigen? Nur indem ich weggehe.

Ich kann es nicht ertragen, daß sie sagen, sie wollen meine Freunde sein. Wenn sie es nicht so meinen, ist es Heuchelei. Wenn sie es wirklich so meinen, ist es noch schlimmer. Wie können sie, nach allem, was passiert ist, so etwas sagen? Meine Sünden werden mir vergeben, die kolossale Unverschämtheit, für kurze Zeit zwischen Romeo und Julia getreten zu sein, ist verziehen. Na, verpißt euch, alle beide. So leicht kann man mir nicht verzeihen, und *euch auch nicht,* hört ihr? Selbst wenn ich es nicht ertragen kann.

Also geh ich weg.

Der einzige Mensch, den ich vermissen werde, ist, komischerweise, Mme Wyatt. Sie war von Anfang an immer sehr offen und ehrlich zu mir. Ich hab sie gestern abend angerufen und ihr gesagt, daß ich weggehe, und mich für mein Benehmen bei der Hochzeit entschuldigt.

»Mach dir darüber keine Gedanken, Stuart«, hat sie gesagt. »Vielleicht warst du sogar eine Hilfe.«

»Wie meinen Sie das?«

»Wenn man mit einer Katastrophe anfängt, ist man vielleicht nicht versucht, zurückzuschauen und so zu tun, als wäre einmal alles perfekt gewesen.«

»Sie sind eine Philosophin, Mme Wyatt, wissen Sie das?«

Sie lachte auf eine Art, wie ich sie noch nie hatte lachen hören.

»Nein, wirklich«, sagte ich, »Sie sind eine weise Frau.«

Und das brachte sie, aus irgendeinem Grund, noch mehr zum Lachen. Mir ging plötzlich auf, daß sie in jungen Jahren wohl ganz gut für einen Flirt zu haben war.

»Laß mal von dir hören, Stuart«, sagte sie.

Das war doch sehr nett von ihr, nicht wahr? Vielleicht mach ich das auch.

Oliver Unmöglich, nicht zu checken, *de temps en temps,* daß das Leben auch seine ironische Seite hat, nicht wahr? Da ist Stuart, der fröhliche Banker (*I Banchieri Giocosi* – warum gibt es nur so wenige Opern über dieses Gewerbe, warum nur, warum?), das etwas kleingeratene, doch standhafte Bollwerk des Kapitalismus, der hektische Liebkoser der Marktmechanismen, der frohe Verkünder feindlicher Übernahmen, der Bote von Aufkauf und Abstoßung. Und da bin ich, ein vertrauensseliger Freigeist, der seine Wahl mit verbundenen Augen und einer Stecknadel trifft, ein sanfter Zirkusdirektor der friedlichen Künste, jemand, der intuitiv die Schwachen gegen die Starken in Schutz nimmt, den Wal gegen die gesamtnipponsche Fischereiflotte, das nasse Robbenbaby gegen den Schlächter im Holzfällerhemd, den Regenwald gegen das Achseldeodorant. Und dennoch, richten die Verbreiter dieser inander bekämpfenden Philosophien ihr Augenmerk auf Liebesangelegenheiten, dann glaubt der eine plötzlich an Protektionismus und das Kartellamt, während der andere für die natürliche Weisheit des freien Markts eintritt. Nun rate mal, wer sich dann als was entpuppt?

Und außerdem geht es ums Vögeln, um Rumsdibumsdi, um den kleinen Sporn dehnbaren Gewebes, der soviel Angst erregen kann. Die Beflügelung des Herzens, wie sie von erhabenen und niedrigen Minnesängern verherrlicht wurde, führt auch zum Ficken, das sollten wir nicht vergessen. Hier möchte ich einen auftrumpfenden Ton vermeiden (jedenfalls weitgehend), doch wollen wir dennoch nicht versäumen, vorsichtig anzumerken, daß der freie Marktwirtschaftler womöglich deswegen zum Protektionisten wird, weil er erkennt, daß seine *Ware den Ansprüchen nicht genügt*. Daß es manchmal nicht reicht, bloß *Sch-tschag-a-tschag* zu machen wie eine geschüttelte Schachtel Frühstücksflocken, damit die *inamorata* tremoliert, bis daß die Sonne untergeht. Daß es Zeiten gibt, wo Sommerblitze an einem sub-Sahara-Himmel angesagt sind. Wer wird sich denn für das Modellflugzeug mit Plastikpropeller und Gummiband zum Aufziehen entscheiden, solange noch Sternschnuppen droben am Himmel sind? Zeichnet sich das Menschengeschlecht nicht dadurch vor den niederen Tieren aus, daß es nach Höherem zu streben weiß?

Doch wenn du notwendigerweise mit einem Tick von Robbenschläger zupackst, wo es um Liebe geht, wenn der japanische Walfänger in deinem Innern über die südlichen Gewässer geschickt werden muß, um sein Geschäft zu erledigen, so zieht das keine anhaltende Viehischkeit nach sich, wenn du in den Hafen zurückkehrst. Armer Stuart – ich biete ihm nach wie vor die Palme der Freundschaft dar. Ja, ich habe ihn angerufen. Da war ich dann, die Narbe von unserem kleinen *contretemps* noch an der Wange (aber das war in Ordnung: Ich war eher »Ollie, der verwegene Duellant« als »Oliver Russell, das teilzeitbeschäftigte Verbrechensopfer«), und versuchte, ihn wieder in die Normalität zurückzuschmeicheln.

»Hallo, hier ist Oliver.«

Es trat eine Pause ein, deren mittlere Länge sie schwer interpretierbar machte, gefolgt von einer weniger zweideutigen Äußerung. »Verpiß dich, Oliver.«

»Guck mal . . .«

»Verpiß dich.«

»Ich kann mir vorstellen . . .«

»VERPISS DICH VERPISS DICH VERPISS DICH.«

Man hätte meinen können, ich hätte angerufen, um mich bei *ihm* zu entschuldigen, *ich* wäre derjenige, der *seine* Hochzeitsfeierlichkeiten heimgesucht hätte. Coleridges Alter Matrose war ein Waisenknabe gegen Stu, wie er da vor der Kirche auftauchte und uns dann zum Restaurant nachlief. Ich hätte ihn wirklich verhaften lassen sollen, weißt du: Herr Wachtmeister, erspähen Sie dorten den ehrwürdigen Seebär? Er hat allen und jedem was von einer abgeschossenen Seemöve vorgegreint. Entfernen Sie ihn doch freundlicherweise, oder verschaffen Sie ihm am besten eine Übernachtung in Newgate auf Kosten Ihrer Majestät.

Hab ich aber nicht, ich war vernünftig, und das ist nun der Dank. Ein Verpißdich-Geträufel wie eine Dosis Ohrentropfen. Es wirkte besonders ungehobelt angesichts der Tatsache, daß das Instrument, durch das diese wiederholten Aufforderungen zur Fortbewegung übermittelt wurden, kein anderes war als das mattschwarze lederverkleidete Schnurlose, durch das ich mich seiner Frau erklärt hatte. Wäre mein Freund lange genug drangeblieben, hätte ich diese elegante Ironie vielleicht mit ihm geteilt.

Natürlich hatte ich Stuarts Nummer – *ihre* Nummer! Ich drückte doch nur auf die geheiligte, nievergessende 1 an der Tastatur! – nicht ganz und gar auf eigene Initiative gewählt. Manchmal braucht der Großmut eine *accoucheuse*. Gillian hatte vorgeschlagen, daß ich anrufe.

Mach dir kein falsches Bild von Gillian, nebenbei gesagt. Nicht, daß ich eine Vorstellung von dem Farb-Dia hätte, das du ans Licht hältst, wenn du von ihr träumst. Es ist nur so, daß sie stärker ist als ich. Das hab ich schon immer gewußt. Und es gefällt mir. Bind mich mit seidnen Schnüren, *bitte*.

Gillian Oliver hat gesagt, Stuart wollte nicht mit ihm reden. Ich hab ebenfalls versucht, ihn anzurufen. Er hat abgenommen. Ich hab gesagt: »Hier ist Gillian.« Da kam ein Seufzer, und dann hat er mich abgehängt. Ich kann es ihm nicht verdenken, nicht wahr?

Stuart hat mir meinen Anteil am Haus ausbezahlt. Geld und Besitz wurden fair geteilt. Weißt du, was er gemacht hat, unser Stuart? Das war eine echte Überraschung. Als wir übereinkamen, uns scheiden zu lassen – als er einwilligte, daß ich die Scheidung einreiche, genauer gesagt –, habe ich erwähnt, wie sehr mir die Vorstellung zuwider sei, daß da Anwälte ankämen und entschieden, wer was kriege, daß es so schon schmerzlich genug gewesen sei, aber daß die Anwälte es dann vermutlich noch schlimmer machen würden, wenn sie darauf bestünden, daß man sich um jeden Penny stritte. Und weißt du, wie Stuart reagiert hat? Er hat gesagt: »Warum bitten wir nicht Mme Wyatt, das zu entscheiden?«

»Maman?«

»Bei ihr hätte ich das Vertrauen, daß sie fairer ist als jeder Anwalt, den ich kenne.«

Ist das nicht ziemlich ungewöhnlich? Sie hat es gemacht, und den Anwälten wurde mitgeteilt, auf was wir uns geeinigt hatten. Dann hat das Gericht das bestätigt.

Und noch was. Es hatte überhaupt nichts mit Sex zu tun, daß wir auseinandergegangen sind. Egal was andere vielleicht denken. Ich will nicht ins Detail gehen, also sag ich bloß soviel. Wenn jemand meint, er oder sie hätte das im Bett noch nicht so richtig drauf, dann wird er oder sie sich wahrscheinlich noch mehr Mühe geben, nicht wahr? Und wenn er oder sie andererseits glaubt, er oder sie würde das alles aus dem Effeff beherrschen, dann wird er oder sie vielleicht träge oder gar selbstgefällig. Und daher wird für den Menschen, der mit ihnen zusammen ist, der Unterschied wohl gar nicht so groß sein. Zumal es ja eigentlich darauf ankommt, wer sie sind.

Nachdem ich ausgezogen bin, hat Stuart mir das Atelier gelassen. Er wollte auch keine Miete annehmen. Oliver mochte das nicht. Er hat gesagt, Stuart könnte mir etwas antun. Hat er natürlich nicht.

Bei der Teilung der Beute bestand Stuart darauf, daß ich die Gläser behalte, die Maman uns geschenkt hat. Beziehungsweise, was davon übrig war. Es waren mal sechs, jetzt sind es nur noch drei. Komisch, ich kann mich nicht erinnern, welche zerbrochen zu haben.

Mme Wyatt Der Vorfall mit dem Hochzeitskleid tut mir leid. Ich hatte nicht die geringste Absicht, Gillian aufzuregen, aber ihre Idee war wirklich absurd. Mehr als absurd, die Idee einer Schwachsinnigen. Zweimal im selben Kleid heiraten – hat man so was schon gehört? Daher ist es manchmal notwendig, daß eine Mutter sich wie eine Mutter benimmt.

Die Hochzeit war ein *Desaster*. Man kann unmöglich übertreiben, wie sehr alles schiefgegangen ist. Ich konnte nicht umhin zu bemerken, daß der Champagner nicht aus der Champagne kam. Als erstes haben wir so etwas Schwarzes gegessen, das eher zu einem Begräbnis gepaßt hätte. Und dann war da diese schwierige Sache mit Stuart. Alles ein Desaster. Und schließlich muß Oliver unbedingt so einen italienischen *digestif* für uns bestellen, mit dem man vielleicht einem kranken Kind die Brust einreiben würde. Aber ihn in sich hineintun? Niemals. Ein einziges Desaster, wie gesagt.

Val Ich geb dem ein Jahr. Nein, im Ernst. Ich könnte drauf wetten. Was möchtest du denn? Einen Zehner, fünfzig, hundert? Ich geb dem ein Jahr.

Hör mal, wenn Stuart, der geradezu geschaffen ist zum Ehemann, es nur so kurze Zeit mit dieser spröden Schwanzklemme ausgehalten hat, wie stehen da die Chancen für Oliver, der kein Geld hat, keine Aussichten und im Grunde schwul ist? Wie lange wird die Ehe wohl halten, wenn er erst anfängt, sie Stuart zu nennen im Bett?

Und dann noch was . . .

Oliver & Stuart Raus.
Raus mit dieser Drecksau.
Los.
Raus.
Raus.
Raus.

Val Das können die mit mir nicht machen. *Du* kannst nicht zulassen, daß die das mit mir machen. Ich habe genausoviel Recht . . .

Oliver & Stuart Raus. Entweder die oder wir. Raus, du Drecksau. Raus. Die oder wir.

Val Du weißt, daß das gegen alle Regeln ist?
  Ich meine, dir ist doch wohl klar, wozu du da bist? Du weißt, was das wahrscheinlich für Konsequenzen hat? Hast du dir das überlegt? Hier holzt und bolzt jeder herum, wie es ihm paßt. He, *du* da – bist du nicht so was wie der Manager hier, *gehört* dir nicht die ganze verfickte Mannschaft?

Oliver Hast du mal einen Schal, Stu?

Val Siehst du denn nicht, was hier los ist? Das ist ein direkter Angriff auf deine Autorität. Hilf mir. Bitte. Wenn du mir hilfst, erzähl ich dir auch was über ihre Schwänze.

Oliver Ich halt sie fest, du knebelst sie.

Stuart Okay.

Val Ihr seid erbärmlich, wißt ihr das? Ihr beiden.
Er bärm lich.
Stuart . . .
Ol . . .

Oliver Wuff. War das ein Spaß. Valdas Bezwingung.
Wuff, wuff. Stuart, hör mal . . .

Stuart NEIN.

Oliver Das war doch wie in alten Zeiten, nicht wahr, das
eben?
Genau wie in alten Zeiten. Weißt du noch? *Jules et Jim?*

Stuart Verpiß dich, Oliver.

Oliver Wenn ich deinen Schal wiederkrieg, soll ich ihn
dir nachschicken?

Stuart Verpiß dich, Oliver.
Wenn du noch mal dein Maul aufmachst, dann . . .
Los, verpiß dich.

Oliver Ich hab neulich in Schostakowitschs Memoiren
herumgelesen. Die obenerwähnten Mätzchen von Valda haben
mich an die erste Seite davon erinnert, wo der Komponist
verspricht, er wolle sich bemühen, nur die Wahrheit zu sagen.
Er hat viele wichtige Ereignisse miterlebt und viele promi-
nente Menschen gekannt. Er will sich bemühen, sie ehrlich
zu schildern und nichts zu verfälschen oder zu färben: Sein
Bericht soll sein wie die Aussage eines Augenzeugen. Fein.
Schön und gut. Woraufhin dieser unterschätzte Ironiker fort-

fährt, und jetzt zitiere ich: »Freilich sagt man bei uns auch: ›Er lügt wie ein Augenzeuge.‹«

Mehr ist über Val eigentlich nicht zu sagen. Sie lügt wie ein Augenzeuge.

Noch eine Fußnote. Besser gesagt etwas, das Stuart vielleicht gern diskutiert hätte, wäre er in der Stimmung gewesen, mir einen Augenblick seiner kostbaren Zeit zu vergönnen. Schostakowitsch über seine Oper *Lady Macbeth:* »Es geht darin auch darum, wie die Liebe sein könnte, wäre die Welt nicht voller Niedertracht. Die Niedertracht läßt die Liebe zugrunde gehen. Ebenso die Gesetze und Besitzverhältnisse und Geldsorgen und der Polizeistaat. Wären die Verhältnisse anders gewesen, so wäre die Liebe anders gewesen.« Aber sicher. Die Umstände verändern die Liebe. Und wie ist das bei extremen Umständen, z. B. denen der Stalinschen Schrekkensherrschaft? Schostakowitsch fährt fort: »Jeder schien sich Sorgen zu machen, was aus der Liebe wird. So wird es wohl immer sein, es sieht immer so aus, als habe für die Liebe das letzte Stündlein geschlagen.«

Stell dir das mal vor: der Tod der Liebe. Das könnte passieren. Ich wollte Stuart sagen, weißt du, dieses Philosophikum, das ich dir über Marktmechanismen und Liebe gehalten habe, na ja, ich war mir selber nicht ganz sicher, inwieweit ich das so gemeint habe, im Grunde war das nur so ein *break*. Jetzt wird mir klar, daß ich da auf einer richtigen Spur war. »Wären die Verhältnisse anders gewesen, so wäre die Liebe anders gewesen.« Das ist wahr, so wahr. Und wie wenig wir darüber nachdenken. Der Tod der Liebe: das ist möglich, das ist denkbar, ich kann das nicht ertragen. »Offizierskadett Russell, warum wollen Sie ins Regiment eintreten?« »Ich möchte die Welt sicher machen für die Liebe. Und mir ist ernst damit, Sir, mir ist ernst!«

Mrs Dyer Ich hatte diesen jungen Mann gerne hier. Sicher, er hat schrecklich geschwindelt, und die Miete für die letzten zwei Wochen, die er versprochen hat zu schicken, hab ich immer noch nicht.

Er hatte wohl einen kleinen Hau weg, wenn Sie mich fragen. Ich hab immer gehört, wie er in seinem Zimmer Selbstgespräche geführt hat. Und dann hat er so geschwindelt. Ich glaube nicht, daß er wirklich fürs Kino geschrieben hat. Und er hat sein Auto nie hier in der Straße geparkt. Meinen Sie, er hatte doch den Aids? Es heißt ja, daß die Leute dann einen Hau weghaben. Womöglich ist das die Erklärung. Trotzdem, er war ein netter junger Mann.

Als er ging, hat er gefragt, ob er sich etwas von dem Baum da draußen abschneiden könnte. Als Andenken, hat er gesagt. Er ist mit einem Stückchen Affenschwanzbaum in der Hand abgezogen.

Gillian Stuart geht fort. Das ist bestimmt ein kluger Entschluß. Manchmal denke ich, das sollten wir auch tun. Oliver redet immerzu von dem Neuanfang, den er im Begriff ist zu machen, aber wir wohnen beide noch in derselben Stadt und haben noch dieselben Jobs. Vielleicht sollten wir einfach *gehen*.

Oliver Der Test war natürlich negativ. Das hatte ich mir von vornherein gedacht. Du hast dir doch nicht wirklich *Sorgen* gemacht meinetwegen, oder? *Mes excuses.* Ich bin richtig gerührt. Wenn ich das gewußt hätte, hätte ich es dir gleich erzählt, wie ich's erfahren hab.

Mme Wyatt Sie fragen mich, was ich von ihnen halte, von Stuart und Oliver, wen ich lieber habe? Aber ich bin ja nicht Gillian, und nur das zählt. Sie hat zu mir gesagt: »Ich habe wohl gewußt, wie das ist, wenn man geliebt wird. Ich wußte aber nicht, wie das ist, wenn man angebetet wird.« Ich habe geantwortet: »Warum ziehst du dann so ein langes Gesicht?« Wie ihr Engländer sagt, wenn man ein Gesicht zieht, dreht sich womöglich der Wind.

Es kommt wohl auch nie ganz so, wie man es erwartet. Ich

habe dieselben Vorurteile wie jede andere Mutter auch. Als ich Stuart zum ersten Mal sah, und dann später, als sie geheiratet haben, da habe ich gedacht: Wage es bloß nicht, meiner Tochter etwas anzutun. Stuart saß immer so vor mir, als würde er von einem Arzt oder einem Schulmeister oder sonst jemandem begutachtet. Seine Schuhe waren stets sehr gut geputzt, das weiß ich noch, und wenn er dachte, ich würde es nicht merken, dann ließ er immer ein Auge zu ihnen hinunterwandern, um zu gucken, ob sie nicht verschrammt waren. Er war so darauf aus, anderen zu gefallen, so bemüht, daß ich ihn mögen sollte. Ich fand das rührend, aber natürlich hatte ich auch gewisse Vorbehalte. Ja, jetzt liebst du sie, das sehe ich, ja, du bist sehr höflich zu mir und putzt deine Schuhe, aber wenn es dir nichts ausmacht, warte ich ein paar Jahre ab. Als man Chou-En-lai fragte, welche Auswirkungen seiner Meinung nach die Französische Revolution auf die Weltgeschichte gehabt habe, antwortete er: »Das kann man jetzt noch nicht sagen.« So was dachte ich mir bei Stuart auch. Ich sah ihn als einen ehrlichen jungen Mann an, ein bißchen langweilig vielleicht, der genug Geld verdiente, um für Gillian zu sorgen, und das war schon mal gut für den Anfang. Doch wenn ich ihn so begutachtet hätte, wie er dachte, dann wäre ich zu folgendem Urteil gekommen: Man kann jetzt noch nichts sagen, komm in ein paar Jahren wieder. Ich warte ab, ich schaue zu. Und ich habe mir nicht ein einziges Mal die Frage andersherum gestellt: Wenn nun meine Tochter Stuart etwas antut? Ich bin also gar keine so weise Frau, sehen Sie. Ich bin wie diese Festungen, deren Kanonen alle in die Richtung zeigen, von wo sie meinen, daß der Feind kommt, und die dann schutzlos sind, wenn er durch die Hintertür ankommt.

Und dann haben wir Oliver anstelle von Stuart, und was halte ich davon? Oliver, der nicht meint, wenn er seine Schuhe putze, bringe er mich am ehesten dazu, ihn zu mögen. Im Gegenteil, Oliver benimmt sich, als sei es unmöglich für mich, ihn nicht zu mögen. Er benimmt sich, als würden wir uns schon ewig kennen. Er gibt mir Ratschläge dazu, welche englischen Fischsorten in der *bouillabaisse* am besten die Mittelmeerfische ersetzen, die ich nicht bekommen kann. (Er fragt

mich nicht erst mal, ob ich *bouillabaisse* überhaupt mag.) Er
flirtet mit mir, in gewisser Weise, glaube ich. Und er gestattet
sich nicht einen Moment lang, sich vorzustellen, ich könnte
etwas gegen ihn haben, weil er die Ehe meiner Tochter
zerstört hat. Er will – wie soll ich es ausdrücken? – er will, daß
ich an seinem Glück teilhabe. Das ist seltsam, und ziemlich
rührend.

Wissen Sie, was er neulich zu mir gesagt hat? »Maman«, hat
er gesagt – seitdem er die Ehe meiner Tochter zerstört hat,
nennt er mich immer so anstatt Mme Wyatt, was ich vielleicht
doch ein wenig eigenartig finde – »Maman, warum suchen wir
nicht einen Mann für dich?«

Gillian hat ihn angesehen, als sei das bei der Lage der Dinge
wohl das Schlimmste, was er hätte sagen können, und vielleicht war es das auch, aber es machte mir nichts aus. Er hat
das auch so flirtend gesagt, als hätte er sich selbst für diese
Rolle angeboten, wenn er mich gesehen hätte, bevor er meine
Tochter sah. Eine Frechheit? Ja, aber ich konnte ihn deshalb
doch nicht etwa unsympathisch finden.

»Ich glaube nicht, daß ich wieder heiraten werde«, war
allerdings alles, was ich gesagt habe.

»Genug ist genug?« hat er geantwortet, »englisch ›enough is
enough‹, französisch ›un œuf est un œuf‹?« und angefangen zu
kichern über seinen eigenen Witz. Es war nicht einmal ein
guter Witz. Gillian hat mitgelacht, und sie lachte mehr, als ich
für möglich gehalten hätte. Sie haben vergessen, daß ich da
war, was in dem Moment ganz gut war.

Sehen Sie, ich glaube nicht, daß ich wieder heiraten werde.
Oh, ich will nicht sagen, daß ich mich nicht wieder verlieben
werde, aber das ist eine andere Geschichte. Dafür ist jeder
anfällig, egal was sie sagen, bis zu dem Tag, an dem man stirbt.
Nein, aber heiraten . . . Ich will Ihnen sagen, zu welchem
Schluß ich gekommen bin, nach all den Jahren mit Gordon,
und das waren Jahre, die ungeachtet dessen, was Sie vielleicht
denken, zum größten Teil glücklich waren; so glücklich wie
die anderer Leute auch, würde ich sagen. Und mein Schluß
war folgender: Wenn man mit einem Menschen über längere
Zeit zusammenlebt, verliert man allmählich die Kraft, ihn

glücklich zu machen, während das Vermögen, ihn zu verletzen, nicht nachläßt. Und vice versa, natürlich.

Keine optimistische Sicht? Aber man hat nur in den Augen anderer Leute die Pflicht, optimistisch zu sein, nicht vor sich selbst. Ah, werden Sie sagen – Oliver würde es bestimmt sagen –, das war nur bei Gordon so, der hat dich einfach fertiggemacht, das war kein fairer Prozeß, versuch's noch mal, mein Schatz. Nun, es ist nicht nur nach dem Zusammenleben mit Gordon, daß ich das beschlossen habe: Ich habe auch Augen für andere Ehen. Und ich sage Ihnen das in aller Ehrlichkeit. Es gibt gewisse Wahrheiten, mit denen man leben kann, wenn man sie nur einmal demonstriert bekommen hat. Dann sind sie nicht so bedrückend, es ist Platz für ein Fragezeichen daneben. Doch wenn eine solche Wahrheit zweimal demonstriert wird, dann wird sie bedrückend und erstickend. Ich könnte es nicht ertragen, wenn das wahr wäre, zweimal wahr wäre. Und daher halte ich mich auf Distanz zu dieser Wahrheit, und zu der Ehe. *Un œuf est un œuf.* Und wie sagt man noch in England? Man kann kein Omelett machen, ohne Eier zu zerschlagen. Also, kein Omelett für mich.

16: De consolatione pecuniae

Stuart Wenn du mich fragst – und inzwischen hab ich Zeit gehabt, darüber nachzudenken –, ist Liebe – oder was man so Liebe nennt – bloß ein System, das die Leute dazu bringt, dich Darling zu nennen nach dem Sex.

Ich hab eine furchtbare Zeit durchgemacht nach »der Sache« da. Ich bin nicht »kaputtgegangen«. Ich habe keinen »Zusammenbruch gehabt«. Dazu bin ich nicht der richtige Mensch. Ich weiß, daß ich wahrscheinlich so weitermachen werde, mit annähernd demselben Job, und bestimmt derselben Persönlichkeit, und eindeutig demselben Namen (ich bin der, der bei seinem Namen bleibt, weißt du noch?), bis . . . tja, bis ich meinen Job aufgebe und das Alter anfängt, meine Persönlichkeit aufzufressen, und der Tod schließlich meinen Namen wegnimmt. Aber »die Sache« hat mich verändert. Oh, sie hat mich nicht »reifer gemacht«, sie hat mich nicht »erwachsen werden lassen«. Aber sie hat mich verändert.

Weißt du das mit meinen Eltern noch, wie ich immer das Gefühl hatte, daß ich sie enttäusche? Ich dachte, das sei nur zwischen Eltern und Kindern so, und wenn man Glück hätte, würde es nicht mal da passieren. Jetzt glaube ich, es ist etwas Allgemeines. Es kommt nur darauf an, wer es wem antut. Zum Beispiel, als »die Sache« passierte und wir alle das durchmachten – das sehe ich unterdessen auch, daß ich das nicht alleine durchgemacht habe –, da hab ich immer gedacht, ich würde Gillian enttäuschen. Ich hab gedacht, jetzt fängt das wieder an: Ich hab bei meinen Eltern auf irgendeine Art versagt, die sie mir nie so recht erklärt haben, und jetzt versag ich bei meiner Frau auf eine neue, aber gleichermaßen unergründliche Art. Dann, etwas später, wurde mir langsam klar, daß nicht *ich* es war, der *sie* enttäuscht hatte, sondern daß *sie* es waren, die *mich* enttäuscht hatten. Meine Frau hat mich im Stich gelassen, mein bester Freund hat mich im Stich gelassen, es lag nur an meinem Charakter und meiner verdammten Neigung zum Schuldbewußtsein, daß ich das nicht früher schon erkannt habe. *Sie* haben *mich* im Stich gelassen. Und daher hab ich ein Prinzip formuliert. Ich weiß ja nicht, ob du dich für Rugby interessierst, aber vor ein paar Jahren gab es da einen berühmten Spruch in dem Spiel: Komm ihnen mit der Vergeltung zuvor. Und jetzt lebe ich mein Leben nach dem folgenden Prinzip: Komm ihnen mit der Enttäuschung zuvor. Enttäusche sie, bevor sie dich enttäuschen.

Die Arbeit war eine große Hilfe. Erst war sie nur ein Ort, wo ich hingehen konnte, etwas, für das ich immer noch Respekt hatte. Sie war ein System für sich, sie konnte ohne mich weiterlaufen bis in alle Ewigkeit; aber sie gab mir die Möglichkeit, mich vor einen Monitor zu setzen und in das System einzugreifen. Ich war der Arbeit, dem Geld dankbar dafür, daß es das tat. Ich hab schon mal das heulende Elend gekriegt, und natürlich hab ich mir dann auch einen angetrunken, und ich hab die Wut gekriegt, aber wenn ich mich vor das Geld setzte, war ich gleich ruhiger. Und ich habe ihm immer Respekt entgegengebracht. Ich hab mich nie betrunken, wenn ich am nächsten Morgen zur Arbeit gegangen bin. Ich habe immer ein sauberes Hemd angehabt. Wenn ich versumpft bin, dann nur freitags und samstags. Eine Zeitlang jeden Freitag und Samstag. Aber wenn es Montag war, saß ich da in einem sauberen Hemd und mit einem klaren Kopf und redete mit dem Geld.

Und da es das in meinem Leben war, was ich am besten konnte, wurde ich noch besser darin. Oder ich habe mehr gelernt. Aus mir sollte nie ein großer Crack werden, aber ich bin ein mittlerer Crack. Ich hatte nie vor, auf ein hochriskantes saudiarabisches Außenhandelsmillionending zu setzen. Ich war derjenige, der bei so was immer abriet. Ich war derjenige, der sagte: Immer langsam, haben wir auch alles bedacht, denkt dran, was mit der Second City Bank von Cornbelt passiert ist. Darin bin ich gut, solche Sachen zu sagen. Wir können nicht alle fliegende Händler in schicken Anzügen sein, die Geld scheffeln, solange die Konjunktur läuft, und mit fünfundzwanzig ausgebrannt sind. Als daher die Bank zusätzliche

Filialen in den Staaten aufmachte, haben sie mich als vernünftigen Menschen in mittlerer Position nach Washington geschickt. Und da bin ich jetzt.

Und das Geld war auch eine Hilfe. Ich hab dem Geld Respekt gezollt, und das Geld hat sich erkenntlich gezeigt, das Geld hat mir geholfen. Ich weiß noch, wie mir das Geld zum ersten Mal geholfen hat. Das war nicht lange, bevor meine Ex-Frau und mein Ex-bester-Freund mir die endgültige, tödliche Enttäuschung antaten, einander zu heiraten. Das war eine harte Zeit, wie du dir vorstellen kannst. Es war keine Phase, wo ich den Menschen viel Vertrauen schenken konnte, nicht mal bei den simpelsten Dingen. Woher sollte ich denn wissen, ob jemand nicht bloß darauf wartete, daß ich Zuneigung zu ihnen entwickelte, damit sie mich mit Enttäuschung niederstechen könnten?

Eines Tages, eines Nachmittags, um genau zu sein, beschloß ich, jetzt würde ich verdammt noch mal Sex haben. Von allem anderen abgesehen, das sie mir angetan hat, hatte Gillian mir auch den Sex verleidet. Ich *wollte* keinen Sex, verstehst du, als ich beschloß, welchen zu haben. Es ging darum, mich gegen das zur Wehr zu setzen, was sie mir angetan hatten. Also dachte ich, wie soll ich das angehen? Und dann fiel mir ein, daß ich auf die Außenwelt wahrscheinlich wie ein Geschäftsmann im Anzug wirkte, und daher beschloß ich, mich so zu benehmen, wie sich solche Leute angeblich benehmen. Es war ein Samstagnachmittag, und ich habe eine Tasche gepackt, ein Taxi zu einem Hotel in Bayswater genommen, die Formalitäten erledigt, bin rausgegangen und habe eine Zeitschrift gekauft von der Sorte, die Geschäftsleute vermutlich kaufen, und bin wieder in das Hotel zurückgegangen.

Ich sah die Anzeigen durch und entschied mich schließlich für ein Institut, das »Niveauvolle Mädchen für Entspannungsmassage oder Gesellligkeit« anbot, »Hotelbesuche, alle Kreditkarten«. Bei der Sache mit den Kreditkarten mußte ich nachdenken. War das eine gute Idee? Ich hatte das nicht als Möglichkeit vorausgesehen – ja, ich war mit haufenweise Bargeld ausgestattet gekommen. Vielleicht wollten sie nur die

Kreditkartennummer haben, um einen dann zu erpressen? Aber ich muß zur Zeit einer der wenigen unerpreßbaren Leute sein, die es gibt. Ich habe keinerlei Familie, vor der ich etwas zu verbergen hätte. Und wenn die Bank das rauskriegte? Die hätten wohl nur etwas dagegen, wenn ich eine Kreditkarte nehmen würde, die ihnen nicht gefällt, eine mit einem Zinssatz, der meine berufliche Kompetenz in Frage stellt.

Dann, als ich den Anruf machte, bekam ich plötzlich die Panik. Wenn die nun ein Mädchen schickten, das wie Gillian aussah? Das wäre wirklich ein Schlag in die Magengrube gewesen. Als sie daher fragten, ob ich an eine besondere Art von Gesellschafterin dächte, habe ich gefragt, ob sie ein asiatisches Mädchen hätten. Deshalb haben sie Linda geschickt. Oder sie haben ein Mädchen geschickt, das sich Linda nannte. Sie hat £100 gekostet. Das war ihr Preis, das war das, was man mit Geld kaufen konnte. Ich will nicht ins Detail gehen, weil ich kein Mensch bin, der bei so was ins Detail geht, aber es war jeden Penny wert. Sie war sehr gut in dem, was sie machte. Ich wollte keinen Sex, wie gesagt, ich hatte bloß beschlossen, welchen zu haben; aber sehr bald wollte ich es auch und war froh, daß ich es wollte. Als sie weg war, habe ich mir den Kreditkartenbeleg angeguckt, um zu sehen, was sie in die Spalte unter Art und Anzahl geschrieben hatte. Sie hatte »Waren« eingetragen. Einfach so. »Waren«.

Manchmal tragen sie witzige Sachen ein wie »Wartungsarbeiten«, und manchmal tragen sie gar nichts ein, oder das, was man haben will; aber ich werde nie vergessen, daß Linda »Waren« eingetragen hat. Es war eine Transaktion, ein Geschäftsvorgang, also warum nicht? Seitdem hat es viele andere Mädchen wie Linda gegeben, einige davon hießen auch Linda. Anscheinend gibt es da eine bestimmte Richtung von Namen, die die Mädchen annehmen: Ich habe eine Menge Lindas und Kims und Kellys und Lorraines und Linzis kennengelernt. Ich habe nicht viele Charlottes und Emmas in diesem Metier angetroffen, das kannst du mir glauben. Und ein weiteres Plus bei diesem Berufsstand ist: Wenn sich die Mädchen für einen Namen entscheiden, denken sie fast nie, der Geschäftsmann in dem grauen Anzug mit der eilfertigen

Kreditkarte würde wollen, daß sie Gillian heißen. Jedenfalls nicht Gillian in der ausgeschriebenen Form. Ich glaube, damit könnte ich nicht umgehen. Einmal war da ein Mädchen – in Manchester, glaub ich – die sagte, sie hieße Gill.

»Wie schreibt man das?« hab ich gesagt. Ich war im Begriff, meine Kreditkarte aus der Brieftasche zu ziehen, und bin einfach erstarrt.

»Was soll das heißen?« Sie guckte etwas säuerlich, als wollte ich sie irgendeinem Intelligenztest unterziehen, ehe ich sie engagierte.

»Bloß wie man das schreibt – mit J oder mit G?«

»J natürlich.«

Natürlich.

Es gefällt mir in Amerika. Es ist mir gerade recht, ein Ausländer in Amerika zu sein. Das heißt, ein Ausländer, der aber Englisch spricht. Und dazu noch Engländer ist. Die Amerikaner sind sehr freundlich, wie wir alle schon einemillionmal gehört haben, und die, die ich kenne, sind nett zu mir, aber wenn ich den Eindruck erhalte, sie könnten mir zu nahekommen wollen, und mich zurückziehe, dann führen sie es einfach darauf zurück, daß ich Engländer bin. Sie glauben, ich sei halt etwas reserviert, ein bißchen verkniffen, und da habe ich nichts dagegen. Ich ziehe mich zurück – ich komme ihnen mit der Enttäuschung zuvor.

Und die Mädchen sind auch gut. Die Profis, meine ich. Die Shelleys und die Marlenes. Auch auf dieser Seite vom Teich keine Charlotte oder Emma. Nicht in diesem Geschäft. Auch keine Gillian. Nicht in der ausgeschriebenen Form und mit G, jedenfalls.

Hör mal, du magst mich jetzt vielleicht nicht mehr besonders. Hast mich womöglich noch nie besonders gemocht. Aber das macht nichts. Ich bin nicht mehr im Geschäft des Gemochtwerdenwollens. Nicht, daß ich vorhätte, so ein blindwütiger Mega-Tycoon zu werden, der ständig nur zum Kotzen ist – ich bin nie mit Absicht eklig zu den Leuten, das liegt mir nicht. Ich meine nur, daß es mir lange nicht mehr so viel ausmacht, ob die Leute mich mögen oder nicht. Früher hab ich ziemlich viel getan, um ihnen zu gefallen, um anerkannt zu werden. Heutzutage stelle ich fest, daß es mir nicht mehr groß darauf ankommt. Ein kleines Beispiel: Ich trage jetzt wieder eine Brille. Die Kontaktlinsen hatte ich mir nur zugelegt, weil ich dachte, Gillian würde mich dann lieber mögen.

Mit das erste, was die Leute einem über Geld erzählen, ist, daß es eine Illusion sei. Es ist eine Annahme. Wenn du jemand einen Dollarschein gibst, ist der keinen Dollar »wert« – sein »Wert« ist der eines kleinen Stückchens Papier und einer kleinen Menge Druckerschwärze –, aber alle sind sich einig, alle geben sich der Illusion hin, daß er einen Dollar wert ist, und deshalb ist er es auch. Alles Geld der Welt hat seine Bedeutung nur daher, daß die Leute der gleichen Illusion anhängen. Warum Gold, warum Platin? Weil sich alle einig sind, ihnen diesen Wert zuzuschreiben. Und so weiter.

Du siehst wahrscheinlich, worauf ich hinauswill. Die andere weltweite Illusion, die andere Sache, die es bloß deshalb gibt, weil sich alle einig sind, ihr einen gewissen Wert zuzuschreiben, ist die Liebe. Jetzt kannst du sagen, meine Wahrnehmung sei durch Verbitterung getrübt, aber das ist der Schluß, zu dem ich gekommen bin. Und ich war ihr halt ziemlich direkt ausgesetzt. Man hat mir die Liebe unter die Nase gerieben, besten Dank auch. Ich hab meine Nase so dicht an der Liebe gehabt, wie ich die Nase am Monitor habe, wenn ich mich mit dem Geld bespreche. Und mir scheint, da kann man Parallelen ziehen. Liebe ist nur das, worauf die Leute sich geeinigt haben, ihr Wert ist ein angenommener, den man ihr zuschreibt. Heutzutage wird sie von fast allen als Ware hoch geschätzt. Nur von mir nicht. Wenn du mich fragst, wird die Liebe zu einem künstlich überhöhten Preis gehandelt. Eines schönen Tages wird der Markt für Liebe zusammenbrechen.

Oliver hat früher mal ein Buch mit sich herumgeschleppt, das *»Trostbuch der Philosophie«* hieß. »Trostreich, *ach* so trostreich«, hat er dann immer so überheblich gegurrt und gönnerhaft auf den Einband geklopft. Ich hab ihn nie drin lesen sehen. Vielleicht hat ihm einfach nur der Titel gefallen. Ich habe aber den Titel für das Buch von heute, die aktuelle Version. Es heißt »Das Trostbuch des Geldes«. Und glaub mir, der funktioniert, dieser Trost.

Die Leute finden mich jetzt interessanter, wo ich mehr Geld habe. Ich weiß nicht, ob ich wirklich interessanter bin – wahrscheinlich nicht –, aber sie finden mich so. Das ist ein Trost. Ich kaufe gern Sachen und besitze sie gern und werfe sie gern weg, wenn sie mir nicht gefallen. Neulich hab ich mir einen Toaster gekauft, und nach einer Woche hat mir nicht mehr gefallen, wie er aussieht, und da hab ich ihn weggeschmissen. Das ist ein Trost. Ich stelle gern Leute an, die für mich erledigen, wozu ich selbst keine Lust habe – Autowaschen, Wohnungputzen, Einkaufengehen. Das ist ein Trost. Zwar habe ich viel weniger Geld als einige Leute, mit denen ich zu tun habe, aber ich habe auch viel mehr Geld als viele Leute, mit denen ich zu tun habe. Das ist ein Trost. Und wenn ich weiter in der Höhe verdiene, wie es im Augenblick aussieht, und klug investiere, dann kann ich von meiner Pensionierung bis zu meinem Tod sehr angenehm leben. Geld kommt mir viel trostreicher vor als die Philosophie, wenn man sich über diesen Lebensabschnitt seine Gedanken zu machen beginnt.

Ich bin Materialist. Was soll man sonst sein, wenn man kein buddhistischer Mönch ist? Die beiden großen Glaubensbekenntnisse, die in unserem Jahrhundert die Welt regiert haben – Kapitalismus und Kommunismus – sind beide materialistisch; nur ist das eine besser darin als das andere, wie die jüngsten Ereignisse bewiesen haben. Der Mensch mag gern Konsumgüter, das war immer so, wird immer so bleiben. An den Gedanken sollten wir uns einfach gewöhnen. Und die Liebe zum Geld ist nicht die Wurzel allen Übels, sie ist bloß der Grundstein für das Glück der meisten Leute, den Trost der meisten Leute. Sie ist viel zuverlässiger als die Liebe.

Man sieht, was man bekommt. Man bekommt das, wofür man bezahlt. Diese Regel gilt in der Welt von Kim und Kelly und Shelley und Marlene. Ich will nicht sagen, es gäbe da keine Betrügerinnen. Natürlich gibt es die, genau wie es Mädchen mit Krankheiten gibt und Mädchen, die sich als Jungen entpuppen; es ist wie in jedem anderen Geschäft auch, es gibt Schwindler und Fehlkäufe. Aber wenn du zu den richtigen Leuten gehst, den richtigen Preis zahlst, dann kriegst du auch, was du willst. Zuverlässig, professionell. Ich mag das, wie sie ihre kleinen Kodewörter haben, wenn sie kommen. Wie kann ich Ihnen behilflich sein? An was hatten Sie gedacht? Haben Sie spezielle Wünsche? Bei anderen Kunden führt das bestimmt zu ausgiebigem Feilschen vor dem metallischen Ratschen des Kreditkartenapparats, den sie mit den Verhütungsmitteln zusammen in der Handtasche herumtragen. Aber mein Feilschen ist immer simpel. Wenn sie mich fragen, ob ich spezielle Wünsche habe, komme ich ihnen nie mit Schulmädchenkleidern und Peitschen oder was. Ich sage bloß, ich möchte, daß sie mich hinterher Darling nennen. Bloß einmal, das ist alles. Mehr nicht.

Ich bin nicht ohne Freunde. Schätz mich nicht falsch ein. Ich gehe zur Arbeit, und ich arbeite hart, und ich verdiene mein Geld. Ich wohne in einer hübschen Wohnung nicht sehr weit vom Dupont Circle. Ich habe Freunde und Freundinnen, mit denen ich etwas unternehme; ich lasse sie mir so nahe kommen, wie ich will, aber nicht näher. Komm ihnen mit der Enttäuschung zuvor. Und ja, ich hatte auch Freundinnen hier drüben. Mit einigen davon war ich im Bett, und einige davon haben mich Darling genannt, davor, danach, auch während. Das gefällt mir natürlich, aber ich traue dem nicht. Das einzige Darling, dem ich vertrauen kann, ist ein Darling, für das ich bezahlt habe.

Weißt du, ich halte mich nicht für verbittert oder zynisch oder desillusioniert oder sonstwas. Ich halte mich bloß für jemand, der die Dinge jetzt klarer sieht als zuvor. Liebe und Geld sind zwei große Hologramme, die sich glitzernd vor uns drehen und wenden wie reale 3-D Gegenstände. Dann greifst du danach, und deine Hand geht einfach durch sie durch. Ich habe immer gewußt, daß Geld eine Illusion ist, aber ich wußte auch, daß es dennoch innerhalb gewisser Grenzen Macht besaß, und eine wunderbare Macht dazu. Ich wußte nicht, daß die Liebe auch so ist. Ich wußte nicht, daß man mit der Hand einfach hindurchfassen kann. Jetzt weiß ich es, und ich bin weiser.

Du siehst also, in gewisser Weise habe ich mich zu Olivers Ansicht bekehrt, zu dem, was er mir auf so beleidigende Weise klarmachen wollte, als wir beide betrunken waren und ich ihm schließlich ein Ding verpaßt habe. Die Liebe funktioniert entsprechend den Marktmechanismen, hat er gesagt, als Rechtfertigung dafür, daß er mir meine Frau ausgespannt hat. Jetzt, wo ich ein bißchen älter und ein bißchen weiser bin, stimme ich ihm mehr und mehr zu: Die Liebe hat viele Eigenschaften mit dem Geld gemeinsam.

Das alles soll aber nicht heißen, daß ich den beiden »die Sachen verziehen hätte. Sie ist auch noch nicht vorbei, genaugenommen. Sie ist noch nicht abgeschlossen. Ich weiß nicht, was man da machen kann, wie oder wann . . . Ich muß sie irgendwie hinter mich bringen . . . Aber wie?

Soweit ich sehe, gibt es zwei Systeme. »Sofort zahlen« und »Später zahlen«. »Sofort zahlen« funktioniert so, wie ich eben beschrieben habe – und es funktioniert sehr effizient, vorausgesetzt, du triffst die normalen wirtschaftlichen Vorsichtsmaßnahmen. »Später zahlen« nennt man Liebe. Es überrascht mich nicht, daß sich die Leute in der Regel offenbar für »Später zahlen« entscheiden. Mietkauf mögen wir alle. Aber ir lesen nur selten das Kleingedruckte, wenn wir den Handel abschließen. Wir denken nie an die Zinsen . . . wir rechnen nie den Endbetrag aus . . . Ich will »Sofort zahlen«.

Manchmal sagen die Leute zu mir, wenn ich meine Einstellung erläutere: Ja, ich kann deinen Standpunkt verstehen. Es macht bestimmt alles einfacher. Aber das Problem beim käuflichen Sex (wir sind natürlich im allgemeinen schon betrunken, wenn wir so die Hosen runterlassen), das Problem beim käuflichen Sex – sagen sie mit Entschiedenheit, obwohl sie sich nie im Leben welchen gekauft haben – ist doch, daß Huren nicht küssen. Sie sagen das ein wenig traurig und denken dabei liebevoll an ihre Frau, die in der Tat küßt (aber wen? *wen noch*? möchte ich fragen). Ich nicke und mache mir nicht die Mühe, ihnen die Illusion zu nehmen. Die Leute haben so sentimentale Vorstellungen von Nutten. Die Leute meinen, sie simulieren bloß den Liebesakt, dann ziehen sie sich hinter einen Schirm von Sittsamkeit zurück und sparen ihr Herz und ihre Lippen für ihren Herzallerliebsten auf. Na ja, vielleicht ist ja etwas dran. Aber Huren küssen nicht?

Natürlich tun sie das. Man muß ihnen nur genug zahlen. Denk nur daran, wo sie sonst noch bereitwillig ihre Lippen hintun gegen Geld.

Ich will kein Mitleid von dir. Ich bin klüger geworden, und du kannst mich jetzt nicht mehr so leicht von oben herab behandeln. Vielleicht magst du mich nicht mehr (hast mich womöglich noch nie gemocht). Aber wie gesagt, ich bin nicht mehr im Geschäft des Gemochtwerdenwollens.

Mit Geld kann man keine Liebe kaufen? O doch. Und wie gesagt: Liebe ist bloß ein System, das die Leute dazu bringt, dich Darling zu nennen nach dem Sex.

17: Sont fous, les Anglais

Gordon Gordon heiß ich. Nein, warum sollten Sie auch. Gordon *Wyatt*. Sagt Ihnen das was?

Ich sollte eigentlich nicht mit Ihnen reden, das ist bestimmt gegen die Vorschriften. Schließlich wissen Sie ja, was Sie von mir zu halten haben, nicht wahr? Dreckiger alter Lustmolch, Schulmädchenverführer, hat Weib und Kind sitzenlassen . . . Man kann nicht viel Gehör erwarten, wenn man mit solchen Etiketten herumläuft.

Maßgebliche Gesichtspunkte bezüglich des Falls Gordon Wyatt, vor langer Zeit standrechtlich verurteilt und in die Salzbergwerke geschickt:

1) Als wir uns kennenlernten, konnte man wahnsinnig viel Spaß mit ihr haben, mit Marie-Christine. Hab sie geheiratet, hab sie nach England mitgebracht. Sie hatte ein Verhältnis, als wir etwa ein Jahr verheiratet waren. Dachte, ich hätte das nicht spitzgekriegt. Klar hab ich das spitzgekriegt. Gibt einem einen ganz schönen Schlag, aber ich hab's verwunden. Hatte den Verdacht, nach Gillians Geburt hätte sie sich noch mal ins Abenteuer gestürzt, war mir aber nicht ganz sicher. Das hätte ich verkraftet. Was ich nicht verkraften konnte, war die Art, wie man keinen Spaß mehr mit ihr hatte. Ist irgendwie vorzeitig in die Jahre gekommen, hatte *Ansichten* über alles. Entsetzlich. Stand ihr überhaupt nicht. Hatte immerzu *recht,* wenn Sie wissen, was ich meine.

2) Verkehrsrecht mit Tochter vom Gericht entzogen unter Verweis auf Verfehlungen des Antragstellers hinsichtlich junger Frauen (haben die gedacht, ich würd versuchen, meine eigene Tochter zu verführen, Herrgott nochmal?). Nachfolgende private Anträge auf Kontakt stets selbstherrlich abgelehnt von Madame. Jetzt hieß es: Willst du weiter versuchen,

dein Kind zu sehen, wohl wissend, daß alles gegen dich ist (Umgehung eines Gerichtsurteils, die Hüter des Gesetzes, Vollstreckungsbeamte etc.), und dich mit Hoffnungen quälen, oder ziehst du einen sauberen Schlußstrich? Dito, was ist mit besagtem Kind: Ist es das beste für sie zu glauben, da schwirrt irgendwo ein Denkbarer Jemand herum, oder ein Eindeutiger Niemand? Nicht leicht.

3) Vor allem will ich sagen, ich laß mir diese Verleumdung meiner Frau nicht gefallen. Meiner jetzigen Frau. Ich hab sie nicht »verführt«, sie hat nicht die Lolita für mich hingelegt. Wir haben uns kennengelernt (außerhalb der Schule, übrigens), und zack, das war's. Nichts zu machen. Von da an verliebt ineinander, nie ein böses Wort, zwei goldige Kinder. Klar war es schwer, noch irgendwo einen Job als Lehrer zu kriegen. Hab uns eine Zeitlang mit Übersetzungsarbeiten über Wasser gehalten, mach ich immer noch ein bißchen. Aber inzwischen bringt Christine das Geld nach Hause. Ich bin das, was man wohl einen »Hausmann« nennt. Bin da auch ganz in meinem Element, was Madame sicher erstaunt hätte. Um ganz ehrlich zu sein, ich weiß nicht, was die Frauen immer zu klagen haben. Ich bin gern »ans Haus gefesselt«, wie sie das nennen.

Ah, da klingelt es. Hören Sie, ich habe hoch und heilig versprochen, ich würd zu dem Ganzen nie etwas zu Protokoll geben. Christine mag das eigentlich nicht. Die Vergangenheit ist ein fernes Land und so. Also, kein Sterbenswörtchen, wenn es Ihnen recht ist. Sehr verbunden. Cheerio dann.

Oliver Ich fahr so einen antiquierten Peugeot 403. Hab ihn einem Bauern abgekauft, der wohl lieber in einem Toyota Land Cruiser sitzen wollte. Der Wagen ist so grünlichgrau – solche Farben gibt es jetzt gar nicht mehr, nicht für Autos – und überall so rund an den Ecken. Ein klitzekleiner Kühlergrill wie ein Kerkermeister-Guckloch. Total altmodisch. Ist auch schon vorgekommen, daß er bei Gelegenheit zweckmäßigerweise kaputt war.

Jeden Morgen klemm ich mich unter dem Knirschen alten Leders hinter das Steuer und fahre nach Toulouse hoch. Ich chauffiere vorsichtig durch das Dorf wegen dem Hund von Monsieur Lagisquet. Was das für eine Marke ist, weiß ich nicht, aber seine ins Auge springenden Merkmale sind mittlere Größe, Kastanienbräune und eine ungestüme Liebenswürdigkeit. Sein nicht so ins Auge springendes Merkmal hat uns Monsieur Lagisquet erklärt, als Gill und ich zum ersten Mal durchs Dorf gingen und diese Zunge mit vier Beinen sich auf uns stürzte. »Il est sourd«, sagte das Herrchen, »il n'entend pas.« Ein tauber Hund. Gott, wie traurig. Mega-traurig. Stell dir vor, wie das ist, wenn man den Flötenpfiff seines Herrchens nicht mehr hören kann.

Also chauffiere ich vorsichtig und nicke den Einheimischen zu wie eine untere Charge des britischen Königshauses. Vorbei an dem staubigen Rhombus, der halb Dorfplatz ist und halb Café-Vorgarten, wo ein paar Senioren aus fetten Tassen mit dem Slogan von Choky drauf ihren Morgentrunk schlürfen. Vorbei an den Totalgaz-Gestellen vor der *alimentation* und der auf die Seitenwand gepinselten verblichenen Reklame für BRILLIANTINE PARFUMÉE und SUZE. Diese Namen, diese Namen! Dann an dem stillgelegten *lavoir* neben der kleinen Brücke vorbei – *où sont les blanchisseuses d'antan?* – und bei der Cave Coopérative in die Hauptstraße eingeschwenkt. Unser Dorf hat, wie die meisten hier in der Gegend, zwei Kastelle: das alte *château fort,* dessen Wände einst von Blut trieften, und dieses neue aus glänzendem rostfreien Stahl, wo der rote Saft von zermalmten Trauben stammt und nicht von zermalmten Gefangenen. Die Künste des Krieges und die Künste des Friedens! Die Architekten sollten aus dem Vergleich noch mehr herausholen, finde ich: Man sollte die blitzenden Silos der Cave Coopérative mit satirischen Pfefferstreuertürmchen krönen und die gleißenden Vertikalen vielleicht mit trompel'œil-Schießscharten verzieren.

Das ist das wahre Leben, reflektiere ich gern, wenn ich durch die Weingärten rausche. Etwas Cinsault, eine Prise Mourvèdre, einen Schuß Malbec und mit ein wenig Tempranillo anreichern: Rühr es um und mach es fein, und ab die

Post. Im Augenblick sind wir VDQS, hoffen aber auf Beförderung.

Siehst du den kleinen Turm da drüben – das runde Steinding? Ein bescheidener Vorratsschuppen, doch so gebaut, daß er dem Zahn der Zeit ebenso widersteht wie dem Baumwollkäfer. Beeindruckt? Nasalier doch mal diese Luft, guck dir den am Himmel hängenden Falken an. Ist das nicht das wahre Leben? Entschuldige mich einen Moment, ich will dem blaubelatzten Arbeitsmann, der dorten seiner Schaufel die Brust gibt, ein königliches Winken schenken. Und ich war derjenige, der immer alles so düster sah. Ich hab immer gesagt, das Leben sei wie die Invasion von Rußland: ein fliegender Start, ein erbarmungsloser Tempoverlust, ein entsetzliches Scharmützel mit General Januar, dann Blut im Schnee. Aber jetzt seh ich das nicht so. Es gibt keinen Grund, weshalb die Route nicht eine sonnige Nebenstraße durch einen Weingarten sein soll, nicht wahr? Es ist alles so sehr viel fröhlicher hier unten. Vielleicht ist das bloß so simpel wie die Sonne. Weißt du noch, als man den Zusammenhang zwischen Depression und häuslichen Lichtverhältnissen entdeckt hat? Was du bei der Wattstärke zulegst, sparst du an den Psychiaterrechnungen! Warum sollte das bei der freien Natur nicht auch klappen? Auf Ollie-Frohnatur trifft das Argument vom Klima her gegenwärtig ganz sicher zu.

Man braucht etwa eine Stunde über die A61 nach Toulouse rauf, während der Morgennebel aus den Wiesen dampft und die Bauernhäuser einhüllt wie Trockeneis. Dann laß ich den 403 im Schulhof schwungvoll zum Halten kommen und streue *bons mots* unter die wartenden Schüler wie Sonnenblumenkerne. Sie sind so gut gekleidet und ... na ja, *hübsch*. Jungen wie Mädchen. Und sie wollen Englisch lernen! Ist das nicht unglaublich? Ich weiß, als Pädagoge soll man seine Schäflein mit ansteckender Lernbegier enthusiasmieren und so weiter, doch läßt sich das Prinzip nicht anwenden, wenn man sich an einem verregneten Dienstag in einer Nebenstraße der Edgware Road einer Reihe feuchter Kornsäcke gegenübersieht. Hier ist es umgekehrt: Sie wecken in mir die Lust zu unterrichten!

Und das tu ich, den ganzen Tag lang. Dann vielleicht ein geruhsamer *coup de rouge* mit einer Schülerin, die etwas Schwierigkeiten hat, die verschiedenen Vergangenheitsformen in den Griff zu kriegen (wem ginge das nicht so?), und eine gemächliche Rückkehr durch die Weingärten. Schon aus mehreren Kilometern Entfernung erblickt man das stählerne Blitzen der Cave Coopérative in der klaren niedrigstehenden Sonne. Ich komme an meinem Lieblingsverkehrszeichen vorbei: ROUTE INONDABLE. Diese gallische Sparsamkeit. In England hieße das DANGER ROAD LIABLE TO FLOODING: ACHTUNG AUF DIESER STRASSE BESTEHT ÜBERSCHWEMMUNGSGEFAHR. Hier einfach nur ROUTE INONDABLE. Dann vorsichtig durch das Dorf und in die offenen Arme von Weib und Kind. Wie sie mich drückt, das schillernde Bambino, Klein-Sal. Sie hängt an mir wie ein nasser Duschvorhang. Ist das nicht das wahre Leben?

Gillian   Jetzt hör mir mal zu. *Mir.*

Ich glaube, ich beginne am besten mit einer Beschreibung des Dorfs, in dem wir leben. Es liegt südöstlich von Toulouse, im Département Aude, am Rande des Minervois, nahe dem Canal du Midi. Das Dorf ist von Weingärten umgeben, allerdings war das nicht immer so. Wenn man heutzutage hier herumfährt, könnte man meinen, das sei immer so gewesen, weil das meiste so alt aussieht, aber das stimmt nicht. Als die Eisenbahn kam, wurde alles anders. Vorher mußten Gegenden wie diese weitgehend autark sein, landwirtschaftlich gesehen. Also gab es Schafe für die Wolle und Kühe für die Milch, vielleicht auch Ziegen, und Gemüse und Obst und – was weiß ich, wahrscheinlich Sonnenblumen für das Öl und Kichererbsen und so weiter. Aber die Eisenbahn hat das ökonomische Profil der Gegend verändert, wie überall, hat es verflacht. Die Leute haben die Schafzucht eingestellt, weil die Wolle, die mit der Eisenbahn kam, billiger war als die Wolle, die sie machen konnten. Die landwirtschaftliche Mischkultur starb aus. Ab und zu ist da natürlich noch eine Ziege in einem Garten hinterm Haus, aber das ist so ungefähr alles. Jetzt macht die ganze Gegend Wein. Und was passiert dann, wenn eine andere

Region besseren, billigeren Wein macht als unseren, wenn man aus unseren Hängen und unseren Weinstöcken alles herausgeholt hat, was nur ging, und sie sind trotzdem einfach nicht konkurrenzfähig? Natürlich verhungern wir nicht, die Ökonomen werden uns auf Euro-Stütze setzen. Wir bekommen dafür bezahlt, daß wir Wein erzeugen, den keiner haben will, daß wir ihn keltern und dann Essig daraus machen oder ihn einfach wegkippen. Und das ist dann eine zweite Verarmung, verstehst du? Das wird traurig.

Diese kleinen Steintürme auf den Feldern erinnern daran, wie es mal war. Die Leute meinen, das wären halt Vorratsschuppen, aber da waren früher mal Segel dran: Das waren Windmühlen, da wurde mal das Getreide von eben den Feldern gemahlen, auf denen sie standen. Jetzt sind sie amputiert, sie haben ihre Schmetterlingsflügel verloren. Und hast du »das Kastell« gesehen auf dem Weg durchs Dorf? Alle sagen jetzt »das Kastell« dazu, und Oliver denkt sich Geschichten von tollkühnen Taten und siedendem Öl aus. Natürlich war die Gegend hier umkämpft, vor allem zur Zeit des Katharer-Aufstandes; und ich glaube, ein, zwei Jahrhunderte später sind die Engländer hierhergekommen. Aber das ist hier ein kleines Dorf mitten auf einer Ebene und hat absolut keine strategische Bedeutung. Also hat es überhaupt nie ein Kastell gebraucht. Der gedrungene Turm da ist bloß der alte Getreidespeicher, weiter nichts.

Von dem ganzen Dorf zieht nur das mittelalterliche Fries im Westteil der Kirche Besucher an. Es geht um die ganze Außenwand herum und macht über der Tür in der Mitte einen Bogen. Es sind etwa sechsunddreißig in Stein gemeißelte Köpfe in alternierender Gestaltung. Die eine Hälfte sind Engelsköpfe, die andere Hälfte Totenköpfe mit zwei fein säuberlich gekreuzten Knochen darunter. Paradies, Hölle, Paradies, Hölle, Paradies, Hölle, geht das. Oder vielleicht heißt das auch Auferstehung und Tod, Auferstehung und Tod, Auferstehung und Tod, ratter-ratter, wie die Eisenbahn, die hier vorbeifährt. Bloß daß wir nicht mehr an Hölle und Auferstehung glauben. Und für mich sehen die Engel auch nicht wie Engel aus, sondern wie kleine Kinder. Nein, wie *ein*

kleines Kind, meine Tochter, Sophie Anne Louise. Wir haben
ihr drei Namen gegeben, die es alle gleichzeitig auf englisch
und französisch gibt, damit sie ihren Namen ändern kann,
indem sie einfach nur den Akzent wechselt. Aber die Köpfe
da, jetzt von der Zeit abgeschmirgelt, die erinnern mich an
meine Tochter. Und sie sagen mir nun Leben, Tod, Leben,
Tod, Leben, Tod.

Was hat dieser Ort nur an sich? In London hab ich nie so
viel über Zeit und Tod nachgedacht. Hier ist alles still und
schön und ruhig, und mein Leben hat feste Konturen angenommen in guten wie in schlechten Tagen, und auf einmal
denke ich über Zeit und Tod nach. Hat das Sophie bewirkt?

Der Brunnen, zum Beispiel. Es ist bloß ein normaler, etwas
protziger öffentlicher Brunnen, aufgestellt zur Regierungszeit
von Charles X. Ein Obelisk aus dem rosa Marmor, der auf der
anderen Seite des Berges heute noch abgebaut wird. Am
Sockel sind vier Pansköpfe, denen Pusterohre aus dem Mund
rausgucken. Nur fließt aus diesen Röhrchen kein Wasser mehr.
Es muß herrlich gewesen sein, als sie das 1825 aufstellten und
das erste frische Wasser von den fernen staubigen Hügeln
heranleiteten. Aber heutzutage geben die Dorfleute der auf
Flaschen gezogenen Sorte den Vorzug, und der Brunnen ist
trocken. Dafür dient er jetzt gleichzeitig als Kriegerdenkmal.
Auf einer Schrägseite ist eine Liste der sechsundzwanzig
Männer, die dieses kleine Dorf im Ersten Weltkrieg verloren
hat. Auf der gegenüberliegenden Seite drei im Zweiten Weltkrieg Gefallene, dann darunter einer *mort en Indochine.* Auf
einer dritten Seite kann man die in den rosa Marmor gehauene
Originalinschrift von 1825 erkennen:

MORTELS, SONGEZ BIEN
LE TEMPS PROMPT A S'ENFUIR
PASSE COMME CETTE EAU
POUR NE PLUS REVENIR

Das Wasser ist wie das Leben, steht da. Nur fließt hier kein
Wasser mehr.

Ich sehe den alten Frauen zu. Zur Hausarbeit tragen sie

durchgeknöpfte Kattun-Überkleider; keine richtigen Kittel-schürzen, eleganter. Jeden Morgen kommen sie raus und fegen den Bürgersteig vor ihrem Haus. Dann fegen sie die Straße. Doch wirklich, sie kehren mit ihren alten Besen den Staub von den ersten paar Metern Straßenpflaster. Später, wenn die Hitze sich legt, sind sie dann wieder draußen auf dem Bürgersteig, wobei sie diesmal auf kleinen hohen Stühlen mit Binsengeflecht sitzen. Sie bleiben da sitzen bis nach Ein-bruch der Dunkelheit, stricken, schwatzen, spüren, wie die Hitze des Tages schwindet, und jetzt versteht man auch, warum sie die Straße gefegt haben. Weil sie zu ihrem Vor-garten gehört, wo sie gerne sitzen.

An den Wochenenden kommt neues Geld aus Montpellier in diese Richtung, aber nicht in unser Dorf. Wir sind denen nicht malerisch genug: Sie fahren mit ihrem Jeep woandershin und zünden ihren Hibachi da an, wo man Aussicht auf die Berge hat. Hier finden sie es platt und langweilig, und es gibt keinen Video d'Oc zur Befriedigung ihrer Bedürfnisse. Wir haben zwei Bars, ein Hotel-Restaurant genau gegenüber von uns, eine *boulangerie,* die jetzt auch *pain noir* und *pain complet* macht, seit die *épicerie* ebenfalls Brot führt, und einen Eisen-warenladen, der Glühbirnen und Rattengift verkauft. Letztes Jahr hat fast das ganze Land den zweihundertsten Jahrestag der Französischen Revolution gefeiert. Bei uns im Dorf war nur vor der Eisenwarenhandlung von M. Garruet ge-schmückt: Er hatte sich sechs Plastikbesen kommen lassen, zwei rote, zwei weiße und zwei blaue, und sie vor seinem Laden in einen Deko-Eimer gestellt. Die Borsten hatten die-selbe Farbe wie der Stiel; es sah sehr lustig aus. Dann hat jemand gleich beide roten gekauft – ein Kommunist auf der Durchreise, wie eine alte Frau sagte –, und da war das ganze Arrangement so ziemlich dahin. Damit war die Zweihundert-jahrfeier für uns gelaufen, auch wenn wir das Feuerwerk aus anderen Dörfern hören konnten.

Jeden Mittwochmorgen um 9 Uhr kommt der Fischwagen von der Küste herauf und hält auf dem Dorfplatz. Wir kaufen *dorade* und etwas, das sich *passard* nennt, wofür ich nie eine Übersetzung gefunden habe. Der Platz ist so was wie ein krakeliges Rechteck und hat eine kleine Mittelallee aus brutal gestutzten Lindenbäumen, unter denen die alten Männer *boules* spielen; manchmal bringen die Frauen ihre Binsengeflechtstühle mit, um diesem Treiben zuzuschauen, von dem sie stets ausgeschlossen sind. Die Männer spielen am Abend bei Flutlicht, über ihre Köpfe hinweg kann man in der Ferne die schwarzen Wipfel einer Reihe von Koniferen sehen. Jeder weiß, was das in einem französischen Dorf bedeutet: der Friedhof.

Die *mairie* und die PTT stehen nebeneinander, zwei Hälften von demselben Gebäude. Die ersten paar Mal, als ich eine Briefmarke kaufen wollte, bin ich aus Versehen in der *mairie* gelandet.

Das interessiert dich nicht so, nicht wahr? Nicht wirklich. Ich langweile dich, das merke ich. Du willst etwas anderes hören. Na schön.

Stuart Soll ich dir mal was erzählen, was mich immer ein bißchen geärgert hat? Wahrscheinlich hört sich das unglaublich kleinkariert an, aber es stimmt.

Am Wochenende hat sie immer lange ausgeschlafen. Da bin ich zuerst aufgestanden. Wir haben immer eine Grapefruit gegessen, oder jedenfalls am einen Morgen, entweder Samstag oder Sonntag. Das war mir überlassen. Wenn ich samstags runtergekommen bin und Lust auf eine Grapefruit hatte, hab ich sie aus dem Kühlschrank genommen, in zwei Teile geschnitten und jede Hälfte in ein Schälchen getan. Sonst haben wir sie eben am Sonntag gegessen. Wenn ich nun meine Hälfte aufgegessen hatte, hab ich mir die von Gillian angeguckt, wie sie da in ihrem Schälchen lag. Ich hab gedacht, das ist ihre, die wird sie essen, wenn sie aufwacht. Und dann hab ich sorgfältig alle Kerne aus ihrer Hälfte rausgemacht, damit sie das nicht selbst machen mußte. Manchmal waren es ziemlich viele.

Weißt du was, die ganze Zeit, wo wir zusammen waren, ist ihr das nie aufgefallen. Oder wenn doch, hat sie es jedenfalls nie erwähnt. Nein, das hätte ihr nicht ähnlich gesehen. Sie kann es einfach nicht gemerkt haben. Ich hab immer darauf gewartet, daß sie es mal kapiert, und jedes Wochenende war ich ein ganz klein bißchen enttäuscht. Ich hab immer gedacht: Vielleicht meint sie, da sei eine neue kernlose Grapefruitsorte erfunden worden. Was glaubt sie denn, wie sich Grapefruits fortpflanzen?

Womöglich hat sie inzwischen die Existenz von Kernen entdeckt. Wer von ihnen wohl die Grapefruit aufschneidet? Ich kann mir nicht vorstellen, daß Oliver . . . ach Scheiße.

Es ist nicht vorbei. Ich weiß nicht, wie es nicht vorbei ist, aber vorbei ist es noch nicht. Da muß noch was passieren, da muß noch was stattfinden. Ich bin weggegangen, sie sind weggegangen, aber vorbei ist es nicht.

Oliver Sie ist stärker als ich, weißt du. Wuff! Wuff, wuff! Und es gefällt mir. Bind mich mit seidnen Schnüren, *bitte*.

Ach so, das hab ich schon mal gesagt. Deshalb brauchst du doch nicht so finster zu blicken. Finstere Blicke und Seufzer – die steigern so gar nicht die Lebenslust, finde ich. Gillie gibt manchmal einen kleinen Seufzer von sich, wenn ich *troppo* unterhaltsam bin. Das kann schon Streß sein, weißt du, wenn du die Erwartung da draußen in der zum Schweigen gekommenen Schwärze spürst. Entweder man spielt, oder man ist Publikum, nicht wahr? Und manchmal wünsche ich mir wahrhaftig, das Publikum würde sich nur ein einziges Mal auf der Bühne versuchen.

Ich will dir mal was erzählen, was du noch nicht gehört hast. *Prawda* heißt auf russisch Wahrheit. Nein, das hab ich mir schon gedacht, daß du das weißt. Was ich dir sagen will, ist folgendes: Es gibt im Russischen nichts, was sich auf *Prawda* reimt. Diesen Mangel magst du nun wiegen und wägen. Hallt das nicht geradezu durch die Canyons deines Geistes?

Gillian Wir sind hierhergekommen, weil Oliver an der Schule in Toulouse einen Job gekriegt hat.

Wir sind hierhergekommen, weil ich gehört hatte, es gebe Chancen, vom Musée des Augustins Arbeit zu bekommen.

Außerdem sind da ein paar Privatkunden, und man hat mich hier und da bekannt gemacht.

Wir sind hierhergekommen, weil man in London keine Kinder mehr großziehen kann und wir wollen, daß Sophie zweisprachig wird wie Maman.

Wir sind hierhergekommen wegen des Wetters und der Lebensqualität.

Wir sind hierhergekommen, weil Stuart angefangen hat, mir Blumen zu schicken. Kannst du dir das vorstellen? Kannst du dir so was vorstellen?

Wir haben vorher darüber geredet. Wir haben alles besprochen außer dem letzten Punkt. Wie konnte Stuart das tun? Ich habe nicht begreifen können, ob das nun echt war – ob er sagen wollte, es täte ihm leid – oder eine perverse Form von Rache. So oder so – ich konnte damit nicht umgehen.

Oliver Es war Gills Entscheidung. Na ja, natürlich haben wir unseren Kotau vor der Demokratie gemacht, haben den geheiligten Prozeß der Konsultationen durchlaufen, aber wenn es um *le hot dog* geht, besteht eine Ehe immer aus einer gemäßigten und einer militanten Partei, findest du nicht? Wobei du aus dieser Feststellung nicht das Routinegejammer eines orchiektomierten männlichen Wesens heraustrüffeln solltest. Einigen wir uns lieber auf folgende Generalaussage: daß diejenigen, die sich den Ehestand auferlegt haben, abwechselnd mal die eine, mal die andere dieser einander widersprechenden Rollen übernehmen. Als ich um sie warb, war ich der Ein-Punkt-Programm-Hardliner, sie die zagende Keine-Experimente-Fraktion. Als es aber darum ging, den heißen stagnierenden Londoner Bus-Gestank gegen den zarten Hauch von *herbes de Provence* einzutauschen, da war es Gillians Wandertrieb, der da hallte wie der mächtige verbeulte Gong von J. Arthur Rank. Mein eigenes Herzflimmern nach Expatriierung ließ sich nur unter Zuhilfenahme eines Stethoskops aufspüren.

Sieh mal, sie hat den Job für mich gefunden. Hat die stockfleckige Vierteljahresschrift entdeckt, in der sich ein ehrlicher Dienst *à l'étranger* ausfindig machen ließ. Ich ergötzte mich an London, in Anbetracht dessen, daß der Steatopyge seine Pummeligkeit auf einen anderen Kontinent verbracht hatte. Doch vernahm ich wohl das erwartungsfrohe Rascheln von Gills Schwingen; ich spürte, wie sie bei Sonnenuntergang auf der Telegraphenleitung saß und vom Süden träumte. Und wenn, wie ich einst Stu-Baby gegenüber zu äußern wagte, Geld sich mit Liebe vergleichen läßt, dann ist die Ehe die Quittung. Ich scherze. Ich scherze so halb, jedenfalls.

Gillian Natürlich ist Oliver, wie die meisten Männer, im Grunde faul. Die treffen eine große Entscheidung und meinen, dann können sie sich ein paar Jahre lang in die Sonne legen wie ein Löwe auf dem Berge. Mein Vater ist mit seinem Schulmädchen durchgebrannt, und das war womöglich die letzte Entscheidung, die er in seinem ganzen Leben getroffen hat. Nun ist Oliver auch ein bißchen so. Er macht eine Menge Wind, aber er kriegt nicht viel geschafft. Versteh mich nicht falsch: Ich liebe Oliver. Aber ich kenne ihn auch.

Es war einfach nicht realistisch, daß wir ganz genau so weitermachten, nur daß exakt an der Stelle, die Stuart innehatte, jetzt Oliver in mein Leben eingeklinkt war. Selbst daß ich schwanger wurde, hatte auf Olivers Gedanken anscheinend keine bündelnde Wirkung. Ich hab versucht, ihm das zu erklären, und er hat nur, ziemlich gequält, gesagt. »Aber ich bin doch glücklich, Gill, ich bin doch so glücklich.« Natürlich hab ich ihn geliebt dafür, und wir haben uns geküßt, und er hat meinen Bauch gestreichelt, der noch flach wie ein Pfannkuchen war, und einen albernen Witz über die Kaulquappe gemacht, und für den Rest des Abends war alles in Butter. Das ist das Dumme bei Oliver: Er kriegt es sehr gut hin, daß für den Rest des Abends alles in Butter ist. Es gibt aber immer einen nächsten Morgen. Und an diesem nächsten Morgen hab ich gedacht: Ich bin sehr froh, daß er glücklich ist, ich bin auch glücklich, und das sollte eigentlich reichen, aber es reicht nicht, nicht wahr? Man muß glücklich sein und praktisch, das ist die Wahrheit.

Nun will ich ja nicht, daß mein Mann die Welt beherrscht – wenn ich das gewollt hätte, dann hätte ich nicht ausgerechnet diese beiden geheiratet –, aber ich will ebensowenig, daß er ohne einen Gedanken an die Zukunft vor sich hin trottelt. In all den Jahren seit ich Oliver kenne, hat seine Karriere, wenn das kein zu großspuriges Wort dafür ist, nur eine einzige Bewegung gemacht, und zwar nach unten. Er war bei der Shakespeare School rausgeflogen und ist zu Mr Tim gegangen. Und daß er dafür zu gut war, sah doch jeder. Er brauchte jemanden, der ihn in die richtige Richtung lenkte, zumal ich jetzt schwanger war. Ich wollte nicht . . . sieh mal, ich weiß, daß ich das schon mal gesagt habe, ich habe das über Stuart gesagt, aber es stimmt, und ich schäme mich nicht dafür. Ich wollte nicht, daß Oliver enttäuscht würde.

Ich nehme an, er hat von Monsieur Lagisquets Hund erzählt. Von zwei Dingen erzählt er allen was, von dem Kastell im Dorf, das beim Erzählen jedesmal eine noch bedeutendere Kreuzfahrerfestung oder Katharerhochburg wird, und von dem Hund. Das ist ein sehr freundlicher, rötlichbrauner Hund mit glänzendem Fell namens Poulidor, aber der ist inzwischen so alt, daß er stocktaub geworden ist. Oliver und ich finden das beide furchtbar traurig, aber nicht aus demselben Grund. Oliver findet es traurig, weil Poulidor nicht mehr das freundliche Pfeifen seines Herrchens hören kann, wenn sie über die Felder wandern, und in eine Welt des Schweigens eingeschlossen ist. Ich dagegen finde es traurig, weil ich weiß, daß er eines Tages überfahren wird. Er kommt einfach so hechelnd und hoffnungsfroh aus Monsieur Lagisquets Haus geschossen, als würde er sein Gehör wiederfinden, wenn er erst mal draußen ist. Wenn ein Fahrer einen Hund sieht, kommt er nicht drauf, daß der vielleicht taub sein könnte. Ich stelle mir immer vor, wie ein junger Mann etwas zu schnell durchs Dorf fährt und Poulidor da rumzotteln sieht, und dieser ungeduldige Fahrer hupt und hupt noch mal für den blöden Hund, und dann weicht er ein kleines bißchen zu spät aus. Ich sehe das alles vor mir. Und ich hab Monsieur Lagisquet gesagt, er sollte den Hund anbinden oder an eine lange Leine legen. Er sagte, das hätte er einmal versucht, und da hätte Poulidor bloß die ganze

„Man kann nicht einfach nur ‚glücklich sein‘; man muß das Glück auch in die Hand nehmen. Das ist eine Sache, die ich jetzt weiß. Wir sind hierhergekommen, wir haben neu angefangen, und diesmal richtig."

Zeit den Kopf hängen lassen und nicht essen wollen, also hätte er ihn wieder losgebunden. Er sagte, er wolle, daß der Hund glücklich sei. Ich hab gesagt, glücklich sein kann man ja, aber man muß auch praktisch sein. Und jetzt wird der Hund irgendwann überfahren. Ich weiß das einfach.

Verstehst du, was ich meine?

Stuart Ich hatte eine Menge Pläne. Mit der erste war der, ein Mädchen an der schäbigen Schule, wo Oliver nun notgedrungen unterrichtete, zu bezahlen, damit sie ihn denunziert. Sagt, er hätte ihr Avancen gemacht. Wahrscheinlich hätte es sowieso gestimmt – wenn nicht bei diesem Mädchen, dann bei einem anderen. Vielleicht wäre er dann gefeuert worden. Vielleicht wäre diesmal die Polizei gekommen. Auf alle Fälle hätte Gill aber gewußt, für was für einen Mann sie mich verlassen hat. Es hätte immer an ihr genagt, und sie hätte sich nie wieder sicher gefühlt. Das war ein guter Plan.

Als ich in die Staaten kam, hatte ich einen anderen Plan. Ich wollte so tun, als hätte ich mich umgebracht. Ich wollte ihnen ganz furchtbar weh tun, verstehst du. Mir war nicht ganz klar, wie ich das angehen sollte. Eine Idee war, unter einem anderen Namen an das Altherrenblättchen, den *Edwardian,* zu schreiben und da einen Nachruf einrücken zu lassen und dann dafür zu sorgen, daß es Oliver nachgeschickt würde. Ich hab auch daran gedacht, einen Mittelsmann zu beauftragen, daß er bei einem Besuch in London die Nachricht weitergibt, so ganz beiläufig. »Traurig, daß Stuart sich aufgeknüpft hat, nicht? Nein, er hat die Trennung nie verwunden. Ach, ihr wußtet nicht ...?« Wer würde das tun? Irgend jemand. Irgend jemand, den ich bezahlen würde.

Über diese Idee hab ich etwas zu viel nachgedacht. Es hat mich schwermütig gemacht. Es wurde ziemlich verlockend, wenn du weißt, was ich meine. Es wirklich zu tun. Alles wahr zu machen und sie zu bestrafen. Von daher hab ich damit aufgehört.

Aber es ist nicht vorbei. Ah, meine Ehe ist vorbei, das weiß ich. Aber es ist nicht vorbei, nicht bis ich das Gefühl habe, es sei vorbei. Es ist solange nicht vorbei, wie es noch weh tut. Das dauert seine Zeit. Und ich komme nicht über das Gefühl hinweg, daß es nicht *fair* war, was da passiert ist. Ich müßte es doch schaffen, darüber hinwegzukommen, nicht wahr?

Mme Wyatt und ich schreiben uns. Weißt du was? Sie hat eine Affäre. Gut gemacht, Mme Wyatt.

Oliver Wahrscheinlich ist es nicht richtig, das zu sagen, aber andererseits hab ich nie eine Karriere daraus gemacht, das Richtige zu sagen. Es gibt Zeiten, wo ich Stuart vermisse. Jaa, jaa, brauchst du mir nicht zu erzählen. Ich weiß, was ich getan habe. Ich hab an meiner Schuld rumgekaut wie ein alter Bure auf dem Treck an seinem Dörrfleisch. Und es wird noch schlimmer dadurch, daß ich manchmal glaube, Stuart war der Mensch, der mich am besten verstanden hat. Ich hoffe, es geht ihm gut. Ich hoffe, er hat eine nette knuddelige *inamorata*. Ich seh sie ein Barbecue über Mesquitebaumholz machen, während die Kardinäle niedrig über den Rasen schießen und die Zikaden zirpen wie die gesammelten Streicher des Chicago Symphony Orchestra. Ich wünsch ihm alles, unserem Stuart: Gesundheit, Geborgenheit, Glück und Geschwüre. Ich würd ihm auch einen Whirlpool wünschen, wenn ich nicht dächte, daß er da nur tropische Fische drin halten würde. Ach Gottchen, wenn ich bloß an ihn denke, muß ich schon kichern.

Weißt du, ob er ein Mädchen hat? Ich frag mich, ob er ein *secret crépusculaire* hat, irgendein sexuelles Geheimfach. Was käme da in Frage? Porno? Blitzen? Telefonerotik? Obszöne Faxe? Nein, ich hoffe, er kommt zurecht. Ich hoffe, das Leben jagt ihm keine Scheißangst ein. Ich wünsche ihm . . . Reversibilität.

Stuart Einen Punkt möchte ich gern klarstellen. Womöglich hast du das vergessen, aber Oliver hat immer diesen Scherz mit mir gemacht. Na ja, nicht richtig mit mir, eher auf meine Kosten. Daß ich dachte, ein Mantra sei eine Automarke. Ich hab ihm das damals durchgehen lassen, aber eigentlich hatte ich ihm sagen wollen: »In Wirklichkeit heißt das Manta, Oliver, nicht Mantra.« Manta Ray, genau gesagt. Ein ganz starker Brummer, von General Motors, eine Weiterentwicklung des Corvette. Ich hab sogar mit dem Gedanken gespielt, mir einen zu kaufen, als ich hier rüberkam. Aber das entspricht wohl kaum meinem Image. Und ich hätte mich damit wohl ein bißchen stark von der Vergangenheit bestimmen lassen, meinst du nicht auch?

Das sieht Oliver ähnlich, daß er sich bei solchen Dingen verhaut.

Mme Wyatt Stuart schreibt. Ich schicke ihm Neuigkeiten, was es so an Neuigkeiten gibt. Er kann nicht loslassen. Er sagt, er baut sich ein neues Leben auf, aber ich spüre, daß er nicht fähig ist loszulassen.

Das einzige, was ihm helfen könnte loszulassen, bringe ich nicht über mich, ihm zu erzählen. Das mit dem Baby. Er weiß nicht, daß sie ein Kind haben. Es ist furchtbar, wenn man im Besitz einer Information ist, von der man denkt, sie könnte jemand verletzen. Und weil ich es ihm nicht gleich gesagt habe, ist es noch schwerer geworden, es ihm später zu erzählen.

Sehen Sie, da war ein Nachmittag, an dem sie mich besuchen kamen, und meine Tochter war nicht im Zimmer, und Stuart saß da und wartete darauf, begutachtet zu werden, die Schuhe blankpoliert und die Haare nach hinten gebürstet, und er hat zu mir gesagt: »Wir wollen Kinder haben, wissen Sie.« Und dann sah er plötzlich verlegen aus und sagte: »Ich meine, ich meine nicht gleich . . . Ich meine nicht, daß sie . . .« Und dann kam da ein Geräusch aus der Küche, und er sah noch verlegener aus und sagte: »Gill weiß es noch nicht. Ich meine, wir haben noch nicht darüber gesprochen, aber ich bin sicher, ich meine, ach je . . .« Und er fand einfach keine Worte mehr. Ich sagte: »Ist schon gut, das ist unser Geheimnis«, und plötzlich sah er sehr erleichtert aus, und dann konnte ich ihm vom Gesicht ablesen, daß er es nicht erwarten konnte, bis Gillian wieder ins Zimmer käme.

Daran mußte ich ständig denken, als Oliver mir sagte, daß Gillian schwanger sei.

Sophie Anne Louise. Es ist ein bißchen prätentiös, finden Sie nicht? Vielleicht ist es auf englisch besser. Sophie Anne Louise. Nein, es klingt immer noch wie ein Enkelkind von Queen Victoria.

Gillian Oliver ist ein guter Lehrer, ich möchte nicht, daß du etwas anderes denkst. Am Ende des letzten Semesters gab es einen kleinen *vin d'honneur,* und der Direktor legte Wert darauf, mir zu erzählen, wie gut Oliver mit den Schülern zurechtkomme und wie sehr sie ihn alle schätzten. Oliver hat sich hinterher darüber mokiert. Er stellt es so hin, als sei der Unterricht in englischer »Conversation et Civilisation« ein Kinderspiel, weil man alle möglichen Verrücktheiten sagen könne, die einem gerade einfielen, und die Schüler betrachten das als ein köstliches Beispiel für *le British sense of humour.* Aber das sieht ihm ähnlich. Er tritt unheimlich forsch auf, mein Oliver, aber im Grunde hat er überhaupt kein Selbstbewußtsein.

Seiner Ex-Frau Blumen zu schicken, wenn man seit zwei Jahren getrennt ist. Was soll das bloß?

Als ich allmählich erwachsen wurde, was mir jetzt lange her zu sein scheint, haben wir die ganzen üblichen Gespräche geführt. Was wollten wir von einem Mann, wonach suchten wir? Im allgemeinen habe ich, anderen Mädchen gegenüber, einfach Filmstars genannt. Aber mir selbst gegenüber habe ich immer gesagt, eigentlich will ich jemand, den ich lieben, achten und attraktiv finden kann. Ich dachte, dies sollte man im Auge behalten, wenn die Sache von Dauer sein soll. Und als ich mit Männern anfing, kam mir das immer genauso schwierig vor, wie am Spielautomaten drei Erdbeeren nebeneinander zu kriegen. Man hatte eine, und dann vielleicht noch eine, aber inzwischen war die erste schon wieder abgetrudelt. Es gab da einen Knopf, auf dem STOP stand, aber der funktionierte anscheinend nicht richtig.

Liebe, Achtung, Attraktivität. Ich dachte, bei Stuart hätte

ich alle drei. Ich dachte, bei Oliver hätte ich alle drei. Aber vielleicht sind drei nicht möglich. Vielleicht kann man allerhöchstens zwei kriegen, und der Stop-Knopf ist ständig kaputt.

Mme Rives Er sagt, er kommt aus Kanada. Aus Quebec ist er nicht. Er wollte ein Zimmer nach vorne raus. Er wußte nicht, wie lange er bleiben würde. Er sagte noch einmal, er käme aus Kanada. Na und? Geld ist Geld.

Gillian Regeln mußten sein. Sehr feste Regeln mußten sein, das liegt doch auf der Hand, nicht? Man kann nicht einfach so »glücklich sein«; man muß das Glück auch in die Hand nehmen. Das ist eine Sache, die ich jetzt weiß. Wir sind hierhergekommen, wir haben neu angefangen, und diesmal richtig. Ein neues Land, neue Jobs, das Baby. Oliver hat immer Reden geschwungen über das NeuGoldFundLand und so fort. Eines Tages, als Sophie mich mehr geschafft hatte als sonst, hab ich ihn unterbrochen.

»Hör mal, Oliver, eine Regel heißt: keine Affären.«

»*Che?*«

»Keine Affären, Oliver.«

Vielleicht ist das bei mir falsch rausgekommen, ich weiß nicht, aber er ist richtig in die Luft gegangen. Du kannst dir vorstellen, was da an Rhetorik abging. Ich weiß es nicht mehr alles, denn wenn ich müde bin, habe ich leider so eine Art Filtersystem für Ollie. Ich hole mir nur das raus, was ich brauche, um die Unterhaltung in Gang zu halten.

»Oliver, ich sag ja nur . . . In Anbetracht der Umstände, unter denen wir uns kennengelernt haben . . . wo alle dachten, wir hätten eine Affäre und darum seien Stuart und ich auseinandergegangen . . . ich meine nur, zu unserem eigenen Besten, wir müssen vorsichtig sein.«

Nun kann Oliver äußerst sarkastisch sein, wie dir vielleicht schon aufgefallen ist. Er bestreitet das, er sagt, Sarkasmus sei vulgär. »Neckische Ironie *au maximum*«, behauptet er. Also war er vielleicht nur neckisch und ironisch, als er mir darlegte, *falls* er sich recht erinnere, hätten wir nur deshalb keine Affäre miteinander gehabt, als ich noch mit Stuart verheiratet war, weil *er* abgelehnt habe, als *ich* mich ihm geradezu aufgedrängt (hier folgten verschiedene anatomische Anspielungen, die ich weglassen will) hätte, und wenn daher jemand verdächtigt werden sollte, Affären zu haben, dann doch wohl *ich,* etc. etc. Was wohl als Argument einiges für sich hatte, bloß haben berufstätige Frauen, die außerdem noch Mütter mit kleinen Babys sind, im allgemeinen nicht die Energie, mit anderen ins Bett zu hüpfen, und so weiter.

Es war furchtbar. Wir haben uns gegenseitig überschrien. Ich wollte nur praktisch sein, wollte etwas ausdrücken, das meiner Meinung nach aus meiner Liebe zu Oliver hervorging, und er wurde total hektisch und feindselig.

Solche Sachen sind auch nicht gleich wieder vorbei. Und von der Hitze hier unten wird es noch schlimmer. Wir waren die ganze nächste Woche kratzig zueinander. Und weißt du was? Diese blöde alte Wanne, die er da fährt, weil er die für schick hält, hat dreimal eine Panne gehabt. Dreimal! Und als er zum dritten Mal was vom Vergaser sagte, hab ich wohl etwas skeptisch geschaut, denn er ging auf mich los.

»Dann sag es schon.«

»Was?«

»Los, sag es.«

»Okay«, hab ich gesagt, wohl wissend, daß ich es lieber nicht tun sollte. »Wie heißt sie?«

Er hat so eine Art Gebrüll losgelassen, als ob er gewonnen hätte, weil ich es gesagt hatte, und als ich ihn anschaute, wie er da über mir stand, da wußte ich – wußten wir beide, glaube ich –, daß er kurz davor war, mich zu schlagen. Wenn ich weitergemacht hätte, hätte er mich geschlagen.

Er hatte gewonnen, und wir hatten beide verloren. Es war noch nicht mal ein richtiger Streit, nicht *über* irgendwas, er war nur aus einer sinnlosen Streitsucht hervorgegangen. Ich hatte es nicht geschafft, das Glück in die Hand zu nehmen.

Später hab ich dann geheult. Und ich hab gedacht: STECK-RÜBE'N SÜSSKARTOFFEL'N TOMATE'N TRAUBE'N BOHNE'N. Dem hat es nie jemand gesagt, niemand hat ihn korrigiert. Oder doch, und er hat nie zugehört.

Nein, wir sind hier nicht in England. Wir sind in Frankreich, deshalb gebe ich dir einen anderen Vergleich. Neulich hab ich mit Monsieur Lagisquet gesprochen. Er hat da ein paar Hektar Weinberge vor dem Dorf, und er hat mir erzählt, in den alten Tagen hätten sie immer ans Ende jeder Rebzeile einen Rosenstrauch gepflanzt. Offenbar weist eine Rose Anzeichen einer Krankheit früher als andere Pflanzen auf, und so wirken die Sträucher als Frühwarnsystem. Er hat gesagt, hier am Ort sei diese Sitte jetzt ausgestorben, aber in anderen Gegenden von Frankreich würde man es noch machen.

Ich finde, man sollte im wirklichen Leben Rosensträucher pflanzen. Wir brauchen irgendeine Art von Frühwarnsystem.

Oliver ist anders hier draußen. Nein, eigentlich meine ich das Gegenteil. Oliver ist genau so, wie er immer war und immer bleiben wird, es ist nur, daß er anders wirkt. Die Franzosen werden nicht ganz schlau aus ihm. Es ist mir nie aufgefallen, ehe wir hier herunterzogen, aber Oliver ist einer von den Menschen, die einen bestimmten Kontext brauchen, damit sie zur Geltung kommen. Als ich ihn kennenlernte, hat er einen furchtbar exotischen Eindruck gemacht; jetzt scheint er an Farbe verloren zu haben. Und das liegt nicht nur an der Zeit und der Vertrautheit. Es liegt daran, daß ich hier der einzige Mensch aus England bin, von dem er sich abheben kann, und das reicht eigentlich nicht aus. Er würde jemand wie Stuart um sich brauchen. Das ist wie bei der Farbtheorie. Wenn man zwei Farben nebeneinanderhält, hat das Auswirkungen darauf, wie man jede einzelne wahrnimmt. Es ist genau das gleiche Prinzip.

S t u a r t Ich hab mir drei Wochen Urlaub genommen. Ich bin nach London gefahren. Ich hatte gedacht, ich würde besser damit umgehen können. Ich war nicht dumm, ich hab nicht versucht, wieder an die Orte zu gehen, wo ich mit Gill war. Ich war nur wütend und traurig zugleich. Man sagt, wütend-traurig ist ein Fortschritt gegenüber traurig-traurig, aber ich bin mir da nicht so sicher. Wenn du traurig-traurig bist, sind die Leute nett zu dir. Aber wenn du wütend-traurig bist, willst du dich bloß mitten auf den Trafalgar Square stellen und die Leute anschreien. ES IST NICHT MEINE SCHULD. SEHT MAL, WAS SIE MIR ANGETAN HABEN. WIESO IST DAS PASSIERT? ES IST NICHT FAIR. Die Leute, die wütend-traurig sind, verarbeiten die Sache nicht richtig; das sind die, die verrückt werden. Ich bin so ein Mensch, wie man sie in der U-Bahn sieht, so einer, der ein kleines bißchen zu laut mit sich selbst redet, ein Mensch von der Sorte, von der man sich fernhält. Geh nicht zu nah an den ran, vielleicht ist das ein Springer oder ein Schubser. Vielleicht wirft der sich auf einmal vor den Zug – oder vielleicht stößt er dich drunter.

Daher bin ich Mme Wyatt besuchen gegangen. Sie hat mir die Adresse von den beiden gegeben. Ich hab gesagt, ich wollte schreiben, denn als wir uns das letzte Mal getroffen hätten, da hätten sie Freunde sein wollen, und ich hätte sie zurückgestoßen. Ich weiß nicht genau, ob Mme Wyatt mir geglaubt hat. Sie kann Leute gut durchschauen. Von daher hab ich das Thema gewechselt und sie nach ihrem neuen Liebhaber gefragt.

»Mein alter Liebhaber«, hat sie geantwortet.

»Oh«, hab ich gesagt und mir einen älteren Herrn mit einer Decke auf dem Schoß vorgestellt. »Sie haben mir nicht gesagt, wie alt er ist.«

»Nein, ich wollte sagen, mein früherer Liebhaber.«

»Das tut mir leid.«

»Braucht es nicht. Es war nur ... was Vorübergehendes. *Faut bien que le corps exulte.*«

»Ja.« Weißt du was, mir wäre es nie eingefallen, so ein Wort zu gebrauchen. *Frohlockt* der Körper auf englisch? Der Körper amüsiert sich prächtig, glaube ich, aber ich weiß nicht, ob er nun gerade frohlockt. Aber vielleicht liegt das auch nur an mir.

Als es Zeit war zu gehen, sagte Mme Wyatt: »Stuart, ich glaube, es ist noch etwas zu früh.«

»Was ist zu früh?« Ich dachte, sie meinte, ich sei nicht lange genug geblieben.

»Verbindung aufzunehmen. Laß dir Zeit.«

»Aber sie haben mich gebeten . . .«

»Nein, nicht ihretwegen. Deinetwegen.«

Ich hab darüber nachgedacht, dann hab ich mir eine Land-
karte gekauft. Der nächstgelegene Flughafen war anscheinend
Toulouse, aber ich bin nicht nach Toulouse geflogen. Ich bin
nach Montpellier geflogen. Ich hätte ja auch woandershin
fahren können. Bin ich zuerst auch. Ich bin in die entgegen-
gesetzte Richtung gefahren. Dann dachte ich, das ist doch
bescheuert, und hab noch mal auf die Karte geguckt.

Ich bin zweimal durch das Dorf gefahren, ohne anzuhalten.
Beim ersten Mal war ich nervös und bin daher etwas zu schnell
gefahren. Da ist so ein verdammter Hund rausgerannt und
mir fast unter die Räder gekommen; ich mußte ausweichen.
Beim zweiten Mal bin ich langsamer gefahren und hab das
Hotel gesehen.

Ich bin nach Einbruch der Dunkelheit zurückgekommen
und hab nach einem Zimmer gefragt. Es gab keinerlei Schwierigkeiten. Das Dorf sieht ganz nett aus, aber eine Touristen-
falle ist es nicht gerade.

Ich wollte nicht, daß sie sagen: »Oh, wir haben ein paar
Engländer hier im Dorf«, daher hab ich Madame erzählt, ich
sei aus Kanada, und nur so zur Sicherheit hab ich mich unter
einem falschen Namen angemeldet.

Ich hab um ein Zimmer nach vorne heraus gebeten. Ich
stehe am Fenster. Ich schaue zu.

Gillian Ich habe keine Vorahnungen, ich bin nicht tele-
pathisch veranlagt. Ich gehöre nicht zu den Menschen, die
sagen: »Ich hatte da so ein Gefühl in den Knochen.« Aber als
ich es hörte, da wußte ich Bescheid.

Ehrlich gesagt hab ich nicht viel an Stuart gedacht, seit wir
hier hinuntergezogen sind. Meistens bin ich mit Sophie beschäftigt. Sie verändert sich so schnell, sie entwickelt ständig
neue Seiten, da brauche ich jeden Moment. Und dann ist
Oliver da, und meine Arbeit auch noch.

An Stuart gedacht hab ich nur in schlechten Zeiten. Das

hört sich unfair an, ist aber wahr. Ich meine damit zum Beispiel den Moment, da man zum ersten Mal merkt, daß man dem Mann, den man geheiratet hat, nicht alles sagen kann, oder jedenfalls nicht sagen wird. Das hab ich bei Oliver erlebt, wie ich es bei Stuart erlebt habe. Ich meine nicht gerade lügen, ich meine nur, die Dinge zurechtzurücken, ein bißchen sparsam mit der Wahrheit umzugehen. Beim zweiten Mal ist es keine so große Überraschung mehr, aber es bringt einem das erste Mal wieder in Erinnerung.

Mittwoch morgen stand ich am Fischwagen. In England würden alle in einer Schlange anstehen. Hier drängt man sich einfach an den Wagen heran, und die Leute wissen, wer an der Reihe ist, und wenn man selbst an der Reihe ist, es aber nicht eilig hat, läßt man einfach jemand anders vor. *Suis pas pressée.* Nach Ihnen. Mme Rives war neben mir und fragte mich, ob die Engländer Forelle mögen.

»Natürlich«, hab ich gesagt.

»Ich hab da jetzt einen Engländer. *Sont fous, les Anglais.*« Sie hat gelacht, als sie das sagte, damit ich wußte, daß ich in die Verallgemeinerung nicht eingeschlossen war.

Dieser spezielle Engländer war vor drei Tagen angekommen und blieb die ganze Zeit in seinem Zimmer. Nur ein- oder zweimal, spät in der Nacht, da hatte er sich rausgeschlichen. Er hatte gesagt, er sei aus Kanada, aber er hatte einen englischen Paß, und da stand ein anderer Name drauf als der, den er bei seiner Ankunft angegeben hatte.

Als ich es hörte, da wußte ich Bescheid. Ich *wußte* es.

»Hat er denn einen kanadischen Namen?« hab ich beiläufig gefragt.

»Was ist denn ein kanadischer Name? Ich kann das nicht unterscheiden. Er heißt ›Uges‹ oder so. Ist das kanadisch?«

Uges. Nein, das ist nicht sonderlich kanadisch. Das ist der Name von meinem ersten Mann. Ich war einmal Mme Stuart Uges, nur daß ich nie seinen Namen angenommen habe. Er dachte, ich hätte ihn angenommen, aber in Wirklichkeit hab ich das nicht. Olivers Namen hab ich auch nicht angenommen.

Oliver   Ich bin brav. Ich mime *fons et origo* häuslicher Tugend. Hätten wir Zwillinge, würde ich sie Lares und Penates taufen. Ruf ich nicht an, wann immer toulousische Säumigkeit droht? Steh ich nicht nächtens auf, die besudelten Windeln von Klein-Sal abzunehmen und die reinigende Watte in Gang zu setzen? Bin ich nicht der stolze Pfleger eines angehenden Gemüsegartens, und trachten meine Feuerbohnen nicht eben jetzt, sich bebend an meinen Bambus-Wigwams emporzuwinden?

Tatsache ist, Gill hat im Augenblick für Sex nicht viel übrig. Als wollte man eine Parkuhr in eine Austernschale praktizieren. Kommt vor, kommt vor. Dem modrigen Mythos zufolge, überliefert von *les blanchisseuses d'antan,* ist es eine altbekannte Wahrheit, daß die milchgebende *moglie* nicht schwanger werden kann. Nun bin ich endlich in der Lage, die schweifende Quecksilberkugel der Wahrheit zu orten, die diesem Mythos sein spezifisches Gewicht verleiht (man verzeihe mir die Chemie). Der springende Punkt ist, daß die milchgebende *moglie* recht häufig keine Lust zeigt, sich von dem angetrauten feurigen Genpool imprägnieren zu lassen: *niente* Horizontal-Jogging. Kein Wunder, daß sie nicht schwanger wird.

Was ein bißchen happig ist, sintemalen Klein-Sal doch überhaupt ihre Idee war. Ich war ganz dafür, so weiterzuzockeln wie gehabt.

Stuart   Ich hab mir eingeredet, ich hätte keinen Plan, aber ich hatte doch einen. Ich tat so, als wäre ich nur aus Spaß nach London gekommen. Als wäre ich bloß zum Zeitvertreib nach Montpellier geflogen. Als wäre ich einfach so durch das Dorf gefahren, und wie der Zufall eben spielt . . .

Ich bin hierhergekommen, um sie zu konfrontieren. Ich bin hierhergekommen, um mich mitten auf den Trafalgar Square zu stellen und zu brüllen. Ich wüßte dann schon, was ich zu tun hätte, wenn ich erst mal dort wäre. Ich wüßte dann schon, was ich zu sagen hätte, wenn ich erst mal dort wäre. Es WAR NICHT MEINE SCHULD. SEHT MAL, WAS IHR MIR ANGETAN HABT.

WARUM HABT IHR MIR DAS ANGETAN? Besser gesagt, ich würde nicht die beiden konfrontieren, ich würde *sie* konfrontieren. Das war ihr Werk. Letzten Endes war sie diejenige, die »Ja« gesagt hat.

Ich wollte warten, bis Oliver sich in die beschissene kleine Schule in Toulouse aufgemacht hätte, wo er unterrichtet. Bei Mme Wyatt hörte sie sich ganz nett an, aber ich denke mir, da hat sie aus Loyalität übertrieben. Ich möchte wetten, das ist ein Gammelladen. Ich wollte warten, bis er weg war, und dann zu Gillian gehen. Ich hätte die Worte gefunden, irgendwelche Worte.

Aber jetzt kann ich das nicht. Ich habe aus dem Fenster geschaut und sie gesehen. Sie sah genau gleich aus, in einem grünen Hemd, das ich nur allzu gut in Erinnerung hatte. Sie hat sich die Haare kurz schneiden lassen, was mir einen Schlag versetzte, aber da war etwas, das mir noch einen viel größeren Schlag versetzte. Sie hatte ein Baby im Arm. Ihr Baby. Ihr gemeinsames Baby. Scheiß-Olivers Baby.

Warum haben Sie mich nicht gewarnt, Mme Wyatt?

Es hat mich umgehauen. Es hat mich an die Zukunft erinnert, die ich nie bekommen habe. An alles, was mir gestohlen wurde. Ich bin nicht sicher, ob ich damit umgehen kann.

Glaubst du, sie haben die ganze Zeit miteinander gefickt? Du hast mir nie deine Meinung gesagt, nicht wahr? Ich hab erst gedacht »ja«, dann hab ich mich beruhigt und gedacht »nein«, jetzt denk ich wieder »ja«. Die ganze Zeit. Daß man sich in so eine widerliche Erinnerung verrennen muß. Ich kann noch nicht mal auf diesen kleinen Lebensabschnitt zurückblicken und ihn glücklich nennen. Sie haben mir den einzigen guten Teil meiner Vergangenheit vergiftet.

Oliver ist ein Glückspilz. Leute wie ich bringen keine anderen Leute um. Ich wüßte nicht, wie ich die Bremsen an seinem Auto durchsägen sollte. Einmal hab ich mich betrunken und ihm einen Kopfstoß versetzt, aber dadurch hab ich keinen Geschmack gefunden an so etwas.

Ich wünschte, ich könnte Oliver mit Argumenten schlagen. Ich wünschte, wir könnten uns auseinandersetzen, und ich würde ihm beweisen, wie beschissen er sich verhalten hat und daß ich überhaupt keine Schuld daran habe und daß Gill mit mir glücklich gewesen wäre. Aber das würde nicht klappen. Zunächst mal hätte Oliver zu viel Spaß daran, und am Ende würde sich alles um ihn und nicht um mich drehen, und wie *interessant,* wie *kompliziert* er ist. Und zum Schluß würde ich sagen HALT'S MAUL DU BIST IM UNRECHT VERPISS DICH, und das wäre auch nicht sehr befriedigend.

Manchmal tröste ich mich mit dem Gedanken, daß Oliver ein Versager ist. Was hat er denn in den letzten zehn Jahren getan, außer jemand die Frau zu klauen und das Rauchen aufzugeben? Er ist clever, das hab ich nie bestritten, aber nicht clever genug einzusehen, daß man mehr sein muß als clever. Es reicht nicht, bloß etwas zu wissen und amüsant zu sein. Olivers Lebensstrategie war immer etwa die: Er ist es zufrieden, er selbst zu sein, und er denkt sich, wenn er es lange genug macht, kommt schon jemand an und gibt ihm Geld, bloß damit er weiterhin er selbst bleibt. Wie bei diesen Performance-Künstlern. Bloß hat das bisher noch keiner getan, und ehrlich gesagt sind die Chancen, daß jemand zufällig auf dieses kleine Dorf stößt und Oliver ein Angebot macht, ziemlich gering. Was haben wir also in der Zwischenzeit? Einen im Ausland lebenden Engländer Mitte Dreißig, der sich mit Weib und Kind recht und schlecht in der französischen Provinz durchschlägt. Aus dem Londoner Immobilienmarkt sind sie jetzt rausgefallen, und glaub mir, wenn du da einmal draußen bist, kommst du nie wieder rein. (Darum hab ich auch Gillians Anteil von dem Haus gekauft. Da hab ich was, wohin ich wieder zurückgehen kann.) Ich seh Oliver direkt vor mir in den kommenden Jahren, so ein alter Halb-Hippie, wie sie in Kneipen rumhängen und Engländern Drinks abschnorren und fragen, ob es daheim in London noch große rote Busse gibt, und brauchen Sie Ihren *Daily Telegraph* eigentlich noch?

Und ich will dir mal was sagen. Gillian macht das nicht mit. Nicht jahrein, jahraus. Im Grunde ist sie ein sehr praktischer, tüchtiger Mensch, der gern weiß, was Sache ist, und jeden Pfusch verabscheut. Oliver ist ein Pfuscher. Vielleicht sollte sie arbeiten gehen und ihn bei den Kindern zu Hause lassen.

Bloß würde der den Schmortopf in den Kinderwagen stecken und aus Versehen das Baby kochen. Tatsache ist doch, daß sie viel besser zu mir paßt als zu Oliver.

Ach Scheiße. *Scheiße.* Ich hab gesagt, ich würde das nie wieder denken. Scheiße, ich ... hör mal, laß mir einen Moment Zeit, ja? Nein, ist schon gut. Nein, laß mich einfach in Ruhe. Ich weiß genau, wie lange dieser Moment dauert. Ganz genau. Ich hab genug Übung, Herrgott nochmal.

Aaah. Fffff. Aaah. Fffff. Aah.

In Ordnung.

Okay.

Okay.

Das Schöne an den Staaten ist unter anderem, daß du alles kriegen kannst, was du willst, zu jeder Tages- und Nachtzeit. Immer mal wieder war ich einsam und ein bißchen betrunken, und dann hab ich Gill Blumen schicken lassen. Blumen per Telefon weltweit. Du gibst denen einfach deine Kreditkartennummer, und alles übrige erledigen die, und das Gute ist, du hast keine Zeit, es dir anders zu überlegen.

»Nachricht dazu, Sir?«

»Keine Nachricht.«

»Ah-ha, heimliche Überraschung?«

Ja, es ist eine heimliche Überraschung. Bloß weiß sie bestimmt Bescheid. Und vielleicht hat sie dann ein schlechtes Gewissen. Das würde mir gar nichts ausmachen. Das ist das mindeste, was sie für mich tun könnte.

Wie gesagt, ich bin nicht mehr im Geschäft des Gemochtwerdenwollens.

Oliver Ich war draußen im Garten und hab der einen oder anderen Feuerbohne mit Integrationsproblemen auf die Sprünge geholfen. Sie wachsen mit dem nötigen Dreh drin, aber am Anfang sind sie blind wie kleine Kätzchen und brechen in die falsche Richtung auf. Deshalb nimmt man den feinen gezwirbelten Stiel und führt ihn sachte um den Stock herum und spürt, wie er greift. Wie wenn man zuguckt, wie die kleine Sal den Bambus meines Mittelfingers packt.

Ist das nicht das wahre Leben?

Gill war in den letzten Tagen ein bißchen knatschig. Postpartem, prä-menstruell, medio-laktatorisch, das läßt sich heutzutage schwer auseinanderhalten. Die *tiercé* des Temperaments, und der Verlierer ist Ollie. Ollie ist mal wieder nicht lustig, Fünfzehnter Teil. Vielleicht sollte ich eilends in die *pharmacie* entfleuchen und ein Antipyretikum auftreiben.

Aber du findest mich doch noch lustig, nicht wahr? Wenigstens ein bißchen? Na los, gib's zu. Schön lächeln! Mundwinkel nach oben!

Liebe und Geld: Das war eine falsche Analogie. Als wäre Gill eine GmbH, und ich hätte eine Offerte für sie abgegeben. Hör mal zu, Gill beherrscht den ganzen verdammten Markt, immer schon. Wie Frauen das so machen. Auf kurze Sicht manchmal nicht, aber auf lange Sicht immer.

Gillian Er ist in dem Hotel gegenüber. Er kann unser Haus sehen, unser Auto, unser Leben. Wenn ich morgens mit dem Besen draußen bin und den Bürgersteig fege, dann kann ich, glaube ich, an einem Hotelfenster eine Gestalt erkennen.

In den alten Tagen hätte ich nun wohl folgendes gemacht. Ich wäre zu dem Hotel rübergegangen, hätte nach ihm gefragt und vorgeschlagen, daß wir vernünftig über alles reden. Aber das kann ich nicht. Nicht, nachdem ich ihn so verletzt habe.

Also muß ich auf ihn warten. In der Annahme, daß er weiß, was er tun will oder sagen will. Und er ist jetzt schon seit Tagen da. Wenn er nun nicht weiß, was er will?

Wenn er es nicht weiß, dann muß ich ihm etwas geben, etwas zeigen. Was? Was kann ich ihm geben?

Mme Rives Paul hat die Forelle mit Mandeln gemacht, so wie immer. Der Engländer hat gesagt, daß es ihm schmeckt, und das ist der erste Kommentar, den er bisher über das Hotel, das Zimmer, das Frühstück, das Mittagessen und das Abendbrot abgegeben hat. Dann hat er etwas gesagt, was ich zuerst nicht verstanden habe. Sein Französisch ist nicht sehr gut, er hat einen starken Akzent, deshalb habe ich ihn gebeten, es zu wiederholen.

»Ich esse das einmal mit meine Frau. In der Norden. In der Norden von der Frankreich.«

»Sie ist nicht mit, Ihre Frau? Sie bleibt in Kanada?«

Er hat keine Antwort gegeben. Er hat bloß gesagt, er hätte gern eine *crème caramel* und danach Kaffee.

Gillian Ich habe eine Idee. Es ist kein richtiger Plan, noch nicht. Aber das Wichtigste dabei ist, daß ich Oliver nichts sagen kann, sagen darf. Aus zwei Gründen. Der erste ist, daß ich mich nicht darauf verlassen kann, daß er das Richtige tut, wenn es nicht *real* ist. Wenn ich ihn bitte, etwas zu tun, vermasselt er alles, er macht eine Darbietung daraus, und es muß real sein. Der zweite Grund ist, daß *ich* es machen, arrangieren, in die Wege leiten muß. Es ist etwas, das *ich* ihm schuldig bin. Verstehst du?

Stuart Ich stehe am Fenster. Ich schaue zu und warte. Ich schaue zu und warte.

Oliver Die Zucchinis schießen im Augenblick nur so ins Kraut. Ich habe eine Sorte namens *rond de Nice* angepflanzt. Ich bezweifle, daß es die in England gibt, wo man lieber diese unanständigen langen hat, die nur für zweideutige Ansichtskarten vom Meer taugen. »Bewundere grade Ihren Eierkürbis, Mister Blenkinsop!« Har-har. *Rond de Nice* sind, wie der Name schon sagt, kugelförmig. Man erntet sie, wenn sie größer sind als ein Golfball, aber kleiner als ein Tennisball, dünstet sie leicht, schneidet sie in zwei Hälften, ein Stich Butter, schwarzer Pfeffer, und *schwelgen*.

Gestern abend hat Gillian angefangen, mich über ein Mädchen von der Schule ins Verhör zu nehmen. So was von daneben. Genausogut könnte man Pelléas bezichtigen, mit Mélisande gevögelt zu haben. (Obwohl, sie müssen es wohl

gemacht haben, nicht wahr?) Jedenfalls, Gillian hat einfach
nicht lockergelassen. Hatte ich ein Auge geworfen auf Mlle
Dingsda – Simone? Traf ich mich mit ihr? Hatte der erlauchte
Peugeot deshalb letzte Woche wieder einen Ohnmachtsanfall?
Schließlich murmelte ich, im Bestreben, die Sache zu entschär-
fen: »Meine Liebe, sie ist *bei weitem* nicht hübsch genug« – eine
unkodierte Anspielung, wie du wohl zu würdigen weißt, auf
eine von Oscars Retourkutschen bei seinem Prozeß. Unklug,
unklug! Bei Ollie, wie bei Oscar, brachte Schlagfertigkeit ihn
nur um so schneller ins Loch. Und als der Abend vorbei war,
wäre mir das Gefängnis von Reading wie das George V.
vorgekommen. Was ist denn bloß los mit Gill? Verstehst *du*
das?

Wenn mir eins auf den Sack geht, dann das, daß ich der
Fleischeslust bezichtigt werde, wenn ich noch nicht mal
feuchte Hände bekommen hab.

Gillian   Es sei unfair? Und was wäre fair? Wann hatte *fair*
denn irgendwas mit dem zu tun, wie wir unser Leben gestalten? Ich hab keine Zeit, darüber nachzudenken. Ich muß das
einfach durchziehen. Die Sache für Stuart arrangieren. Das
bin ich ihm schuldig.

Stuart   Sie kommt jeden Morgen raus, wenn Oliver fort
ist, und fegt den Bürgersteig. Dann macht sie noch ein Stück
von der Straße, wie die anderen Frauen in dem Dorf. Wozu
machen die das? Damit die Gemeinde Reinigungskosten
spart? Keine Ahnung. Sie setzt das Baby direkt beim Eingang
in ein Kinderstühlchen. Ich weiß nicht, ob es ein Junge oder
ein Mädchen ist, und ich will es auch nicht herausfinden. Sie
setzt es in den Schatten, wo es sie immer im Blickfeld hat und
keinen Staub ins Gesicht bekommt. Dann fegt sie, und ab und
zu schaut sie zu dem Baby hinüber, und ich sehe, wie ihre
Lippen sich öffnen, wenn sie etwas sagt. Und sie fegt, und
dann geht sie mit ihrem Baby und ihrem Besen wieder rein.

Ich halte das nicht aus. Das war mal meine Zukunft.

Gillian Es könnte klappen. Es könnte das sein, was Stuart braucht. Und es fällt mir sowieso nichts Besseres mehr ein. Es ist eine schreckliche Vorstellung, daß er da gegenüber in seinem Zimmer sitzt und vor sich hin brütet.

Ich hab gestern abend angefangen, und heute abend mach ich noch ein bißchen weiter. Morgen früh ist der beste Zeitpunkt, um es zu probieren. Ich weiß, daß Stuart zuschaut, wie Oliver wegfährt – ich hab ihn am Fenster gesehen. Und Oliver ist immer knatschig, wenn er nachts aufstehen und Sophie die Windeln wechseln mußte. Normalerweise geh ich ihm aus dem Weg, wenn er an der Reihe war, aber morgen nicht.

Bei den meisten Leuten ist es doch so: Wenn sie etwas getan haben, was sie nicht tun sollten, werden sie wütend, wenn man es ihnen vorwirft. Schuld drückt sich in Empörung aus. Das ist doch normal, nicht? Tja, Oliver ist da genau andersrum. Wenn man ihm vorwirft, daß er etwas getan habe, was er nicht tun sollte, und er hat es getan, dann ist er so irgendwie halb belustigt, er gratuliert dir beinahe, daß du es rausgefunden hast. Was ihn wirklich sauer macht, ist, wenn man ihm etwas vorwirft, das er nicht getan hat. Als ob er dann denkt: Mein Gott, ich hätte es ja tun *können*. Wenn man mich sowieso im Verdacht hat, hätte ich es genausogut tun können, oder es wenigstens versuchen. Also ist er sauer, weil er seine Chance verpaßt hat, zum Teil.

Darum hab ich mir Simone ausgesucht. Eins von diesen sehr ernsthaften französischen Mädchen, die immer so ein leichtes Stirnrunzeln haben. Die Art von Mädchen, die bestimmt nicht erkennt, was an Oliver dran ist. Ich erinnere mich, daß man mich bei dem *vin d'honneur* auf sie aufmerksam gemacht hat, weil sie offenbar im Unterricht einmal Olivers Englisch verbessern wollte. Das hat ihm bestimmt überhaupt nicht gefallen.

Deshalb hab ich mich für sie entschieden. Es scheint auch zu klappen.

Bloß so interessehalber, meinst du, daß Oliver mir treu ist, seit wir geheiratet haben? Entschuldigung, das tut nichts zur Sache.

Es gibt da verschiedene Probleme bei dem, was ich mache.

Das erste ist, wenn es klappt, werden wir wahrscheinlich aus dem Dorf wegziehen müssen. Na ja, das läßt sich arrangieren. Das zweite ist, soll ich es Oliver hinterher sagen? Oder überhaupt jemals? Würde er verstehen, was ich getan habe, oder würde er mir nur noch mehr mißtrauen? Wenn er wüßte, daß es alles geplant war, würde er mir vielleicht nie wieder trauen.

Dann ist da noch ein anderes Risiko. Nein, ich bin sicher, ich kann uns wieder dahin zurückbringen, wo wir vorher waren. Ich kann die Dinge in die Hand nehmen, das ist meine Stärke. Und wenn es vorbei ist, sind wir frei von Stuart, und Stuart ist frei von uns.

Ich glaube nicht, daß ich heute nacht viel schlafen werde. Aber ich werd Oliver seinen Windeldienst bei Sophie nicht erlassen.

Ich hasse es, daß ich das tun muß, weißt du. Aber wenn ich es mir jetzt erst noch einmal überlege, hasse ich es vielleicht so sehr, daß es nicht zu Ende gebracht wird.

Stuart Ich stecke fest. Ich stecke total fest. Gelähmt. Wenn bei ihnen das Licht ausgeht, und das ist normalerweise zwischen 23.45 und 23.58, mache ich einen Spaziergang. Aber ansonsten stehe ich am Fenster.

Ich schaue zu. Ich schaue zu, und ich denke: Das war mal meine Zukunft.

Gillian Eine Angst habe ich schon. Ist das das richtige Wort? Vielleicht meine ich Vorahnung. Nein, doch nicht. Ich meine Angst. Und die Angst ist die: daß sich das, was ich Stuart vorführe, als wahr herausstellt.

Oliver Weißt du, was ich denke? Ich denke, man sollte Verkehrsschilder aufstellen an der Landstraße des Lebens. Chute de pierres. Chaussée deformée. Route inondable. Ja, das ist es. Route inondable. Achtung: Auf dieser Strasse besteht Überschwemmungsgefahr. Das sollte man an jeder Ecke aufstellen.

Stuart Ich geh raus und mach einen Spaziergang. Nach Mitternacht.

> And as the skies turn gloomy
> Nightbirds whisper to me . . .

Gillian Als ich klein war, hat mein Vater immer gesagt: »Zieh kein Gesicht, sonst dreht sich womöglich der Wind.« Und wenn sich der Wind jetzt dreht?

Oliver Mein Gott. Mein Gott.

Also gut, es tut mir leid. Ich hätte das nicht tun sollen. Es wird nicht wieder vorkommen. Ich bin eigentlich nicht so.

Herrgott, andererseits hätte ich verdammt Lust, geradewegs an Toulouse vorbeizubrettern und nie mehr wiederzukommen. Alles, was man über Frauen sagt, stimmt, nicht wahr? Früher oder später stellt sich heraus, daß es *alles* stimmt.

Sie hat mir schon tagelang im Nacken gesessen. Es war genau wie . . . ach, denk dir doch deine beschissene Opernparallele zur Abwechslung mal selber aus. Ich hab's satt, daß ich immer die ganze Arbeit machen muß.

Sie ist müde, ich bin auch müde, okay? Wer hat denn diese Woche jede einzelne Nacht Junioren-Bettpfannendienst gehabt? Wer verbringt jeden Tag ein paar Stunden auf der A61? Das letzte, was ich dann zu Hause vorfinden will, ist die Spanische Inquisition.

Es hat sich folgendermaßen abgespielt. La Gillian schien nicht gerade nippelrippelnd erfreut über meinen Anblick, als ich gestern abend nach Hause kam. Also verzieh ich mich in den Garten und fang an, Laubabfälle zu verbrennen. Wieso mach ich das? Selbstverständlich nur, schließt sie sogleich, um den verdächtigen Hauch von meiner vermeintlichen Geliebten Chanel Numéro Soixante-Neuf zu überdecken. Ich bitte dich.

Und so weiter. In der Art verlief der Großteil des Abends. Ging erschöpft ins Bett. Die üblichen Vorhängeschlösser am Nachthemd, nicht daß ich versucht hätte, sie zu knacken. Drei

Uhr morgens Latrinendienst. Offenbar treibt einem der Fäkal-gestank noch mehr das Wasser in die Augen, wenn das kleine Ding schließlich auf feste Kost gesetzt ist. Das jetzt ist ein Klacks, wie ich mir zuverlässig habe sagen lassen. Rosen-wasser und frische Primeln im Vergleich zu später.

Der Wecker holt dich so sanft aus dem Schlaf, als hättest du einen Stromschlag abbekommen. Dann geht das Ganze wieder los. Beim *Frühstück*. So hab ich sie noch nie erlebt, treibt mich zur Weißglut, als würde sie das schon jahrelang so machen. Weiß genau, wo der Stich am besten sitzt. Streitaku-punktur. Ich hab mir ihr Gesicht angesehen, das Gesicht, in das ich mich verliebt habe an dem Tag, als sie den Falschen heiratete. Es war zorngeschrubbt. Ihr Haar hatte die Bürste verschmäht, wie ihr Gesicht die morgendliche Lotion verach-tet hatte. Ihr Mund ging auf und zu, und ich versuchte, nicht hinzuhören, und konnte nicht umhin zu denken, vielleicht sollte man erst mal versuchen, nicht wie eine verschlampte Schreckschraube auszusehen, wenn man seinen Mann von dieser Affäre abbringen will, die er sowieso nicht hat. Ich meine, richtiggehend surreal. Mega-surreal.

Und dann fing sie an, mich durchs ganze Haus zu verfolgen. Und nun entscheide mal, ob sie krank im Hirn ist oder nicht; und obwohl sie sich aufgeführt hat, als sei sie krank im Hirn, konnte ich mich nicht zu der Überzeugung durchringen, daß sie krank im Hirn sei. Was heißt, daß ich zurückgeschrien hab. Und dann wollte ich los zur Arbeit, und sie hat mich beschul-digt, ich würde weglaufen und abhauen, um mich mit meiner Freundin zu treffen, und wir haben uns einfach nur ange-schrien, während ich auf die Haustür zugesteuert bin.

Dann ging es weiter. Und weiter. Sie lief mir bis zum Auto raus nach, kreischend wie eine Krähe. Mitten auf der Haupt-straße. Aus vollem Halse, Anschuldigungen der, wie es so schön heißt, persönlichen und beruflichen Art, *coram publico*. Kreischend. Mit Sal auf dem Arm aus einem mir unerfind-lichen Grund, und sie ging auf mich los, ging einfach auf mich los, während ich an dem Schloß von dem Peugeot rumfum-melte. Ich bin gehüpft und gesprungen, in wilder Aufregung. Und das Scheißschloß wollte nicht aufgehen. Und dann ist sie genau über mir mit ihren verrückten Anschuldigungen. Also hab ich sie einfach geschlagen, quer übers Gesicht geschlagen mit den Schlüsseln in der Hand, und da waren Schnittwunden im Gesicht, und ich hab gedacht, ich brech zusammen, und ich hab sie angesehen, als ob ich sagen wollte, das ist doch nicht wirklich passiert, oder? Halt den Film an. Drück auf den Rückspulknopf, das ist doch nur ein Band, nicht wahr? Und sie hat einfach weitergeschrien, Wahnsinn und Haß im Gesicht. Ich konnte es nicht glauben. »Sei still«, »Sei still«, »Sei still«, hab ich gerufen, und als sie nicht still war, hab ich sie nochmals geschlagen. Dann hab ich die Autotür aufgebrochen, bin reingesprungen und losgefahren.

Ich hab in den Spiegel geschaut. Sie stand immer noch da, mitten auf der Straße, mit einer Hand das Kind an sich gedrückt, mit der anderen ein Taschentuch auf das Blut im Gesicht gepreßt. Ich bin gefahren. Sie stand immer noch da. Ich bin gefahren wie ein Verrückter, oder so schnell wie ein Verrückter fahren kann, wenn er vergessen hat, vom zweiten Gang hochzuschalten. Dann auf zwei Rädern um die Kurve bei der Cave Coopérative, und sie war aus meinem Blickfeld verschwunden.

Mme Rives *Sont fous, les Anglais.* Dieser Kanadier, der Zimmer 6 hatte und nur nach Einbruch der Dunkelheit ausging: Das war ein Engländer. Er hat mir zweimal erzählt, er wäre aus Kanada, aber dann hat er seinen Paß rumliegen lassen, als ich mit dem Mädchen reingegangen bin, um sein Zimmer zu machen, und er hatte uns noch nicht mal seinen richtigen Namen gesagt. Er hatte ihn geändert. Er war sehr still, blieb eine Woche lang in seinem Zimmer, und bei der Abreise drückte er mir die Hand, lächelte zum ersten Mal und sagte, er wäre glücklich.

Und dieses junge Paar, die das Haus vom alten Bertin gekauft haben. Sie schienen so sympathisch zu sein, sie war so tolz auf ihr Baby, er war so stolz auf diesen dämlichen alten Peugeot, der ständig Pannen hatte. Ich hab einmal zu ihm gesagt, er sollte sich doch einen kleinen Renault 5 zulegen, wie alle anderen auch. Er hat zu mir gesagt, er hätte der modernen Welt abgeschworen. Er hat immer solche Dummheiten erzählt, wenn auch auf eine absolut charmante Art.

Und was passiert dann? Sie sind sechs Monate hier, die Leute fangen an, sie zu mögen, und da streiten sie sich laut schreiend mitten auf der Straße. Alle bleiben stehen und schauen zu. Schließlich schlägt er sie zweimal quer über das Gesicht, springt in sein altes Auto und fährt davon. Sie steht an die fünf Minuten lang mitten auf der Straße, mit Blut im Gesicht, dann geht sie ins Haus zurück und kommt nicht wieder raus. Das ist das letzte, was wir von ihr sehen. Eine Woche später räumen sie alles aus und verschwinden. Mein Mann hat gesagt, die Engländer sind ein verrücktes und gewalttätiges Volk, und ihr Humor ist sehr eigenartig. Das Haus ist zu verkaufen: Es ist das da drüben, sehen Sie? Hoffen wir, daß wir nächstes Mal vernünftige Leute kriegen. Wenn es schon ein Ausländer sein muß, dann bitte ein Belgier.

Seitdem ist hier im Dorf nicht viel passiert. Der Hund von Lagisquet ist von einem Auto überfahren worden. Der Hund war taub, und Lagisquet war ein alter Trottel. Wir haben ihm gesagt, er sollte den Hund anbinden. Er hat gesagt, er will Poulidors Freiheit und Glück nicht beeinträchtigen. Tja, jetzt hat er seine Freiheit und sein Glück wohl doch beeinträchtigt. Er hat die Haustür aufgemacht, der Hund ist rausgeschossen, und ein Auto hat ihn überfahren. Manche Leute hatten Mitleid mit Lagisquet. Ich nicht. Ich hab gesagt: »Du bist ein alter Trottel. Wahrscheinlich hast du englisches Blut.«

HEYNE
BÜCHER

Julian Barnes

»Befreiend,
erweiternd...
wunderbar.«
DIE ZEIT

Eine Geschichte der Welt
in 10 1/2 Kapiteln
01/8643

Flauberts Papagei
01/8726

Vor meiner Zeit
01/9085

Darüber reden
01/9395

Metroland
01/9580

In die Sonne sehen
01/9732

01/9732

Heyne-Taschenbücher

KINO! KINO!

Die Heyne-Filmbibliothek

Sabine Reichel
Bad Girls
Hollywoods böse Beauties
32/231

Film-Jahrbuch 1997
Über 1.000 Filme
32/252

32/231

Sidney Lumet
Filme machen
Hinter der Kamera mit einem großen Regisseur
32/246

Tony Thomas
Filmmusik
Die großen Filmkomponisten – ihre Kunst und ihre Technik
32/222

Rolf Thissen
Hundert Jahre Film
32/182

Jean Lüdecke
1000 Kultfilme auf Video
32/201

Christian Haderer
Wolfgang Bachschwöll
Kultserien im Fernsehen
32/233

Norbert Stresau
Der Oscar
Alle preisgekrönten Filme, Regisseure, Schauspieler
32/198

Friedemann Beyer
Die Gesichter der UFA
Aufstieg und Fall eines Filmimperiums
32/175

HEYNE BÜCHER

Verstand und Gefühl
01/9362

Stolz und Vorurteil
01/10004

Jane Austen

*Sie ist eine der
bedeutendsten
englischen Schrift-
stellerinnen des
19. Jahrhunderts.*

*Ihre Klassiker
verzaubern weltweit
ein neues
Lesepublikum.*

01/9362

Heyne-Taschenbücher

David Helfgott

Die Lebensgeschichte des australischen Pianisten David Helfgott – eine ebenso ergreifende wie faszinierende Geschichte über Liebe und Musik, Ehrgeiz und Befreiung.

Gillian Helfgott/Alissa Tanskaya
David Helfgott
01/11510

01/11510

H e y n e - T a s c h e n b ü c h e r

HEYNE BÜCHER

David Lodge

»Höchst intelligent, informativ, irritierend und unterhaltend. David Lodge ist einer der besten Erzähler seiner Generation.«

Anthony Burgess

»Unbedingt zur Lektüre zu empfehlen.«

FRANKFURTER RUNDSCHAU

Saubere Arbeit
01/8871

Neueste Paradies-Nachrichten
01/9531

Ins Freie
01/9858

01/9531

Heyne-Taschenbücher